RESTE AVEC MOI

JESSICA WARMAN

RESTE AVEC MOI

Traduit de l'anglais (États-Unis)
par Michelle Charrier

TERRITOIRES

Titre original :
Between

Collection « Territoires » dirigée
par Bénédicte Lombardo

ISBN : 978-2-265-09302-7

Pour M. C. W.
Parce qu'on se convient.

Cette main vivante, à présent, chaude et capable
D'une étreinte fervente, ne manquerait, serait-elle froide
Et dans le silence glacial de la tombe,
De hanter tant tes jours et transir les rêves de tes nuits,
Que tu souhaiterais ton cœur tari de sang
Pour qu'en mes veines à nouveau puisse la vie rouge affluer,
Et toi calmer ta conscience. Regarde, la voici,
Vers toi, vers toi je la tends.

John Keats
(Traduction Robert Davreu, coll. « Orphée », La Différence)

Chapitre premier

Il est deux heures passées… du matin. Le calme règne. Les bateaux – des yachts, tous – sont alignés le long des quais, coques en fibre de verre et porcelaine protégées du bois par des bouées immaculées. L'eau fredonne en sourdine son clapotis ininterrompu, le chant du détroit de Long Island. À bord du *Mérité*, de *L'Intimité*, de *La Belle Vie*, le calme règne.

À bord de l'*Elizabeth*, non. C'est un yacht à moteur d'une bonne vingtaine de mètres, avec cuisine équipée, deux chambres, deux salles de bains et assez de place en plus pour une vingtaine de personnes. Même si, cette nuit, on n'est que six. Une petite fête entre intimes, vous comprenez. Mes parents ne m'auraient pas laissée organiser une *méga-teuf*. Tout le monde dort, à part moi.

Je regarde le réveil depuis maintenant vingt minutes en écoutant le *boum*, *boum*, *boum* insistant, lassant, qui résonne contre la coque. Fin août. Il fait déjà frisquet, et l'eau doit être glacée. C'est ça, le Connecticut : la mer se réchauffe en juillet, mais elle commence à refroidir dès la fin du mois. On dirait qu'il n'y a que deux saisons : l'hiver et le *quasi*-hiver.

Quelle que soit la température de l'eau, je suis sûre qu'un gros poisson coincé entre le quai et le bateau se débat de toutes ses forces pour se dégager. Il me semble entendre ce bruit depuis une éternité. Il m'a réveillée à 1 h 57 très exactement, et il est en train de me rendre dingue.

Je n'en peux plus. *Boum. Boum-boum.* Quel poisson *idiot.*

– Hé, Josie ? Tu entends ?

Je me suis tournée vers ma meilleure amie, ma demi-sœur, qui occupe avec moi le convertible de la proue, le visage dissimulé par ses mèches blondes. Aucune réaction : elle continue à ronfloter, assommée par le mélange herbe et alcool qui nous a tous expédiés au lit peu après minuit. Dans mon dernier souvenir, j'essaie d'empêcher mes yeux de se fermer en marmonnant qu'il faut attendre 1 h 37, l'heure de ma naissance, et qu'il n'est pas question de dormir *maintenant.* Personne n'y est arrivé. Enfin… pas moi.

Je me lève dans l'obscurité, vaguement éclairée par la télé où passe une pub pour le balai SuperMop, sans le son.

– Hé ho, ne me dites pas que vous dormez tous ?

Je n'ai pas élevé la voix. Les vagues du détroit font tanguer le bateau. *Boum-boum-boum.* Ça y est, ça recommence.

Un coup d'œil au réveil : 2 h 18. Un sourire me monte aux lèvres. C'est officiel : j'ai dix-huit ans depuis plus d'une demi-heure.

S'il n'y avait pas le *boum-boum-boum*, j'aurais l'impression d'être blottie dans un berceau, avec le balancement du yacht. En ce qui me concerne, il n'existe pas de meilleur endroit au monde. Et c'est encore mieux, si possible, avec les copains. Il règne un tel calme, une telle paix. Ça a quelque chose de presque magique, cette nuit.

Boum.

– Je vais remettre un poisson en liberté. Qui est-ce qui m'accompagne ?

Personne ne bouge – *personne.*

– Quelle bande d'égoïstes, ces poivrots !

Je dis ça, mais je n'en pense pas un mot. Je ne vois pas pourquoi je ne sortirais pas toute seule. À mon âge… Ce n'est pas comme si je courais le moindre risque.

Je sais que je vais passer pour une hypocrite, vu qu'on a bu et fumé, mais je vous jure que c'est vrai : on n'est pas des voyous. Et on vit dans une petite ville tranquille, mes copains et moi. À Noank, Connecticut. Depuis notre naissance. Nos parents sont copains aussi. On s'adore. Quand je regarde autour de moi – Josie à la proue, sur le canapé, Mera, Caroline, Topher et Richie à la poupe, par terre, dans leurs sacs de couchage –, la vie à bord de l'*Elizabeth* m'apparaît comme un rêve brumeux.

Elizabeth Valchar. C'est moi. Mes parents ont donné mon nom au bateau quand j'avais six ans – il y a une éternité, quelques années avant la mort de ma mère et le remariage de mon père avec celle de Josie. Il s'est débarrassé de la plupart des affaires de la disparue, mais il n'a jamais envisagé une seconde de revendre le yacht. C'est un concentré de souvenirs heureux, vous comprenez. Je m'y suis toujours sentie en sécurité. Ma mère aurait approuvé.

N'empêche que l'*Elizabeth* peut avoir quelque chose d'un peu inquiétant, la nuit, surtout vu de l'extérieur. Pas une lumière, pas un bruit, à part le ressac et les chocs sourds contre la coque. L'odeur de l'océan est si puissante qu'elle en devient écœurante, quand le vent souffle vers la ville les effluves des algues séchées sur les imposants rochers de la côte.

Je n'ai pas une folle envie d'aller voir toute seule à quoi rime le bruit mystérieux, même si je suis pratiquement sûre que je vais juste tomber sur un gros poisson. Voilà pourquoi je fais une seconde tentative avec Josie.

– Hé ! (Cette fois, j'ai élevé la voix, tant pis.) Réveille-toi, j'ai besoin d'un coup de main.

Ses paupières battent.

– Liz ? murmure-t-elle.

Elle dort encore, ça se voit, elle ne sait pas trop où elle est. Il me semble distinguer une seconde quelque chose dans ses yeux – de la peur ? ou alors je pète un câble ? –, mais ils se referment et je reste plantée là, solitaire, puisque personne d'autre n'a émergé. *Boum-boum-boum.*

Les quais évoquent un puzzle de bois et d'eau. La plupart du temps, les vagues venues de l'océan s'apaisent avant d'atteindre le détroit, mais cette nuit, elles me semblent plus fortes que d'habitude. D'ailleurs, le balancement qu'elles ont imprimé au bateau nous a endormis comme des bébés dans leurs berceaux. Je prends mon courage à deux mains, mais je me sens minuscule et anxieuse en sortant sur la pointe des pieds par la porte vitrée coulissante. Le claquement étouffé de mes bottes résonne sur le pont en fibre de verre. Chaque branche du bassin est éclairée par deux lampadaires : un au milieu, l'autre tout au bout. Pas de lune. Il fait si froid que je frissonne à la pensée de la température de l'eau. J'ai la chair de poule.

Plantée sur le pont, gelée, je tends l'oreille. Le bruit va peut-être s'interrompre.

Boum. Non.

Ça vient de la poupe, entre le quai et le bateau. Comme si quelque chose était coincé là ; quelque chose de lourd, d'obstiné. L'*Elizabeth* étant le dernier yacht de cette branche du bassin, l'arrière est bien éclairé. Je ne sais pas pourquoi j'éprouve le besoin de me montrer aussi discrète, mais toujours est-il que je m'avance encore sur la pointe des pieds, cramponnée au bastingage. Je baisse les yeux.

L'eau. C'est le premier mot qui me vient à l'esprit, puis je me mets à hurler.

Flottant. Entre deux eaux. Sur le ventre. Oh, merde.

Ce n'est pas un poisson, mais un être humain. Une femme. Aux longs cheveux si blonds qu'ils en paraissent presque blancs, magnifiquement scintillants dans la houle. Les mèches tentaculaires ondulent telles des algues presque jusqu'à la taille de la morte, où se rejoignent un jean et un pull rose à manches courtes.

Rien à voir avec le bruit, qui vient de ses pieds ; plus précisément, de ses bottes. Des santiags blanches à bouts ferrés, incrustées de fausses pierres précieuses. Franchement décadentes.

Le cadeau d'anniversaire de ses parents. Elle les a fièrement portées toute la nuit, mais la pointe de la gauche s'est coincée à un angle bizarre entre le bateau et le quai. Chaque vague l'envoie cogner contre la coque, comme si la noyée essayait de tirer du sommeil les dormeurs du yacht.

Vous vous demandez ce qui me permet d'affirmer des choses pareilles, hein ? Eh bien, figurez-vous que ce sont mes bottes. Mes fringues. Que c'est moi, là, dans l'eau.

Je continue à hurler, assez fort pour réveiller les Noankais à un kilomètre à la ronde, mais j'ai l'horrible impression que personne ne m'entend.

– Évidemment, répète-t-il.

Je me mords la lèvre. Même pas mal. J'inspire un bon coup, j'essaie de refouler mes larmes, mais d'un autre côté, je trouve ça idiot. Il se passe quelque chose d'affreux, j'ai déjà pleuré un bon moment, alors pourquoi devrais-je me sentir gênée de recommencer devant ce type ? Après tout, ce matin, il faut bien reconnaître que j'ai d'excellentes raisons de m'apitoyer sur mon sort.

– OK. Il se passe *évidemment* quelque chose de bizarre, hein ?

– Ça n'a rien de bizarre, répond-il avec un haussement d'épaules. Des tas de gens meurent tous les jours.

– Tu es donc en train de me dire que... que je suis... morte.

Le dernier mot a eu du mal à sortir.

– Évid...

– D'accord, d'accord ! Oh, mon Dieu, j'hallucine. Ce n'est pas possible.

Je tape du pied, exaspérée, mais aussi de plus en plus paniquée. Mes bottes étant un peu étroites, un élancement me remonte le mollet jusqu'au genou. J'ai mal ! Ça prouve bien que je suis en vie, non ?

– Je ne peux pas être morte. (Je pose les mains sur les épaules de Machin.) J'ai mal aux pieds. Je le *sens*. Et je sens ton corps. Alors que je ne sentais pas celui des autres. (Je veux parler de mes copains, sur le bateau.) Tu ne sens pas mes mains, toi ?

– Si, évidemment. (Il a une sorte de tressaillement qui l'éloigne un peu de moi.) Mais je préférerais que tu ne me touches pas, si ça ne te dérange pas.

– Tu ne veux pas que je te touche ?

– Évid...

– Dis-le. *Évidemment...* Vas-y, dis-le.

J'essaie de le toiser d'un air mauvais, mais le cœur n'y est pas : personne d'autre que lui ne me voit. Et puis pourquoi me montrer mauvaise ? Il cherche à m'aider, non ? Même s'il ne veut pas que je le touche. Qu'est-ce qui lui prend ?

Il me regarde, impassible. Des cheveux bruns emmêlés. Un visage jeune et lisse, aux yeux gris pénétrants. Comment se fait-il que je ne me rappelle pas son nom ?

– Elizabeth Valchar, c'est ça ?

– Oui, Elizabeth... enfin, Liz. Tout le monde m'appelle Liz.

Je n'ai pas encore refermé la bouche qu'une impression bizarre m'envahit : je ne suis plus sûre de rien, pas même de mon nom. Et cette impression de flottement me fait prendre conscience que je n'ai guère de souvenirs de la nuit. Il y a eu la fête, ça, j'en suis sûre – il suffit de voir les canettes de bière vides et les restes du gâteau d'anniversaire, sur le bateau –, mais les détails m'échappent. J'ai vraiment bu tant que ça ?

– Et tu es là, dans l'eau. L'eau glacée, déclare le type, avant que je ne puisse lui poser la moindre question.

Je baisse les yeux vers la noyée. *C'est moi. Je suis morte.* Mais quand ? Comment ? J'ai passé la nuit sur le yacht. Toute la nuit. Ah bon ? Je n'arrive pas à me rappeler ce que j'ai fait au juste, nom de Dieu. Le souvenir de ces dernières heures a volé en éclats si minuscules, si insaisissables qu'il m'est impossible d'en composer un ensemble cohérent. J'ai soufflé les bougies. J'ai posé pour la photo en compagnie de Caroline, Mera et Josie. Je suis restée un moment aux toilettes, à essayer de garder l'équilibre parce que le navire tanguait et à respirer profondément… pour me calmer, peut-être. Qu'est-ce qui avait bien pu me secouer ? Étais-je secouée ? Pas forcément. Si ça se trouve, j'étais juste saoule, ni plus ni moins.

Quand je reprends la parole, ma voix n'est guère qu'un murmure. Mes larmes se remettent à couler.

– On dirait bien, oui.

– Tu ne bouges pas. Tu ne respires pas. (Machin se penche pour m'examiner, dans l'eau.) Tu es toute blanche. Je veux dire, blanche comme une morte.

Je baisse les yeux vers mes bras nus. La fille debout là, près de lui, est nettement moins horrible que la noyée. Je suis toujours moi-même, toujours aussi belle.

– Quand je pense au mal que je me donne pour avoir un bronzage impeccable…

Ça n'a pas de sens. Pourquoi penser à mon bronzage ? D'ailleurs, à quoi sert le bronzage, dans des moments pareils ?

– Je me rappelle, acquiesce-t-il. Dis donc, tes bottes sont à tomber. (Il s'interrompt une seconde.) Si j'ose dire.

– Ça ne me dérange pas, mais… oui, elles sont super, hein. (Et je suis sûre qu'elles sont super chères aussi.) Il paraît que les Égyptiens enterraient les morts avec leurs petites affaires, pour qu'ils les emportent dans l'après-vie. Est-ce qu'on peut emporter ses chaussures ? (Je m'interromps, moi aussi.) Est-ce qu'il y a une après-vie, comme ils disaient ? (Plantée là, près de Machin, je regarde mes santiags de luxe avant d'ajouter, dans un murmure :) Je les porte déjà, de toute manière.

Elles sont *super* ? Franchement, qu'est-ce que ça peut bien faire ? Ce sont des *bottes*, ni plus ni moins. Qui me font horriblement mal aux pieds. Je n'ai aucune envie de les *garder*, au contraire, je serais ravie de les enlever.

Mais elles sont vraiment chouettes. Je me sens désorientée, ballottée, presque comme si j'allais m'évanouir. Et les pensées s'enchaînent avant que je ne puisse me concentrer sur autre chose : *C'est exactement la touche finale qu'il me fallait.*

La tête me tourne. Ce n'est pas possible, rien de tout ça ne peut arriver. C'est à peine si je sais encore qui je suis. Une lueur d'espoir finit par se rallumer en moi : allez, c'est un cauchemar, je vais me réveiller et remuer les orteils, blottie dans mon lit. D'ici quelques heures, j'irai même boire un café avec mes copains et je les ferai marrer en leur racontant ce rêve idiot.

Sauf que… peut-être pas. Machin secoue la tête.

– Pas si vite. Tu t'emballes, là. (Il inspire à fond.) Je n'ai aucune envie de parler de bottes. Commençons plutôt par le commencement… tu n'aimerais pas savoir pourquoi je te vois ? Pourquoi j'arrive à te parler ?

Je hoche la tête sans mot dire.

– Essaie de deviner, m'encourage-t-il.

Je me cache le visage dans les mains. Mes paumes me paraissent moites et froides contre mes joues.

– Parce que je ne suis pas morte. Parce qu'il ne se passe rien, en réalité. (Je regarde mon interlocuteur entre mes doigts.) Je te donnerai tout ce que tu veux, mais s'il te plaît, s'il te plaît, dis-moi que ce n'est pas vrai.

Il secoue la tête.

– Désolé, je ne peux pas te dire une chose pareille.

– Qu'est-ce qui s'est passé alors ? Je ne suis pas morte, OK ? *Je ne suis pas morte !* (Je me suis rapprochée de lui en hurlant à pleins poumons, assez fort pour réveiller tous les occupants du yacht, tous les occupants de tous les yachts du port. Puis une pensée me traverse l'esprit.) Il y avait de la drogue. On y a tous goûté. Je crois. Oui, je me rappelle... on a fumé. Peut-être que j'ai pris autre chose aussi. Peut-être que je suis en plein trip et que c'est juste des hallu.

Son front se plisse.

– Tu as pris des hallucinogènes, cette nuit ? Tu es sûre ?

Je secoue la tête, déçue.

– Non, mais maintenant, je regrette. Et je regrette de ne pas avoir mangé une *grosse* part de gâteau. (Je fronce les sourcils.) Je ne sais pas pourquoi ça me revient. Je ne me souviens pratiquement de rien. Comment ça se fait ?

– Je te vois parce que je suis mort, affirme-t-il sans répondre à ma question. (Puis il ajoute, peut-être pour enfoncer le clou :) Moi aussi.

Une douce somnolence m'envahit avant même qu'il ne referme la bouche. Le froid qui me gelait jusqu'aux os s'évanouit, chassé par une agréable chaleur – mais la sensation disparaît aussi vite qu'elle est venue. C'est à ce moment-là que je le reconnais.

– Je sais qui tu es. (Je me cramponne de toutes mes forces à ce souvenir ; chaque fois que j'en retrouve un, je me sens un peu plus calme, plus sûre de moi. Mais c'est bizarre : *évidemment* que je sais qui c'est. Je ne comprends pas que je ne me le sois pas rappelé plus tôt. On fréquente les mêmes écoles depuis la maternelle.) Alex Berg.

Il ferme les yeux un long moment. Puis il les rouvre sur un regard serein, direct.

– En effet, acquiesce-t-il.

– Je me souviens de toi.

Je ne peux m'empêcher de jeter des coups d'œil furtifs à mon cadavre, mais je n'éprouve qu'un abrutissement horrifié. Je vois ma botte droite se détacher et couler avec un gargouillis, au moment où je cherche sans conviction à la rattraper. Mon pied nu me semble à la fois boursouflé et ridé.

Alex allait au même lycée que moi, oui, mais cc n'est pas le seul souvenir à émerger. Je me rappelle aussi que depuis un an, on voit sa tête un peu partout. En septembre dernier, juste après la rentrée, il a été renversé par une voiture, de nuit, alors qu'il rentrait chez lui à vélo – il travaillait au Mystic Market, un magasin pas très loin de chez moi. Son corps a été projeté dans les broussailles, le long de la route. Ses parents ont eu beau déclarer sa disparition, on ne l'a retrouvé que deux jours plus tard, quand un joggeur a remarqué l'odeur et décidé d'aller voir de quoi il retournait.

– Quelle horreur ! (Cette pensée me surprend aussi. Qu'est-ce qui m'arrive, enfin ? Je ne parle pas de ce que j'ai sous le nez, bien sûr, mais il n'existe apparemment plus de filtre entre mon cerveau et ma bouche. *Sois gentille, Liz. Il est mort, le pauvre.* C'est par gentillesse que j'ajoute :) On ne dirait *vraiment* pas que tu t'es fait renverser par une voiture, tu sais.

Alex est ébouriffé, d'accord, mais à part ça, il n'a pas une éraflure.

– On ne dirait pas non plus que tu t'es noyée il y a quelques heures. (Il s'interrompt.) Tu t'es bien noyée, hein ?

Je secoue la tête. C'est la première fois que je me pose la question.

– Je... je ne sais pas. Je ne me rappelle même pas m'être endormie. Mais tout d'un coup, je me suis réveillée en sursaut parce qu'il y avait du bruit dehors. (J'hésite, avant de continuer :) Je n'ai pas pu me noyer, Alex, il faut te mettre ça dans la tête. Je suis bonne nageuse. Je veux dire... tu sais bien. On a passé presque toute notre enfance à la plage.

– Qu'est-ce qui s'est passé, alors ?

– Je n'en ai pas la moindre idée. (Je me regarde toujours, dans l'eau.) Je ne m'en souviens pas. On dirait... de l'amnésie ou quelque chose comme ça. (Je relève les yeux vers lui.) C'est normal ? Ça t'est arrivé aussi ? Je veux dire, tu te rappelles ce qui s'est produit avant... avant ta mort ?

– En partie, oui. Je ne suis pas spécialiste, mais je suppose que c'est normal d'avoir des trous de mémoire, au début. Il paraît que les traumatismes psychologiques ont tendance à provoquer ce genre de problèmes, d'accord ?

– Je suppose, oui, dis-je en haussant les épaules.

– Bon... Mourir, c'est un putain de traumatisme, tu ne crois pas ?

– Je suis morte. Bon sang. (Je me mords la lèvre puis jette un coup d'œil à Alex.) Désolée, mais je n'arrive pas à y croire. Ce n'est qu'un rêve. Je suis en train de dormir, et tu n'es pas réellement là.

– Si c'est un rêve, tu n'as qu'à te pincer, propose-t-il en me regardant droit dans les yeux.

Je lui rends son regard. Je me sens si minuscule, si triste que c'est tout juste si j'arrive à répondre, à secouer la tête – à peine –, en m'arrachant ce seul mot :

– Non.

Non, je ne veux pas me pincer. J'ai trop peur de ne pas me réveiller. Au fond, tout au fond, je sais que je ne me réveillerai pas.

J'inspire profondément. Je sens l'air me remplir les poumons ; je me sens *vivante.*

– Tu es morte, c'est un fait.

Il se montre à la fois si désinvolte et si terre à terre que je le giflerais avec plaisir.

– Bon, admettons pour continuer la discussion que tout ça soit réel. Tu me dis que je suis morte... tu dois pouvoir prouver ce que tu avances, non ? (Je le fixe, les yeux plissés par la méfiance.) Je suis sérieuse, là.

– La vision de ton cadavre flottant entre deux eaux, ça ne te suffit pas comme preuve ? demande-t-il, amusé.

– Ce n'est pas ce que je dis. Je dis qu'il y a une autre explication. Forcément.

– Pose ta main sur mon épaule.

– Je croyais que tu ne voulais pas que je te touche.

– Effectivement. Mais je peux faire une exception.

– Pourquoi tu ne veux pas que je te touche ?

– Est-ce que tu…

– Non. Dis-moi pourquoi tu ne veux pas que je te touche. (Et là, je ne peux pas me retenir. Les mots sortent avant même que je ne les pense.) Toi. Un moins-que-rien. Je suis *Elizabeth Valchar*, figure-toi. N'importe quel mec se ferait couper la main pour que je lui pose le bout du doigt dessus.

Qu'est-ce qui me prend de le traiter de cette manière ? On est là tous les deux, sans personne d'autre au monde à qui parler, et je me montre odieuse.

Il me regarde un long moment en silence. Je vais passer pour prétentieuse, je sais, mais franchement, je n'ai dit que la pure vérité. Je suis ravissante. Belle, même.

Son regard finit par aller se poser au loin sur l'océan.

– Tu m'as dit que tu avais l'impression de souffrir d'amnésie, mais tu te souviens malgré tout d'un certain nombre de choses. C'est intéressant, d'ailleurs. Tu te rappelles que j'étais un moins-que-rien. Que toi, par contre, tu étais très entourée. (Ses yeux se reposent sur moi.) Et à part ça ?

– Je ne sais pas.

– Oh bon, peu importe. Ça finira par te revenir.

– Qu'est-ce que tu veux dire par là ?

– Allez, Liz, pose-moi la main sur l'épaule, insiste-t-il sans répondre à ma question – une fois de plus.

Alors j'obtempère. Il ferme les yeux, ce qui me pousse à l'imiter. Je me sens comme aspirée par une sorte de néant gélatineux, mais au moment où je vais retirer la main d'un geste brusque, le néant s'évanouit, cédant la place à... Seigneur ! C'est la cafétéria du lycée.

Malgré la foule des élèves, je repère aussitôt ma table attitrée, au bout de la salle, juste à côté du buffet, près des doubles portes donnant sur le parking.

– Tiens, te voilà, dit Alex en me montrant du doigt. Avec tes super potes.

Je me vois, en effet ; comme si j'étais revenue en arrièrc physiquement, sauf que non, pas tout à fait. Je suis là-bas et je suis ici, à regarder. Là-bas, installée avec mes meilleurs amis : Richie, Josie, Caroline, Mera et Topher. Ceux qui ont passé la nuit avec moi sur le bateau. Qui s'y trouvent toujours, en train de dormir.

– Seigneur, tu as vu mes cheveux ?

Je n'ai pas refermé la bouche que j'ai conscience du ridicule de ma réaction.

– Tes cheveux sont très bien, soupire Alex. Exactement comme ceux des autres.

Il a raison : mes copines et moi avons toutes de longs cheveux blonds rejetés en arrière, légèrement gonflés au sommet du crâne – vingt bonnes minutes pour se coiffer tous les matins, avec une sacrée dose de laque. Ça s'appelle la bosse, je m'en souviens maintenant. C'était à la mode il y a quelques années. Caroline est la seule à se distinguer, avec sa bosse ornée de rubans rouges et blancs parfaitement assortis à son uniforme de pom-pom girl.

– On est en quelle année ? Je ne crois pas qu'on ait plus de...

– Seize ans, coupe Alex. On était en seconde. Tu veux que je te dise comment je le sais ?

– Oui, explique-moi...

Je regrette de devoir l'admettre, mais on a beau être des fantômes, j'ai beau savoir que personne ne nous voit, ça m'ennuie de me retrouver à la cafet' en sa compagnie. À croire que mes copains risquent de se réveiller n'importe quand, de nous découvrir plantés là ensemble et de faire instantanément de moi une véritable paria. Je n'ose même pas imaginer ce que dirait Josie...

Je me demande d'où me vient une impression pareille. Quel genre de fille j'étais. Tout le monde m'aimait bien, ça, je m'en souviens, mais curieusement, je ne sais plus pourquoi ni comment je me conduisais dans la vie de tous les jours. Et je m'aperçois qu'une partie de moi n'a vraiment *aucune* envie de le savoir.

– On ne peut pas avoir plus de seize ans, parce que je suis encore là, m'explique Alex, qui ne quitte pas ma table des yeux. (Il me donne un petit coup de coude.) Tiens, me voilà.

Il arrive en effet, seul, un sachet en papier brun à la main : son déjeuner, bien sûr.

– Tu aurais pu t'acheter à manger ici, lui fais-je remarquer. Personne n'apporte plus son déjeuner de la maison, à notre âge. (Pour toute réponse, il me jette un regard exaspéré.) Quoi encore ?

La question me paraît parfaitement légitime.

– Le repas coûte quatre dollars, à la cafet'. Mes parents n'avaient pas les moyens, répond-il.

Je n'en crois pas mes oreilles.

– Ils ne te donnaient même pas quatre dollars par jour ?

– Non. Ils faisaient très attention. Leur budget était hyper serré. Si je voulais m'acheter quelque chose, ne serait-ce qu'un repas ici, il fallait que je me le paye. Et le Mystic Market, le magasin où je travaillais, ne me versait que le salaire minimum. (Il secoue la tête, comme si je lui faisais pitié.) Tu ne sais pas la chance que tu avais. Il y a des gens à qui il ne suffit pas de tendre la main pour qu'on leur donne tout ce qu'ils veulent. Enfin bref... Je n'étais pas le seul à apporter à manger. Regarde.

On suit tous les deux le jeune Alex jusqu'à une table libre, non loin de celle où je suis assise avec mes copains. À une table voisine est installé Frank Wainscott, un rouquin couvert de taches de son, en T-shirt bleu et jean trop court, mal coupé. Ce type a un an de plus que nous ; c'est donc un première. Autant que je m'en souvienne, c'est même un *crétin* de première. Non seulement il a apporté son déjeuner, mais en plus, quelqu'un – sans doute sa mère – a écrit son nom sur son sachet au marqueur noir, avant de l'entourer d'un *cœur*. Franchement, j'en suis gênée pour lui.

Pendant qu'il déballe son repas, Alex et moi espionnons un peu mes copains.

Caroline regarde avec envie la pomme rouge éclatante qu'elle fait aller et venir entre ses mains.

– J'ai déjà mangé six cents calories aujourd'hui, annonce-t-elle. Combien y en a-t-il dans une pomme ?

– Quatre-vingts, dis-je aussitôt, pour moi-même.

Comment est-ce que je peux bien savoir une chose pareille ?

– Quatre-vingts, déclare la jeune Elizabeth. Mais les pommes, c'est bon pour la santé. Plein de fibres et de vitamines. Vas-y, mange-la.

Elle examine mon corps souple, dont on devine l'extrême minceur bien que je sois assise. Mon corsage sans manches dévoile des bras fins et musclés.

– Oui, mais toi, Liz, tu n'as pas à t'inquiéter de ton poids. Tu as les bons gènes.

Josie lui arrache la pomme des mains.

– Je croyais que tu avais décidé de t'en tenir à mille deux cents calories par jour. Si tu craques, tu vas te retrouver à sept cents ou presque. Et tu sais très bien que tes exercices de pom-pom girl vont te donner faim.

– Je dînerai léger, proteste Caroline.

– La dernière fois que j'ai dîné chez toi, ta mère avait fait des pizzas maison. Avec de la farine blanche... (Josie ménage une pause théâtrale pour mettre l'accent sur ce qui va suivre.)... et du fromage au lait *entier*. (Elle croque dans la pomme.) Je te rends service, tu sais, continue-t-elle, la bouche pleine, devant la mine désolée de Caroline. Un jour, tu me remercieras. (Ma demi-sœur parcourt la salle des yeux.) Vous croyez qu'il y a du beurre de cacahuète ici ? J'adore les pommes au beurre de cacahuète.

– Toi, tu devrais te surveiller, ou tu vas grossir, lui dis-je. Le beurre de cacahuète, c'est cent calories la cuiller, et rien que du gras.

Elle s'arrête de mâcher, quoiqu'elle ait encore la bouche pleine.

– Tu as entendu Caroline ? On a les bons gènes.

Pour toute réponse, je la fixe d'un regard noir. Nos copains se taisent brusquement. Un silence gêné s'installe autour de la table, quasi palpable.

– Je croyais que c'était la fille de ta belle-mère ? s'étonne Alex.

– Mais oui.

– Alors pourquoi a-t-elle dit une chose pareille ? Vous n'avez pas les mêmes gènes du tout.

– Non, je sais, mais elle s'imagine... Oh, bon, laisse tomber, c'est ridicule.

– J'aimerais comprendre, insiste-t-il. Qu'est-ce qu'elle s'imagine au juste ?

Je secoue la tête.

– Arrête, s'il te plaît. Tu as passé toute ta vie à Noank, non ? Tu sais sans doute ce qui se raconte...

Je n'ai pas le temps d'en dire davantage.

Alex et Frank se sont installés aux seules tables inoccupées de la salle. Ils entreprennent de déballer leur déjeuner en se tassant sur leur chaise, comme s'ils cherchaient à se rendre invisibles, chacun de son côté.

Ça marche pour Alex, mais pas pour Frank. Topher le repère immédiatement.

– Eh, vous avez vu ? Le gentil garçon à sa maman... (Topher sourit jusqu'aux oreilles, les dents d'un blanc presque éblouissant.) Frankie, eh, Frankie, qu'est-ce qu'elle t'a préparé aujourd'hui, ta maman ?

Pas de réponse.

– C'est vraiment mesquin… Pourquoi fait-il une chose pareille ? ne puis-je me retenir de chuchoter.

– Parce qu'il en a l'occasion. Et que c'est un connard, déclare Alex.

– Mais Frank n'a rien fait. Il ne dérange personne.

Mon compagnon se tourne vers moi pour me dévisager, visiblement surpris de ma perplexité.

– La cafet' était une véritable zone de guerre, Liz. Tes potes et toi, vous vous installiez à cette table comme si vous étiez les rois du lycée. (Il s'interrompt une seconde.) Tu vas voir.

Caroline, Josie et moi échangeons des sourires discrets pendant que Topher continue à se moquer de Frank, mais aucune de nous ne proteste. Le seul à notre table qui ait l'air mal à l'aise, c'est Richie.

– Arrête, finit-il par lancer. Fiche-lui la paix. Ce n'est pas sa faute si…

– Oh, Seigneur !

Topher claque des mains, sa chaise penchée en arrière, en équilibre sur deux pieds.

– Si seulement il se cassait sa gueule de con, me dit tout bas Alex.

Mais non. La chaise de Topher retombe sur ses quatre pieds, il se lève, s'approche tranquillement de la table de Frank, fait pivoter une autre chaise et s'y installe à califourchon. Avant de commencer à tripoter le déjeuner maison.

Le cœur serré par les remords et la honte, je me regarde glousser avec mes copines pendant que Topher harcèle sa victime.

– Eh, vous avez vu ! (Il brandit un sandwich de manière à ce que tout le monde puisse le voir.) Maman l'a coupé en forme de *cœur*. Dis-moi, mon petit, maman t'essuie aussi le derrière quand tu vas sur le pot ?

Frank, écarlate, se retient visiblement de pleurer. À la table voisine, Alex écoute, stoïque. Ce qui se passe ne lui plaît pas, c'est évident, mais s'en mêler représenterait pour lui un véritable suicide social.

– Je suis désolée, Alex. (Ma main s'est posée d'elle-même sur ma bouche.) Je sais que c'était vache de notre part, mais je t'assure que je ne m'en souviens pas.

– Là n'est pas la question. Que tu t'en souviennes ou pas, il s'est passé ce qui s'est passé.

– Mais je n'ai rien fait… Je veux dire, c'est Topher qui…

– Tu as entièrement raison, coupe Alex. Tu n'as rien fait, *absolument* rien, pour aider ce pauvre mec. Tu n'aurais pas osé, des fois que ça te donne l'air moins cool.

– Toi non plus, tu n'as rien fait, je te signale.

– Et qu'est-ce que j'aurais pu faire ? L'ouvrir et m'en prendre une ? (Il secoue la tête.) Non, merci. J'avais déjà assez de mal à empêcher tes potes de me gâcher la vie à *moi*, je n'allais pas en plus me coltiner les problèmes de Frank. Les miens me suffisaient, je te prie de me croire.

Je reste un moment muette, incapable de trouver mes mots, puis ils me reviennent enfin :

– Tu ne m'aimes pas, hein ? Tout le monde m'aime, pourtant.

Il me regarde bien en face.

– Tu as raison. Je ne t'aime pas, Liz.

Je lui rends son regard. Quand je reprends la parole, la dureté de ma voix m'étonne moi-même :

– Alors pourquoi ne pas me laisser tomber ?

– Enlève ta main de mon épaule.

J'obtempère, et voilà, pouf, on est plantés à côté du yacht, sur le quai de bois qui oscille doucement pendant qu'on s'affronte, les yeux dans les yeux.

– Qu'est-ce que tu fais là ? dis-je à Alex. Si vraiment je suis morte, qu'est-ce que tu fais là, hein ?

Il secoue la tête.

– Honnêtement, je n'en sais rien. Je suppose que c'est parce que je suis mort aussi. Parce que je traîne dans le coin depuis un an, en attendant je ne sais quoi. Je n'ai aucune envie d'être là non plus, je t'assure. Je préférerais me retrouver avec *n'importe* qui d'autre.

Pour la première fois depuis que j'ai découvert mon corps dans l'eau, ce qui m'arrive me semble réel. Indéniable. Non, je ne rêve pas. Ce n'est pas un cauchemar dont je vais me réveiller. Je suis morte.

Et là, une pensée me vient – je me demande vraiment pourquoi je ne l'ai pas eue tout de suite. Les mots commencent juste à me sortir de la bouche que je me mets à pleurer. Les morts pleurent. Qui l'eût cru ?

– Dis, Alex, il y en a d'autres... par ici ? On en voit d'autres ?

– Comment ça ?

– D'autres... d'autres... tu vois ce que je veux dire.

– Des morts ? (Il secoue la tête.) Je ne crois pas.

– Mais tu me vois bien, moi.

– Je sais. Tu es ma première. (Une pause.) Pourquoi tu me demandes ça ? Pourquoi tu pleures ?

– Pourquoi je pleure ?...

Je m'essuie les yeux, mais ça ne me dérange plus qu'Alex me voie en larmes. Je pense à mes parents – mon père et ma belle-mère, Nicole –, à mes copains, sur le bateau, je me demande quand ils vont se réveiller et me trouver. Mais surtout, surtout, je pense à ma mère. Ma *vraie* mère.

– Ma mère... ma mère est morte quand j'avais neuf ans. Alors je me suis dit que peut-être...

– Que tu la verrais ? (Il hausse les épaules.) Je ne sais pas, Liz. Hé, arrête de pleurer, d'accord ? (Le ton n'a rien de réconfortant. Il me semble plutôt qu'Alex trouve mes débordements d'émotion un peu pénibles.) Pas la peine de déprimer. Je ne suis pas un super spécialiste, hein, mais j'ai l'impression que notre situation à tous les deux... le fait qu'on soit coincés ici, je veux dire... ma foi, ça ne durera pas.

– Et après ? (Je continue à sangloter.) Tu es censé me servir de guide ou quelque chose comme ça ? Parce que là, franchement, tu n'es pas doué pour le job. Tu n'as répondu à aucune de mes questions... enfin, pas vraiment. (Une pause.) Sauf à celle sur les souvenirs. Et encore, on ne peut pas dire que tu m'aies expliqué quoi que ce soit. Mais à part ça, tu es *odieux* !

L'hystérie me guette. Je ne me *sens* pas morte du tout. Je me sens parfaitement vivante, impuissante et *gelée*. Je veux rentrer à la maison. Je veux mon père et Nicole. Ou, si je ne peux pas les avoir, eux, je veux ma mère. Où est-elle ? Pourquoi n'est-elle pas là avec moi ? Et *comment* me suis-je retrouvée dans l'eau, nom de Dieu ?

– Ce n'est pas possible, ça ne peut pas arriver ! (Malgré mes protestations, je sais parfaitement que ça peut arriver, puisque ça arrive en ce moment même.) C'est mon *anniversaire* ! Les gens ne sont pas censés mourir le jour de leur anniversaire ! Pas moi. Pas Liz Valchar. (Je crie presque, maintenant.) Tout le monde me connaît, tu sais. Tout le monde va être bouleversé.

– Oui, oui, je suis conscient de ta position sociale, déclare Alex d'un ton froid.

– Je n'y crois pas. (Je secoue la tête.) Non. Ce n'est pas réel.

– Si. (Cette fois, le ton est inexpressif, ennuyé.) Allez. Respire à fond. Je me demande... je suis peut-être censé... je ne sais pas, moi, je suis peut-être là pour *t'aider*.

J'inspire longuement. L'air a le goût du sel. Le quai tangue sous mes pieds bottés et mes jambes flageolantes. Sans mon cadavre, à deux mètres de là, tout aurait l'air parfaitement normal.

– Je te préviens, je ne sais pas grand-chose, poursuit Alex. On ne m'a pas donné de code de la mort ni rien. Il m'est juste arrivé à peu près ce qui t'arrive. Je rentrais du boulot à vélo, il devait être un peu plus de dix heures du soir, quand il s'est mis à pleuvoir à verse. On n'y voyait plus à deux mètres. Et là, terminé. Je me suis réveillé dans le sable, près de mon corps. (Il frissonne.) J'étais dans un état terrible.

Je m'essuie les yeux.

– Tu ne te rappelles rien ? Pas même la voiture qui t'a heurté ? Ni ce qui s'est passé juste avant ? Tu n'as rien vu, rien entendu ?

– Rien, je te dis, répond-il en secouant la tête. (Il hésite. Pour la première fois depuis qu'on discute, sa voix s'adoucit un peu.) Je me suis retrouvé tout seul, Liz. Pas comme toi. Il n'y avait personne pour m'aider. Je suis désolé de m'être montré aussi cynique, mais imagine-toi un peu ça... J'ai passé près d'un an sans voir un chat.

– Qu'est-ce que tu as fait, alors ? Tu es là... ça veut dire que tu peux te balader. Tu es allé voir ta famille ? Tes parents ?

– Bien sûr, acquiesce-t-il. De temps en temps. Mais je vais te dire franchement, je préfère encore être n'importe où ailleurs. On ne peut pas dire que ça rigole beaucoup chez moi, en ce moment. Mes parents campent littéralement à l'église depuis des mois, parce qu'ils prient pour mon salut. Et quand ils rentrent à la maison, ma mère se met au lit, point final. (Une courte pause.) Ou alors elle rôde à travers le pavillon en allumant des bougies votives et en pleurant toutes les larmes de son corps.

– Je suis désolée.

– Ça va. (Il se force à sourire.) Ce n'est pas ta faute, hein ? Enfin bref, ce que je voulais dire, c'est que je peux me balader, oui, mais que ça ne m'amuse pas tellement. En fait, j'ai passé beaucoup de temps au bord de la route, à l'endroit où je suis mort. Et tout d'un coup, pouf, je me retrouve sur ce quai. (Il secoue la tête.) Je ne sais absolument pas ce que je fiche ici. Franchement, je suis presque aussi paumé que toi.

Je le regarde d'un œil fixe.

– On peut se balader. C'est toi qui l'as dit. Donc je peux aller chez moi si je veux.

– Oui, mais... ça ne fait pas envie, pas après les deux, trois premières fois. C'est horrible. Tout le monde pleure, tout le monde est désespéré, tout le monde souffre... Et toi, tu es là, mais tu ne peux absolument rien faire pour consoler qui que ce soit ni même dire que tu vas bien.

– Mais je ne vais pas bien. Pas vraiment. Je veux dire, je suis coincée ici, hein ?

– Oui, je suppose que tu as raison, admet-il à la réflexion. On est coincés.

– Et tu es resté là comme ça pendant un an ?

– Ah... pas tout à fait. Il y a autre chose. (Il hésite.) Tu as vu ce que je viens de te montrer... On peut retourner dans nos souvenirs. Vraiment. Aller dans le passé voir ce qu'on a été. Il y a des choses que tu ne te rappelles pas, tu me l'as dit toi-même, OK ?

– Oui, oui. Pourquoi ça fait cet effet-là ? Tu le sais, toi ?

– Je ne suis pas sûr, répond-il, pensif. Quoique j'aie ma petite idée sur la question...

J'attends, mais il n'en dit pas davantage.

– Alors ? Tu m'expliques, ou on reste juste plantés là ?

– Bon, soupire-t-il, mais tu vas peut-être trouver ça bizarre. C'est juste une théorie personnelle, hein.

– Vas-y, je t'écoute.

– On est là, d'accord ? Je veux dire, sur Terre. Pas... ailleurs.

– Comment ça, *ailleurs* ? On n'est pas au Paradis, c'est ça que tu veux dire ?

– Le Paradis, l'Enfer... tu t'emballes encore. Enfin bon, à mon avis, on n'est pas coincés ici pour rien. On est morts jeunes, tous les deux. Et on veut tous les deux savoir pourquoi, hein ?

– Bien sûr.

– Alors voilà. Quand j'ai vraiment commencé à réfléchir à mes souvenirs, je me suis aperçu que je me rappelais les détails sans importance, les banalités. Je savais qui étaient les gens, j'avais gardé certains événements en mémoire, mais rien de... significatif, tu vois ? (Il inspire profondément.) Je crois qu'on est censés *apprendre* quelque chose. Pas seulement comment on est morts, mais aussi... je ne sais pas... arriver à une compréhension plus profonde. (Une pause.) Ça a un sens, ce que je dis ?

Pour l'instant, *rien* n'a le moindre sens en ce qui me concerne, mais je n'ai pas l'intention de le lui confier.

– Admettons. Tu es mort depuis presque un an. Qu'est-ce que tu as appris ?

– Deux, trois bricoles, répond-il sans me regarder.

– Tu as vu ce qui s'était passé la nuit de ta mort ?

– Pas encore.

– Quoi ? Mais ça fait *un an* !

J'ai quasiment hurlé les derniers mots.

– Ça va peut-être évoluer différemment pour toi. Je n'en sais rien. Je te donne juste mon avis, c'est tout.

Je fixe Alex d'un regard noir. Je n'ai vraiment aucune envie de passer l'année qui vient dans des sortes de limbes terrestres. Ce n'est pas possible, la mort ne peut pas se limiter à ça.

– Il y a aussi un détail… ajoute-t-il.

– Oui, lequel ?

Je me sens si déçue, si exaspérée que je me demande si je ne vais pas me remettre à pleurer.

– Tu es fatiguée ?

– Épuisée, oui.

– Normal. Mais on ne peut pas dormir, tu vas voir… Enfin, moi, en tout cas, je ne peux pas. Il nous arrive autre chose.

– Quoi donc ? Tu crois que je vais retourner dans mes souvenirs, moi aussi ? Me rappeler des trucs ?

Le soleil se lève peu à peu. Le temps passe vite ; il me semble être dehors depuis une dizaine de minutes, alors que ça doit faire des heures.

Alex se gratte le crâne, pensif.

– Tu sais ce qu'on raconte ? Que quand on meurt, on voit défiler toute sa vie en un clin d'œil…

J'acquiesce.

– C'est un peu ça, reprend-il, mais en beaucoup plus… lent. On est fatigué, vraiment fatigué, on a l'impression qu'on va s'endormir, on ferme les yeux… mais on ne s'endort pas. On voit des choses.

– Quoi, par exemple ?

– Des choses qu'on a vécues. Au hasard. Parfois des trucs tout bêtes, parfois des moments importants. C'est une sorte de puzzle qu'il faut assembler. On regarde ce qui se passe de l'extérieur, et du coup, on comprend mieux. Comme la scène de la cafet' que je t'ai montrée.

– Mais tu ne sais toujours pas qui t'a renversé ?

– Pas encore.

Je fais la moue.

– Tu crois que ça va venir bientôt ?

– Oui, je pense. (Il s'interrompt une seconde.) Mais les choses ne se passeront peut-être pas de la même manière pour toi. Je n'en sais rien.

– Alors ça, ça m'aide *vachement*. Merci *beaucoup*.

– Tu veux un bon conseil, un vrai ?

– Non, je t'en prie, ne te donne pas cette peine. Tu t'es déjà montré tellement secourable.

Ma voix frémit d'exaspération sarcastique, mais mon impolitesse ne me choque plus, c'est fini. On n'est vraiment pas faits pour s'entendre, Alex et moi, pas la peine de jouer les hypocrites.

– Retourne à l'intérieur, me dit-il avec un petit signe de tête en direction du bateau. Ça ne va pas tarder à devenir intéressant.

Je pivote. Sur le pont du yacht se tient mon copain, vêtu en tout et pour tout de son boxer.

– Richie. (Je me remets à pleurer, ce qui ne m'empêche pas de crier.) *Richie !*

– Il ne t'entend pas, soupire Alex. Tu n'es pas le mouton le plus brillant du troupeau, on dirait.

– N'importe quoi. (J'ai beau lui répondre méchamment, je n'ai pas détourné les yeux de

Richie.) On parle de l'*élève* le plus brillant de la *classe*, je te signale…

– Je sais, riposte Alex, mais comme tu es un vrai mouton et que je ne suis pas idiot, je me suis permis une métaphore adaptée à ta personna…

– Ferme-la, bordel ! *Richie !*

J'ai carrément hurlé, cette fois. Alex secoue la tête.

– Liz ? appelle tout bas Richie en parcourant des yeux le port de plaisance. (Il frissonne dans le petit matin glacé et s'entoure de ses bras pour se réchauffer.) Liz, tu es là ?

Je crie son nom encore et encore, de plus en plus épuisée, jusqu'à me sentir prête à m'écrouler. Il ne m'entend visiblement pas.

N'empêche qu'il reste un moment dehors à regarder autour de lui, même s'il n'a pas l'air de s'inquiéter. D'ailleurs, pourquoi s'inquiéterait-il ? J'habite à deux minutes à pied. Pour ce qu'il en sait, je me suis réveillée tôt et je suis partie courir. Comment pourrait-il imaginer un seul instant que je me tiens là, juste devant lui ? Ou que je flotte entre deux eaux, juste en dessous de lui ?

Quelques secondes d'attente encore, puis il rentre dans le yacht, sans doute pour se recoucher. Richie et moi, on se connaît depuis la petite enfance. On a toujours habité dans la même rue. On est sortis ensemble dès la cinquième. On s'aime. Je le sais au fond, tout au fond de moi. Ce n'est pas le genre de choses que je risque d'oublier.

– Nom de Dieu !

Voilà ce que je murmure en le regardant disparaître et en essuyant mes larmes.

– Ne t'inquiète pas, intervient Alex.
– Et pourquoi donc ?
– Il ne va pas tarder à savoir.
– Il ne sera plus jamais le même. Aucun d'eux ne sera plus jamais le même.
– Probablement pas, en effet. Comment tes copains pourraient-ils vivre sans toi, on se le demande ?

Je me fiche pas mal des sarcasmes de ce nul – pour le moment. Après tout, il y a plus important :
– Qu'est-ce qu'on fait, maintenant ?

Le soleil brille de plus en plus fort sur l'eau. Par-delà le bateau, par-delà le port, Noank s'illumine peu à peu.
– On attend. (Le regard d'Alex suit le mien. Notre petite ville s'étend devant nous, tellement sûre, tellement tranquille – du moins nous l'a-t-il toujours semblé.) Ils ne vont pas tarder à te trouver.
– Et qu'est-ce qui va se passer, à ce moment-là ?

J'ai posé la question dans un murmure. Il prend le temps de réfléchir avant de répondre :
– On va savoir ce qui t'est arrivé.
– Ah bon ?
– Oui. (Une autre pause, encore plus longue que la précédente.) Peut-être.

3

En réalité, mes copains mettent des heures à me trouver. Et quand enfin ils me trouvent, c'est horrible. Alex et moi attendons que le soleil soit entièrement levé pour monter à bord, mais ne me demandez pas pourquoi on n'y a pas pensé avant.

– J'aimerais quand même bien savoir ce qu'ils racontent, dis-je alors qu'on est assis sur le quai, à observer ma petite bande aller et venir sur le yacht.

– On peut, si tu veux, répond Alex. Il suffit d'y aller.

Je le regarde. Sans mot dire. Je me contente de le fusiller du regard, puis je me lève et j'y vais.

Mais je m'arrête devant la porte vitrée coulissante.

– Dis donc, toi qui es un vrai petit génie, je fais comment pour ouvrir ?

– Je te rappelle que tu es morte, Mme Einstein, riposte-t-il avec humour. Tu n'existes plus dans le monde physique, ses lois ne s'appliquent donc plus à toi. Il te suffit de passer à travers.

Je tends la main, hésitante, craintive. Une petite exclamation étouffée m'échappe quand je m'aperçois qu'il a raison : une sensation de froid me court sur la peau à l'endroit de la porte, mais ma main la traverse sans problème.

Mon corps se trouve toujours au même endroit, bizarrement coincé entre le bateau et le quai. Mes deux bottes ont coulé depuis longtemps, et je n'ai plus l'air d'une bombe. Je n'en avais déjà plus tellement l'air quand je me suis découverte, et les quelques heures passées dans l'eau de mer froide n'ont pas été tendres avec ma peau – je n'en dirai pas davantage.

– Allez, vas-y, lance Alex, qui m'a suivie sur le pont pour m'encourager.

Alors j'y vais. Tout simplement. Comme s'il n'y avait pas de porte. J'ai beau être terrifiée, je ne peux m'empêcher de trouver ça un rien excitant. Je suis un être *surnaturel.*

À notre arrivée, mes copains sont assis en groupe à la poupe, pas franchement folichons.

– Et si on allait vérifier chez elle ? propose Mera.

– Ça tombe bien, ils parlent de toi, observe Alex.

On s'assied sur les marches, attentifs. Moi, je fixe Richie, installé sur le canapé, mon portable à la main, mon sac sur les genoux. Voilà où ils en sont, semble-t-il : ils savent que j'ai disparu. Richie a l'air de s'inquiéter, maintenant. Il se doute bien que je ne rentrerais pas chez moi sans mon sac. Et *jamais* je ne me séparerais de mon téléphone. C'est le cordon ombilical qui me relie au monde extérieur depuis mes dix ans. Je suis complètement perdue, sans.

Oh, Richie. Je meurs d'envie de m'approcher de lui, de le serrer dans mes bras, alors je ferme un instant les yeux pour imaginer son contact.

L'horrible sensation de froid disparaît brusquement. J'ai l'impression d'être plongée dans un bon bain chaud, sauf que je respire facilement. Comme quand j'ai posé la main sur l'épaule d'Alex et que je l'ai suivi dans son souvenir de la cafet'. Mon environnement s'évanouit en tourbillonnant, et je me retrouve dans le jardin public de Noank. Deux femmes se tiennent devant moi, côte à côte. Chacune d'elles pousse une balançoire occupée par un très jeune enfant, un garçonnet et une fillette. La fillette, c'est moi. Je n'ai même pas deux ans.

– Elle est adorable, lance la mère du garçonnet avec un signe de tête dans ma direction, en souriant à ma mère à moi.

Ma mère ! Je la couve d'un regard avide. Ça fait neuf ans que je ne l'ai pas vue, sauf en photo. J'aimerais la prendre dans mes bras, me blottir contre elle, l'écouter chuchoter des mots tendres à mon oreille, mais je ne peux pas, bien sûr, c'est impossible. Mon corps tout entier me fait mal à cette pensée. J'aimerais lui dire que je l'aime, bien qu'elle nous ait quittés. Bien qu'elle m'ait quittée, moi, sa petite fille. J'avais neuf ans, et elle m'a quittée, elle m'a abandonnée sans personne d'autre que mon père pour s'occuper de moi… enfin, jusqu'à ce qu'il se remarie.

Je lui en ai tellement voulu de s'être laissée mourir, mais j'ai fini par surmonter mon chagrin ; je lui ai pardonné. Maintenant, je n'ai plus qu'une envie : être avec elle, *vraiment* avec elle, et tant pis s'il faut que je sois morte pour ça.

Elle n'avait que vingt-quatre ans à ma naissance... ce qui veut dire guère plus de vingt-cinq, là, au jardin public, et elle est magnifique. De longs cheveux blonds – de la même nuance que les miens –, très grande. Elle adresse à son interlocutrice un sourire nerveux. Je ne me souviens pas bien d'elle – je ne me souvenais déjà pas bien d'elle avant de mourir –, mais d'après mon père, elle était extrêmement timide avec les inconnus.

– Je m'appelle Lisa, et voici la petite Elizabeth, annonce-t-elle. Mon mari et moi avons déménagé récemment. On vivait à l'autre bout de la ville, mais on s'est installés dans l'ancienne maison de son père à lui, sur High Street.

– Ah, c'est vous, nos nouveaux voisins ! (La mère du garçonnet est loin d'être aussi timide.) Je savais bien que je vous avais déjà vue quelque part. Je me présente : Amy Wilson. Et mon fils, Richie.

Mme Wilson examine brièvement ma mère de la tête aux pieds. Malgré sa taille, elle ne fait sans doute pas plus de soixante kilos ; les os de ses hanches se dessinent à travers le tissu de son short. Et, malgré son sourire, malgré la joie évidente qu'elle éprouve à faire la connaissance de sa voisine, il subsiste dans ses yeux une certaine tristesse. Je lui trouve aussi l'air fatiguée, à cause des cernes sombres qui soulignent ses yeux. Et affamée.

Richie et moi nous balançons main dans la main, amis, déjà. Il a de beaux cheveux noirs bouclés et des lèvres pleines, très rouges. Un jour, quand j'aurai quatre ans, elles me donneront mon premier baiser. Plus tard, quand j'aurai douze ans, elles me donneront mon premier *vrai* baiser. Je n'ai jamais embrassé personne d'autre de cette manière. Pendant que je reste là à nous regarder tous les quatre, je m'aperçois soudain que certains de mes souvenirs de Richie et moi ont disparu, surtout les plus récents. Mais j'en garde bien assez pour savoir que je l'aimais. Ça, c'est une certitude.

– Liz ? Hé ho... il y a quelqu'un ?

Alex m'appelle. Il me semble de nouveau être aspirée par une pompe à vide, et le flash-back s'achève aussi vite qu'il a commencé.

– Je l'ai vu ! (Je suis si excitée que j'en ai le souffle court.) Ma mère aussi. Et la sienne. On était tout petits...

– Ah bon ? demande-t-il, pas très intéressé.

Blasé, quoi. J'acquiesce en pleurant, avec l'impression que je ne pourrai plus jamais fermer les vannes. Les émotions s'enchaînent trop vite pour que j'arrive à les intégrer. Je ne peux pas gérer ça à moi toute seule, par ce qui aurait dû être une belle matinée d'été.

– Je regardais Richie, je pensais à lui, et tout d'un coup, je me suis retrouvée là-bas. Au jardin public. La première fois qu'on s'est vus.

– Oh. (Alex cligne des yeux.) Cool. (Il s'interrompt.) Il n'y aura pas que des bons souvenirs, tu t'en rends compte, j'espère ?

Je croise les bras.

– Qu'est-ce qui peut bien te pousser à me dire une chose pareille ? Franchement ? J'ai eu une seconde de bonheur, mais tu n'as pas pu t'empêcher de me la gâcher. (Je suis sur la défensive, sans vraiment savoir pourquoi. Ce que je sais, par contre, c'est qu'Alex Berg n'est décidément pas mon meilleur ami.) Tu as un problème ou quoi ? Je suis *morte*, d'accord ? C'est déjà un assez mauvais jour comme ça.

– Bon, bon, pas la peine de piquer ta crise, répond-il d'un ton léger qui a le don de m'énerver. (On dirait qu'en ce qui le concerne, toute cette histoire n'est qu'une simple distraction.) Je voulais juste te prévenir.

Je hausse les épaules. Peu importe, finalement. Je viens de voir ma mère ! Si jeune, si... vivante. Elle me touchait, elle s'occupait de moi, elle m'aimait. Moi, sa petite fille.

Malgré tout, je suis curieuse... Autant poser la question :

– De quoi j'avais l'air ? Tu sais, quand j'ai décroché, là ?

Et je me sens de nouveau glacée. Ça m'étonnerait que je m'y habitue un jour.

– Oh, ça n'avait rien de bizarre, déclare Alex en haussant à son tour les épaules. Tu restais juste immobile à le regarder. Richie, je veux dire.

– Ah. (Je m'interromps une seconde.) Ça a duré longtemps ?

– Quelques minutes.

– Tu en es sûr ? (Ça ne m'a pas semblé aussi long.) J'ai raté un épisode ?

– Oui, ils ont envoyé Mera chez toi voir si tu y es.

Il referme tout juste la bouche quand un hurlement strident nous parvient de l'extérieur.

Mes copains se raidissent, visiblement effrayés. Je les examine avec attention en me demandant s'il n'y en a pas un qui fait une tête un peu différente, qui a l'air vaguement coupable, mais cette idée m'est à peine venue que je l'écarte sans hésiter. Ce sont mes meilleurs amis. Ils ne m'ont pas tuée. Personne ne m'a tuée.

Mais se peut-il vraiment que je me sois noyée ? Comment est-ce possible ?

Mera hurle toujours. Elle continue même quand les autres la rejoignent. J'entends parfaitement ce qu'ils disent en me voyant, *tout*, jusqu'au dernier mot.

C'est purement et simplement horrible. Je ferme les yeux.

– Tu veux sortir aussi ? demande Alex, hésitant, bien qu'il connaisse déjà la réponse.

Je secoue la tête.

– Je veux rentrer chez moi. Tout à l'heure, tu as dit qu'on pouvait. Comment on fait ?

– Ils sont peut-être en train d'appeler tes parents, tu sais. Je ne crois pas que ce soit une bonne idée.

Je le toise d'un regard furieux. Non mais, pour qui se prend-il, à me dire ce que je dois faire ?

– Je m'en fous. Je veux rentrer chez moi.

– Tu as vraiment envie de voir ça ? Je te préviens, ça va te briser le cœur.

– Maintenant. (Ma voix ne tremble pas.) Avant qu'il soit trop tard. Avant le coup de fil.

– Bon, lâche-t-il à contrecœur. Ça se passe de la même manière que pour les souvenirs. Ferme les yeux et imagine que tu es chez toi, tout simplement. (Il hésite, avant d'ajouter :) Tu veux que je t'accompagne ?

À vrai dire, je n'en ai aucune envie, je le trouve carrément antipathique, mais j'ai encore plus peur d'y aller seule.

J'acquiesce, le souffle court.

– Oui... Tu veux bien ?

– Il va falloir que tu me touches, prévient-il.

C'est tout juste s'il n'en frissonne pas.

– Mon pauvre, je te plains. (Je l'attrape brusquement par l'épaule.) Ferme les yeux... on est partis.

Mes parents dorment encore. Je dis « mes parents », parce que j'appelle ma belle-mère « maman » depuis huit ans – depuis que mon père l'a épousée. Ça peut paraître bizarre qu'elle ait endossé le rôle aussi vite, à peine un an après la mort de ma mère, mais j'étais tellement jeune. Et je lui en voulais tellement de nous avoir quittés. Il faut dirc aussi que Nicole avait toujours été gentille avec moi, et que le jour où elle est devenue Mme Valchar, Josie est devenue ma demi-sœur... alors que c'était déjà ma meilleure copine. Tous les soirs, j'avais l'impression qu'une amie restait dormir à la maison.

Pas question de penser à ce qui se passe sur le bateau. Je reste un moment plantée au pied du lit, à regarder ses deux occupants plongés dans un sommeil réparateur. Leur souffle est calme, profond. Ils n'auront sans doute plus de nuit aussi sereine avant longtemps.

Mon père est si grand et si massif qu'il ressemble à un ours. Il aime le scotch, les cigares et la bonne cuisine. À vrai dire, je suis surprise qu'il soit encore à la maison ce matin, même un dimanche : en principe, il passe son temps au travail – ça, je m'en souviens. Il est avocat d'affaires, un métier extrêmement stressant, mais je me demande parfois si ce n'est pas de toute manière un bosseur obsessionnel. Il a eu une crise cardiaque sans gravité, il y a quatre ans ; moins de deux semaines plus tard, il était de retour à son poste.

C'est marrant. Après la mort de ma mère, je m'inquiétais énormément de la santé de mon père. J'essayais de m'imaginer la vie sans lui. On peut sans doute dire qu'ayant perdu très jeune un de mes parents, je me préparais de mon mieux à perdre l'autre.

La pensée ne m'est jamais venue – pas une seule fois – que je pouvais mourir avant lui. Je n'ai que dix-huit ans, nom de Dieu ! On n'est pas censé mourir à dix-huit ans.

N'empêche qu'Alex est mort alors qu'il ne les avait même pas. Et maintenant, moi. Qu'est-ce qu'on fiche ensemble ? Je le connaissais à peine. C'était manifestement un solitaire, un timide, un discret... mais je reconnais que ça me soulage d'avoir quelqu'un à qui parler, malgré nos caractères contrastés. Ça ne m'aurait franchement pas plu de subir ce genre d'au-delà toute seule pendant un an, comme lui.

Il me regarde monter tout doucement sur le lit pour me glisser entre les dormeurs, au-dessus des couvertures, à croire que j'ai peur de les réveiller. Je n'ai plus fait une chose pareille depuis ma petite enfance, quand ma mère était encore de ce monde – ça ne m'est jamais arrivé avec mon père et Nicole –, mais là, honnêtement, j'en ai besoin.

Allongée entre eux, je me concentre sur leur respiration tranquille, car il m'est impossible de les toucher, eux aussi. Malgré mes efforts, quelque chose d'invisible m'empêche d'établir un véritable contact.

Les yeux fixés sur le visage vieillissant de mon père, j'essaie de le distinguer clairement à travers mes larmes.

– Je t'aime, papa…

Le portable de Nicole sonne sur sa table de nuit, mais je ne cherche même pas à déchiffrer le numéro appelant : je sais de qui il s'agit. D'après le réveil, il est 8 h 49. Un dimanche matin, avant neuf heures… Pas besoin d'être un génie pour deviner qu'il y a un problème.

Tournée vers Nicole, je lui chuchote fiévreusement :

– Ne réponds pas. Écoute-moi, s'il te plaît, ne réponds pas, non non, ne réponds pas…

Ses paupières frémissent puis se soulèvent.

– Marshall, marmonne-t-elle.

Le nom de mon père.

– Hmm ? Qui c'est ? (Il bâille sans ouvrir les yeux.) Quelle heure il est ?

Je pleure à chaudes larmes, maintenant, prête à tout pour les empêcher d'apprendre ce qui se passe.

– Je suis là, papa.

Il ne sentira rien, je le sais, mais je lui pose la main sur le bras. Moi, je le sens *presque*, malgré le curieux espace qui m'empêche de le toucher vraiment, et ça suffit à m'apporter un minimum de réconfort. Sa chaleur, le sang qui court dans ses veines de vivant. Oh, papa. Il suffit d'une fois pour avoir le cœur brisé. Il a déjà perdu ma mère, et maintenant…

Nicole tend une main paresseuse pour s'emparer de son portable. Les yeux plissés, elle examine le numéro affiché.

– C'est Liz. (Un coup d'œil à mon père.) Pourquoi appelle-t-elle à une heure pareille ?

Il bâille une seconde fois.

– Tu me demandes ça à moi… Réponds.

C'est Liz… Qu'est-ce que c'est que cette histoire ? Je suis là… et au bateau, je flotte entre deux eaux. Il me faut quelques secondes pour comprendre : celui ou celle qui appelle se sert de mon portable.

J'ai l'impression qu'on vient de me gifler. Quelle horreur ! Une chose pareille ne devrait pas arriver, non, ce n'est pas juste que mes parents perdent ces dernières secondes de paix avant l'explosion qui va les projeter en plein chaos.

Nicole répond au téléphone d'une voix lasse, mais joyeuse.

– Bonjour Liz, ma puce. Qu'est-ce qui se passe ?

Long silence. Elle écoute. Une voix d'homme, à l'autre bout du fil. Richie, je le reconnais tout de suite.

– Attends, attends… coupe-t-elle enfin. Pas si vite. Tu me fais peur. Bon. D'accord. Oui, oui, on arrive.

Elle referme le portable. Se retourne. Nicole est pâle comme une morte – et je sais de quoi je parle.

– C'était Richie. Il dit que la police est en route pour le bateau. Qu'il y a eu un accident. Il faut qu'on y aille.

– Un accident ? Comment ça ? Qu'est-ce que ça veut dire ? demande mon père en s'asseyant.

Elle secoue la tête.

– Il n'a pas voulu m'expliquer.

Ils s'observent d'un œil fixe.

– Pourquoi est-ce lui qui a appelé ? Avec le téléphone de Liz, en plus ? Pourquoi pas Liz ou Josie ? demande encore mon père.

Nicole ne répond pas. Ses doigts se sont posés sur sa bouche.

– Habille-toi, Marshall, lâche-t-elle enfin.

Je n'en peux plus. Je descends du lit pour rejoindre Alex, qui attend dans son coin, immobile et silencieux. Il n'a pas l'air surpris que je le prenne par l'épaule avant de fermer les yeux.

Je les rouvre sur l'*Elizabeth*. Dehors s'élèvent des cris et des sanglots, la musique du chagrin et de l'horreur.

Je ne peux y échapper. Je ne peux rien faire qu'attendre.

4

La police a fait intervenir des plongeurs. Deux femmes et deux hommes – en combinaison intégrale –, qui se mettent à l'eau par l'échelle de poupe du bateau puis s'activent pour me dégager, pendant qu'un bataillon de flics les aide en éloignant autant que possible le yacht du quai. Le mouvement déclenche des vagues qui font rouler mon corps sur le flanc, puis sur le dos. Enfin, les plongeurs me guident lentement, très lentement vers le rivage rocailleux. Après m'avoir sortie de l'eau, ils me placent avec soin – comme si je risquais de casser – dans un grand sac en plastique noir luisant. Un *sac à cadavre*. Pour moi. Le jour de mon putain d'anniversaire.

Mes parents assistent à la scène de bout en bout, ainsi que mes copains, silencieux, assommés. Personne ne pleure plus.

– Liz ? appelle Alex d'un ton léger. On ne t'entend plus. Ça va ? Enfin… tu vois ce que je veux dire.

Je me tourne vers lui, furieuse.

– Mais oui, c'est le pied. Les flics viennent de sortir mon cadavre de l'eau. Je suis horrible. C'est mon anniversaire, je suis morte, et comme si ça ne suffisait pas, je suis tellement gonflée, tellement répugnante après mon petit bain froid, que je n'aurai sans doute même pas droit à un cercueil ouvert. Je suis *affreuse*. Et toi, tu me demandes si ça va. Non, ça ne va pas. Pas *du tout* du tout.

– Ça te passera, affirme-t-il avec calme, indifférent à ma colère. Tu t'habitueras. (Il s'interrompt une seconde.) Tu viens juste de mourir… C'est vraiment l'aspect de ton cadavre qui te préoccupe le plus ?

Je me mords la lèvre. Oui, on dirait en effet que l'aspect de mon corps me semble essentiel. Étais-je à ce point superficielle ? Il y a infiniment plus important… Du coup, je ne sais plus trop où j'en suis.

Je m'aperçois alors que le regard d'Alex a dérivé un peu plus loin, jusqu'aux plongeuses qui se sont installées à l'écart pour enlever leur combinaison mouillée, avant d'enfiler un pull par-dessus leur maillot de bain.

Elles discutent, maintenant ; l'une d'elles est même en train de pleurer. De quoi peuvent-elles bien parler ?

– J'y vais, dis-je à Alex.

La tête basse, la brune aux cheveux courts cherche à dissimuler ses larmes. Son séjour dans l'eau lui a fripé la peau des doigts.

– J'ai une fille du même âge… qui vit avec son père, dans le Vermont. (Sa collègue, une grande blonde, secoue la tête.) Mais qu'est-ce qui s'est passé, bordel de merde ? (La brune baisse la voix puis continue, dans un murmure :) Qu'est-ce que c'est que ces gens qui laissent leur fille faire la fête sur un bateau ? En picolant ? Et il y avait de la drogue aussi, figure-toi. Ces mômes étaient complètement défoncés.

Mais non ! Enfin bon, un peu, d'accord – un peu trop, manifestement. Mais mes parents ne savaient pas qu'on allait boire. Ils ne nous auraient jamais laissés faire. Ce sont des gens bien. Et nous, on n'est pas des voyous, je l'ai déjà dit, on est des jeunes sympas. Enfin, à mon avis… qui n'est manifestement pas celui d'Alex. J'en arrive d'ailleurs à me demander s'il n'a pas un peu raison. La pensée s'impose une fois de plus dans mon esprit, aussi éclatante qu'un néon : *Comment une chose pareille a-t-elle bien pu arriver ?*

La main en visière pour se protéger du soleil, la blonde attrape la brune par le bras.

– Tu peux surveiller tes mômes tant que tu veux, tu peux les garder à l'œil en permanence, ça ne sert strictement à rien. Les choses arrivent pour des raisons qui nous échappent.

L'autre s'essuie les yeux puis lui jette un coup d'œil aigu.

– Tu veux dire que c'est la volonté de Dieu ?

La blonde hoche la tête.

– Il donne et Il reprend. On n'y peut rien.

Un long silence s'installe, que la brune finit par rompre :

– Je vais te dire, c'est des conneries. Les parents de cette gosse auraient pu éviter ça, s'ils avaient eu un minimum de jugeote.

Et *voilà* – sans avoir bougé, sans même l'avoir voulu –, je me retrouve près de mon père.

Nicole et lui ont rejoint mes copains. En compagnie de quatre flics. Je n'en connais qu'un, un certain Joe Wright, le shérif de Noank. Curieusement, j'ai la vague l'impression d'avoir déjà eu affaire à lui, pas juste de savoir qui c'est. Alors je ferme les yeux, j'essaie de me laisser emporter par les souvenirs... et la scène m'apparaît presque aussitôt, en plein sous mon nez. Richie et moi, on a eu une petite discussion avec lui il y a quelques mois, après le bal de fin d'année. On s'était garés près de la plage de Groton, dans le 4 × 4 du père de Richie, qu'on avait eu le droit d'emprunter pour le Grand Soir. On s'était installés à l'arrière, sous une couverture, quand Joe Wright a frappé à la vitre embuée avec sa torche.

On l'a trouvé assez sympa, sur le moment. Il a pris nos noms et nous a dit de rentrer chez nous. À plus de quatre heures du matin, le couvre-feu pour les moins de dix-huit ans avait sonné depuis longtemps, mais comme on sortait du bal, il n'a pas insisté.

En fait, on n'est pas rentrés chez nous : on a juste suivi la route pour aller se garer devant chez Richie, et puis on est redescendus au bateau, où on a passé le reste de la nuit dans les bras l'un de l'autre. Je me souviens qu'on a parlé de ce qu'on ferait en terminale et de la fac où on irait l'année suivante, ensemble... Pour nous, la question ne se posait pas :

on serait toujours en couple après le lycée. Richie Wilson était l'amour de ma vie.

– C'est ta belle-mère ? interroge Alex, me tirant de mes souvenirs.

Fidèle au poste, près de moi.

– Oui. Nicole. La mère de Josie.

Il laisse échapper un long sifflement.

– Ouaouh, la *bombasse*.

– Tu ne peux pas la fermer un peu ? (Je le repousse si violemment qu'il manque tomber du quai. Ce qui n'aurait de toute manière aucune importance. Qu'est-ce qui pourrait lui arriver de si terrible, au point où il en est ?) Je ne comprends pas que tu prennes les choses à la légère. Tu te rends compte de ce qui se passe ? Mes parents, mes amis... leur vie est foutue.

Il me jette un de ces regards...

– J'en connais une que la modestie n'étouffe pas.

– Alex. Ils viennent de trouver mon cadavre.

– C'est vrai, admet-il en hochant la tête. Mais ils finiront par s'en remettre.

Je me tourne vers mon père, qui attend, les yeux baissés. Je ne veux même pas imaginer à quoi il pense.

– Non. Pas tous. Pas mon père.

– La mort fait partie de la vie, murmure Alex. Tout le monde meurt, un jour ou l'autre.

– Pas comme ça.

Je jette un coup d'œil à mon corps emballé, dissimulé aux regards. Pourquoi les flics le laissent-ils *traîner* là ? Pourquoi ne l'emportent-ils pas *tout de suite* ? Quelle bande d'incompétents... Voilà pourquoi ils bossent dans un petit bled. Ils ne connaissent rien à rien. Ce n'est pas à Noank qu'ils risquent d'avoir de véritables crimes à élucider.

Une équipe de la télé régionale est arrivée. Les occupants des autres bateaux, tirés du sommeil, ouvrent de grands yeux en se retenant de pousser des cris. Les habitants de ma rue, plantés sous leur véranda ou à leur fenêtre, observent la scène d'un peu plus loin, fascinés. Sans doute ont-ils l'impression d'être au cinéma. Ils vont parler de ça toute la matinée en buvant leur café, comme si c'était un film d'horreur à raconter aux amis qui l'ont raté. Mais ma mort ne va pas seulement faire le bonheur des commères : les Noankais sont *pragmatiques*. Ma noyade va les bouleverser, bien sûr, mais je suis prête à parier qu'ils se demandent déjà quelle influence elle va exercer sur la valeur de leurs maisons.

Quant à Joe Wright, il fait de son mieux pour éviter que les choses ne dégénèrent et que le chaos ne s'installe. Après avoir rassemblé mes copains et mes parents sur le pont avant du yacht, il les entraîne à l'intérieur.

Je me tourne vers Alex, lequel répond à ma question muette par un hochement de tête.

– Allons-y.

À voir le désordre qui règne à bord de l'*Elizabeth*, on dirait que le temps s'est arrêté : sacs de couchage déroulés, abandonnés par terre, cafetière chargée en café moulu, mais pas en eau, canettes de bière vides dispersées sur le comptoir de la cuisine. Au-dessus du fauteuil du capitaine est accrochée une photo prise quelques mois seulement avant la mort de ma mère… par ma future belle-mère – quelle ironie ! Nicole et son mari s'entendaient super bien avec mes parents, tandis que Josie était ma meilleure copine… Jamais je n'oublierai cette journée de bateau, les deux familles originelles heureuses, sans doute pour la dernière fois. Enfin, aussi heureuses que possible, vu la situation. Parce que ma mère était très malade, à l'époque. Sur la photo, j'ai huit ans, presque neuf ; encadrée de mes parents, j'arbore la casquette de capitaine. Tout le monde sourit. Ma mère est si maigre qu'elle a les joues creuses et les bras épais comme des allumettes. Le dernier des imbéciles se serait rendu compte qu'elle avait un problème.

Maman. Je voudrais tellement être avec elle là, maintenant, tout de suite, que je donnerais n'importe quoi. Je ferme les yeux, j'essaie de me la représenter à une époque plus agréable, avant qu'elle ne tombe malade…

Et je me retrouve comme par magie dans les toilettes de l'école primaire. On est ensemble, elle et moi, fillette en justaucorps noir, collant et chaussons de danse roses, coiffée d'un petit chignon serré très blond, piqué d'épingles à cheveux. Sans doute un soir de spectacle. Quand j'étais enfant, je m'inscrivais à toutes les activités possibles et imaginables : danse classique, claquettes, jazz, gymnastique, jusqu'à l'initiation au théâtre du quartier, un moment.

– J'ai peur de ne pas y arriver, dis-je à ma mère.

Je dois avoir dans les six ans, et je suis manifestement nerveuse. Quant à elle, elle est très, très mince – je ne me rappelle pas qu'elle ait jamais été plus ronde –, mais elle a l'air heureuse. Autant que je me rappelle, elle adorait assister aux spectacles auxquels je participais. Une trousse de maquillage est posée à côté d'elle, en équilibre au bord du lavabo. Elle s'agenouille devant moi, les yeux plissés, attentive, pour m'appliquer avec soin du blush sur les joues.

– Tu vas très bien y arriver, ma chérie. Tu connais les pas à la perfection, je t'ai vue t'exercer. Tu vas être géniale.

– Je peux avoir du mascara, aussi ?

– Bien sûr, sourit-elle.

– Papa ne sera pas fâché ?

– Que je te maquille ? Non, non, il ne sera pas fâché. Tu as l'air d'une princesse. Tu es magnifique.

– Il dit que je n'ai pas besoin de maquillage pour être belle.

Elle se mord la lèvre puis fouille dans la trousse, d'où elle tire un tube de mascara.

– Ouvre grand les yeux. Regarde en l'air. Je vais te montrer comment on s'y prend.

La séance de maquillage terminée – blush, mascara, fard à paupières et même rouge à lèvres –, elle me pose les mains sur les épaules le temps de m'examiner.

– Tu es parfaite, affirme-t-elle.

– C'est vrai ?

Je me dandine d'un chausson sur l'autre.

– Oui, c'est vrai. (Elle m'embrasse sur le bout du nez.) Tu es ma parfaite petite fille.

J'aimerais *tellement* être cette enfant, sentir le contact de ma mère. Mais je ne peux que regarder.

– Mme Greene dit que l'extérieur des gens, ça n'a pas d'importance. Que ce qui compte, c'est d'être beau dedans. (Mme Greene est ma prof de danse. Je m'interromps, pensive, avant de continuer :) Mais moi, je crois que ça compte aussi d'être beau dehors. Hein, maman ?

Ma mère hésite avant de répondre :

– C'est important d'être beau dedans, oui, très important. Mais toi, Elizabeth, tu es une fille, et pour les filles, c'est différent.

Elle me pose un autre baiser sur le bout du nez, se relève et me prend par la main.

Mon père nous attend dans le couloir, entouré d'une foule de parents et de petites ballerines qui se préparent pour le spectacle. En voyant à quel point je suis maquillée, il devient aussi rouge que moi avec mon blush.

– Mais qu'est-ce qui te prend, nom de Dieu ? chuchote-t-il à ma mère, visiblement furieux.

– Elle va monter sur scène, Marshall. Je veux qu'on la remarque.

– On la remarque de toute manière. Elle fait quinze centimètres de plus que les autres, et elle est grasse comme un haricot. (Il m'adresse un sourire forcé.) Une vraie ballerine.

– Je lui ai juste mis un peu de blush, proteste ma mère. Trois fois rien. Pour qu'elle ait les joues roses.

– On dirait une geisha, marmonne mon père.

– C'est quoi, une geisha ? demande la petite Elizabeth, les yeux levés vers eux. C'est joli ?

Ils échangent un regard : mon père est près d'exploser, ma mère d'une impassibilité provocatrice.

– Oui, ma chérie, déclare-t-elle, c'est très joli, une geisha, mais moins que toi. (Elle s'agenouille de nouveau et se penche vers moi. Mon fantôme doit se rapprocher, l'oreille tendue, afin d'entendre ce qu'elle me chuchote.) Tu es la plus jolie. Et tu le seras toujours, Elizabeth.

Mon père nous quitte pour aller s'installer dans l'auditorium.

J'en ai assez vu. Je cligne des yeux, encore et encore, en souhaitant de toutes mes forces regagner le présent.

– Alors, où es-tu allée ? demande Alex. Tu as vu quelque chose d'intéressant ?

– Ça ne te regarde pas.

– Ma foi, je suis ravi que tu sois de retour. (Un grand sourire illumine son visage.) Tu as failli rater le spectacle.

Je me remets à pleurer, pendant que mes copains s'asseyent en silence. Je pleure parce que ce qui se passe est bien réel – j'en suis convaincue, maintenant –, parce que je suis vraiment morte, mais aussi à cause du chagrin éveillé par mon souvenir d'enfance. Je ne m'étais jamais rendu compte que mes parents avaient des problèmes de couple. C'est normal de se disputer de temps en temps, bien sûr, mais là, il m'a semblé que la tension qui régnait entre eux – entre nous trois, à vrai dire – remontait déjà à loin. Pourtant, si pénible qu'ait été la scène, elle m'a donné encore plus envie de retrouver ma mère.

C'est normal de se disputer de temps en temps. Je me le dis et me le répète. Ça arrive aussi à mon père et

Nicole. Le mariage de mes parents n'était pas désastreux. Oh, je me rappelle parfaitement les commérages, alors que j'aimerais bien les avoir oubliés, mais ce ne sont que des mensonges. Quoi que puissent en penser les gens.

– Eh, calme-toi, me dit Alex.

– Va te faire voir.

Il arque le sourcil, mais ne répond pas, attentif à la scène qui se déroule à bord. Je regarde, moi aussi.

Deux de mes copains, Mera et Topher, ont allumé des cigarettes et fument en public, les mains tremblantes, les joues mouillées de larmes, sans un bruit. Ils sont tous les cinq livides, blêmis par le choc, malgré le bronzage de l'été.

Sans mot dire, ma belle-mère s'approche de Mera, puis de Topher, pour leur prendre leurs cigarettes. Elle en laisse tomber une dans une canette de bière vide, mais se garde la seconde. Nicole a cessé de fumer il y a quelques années, quand mon père a eu sa crise cardiaque. Je suppose que le moment ne lui semble pas plus mal choisi qu'un autre pour s'y remettre.

Une fois tout le monde installé, Joe Wright s'assied dans le fauteuil du capitaine, armé d'un minuscule carnet à spirale et d'un stylo. Des outils insuffisants pour permettre de résoudre le mystère de ma mort, me semble-t-il. Un autre flic reste planté près de lui, un calepin à la main. *SHANE EVANS*, d'après son badge.

Joe Wright s'éclaircit la gorge.

– Bon, les jeunes. (Il inspire à fond puis se frotte le front, comme pour en effacer une tache invisible. Peut-être la situation lui donne-t-elle la migraine.) On va commencer par le commencement, d'accord ? Racontez-moi ce qui s'est passé.

Suit une longue minute de silence.

– Je sais que vous faisiez la fête, reprend-il enfin. C'était son anniversaire, c'est ça ?

– Liz. (Richie ne quitte pas du regard le plancher du bateau.) Elle s'appelle Liz.

– Et toi, tu es… ? Tiens, voilà un bon point de départ. Vous allez me donner vos noms et me dire ce dont vous vous souvenez, pour cette nuit. Un par un.

– Fascinant, murmure Alex, alors qu'ils ne risquent franchement pas de l'entendre.

– Quoi donc ?

Je n'arrive pas à quitter mon père et Nicole des yeux. Ils tremblent. Le choc, sans doute. Je donnerais n'importe quoi pour les prendre dans mes bras et pour qu'ils sentent mon contact.

– Je n'avais encore jamais vu les rois du lycée aussi paumés. Tes copines ne sont même pas maquillées. Elles ne cassent pas des briques au naturel, hein, commente Alex.

Je lui jette un regard noir.

– Elles n'ont pas eu le temps, c'est tout. Tu crois vraiment qu'elles penseraient à se pomponner dans un moment pareil ?

– Ça ne m'étonnerait pas. (Il plisse les yeux.) Surtout Josie et Mera. Vous étiez les trois personnes les plus superficielles que j'ai jamais vues de ma vie. Tu sais comment on vous appelait, mes potes et moi ?

Vous, là, les filles à qui tout le monde avait toujours tout servi sur un plateau, qui ne pensaient qu'à leur look et à sortir avec les mecs les plus branchés ?

– Non...

Son sourire s'élargit.

– Des salopes. Vous étiez d'authentiques salopes.

Ça ne me fait pas plaisir, mais je garde mon calme.

– Marrant. Je pensais que c'était peut-être une question piège. Ça m'étonne que tu aies eu des potes.

Je regrette instantanément d'avoir dit une chose pareille. Pour un peu, je lui présenterais mes excuses, mais un lourd silence s'installe entre nous, quasi palpable, si pesant que je serais incapable d'enchaîner.

– Oh, j'en avais, lâche enfin Alex. Tu ne les connaissais pas, c'est tout.

– Ah bon ? Qui ça ?

– Mes collègues de travail, au magasin. (Une pause.) Ils étaient un peu plus âgés, la plupart allaient déjà à la fac, mais on s'entendait bien. Ils étaient sympas. Rien à voir avec tes potes et toi. Ils savaient qu'il existe une vie en dehors du lycée. Qu'il y a des choses plus importantes dans la vie, justement, que la marque d'un sac à main ou les gens qu'on fréquente.

Je hausse les épaules.

– Mais moi, je ne vivais que pour le lycée. Je ne connaissais rien d'autre. Ce genre de choses n'aurait peut-être pas eu d'importance éternellement, mais ça en avait sur le moment, c'est normal.

Alex ouvre la bouche, sans doute prêt à me servir une de ses remarques mordantes, mais Mera l'en empêche en prenant la parole, m'aidant à préciser les souvenirs que j'ai d'elle.

Mera Hollinger, dix-huit ans ; blonde avec de longs cheveux méchés, comme mes autres copines ; bonne nageuse – *très* bonne ; un peu bête. Tout en muscles et en esthétique, rien dans la tête. Le membre de la bande que j'aime le moins. Franchement, je suis un peu déçue que ce soit elle qui m'ait trouvée parce que, en plus, elle a une petite tendance à toujours en rajouter. Je suis prête à parier qu'à la rentrée, elle va exploiter à fond la découverte de mon corps en saisissant la moindre occasion de raconter l'histoire à sa manière… et en précisant bien à quoi je ressemblais quand on m'a tirée de l'eau.

Elle sort avec Topher Paul, dix-huit ans lui aussi, assis à côté d'elle et qui lui tient la main. C'est le premier couple de ma connaissance à avoir couché, autant que je sache. Pendant la seconde. De vrais siamois. J'imagine qu'ils finiront par se marier, un jour ou l'autre. Topher est une star au lycée, parce que c'est un des meilleurs joueurs de l'équipe de foot. Il est fils unique, ses parents l'adorent comme si c'était la huitième merveille du monde, mais il s'énerve facilement et il lui arrive d'être casse-pieds. N'empêche qu'au fond, c'est un mec sympa. On se connaît depuis la maternelle.

– On faisait juste une petite fête, dit Mera.

– Tout à fait banale, ajoute Topher.

– Et vous êtes ?

Joe Wright prend des notes avec frénésie. Je vois la sueur perler sur son front, malgré la fraîcheur de la matinée.

– Topher Paul. Christopher Paul. Le fils du Dr Michael Paul. (Topher marque une pause pour ménager ses effets.) Le dentiste. Le chirurgien-dentiste le plus connu de Noank.

– Eh bien, voilà sans doute qui explique ton beau sourire, ironise Joe, après avoir considéré une seconde Topher d'un air bizarre.

– Son père est dentiste ? Je ne vois pas ce que ça a de si extraordinaire, commente Alex, perplexe.

– Je te signale que c'est mon pote, interviens-je. Et que sa famille est effectivement extraordinaire. Son père fait partie des directeurs du country club, et sa mère a été Miss Connecticut.

– Hmm. C'est super important, je le reconnais. Une contribution aussi énorme à l'amélioration de la société, n'est-ce pas…

– Oh, ferme-la. J'essaie d'écouter ce qu'ils racontent.

– C'était juste une banale petite fête, continue Joe. Vous trouvez donc la drogue et l'alcool banals ? (Il considère mes parents, interrogateur, avant de reprendre, pour mes copains :) Qui a acheté à boire ?

La question restant sans réponse, le shérif pousse un long soupir.

– Je vous préviens que je suis sérieux, là. Il faut que je sache où vous avez trouvé l'alcool.

– Sur le bateau, murmure mon père. (Il ferme les paupières de toutes ses forces. Une grosse larme descend sa joue blême, hérissée de poils ras.) Le bar était plein. (Quand il rouvre les yeux, il parcourt ma bande du regard.) On leur faisait confiance.

Caroline, assise par terre, prend enfin la parole :

– On n'était pas si saouls que ça. Et Liz ne buvait pas beaucoup, vous savez. Juste un peu, pour faire comme tout le monde.

Caroline Michaels, dix-sept ans ; aussi adorable et naïve que possible. Benjamine d'une fratrie de quatre filles et capitaine des pom-pom girls depuis l'an dernier. Célèbre pour sa capacité à exécuter un triple saut périlleux arrière, qu'elle exécute d'ailleurs souvent avec enthousiasme pendant les matches de foot, dévoilant fugitivement à la foule adoratrice des gradins un fessier parfait, enveloppé de Lycra. Ses parents voyagent beaucoup à l'étranger – Vienne, Athènes, l'Égypte... Caroline a la réputation d'organiser des fêtes absolument géniales ; je me rappelle au moins ça, même si je n'ai aucun souvenir précis des fêtes en question. On dirait que quelqu'un s'est emparé de ma mémoire pour en effacer des pans entiers par désintégration pure et simple, alors que d'autres parties sont restées intactes, surtout celles consacrées aux détails sans importance. C'est à la fois déconcertant, effrayant et intrigant. Je ne sais même pas qui je suis. Et, surtout, je n'*aime* pas tellement celle que je semble avoir été. Je ne sais pas non plus pourquoi j'étais comme ça, mais j'ai l'impression que je vais finir par le découvrir.

– Bon, acquiesce Joe. Y avait-il de la drogue ? Du shit ? De la coke ?

– Bien sûr que non ! s'exclame Richie. Jamais de la vie. Un peu d'herbe, c'est tout.

– Vous faisiez donc la fête, continue Joe, vous étiez saouls, vous étiez raides... et après, qu'est-ce qui s'est passé ? Quelqu'un s'est disputé avec la reine de la soirée ?

– *Non*, proteste Richie. Je ne sais pas ce qui s'est passé. On s'est couchés. Tous.

Richie Wilson, pas tout à fait dix-huit ans. Je dirais même « Le Célèbre Richie Wilson » – c'est en tout cas son surnom au lycée. Le seul de mes copains à ne jamais avoir porté d'appareil dentaire, parce qu'il a des dents naturellement parfaites. Le type le plus intelligent que j'aie jamais connu. Le plus sûr de lui. Moi, j'étais peut-être belle et entourée, mais je sais – je l'ai toujours su, même vivante – que j'avais une chance inouïe de l'avoir, lui. C'est un mec adorable, tout le monde vous le dira, et l'amour de ma vie. L'être le plus important au monde pour moi.

Ce matin, l'assurance et l'aisance tranquille qui le rendent en principe si attirant ont totalement disparu. Il a l'air abattu. Il tremble. J'ai l'intuition qu'il meurt d'envie de courir s'enfermer dans sa chambre pour fumer de l'herbe jusqu'à ne plus savoir son nom. Richie a un problème avec la drogue – c'est son plus gros défaut –, mais ça ne me tracassait pas trop : je ne pouvais pas m'empêcher de l'aimer, malgré tout.

– Et quand on s'est réveillés, Liz avait disparu, intervient Josie. On s'est dit qu'elle était peut-être rentrée à la maison chercher à manger. Quand elle n'a rien dans le ventre, elle décroche. Elle fait de l'hypoglycémie. (Ses yeux se posent brièvement sur mon père et Nicole.) Ces derniers temps, il lui arrivait de tomber dans les pommes. Elle s'est même retrouvée à l'hôpital à cause de ça.

Josie Valchar, dix-sept ans, presque un an de moins que moi. On n'a aucun lien de parenté, mais sa mère et elle ont pris le nom de mon père au moment du remariage. Bon, il y a des gens qui nous croient *vraiment* demi-sœurs. Les crétins. Josie et Richie sont mes deux meilleurs amis depuis l'école primaire. Elle croit aux fantômes, peut-être parce qu'elle fréquente beaucoup l'église spiritualiste de Groton, comme Nicole. Josie a toujours dit qu'elle avait conscience du monde des esprits, mais il me semble maintenant évident que c'est du pipeau. Quand je la regarde, tout ce que je vois, c'est une gamine aussi terrifiée, aussi bouleversée que les autres. Je me demande vraiment ce qu'elle va faire sans moi.

– De l'hypoglycémie ? répète Alex. Qu'est-ce que c'est ?

– Rien de grave, dis-je. C'est quand on manque de sucre dans le sang. Ça arrive quand on ne mange pas assez, par exemple.

– C'est comme le diabète, alors ?

– Genre. Mais je ne suis pas diabétique. Par contre, j'ai souvent la tête qui tourne. Et il m'arrive de tomber dans les pommes, Josie a raison.

– Intéressant.

– Super intéressant, oui. Je me suis retrouvée à l'hôpital il y a quelques mois, parce que je me suis évanouie en plein milieu de l'escalier, à la maison, et que j'ai été commotionnée. (Je raconte ça presque gaiement, réconfortée de me rappeler la scène.) La nuit dernière, j'ai bu… alors que je ne devrais pas.

– Et tu vois ce qui t'est arrivé, lance-t-il, sentencieux. Tu es morte. Tu n'as vraiment rien retenu des cours d'hygiène de vie ?

Je lui jette un regard froid.

– Ça ne m'étonne pas que tu n'aies pas eu beaucoup d'amis. Tu n'es pas franchement boute-en-train.

Il me rend mon regard.

– Ça n'a aucun rapport, tu es bien placée pour le savoir.

Je ferme les yeux quelques secondes. Il a raison, je devrais faire un effort. C'est donc avec le maximum de politesse que je reprends la parole :

– Écoute, je te l'ai déjà demandé plusieurs fois. J'aimerais que tu te taises un peu, s'il te plaît. Je voudrais écouter.

Joe relit les notes prises dans son minuscule carnet à spirale.

– Bon... parfait. Voyons si tout le monde est d'accord... Vous vous êtes endormis, et quand vous vous êtes réveillés, Liz avait disparu.

– Exactement, acquiesce Mera.

– Alors, au bout d'un moment, quelqu'un a décidé d'aller la chercher ?

– Oui, moi, répond-elle.

– Au bout de combien de temps ? Dix minutes ? Une heure ?

Mes copains se regardent. C'est Richie qui finit par se décider :

– Ça n'a pas pris plus d'un quart d'heure. On a demandé à Mera d'y aller. (Il déglutit.) Mais elle n'a pas eu besoin. Elle est sortie, et elle a tout de suite vu Liz.

Joe les examine longuement, un par un, puis passe à mes parents. Ses yeux ont quelque chose de doux, d'humide. Ce n'est pas facile pour lui non plus. Il savait qui j'étais ; ça ne m'étonnerait pas qu'il se souvienne de la nuit où il nous est tombé dessus, à Richie et moi, il y a quelques mois. Deux amoureux qui embuent les vitres d'une voiture après le bal du lycée.

– Nous voilà avec un mystère sur les bras, murmure-t-il. Étonnant, non ?

Silence. Un silence qui n'a rien de naturel, porté par l'horreur et le chagrin.

Il referme son calepin.

– Parfait. C'est tout pour l'instant, les jeunes, mais je resterai en contact avec vous. Donc… vous savez ce que c'est… ne vous éloignez pas trop de Noank. (Il jette un coup d'œil à mes parents.) Quant à vous, messieurs dames, on va avoir besoin de vous au commissariat.

Ils acquiescent, sans mot dire.

Alex et moi emboîtons le pas à Joe et à son collègue, Shane, jusque sur le quai. Une fois assez loin du bateau pour être à l'abri des oreilles indiscrètes, ils s'arrêtent tous les deux.

– Tu y crois, toi ? demande Shane.

– À quoi ? Qu'une gamine de dix-huit ans soit tombée à l'eau et se soit noyée en pleine nuit sans que personne ne se rende compte de rien ? (Joe jette un long regard à l'*Elizabeth*.) Je ne sais pas. Elle avait des problèmes. On va voir ce que donne l'autopsie. (Il s'interrompt, pensif.) C'est sans doute un accident. Voilà ce que j'en pense.

– N'empêche que moi, je trouve ça louche. Pas toi ? Ces mômes m'ont fait l'effet d'une belle bande de menteurs en train d'essayer de nous fourguer une histoire sans queue ni tête.

– Louche. Ha. (Joe tapote l'épaule de Shane.) Tu sais quoi ? Tu regardes trop *New York District*. On est à Noank, là. Une petite ville pépère. Ça m'étonnerait que ses copains aient décidé de la buter comme ça, pour s'amuser.

5

Avant de connaître Elizabeth le cadavre, les gens connaissaient Elizabeth la sportive. Je m'en souviens aussi bien que de mon nom ou de la tête de ma mère. Je faisais partie de l'équipe de cross. Non que j'aie été tellement rapide – je courais le kilomètre en cinq, six minutes –, mais j'étais capable de tenir des heures. Et je parle d'expérience : tous les matins, y compris pendant l'année scolaire, je sortais du lit avant le lever du soleil, je mettais mes chaussures de course, puis je longeais le détroit par la route de Mystic – la plus grande ville des alentours –, parfois jusqu'aux faubourgs, avant de faire demi-tour et de rentrer à la maison. Il m'arrivait assez souvent de courir une quinzaine de kilomètres. Ces souvenirs-là m'apportent un immense réconfort. Il me suffit de fermer les yeux pour entendre mes pas battre le rythme sur la route.

C'est marrant, mes parents s'inquiétaient que je sorte de cette manière, seule, au petit matin. Il y a de l'eau partout ici, on vit quasiment dedans, et ils s'inquiétaient quand je me trouvais sur la terre ferme.

Pour l'instant, le consensus est général : je me suis noyée. J'étais saoule, je faisais de l'hypoglycémie, je suis sortie prendre l'air, j'ai trébuché et je suis tombée du quai. Fin de l'histoire. Personne n'a rien vu, rien entendu.

L'explication semble convenir à tout le monde. Mes parents l'acceptent ; mes amis y croient. C'est la version officielle. L'affaire est close.

Dans la version privée, pourtant, Joe Wright vient au funérarium en costume-cravate. Posté au fond de la salle, il examine discrètement la foule.

Je suis là aussi, avec Alex, car je n'ai aucun mal à l'emmener où que j'aille. Il me suffit de fermer les yeux, de le toucher, et hop, je l'embarque. On n'éprouve aucune sympathie l'un pour l'autre, mais on est également contents d'avoir de la compagnie. À part quand je décide de plonger seule dans un souvenir, en le laissant derrière moi, on est quasi inséparables depuis ma mort, liés par une force invisible sur laquelle je serais bien incapable de mettre un nom.

On assiste donc à mes obsèques. Au funérarium où ont eu lieu celles de ma mère, quand j'avais neuf ans.

– Elle n'est pas là.

Les larmes me montent aux yeux avant même que j'aie achevé la phrase.

– Qui ça ? demande Alex.

J'ai beau savoir que personne ne nous voit, je nous trouve déplacés dans nos vêtements de tous les jours, au milieu de cette foule en noir. Je baisse les yeux vers mes bottes, dont les pierres de pacotille étincellent à la lumière des lustres. Elles me font tellement mal que je rêve de porter de vieilles espadrilles pour pouvoir remuer les orteils sans entraves, mais je suis morte en bottes, et je suis apparemment condamnée à les porter. C'est bizarre, je n'ai jamais mal nulle part, sauf aux pieds. Je me demande pourquoi.

– Ma mère, dis-je à Alex.

– Ah. (Il parcourt la salle des yeux.) C'est bien la seule à ne pas être venue, en tout cas.

Il a raison. Comme je le lui ai déjà signalé, j'étais *très* populaire ; *a priori*, le lycée au grand complet est venu me pleurer. N'empêche que mes meilleurs amis occupent les meilleures places. Mera, Caroline et Topher se trouvent au deuxième rang, derrière ma famille proche, Josie et Richie au premier, avec mes parents. Ses parents à lui sont là aussi, un peu plus loin, avec ceux de Caroline et de Topher. Je n'ai pas encore repéré ceux de Mera, mais je ne doute pas qu'ils soient de la partie.

La mort n'est pas simple. L'expérience que j'en fais personnellement diffère par bien des côtés de celle d'Alex. J'ai toujours l'impression d'être en mer, par exemple ; où que j'aille, même en ville, il me semble que le sol tangue en permanence sous mes pieds. Et je suis gelée jusqu'aux os, suffoquée par le froid, comme si j'étais plongée dans l'eau glacée. Alex aussi a froid la plupart du temps, mais plutôt comme s'il était exposé au vent, dans un grand espace dégagé.

C'est logique, quand on y pense : qu'on meure en mer ou sur terre, l'après-vie ressemble à cette mort. Il me suffit de me concentrer un peu pour sentir le goût de l'eau de mer m'envahir la bouche, voire la gorge.

Non, ce n'est pas simple, et pas seulement de ce point de vue-là. Le premier jour, il fallait vraiment que je fasse un effort pour m'immerger dans un souvenir. Et quand je m'y trouvais, quand je le regardais se dérouler autour de moi, il me semblait très loin de ma conscience du présent. Mais les flash-backs qui me ramenaient à mon ancienne vie sont devenus nettement plus rapides, et les scènes défilent maintenant devant mes yeux presque comme si j'en faisais partie, passé et présent se confondant peu à peu – sauf que je ne suis pas en train de *vivre* le souvenir, j'y assiste en spectatrice.

Les funérailles de ma mère, par exemple. Sans avertissement, je me vois à neuf ans, assise au dernier rang, les yeux fixés sur mon père, posté près d'un cercueil fermé. C'est ma mère qui se trouve à l'intérieur, je le sais pertinemment.

Avec mes longs cheveux blonds et brillants, je suis étrangement ravissante et sage parmi tous ces gens en deuil, bouleversés, écrasés par le chagrin quasi palpable dont l'atmosphère est saturée. La tête basse, je regarde mes pieds. Mes escarpins en cuir noir à hauts talons. J'ai *neuf* ans, et je porte des hauts talons. Mon fantôme de dix-huit ans trouve ça incongru au point d'en être embarrassant. Mon père m'avait-il donné la permission de mettre des chaussures pareilles ? Était-ce lui qui me les avait achetées ? On ne laisse pas une gamine de neuf ans se balader avec ce genre de talons !

Nicole, la mère de Josie, arrive derrière la petite Liz, lui pose les mains sur les épaules puis se penche pour lui chuchoter à l'oreille :

– Ça va, ma puce ?

Je tressaille à son contact, puis je lève des yeux égarés que je promène autour de moi. En larmes, les joues rouges. On dirait que je me demande ce qui se passe. Je suis une petite fille perdue, et je veux ma maman. À ce spectacle, mon cœur se serre, empli d'un chagrin si profond qu'il ne s'est jamais évanoui, je m'en aperçois enfin ; il m'a toujours accompagnée, enfoui au fond de moi.

À l'époque, Nicole était encore à mes yeux Mme Caruso, la mère de Josie. J'ai beaucoup de mal à me rappeler les événements particuliers de mon enfance, qui constitue dans mon esprit une masse floue assez indistincte, mais je n'ai pas oublié l'essentiel : à ce moment-là, Josie était déjà ma meilleure amie depuis longtemps. Nos parents se fréquentaient beaucoup, avant la mort de ma mère. Après, le père de Josie est parti. Ce qui s'est passé entre le mien et Nicole m'a semblé presque normal. Des années plus tôt, au lycée, ils étaient sortis ensemble. Une fois ma mère disparue, Nicole divorcée est tout naturellement devenue la figure maternelle de mon existence. Je n'y ai jamais vraiment réfléchi : c'était comme ça, voilà tout. Mon père avait besoin d'une femme ; Nicole avait besoin d'un mari. Jamais je n'ai eu l'impression qu'elle cherchait à prendre la place de la morte, et jamais je n'ai cru aux commérages d'après lesquels c'était depuis des années la maîtresse de mon père.

D'autres y croyaient pourtant, y compris certains de mes proches. Josie, par exemple. La plupart du temps, on essayait d'éviter le sujet. D'ailleurs, je n'ai jamais osé l'aborder en famille. Je m'aperçois maintenant que les rumeurs ne me paraissaient pas si incroyables ; simplement, je ne voulais pas admettre qu'elles avaient *peut-être* un fond de vérité.

– Ça va, dit la petite Liz à Nicole en s'efforçant de sourire.

Avec le recul, il me semble évident que ça n'allait pas *du tout*.

Elle s'agenouille près de moi pour me prendre les mains. Son parfum enveloppe jusqu'à mon fantôme – le parfum que je lui ai toujours connu.

La pensée me traverse l'esprit, fugace : elle se parfume pour assister à des funérailles ?

– Josie est là, mais elle est restée dans le hall. Elle ne veut pas venir dans la salle, me dit Nicole. Tu as envie de lui dire bonjour ?

La petite Liz hoche la tête, les larmes aux yeux. Où est passé M. Caruso ? Il n'est manifestement pas là, ce qui n'a rien de surprenant : les Caruso ont divorcé quelques mois après la mort de ma mère.

En suivant Nicole et la fillette jusque dans le hall, je remarque au passage qu'un certain nombre de gens regardent la jeune femme du coin de l'œil d'un air outré. Elle m'entraîne vers la double porte, impassible, le bras posé sur mes épaules, pendant que je vacille sur mes talons.

Josie m'attend dans un coin, adossée au papier peint d'un pourpre voyant.

Sa vision m'arrache un sourire, presque malgré moi. Elle est si jeune, si innocente, si jolie. Une de ses dents de devant est tombée. Deux longues couettes châtain encadrent son visage. Une curieuse pensée s'immisce dans mon esprit : Nicole ne lui a permis de se faire des mèches qu'à partir de douze ans.

Les deux fillettes s'étreignent très fort, très longtemps. Josie serre ses petits poings dans mon cou. Coïncidence étonnante, on porte la même robe – ample jupe à rayures noires et vert foncé sous un corsage en velours noir moulant.

– Josie, ma chérie, tu ne voulais pas dire quelque chose à Liz ? demande Nicole.

Ma copine acquiesce puis me fixe avec de grands yeux.

– Je voulais te dire que tu peux venir chez nous quand tu veux, commence-t-elle d'une petite voix effrayée. Tu peux même rester dormir en semaine. (Elle jette un coup d'œil à Nicole :) Hein, maman ?

– Tout à fait. (Nicole caresse les cheveux de sa fille puis s'en enroule une mèche autour du doigt, pensive.) À condition que son père soit d'accord.

– Merci, lui dis-je.

– Je t'ai apporté quelque chose, ajoute Josie.

Elle lève de nouveau les yeux vers sa mère, qui tire de son sac à main en daim blanc une longue boîte étroite, couverte de velours. À l'intérieur repose un mince bracelet d'or auquel est accrochée une breloque – la moitié d'un cœur.

– Tu es ma meilleure amie, tu vois ?

Josie lève la main gauche. Son poignet s'orne du même bracelet, auquel pend l'autre moitié du cœur. Nicole retire le mien de son écrin puis me le met avec soin. Josie et moi rapprochons nos deux bras avant de presser les deux parties du cœur l'une contre l'autre. Les mots : « Meilleures Amies » sont écrits à l'intérieur.

– Il est super. (Je lui souris.) Merci beaucoup.

– De rien, répond-elle, rayonnante, comme si elle avait oublié où elle se trouve. (*Ce n'est pas sa faute*, se dit mon fantôme. *Elle n'avait que neuf ans.*) Tu viendras bientôt, dis ? J'ai un nouveau toboggan.

Nicole et moi regagnons la grande salle, laissant Josie seule dans le hall.

Après m'avoir fait rasseoir, la jeune femme se penche pour me serrer de longues secondes dans ses bras.

– On aimait tellement ta mère, murmure-t-elle. Et toi aussi, on t'aime.

– Madame Caruso ?

– Oui, ma puce ?

Je la regarde, à la recherche de réponses.

– Où est ma mère, maintenant ?

– En sécurité, ma puce, répond Nicole sans une seconde d'hésitation. (Elle me serre brièvement les mains avant d'ajouter tout bas :) La prochaine fois que tu passeras nous voir, je te montrerai.

Un baiser sur le front, puis elle part retrouver mon père.

Je décide de la suivre plutôt que de rester avec la petite Liz. À cet âge-là, je n'ai pas vu grand-chose de ce qui se passait, alors il me semble très important d'y faire attention maintenant. Je ne sais pas trop pourquoi, mais après tout, je suis là, hein ? Il doit bien y avoir une raison à ma présence dans ce souvenir. Comme l'a dit Alex, j'essaie d'assembler un puzzle... même si je n'ai malheureusement aucune idée de ce qu'il est censé représenter, une fois terminé. Ça ne m'aide pas à savoir par où commencer ni quelles pièces chercher les premières.

– Marshall... (Nicole prend mon père dans ses bras puis lui souffle tout bas :) Elle n'aura plus jamais faim.

Et *voilà*, je suis de retour à mes propres funérailles, où je regarde Mera et Topher s'approcher main dans la main de mon cercueil fermé. Ils sont tous les deux en larmes. Mera a dix-huit ans et demi, c'est la plus âgée de la bande, parce qu'elle a passé un an supplémentaire au jardin d'enfants à cause de ses *problèmes de comportement*, comme elle dit – les problèmes en question se limitant au fait qu'elle n'était pas propre au moment d'entrer à la maternelle. Enfin bref, l'an dernier, pour ses dix-huit ans, ses parents lui ont offert des prothèses mammaires. On est à mes *funérailles*, mais elle porte un pull noir très décolleté sur un soutien-gorge push-up qui expose vraiment ses avantages.

Au moment où elle fait demi-tour pour regagner sa place, elle découvre Joe Wright, debout au fond de la salle, et donne un petit coup de coude à Topher en lui chuchotant quelque chose.

N'importe qui d'autre trouverait ça louche, mais Mera n'avait aucune raison de me faire du mal. C'est l'incarnation même de ses implants mammaires : chaleureuse, accueillante et inoffensive – du moins d'après la Food and Drug Administration. D'ailleurs, je n'imagine pas non plus Topher en assassin. Il lui arrive de piquer sa crise, d'accord, mais c'est rare qu'il pète vraiment un plomb. Il a beau avoir dix-huit ans, son lapin apprivoisé vit toujours dans sa chambre et dort avec lui – la bestiole dispose d'une caisse pour ses besoins. Les Topher de ce monde ne tuent pas leurs amis.

– *Des salopes et des nazes.* (Alex s'étire les jambes en se croisant nonchalamment les bras derrière la tête.) Franchement, je ne comprends pas que tu aies pu être amie avec des gens pareils. (Il se frappe le front, comme s'il venait de se rappeler quelque chose.) Mais qu'est-ce que je raconte ? C'était toi, le chef. La pire de la bande.

– Je te trouve injuste, dis-je. Certains sont allés à tes funérailles, je te signale. Des tas de gens y sont allés.

– Ah bon ? riposte-t-il d'un ton froid. Je suppose que toi, en tout cas, tu y étais.

Ça n'a pas l'air de lui donner meilleure opinion de moi.

Il y a encore des affichettes sur tous les poteaux téléphoniques de la ville, collées par ses parents, qui offrent dix mille dollars de récompense pour le moindre renseignement sur la nuit de sa mort.

– J'ai changé de trajet d'entraînement, tu sais.

Ça m'étonne de voir surgir de nulle part ce petit souvenir, qui remonte à un an.

Je retire ma botte gauche pour examiner mon pied – je ne porte pas de chaussettes. L'ongle de mon gros orteil est presque réduit à néant, et les autres n'ont pas bonne allure non plus. J'étais peut-être une bombe d'une manière générale, mais j'ai toujours eu des pieds hideux. Curieusement, ça ne me dérangeait pas trop.

Enfin si, un peu. Mes copines – Mera, Caroline et Josie – passaient leur temps chez la manucure et la pédicure. Moi, je me contentais de la manucure. L'état de mes pieds me gênait trop pour que je les montre à qui que ce soit. D'où les chaussures voyantes ; on peut sans doute dire que je surcompensais.

Le sourire aux lèvres, je contemple mon pied gauche. Ma cheville s'orne du bracelet « Meilleures Amies » que Josie m'a offert il y a neuf ans. En arrivant au collège, on a décidé qu'on ne pouvait plus porter un truc pareil au poignet, que c'était trop ringard, alors on a fait ajouter des maillons pour obtenir des bracelets de cheville. On ne les ôtait presque jamais. La pensée me vient que j'arbore sans doute toujours le mien, dans mon cercueil.

– Tu as changé de trajet d'entraînement ? répète Alex. Quand ça ?

– Au moment où ton corps a été découvert. Avant, je passais tous les matins près du Mystic Market, mais après, je ne supportais plus. (Je frissonne en remettant ma botte. C'est bizarre : on dirait que je suis *obligée* de la remettre. J'ai essayé je ne sais combien de fois de me débarrasser de ces saletés de santiags, mais elles finissent toujours par réapparaître à mes pieds, à un moment ou à un autre. Elles font littéralement partie de moi. Je suis condamnée à les garder.) C'est horrible, ce qui t'est arrivé.

Alex n'écoute pas ce que je raconte, trop occupé à regarder les seins de Mera, qui regagne sa chaise.

– Tu as de sacrés amis, Liz. Tous des canons. Les nanas et les mecs. (Il secoue la tête.) Je n'aurais jamais cru que je passerais autant de temps en leur compagnie.

Je hausse les épaules.

– Le fait est que tout le monde m'aimait bien. Tu as de la chance de te retrouver avec eux, en fin de compte. (Je m'interromps en me rappelant qu'il ne faut pas se vanter, si on veut rester poli.) Mais maintenant que tu en parles, je ne suis pas sûre d'avoir été *si* populaire *que ça*.

– Non, sans blague, tu as un doute ? (Il me jette un regard noir.) Laisse-moi te poser une question. Ça t'est déjà arrivé d'aller déjeuner à la bibliothèque ?

– Qu'est-ce que tu veux dire ?

– Tu le sais aussi bien que moi.

– Non, je ne le sais pas.

– Mais si. Je t'ai montré mon souvenir. Tu as vu Frank se faire martyriser à la cafet' par tes… copains. Tu m'as vu manger, seul dans mon coin.

– Je t'ai déjà dit que j'étais désolée.

– Pourquoi ? Parce que tu n'avais rien fait ? C'était presque tous les jours la même chose. Moi, je savais que Topher ou un autre de tes potes ne tarderait pas à remarquer que j'étais là aussi et que j'apportais mon déjeuner aussi, alors tu sais ce que j'ai fait ?

– Non, quoi ?

Je pose la question, mais j'ai la nette impression que je n'ai aucune envie de connaître la réponse.

– J'ai pris l'habitude d'aller manger à la bibliothèque, répond néanmoins Alex.

– Tu n'étais pas obligé…

– Si. Il fallait que je devienne invisible. Je savais de quoi ta bande était capable, je l'avais vu avec Frank. Tes copains et toi, vous étiez… vous étiez tellement creux. De vrais monstres.

Je ne sais pas quoi dire. Je regarde mes amis, assis aux premiers rangs, les yeux rouges, en train de pleurer. En ce moment, en tout cas, ils ne ressemblent pas à des monstres.

– Le seul qui ait peut-être une conscience, c'est Richie, continue mon compagnon. Mais il n'a jamais vraiment essayé d'y mettre le holà. Il était toujours de ton côté, quoi que tu fasses. À croire que, pour lui, tu ne pouvais rien faire de mal. (Alex secoue la tête avec amertume.) Il t'obéissait au doigt et à l'œil, hein ?

– Je t'ai déjà dit que j'étais navrée de ce qui s'était passé.

Mais il n'en a pas terminé.

– Tu ne sais pas ce que c'est de ne pas être quelqu'un d'important. D'être solitaire. Eh bien, ce n'est pas drôle, figure-toi. C'est même carrément horrible.

Je me demande ce que je pourrais dire ou faire pour le réconforter, je me demande même si je pourrais le réconforter, alors j'enchaîne sur la première pensée qui me traverse l'esprit. La seule qui m'occupe l'esprit depuis qu'on est arrivés au funérarium, pour être honnête.

– Tu sais comment ma mère est morte ?

– Aucune idée. Elle a fait une overdose de champagne et de caviar ?

– Elle était anorexique. Elle s'affamait en permanence, et elle prenait des médicaments contre le rhume pour éviter d'avoir faim. Des cachets par poignées.

Le souvenir est tellement clair, tout d'un coup : ma mère devant l'évier, la bouche *débordante* de cachets. Est-ce que je suis vraiment condamnée à souffrir dans la mort ? S'il y a bien des souvenirs d'enfance que j'aimerais oublier, ce sont ceux qui concernent cette anorexie, mais ils sont là, bien ancrés, impossibles à déloger.

Et puis ma mère est morte.

– Elle a fait une crise cardiaque. À trente-trois ans. Elle s'est écroulée sous la douche.

Je m'interromps.

– Oui ? Tu allais dire autre chose… m'encourage Alex.

– Non, je n'allais rien dire d'autre. Je te racontais ce qui lui est arrivé. Maintenant, tu es au courant.

S'il compatit, ça ne se voit franchement pas.

– Et après ? Ton père a épousé la mère de Josie, c'est ça ? demande-t-il.

– Oui. Ils se sont mariés, Nicole et lui. (*Elle est en sécurité, ma puce. La prochaine fois que tu passeras nous voir, je te montrerai.*) Tu veux que je t'en raconte une bien bonne ?

– Vas-y.

– Une ou deux semaines après la mort de ma mère, je suis allée dormir chez Josie. Tu sais ce qu'a fait Nicole ?

– Non, dis-moi ?

– Elle a sorti un Ouija. J'avais *neuf* ans, Alex, et elle a sorti un Ouija pour essayer d'entrer en contact avec ma mère.

On regarde tous les deux Nicole. Alex a raison, elle est magnifique. L'incarnation même de la *bombasse*, comme il dit. Mais je sais que c'est aussi une idiote superstitieuse qui croit à l'après-vie, aux OVNI et à n'importe quoi d'autre, du moment que c'est soi-disant mystique. Quand elle a emménagé chez nous, elle a fait redisposer tous les meubles par un spécialiste du feng shui. Elle ne travaille pas, mais elle prend des tas de cours de yoga et de taï-chi, elle appartient à je ne sais combien d'associations, et elle passe son temps à redécorer la maison. Ça n'a pas l'air de déranger mon père.

De ce côté-là, Josie ressemble à sa mère. D'ailleurs, elle accompagne souvent Nicole à l'église spiritualiste. Comme elles croient aux fantômes, je me demande une seconde si je ne devrais pas aller les trouver, essayer de les toucher, voir si elles sont conscientes de ma présence, mais la question vient à peine de prendre forme dans mon esprit que je l'écarte déjà. Moi, je ressemble à mon père, je suis nettement plus pragmatique. J'ai beau être devenue un authentique fantôme, je ne suis pas persuadée qu'une chose pareille soit perceptible par qui que ce soit. Cette seule idée me semble même ridicule.

– Ça a marché, le Ouija ? s'enquiert Alex.

Je ferme les yeux en essayant de refouler mes larmes, une fois de plus.

– Oui. Nicole a demandé si ma mère allait bien, et la planchette a épelé le mot « sécurité ». Nicole m'avait juré que ma mère était en sécurité.

– Comment peut-on faire quelque chose d'aussi *déplacé* ? soupire-t-il. Les adultes ne devraient pas s'amuser avec des Ouija quand ils gardent des enfants. Surtout des gamins de *neuf* ans.

C'est curieux, mais ça ne m'avait encore jamais frappé que Nicole s'était en effet conduite d'une manière extrêmement déplacée. Maintenant que j'y pense, d'ailleurs, ce qu'elle a dit à mon père pendant les obsèques de ma mère... Comment peut-on *dire* des choses pareilles ?

Alex et moi n'avons pas le temps d'en discuter davantage, car les haut-parleurs fixés aux coins de la salle se mettent à diffuser un air d'orgue.

– Que le spectacle commence, lance-t-il.

Mes copains se cramponnent les uns aux autres. Richie prend Josie dans ses bras. Ils pleurent si fort qu'ils en sont tout secoués.

Je me retourne vers Joe Wright, toujours posté au fond de la pièce, les bras croisés, le regard rivé à mon cercueil. Autant que je sache, il n'existe pas le moindre indice pour laisser penser une seule seconde que, peut-être, je ne serais pas morte par accident. Alors à quoi rime sa présence ? Pourquoi examine-t-il les gens de cette manière ? Il pourrait aussi bien prendre des notes.

Les flics de Noank, me dis-je. *Il n'a sans doute rien de mieux à faire.*

Lorsque je me retourne vers mes proches, la pensée me vient cependant que ma mort n'a rien de paisible. Je suis toujours là, sur Terre, avec Alex ; aux aguets en attendant que… que quoi ? Pour quelles raisons sommes-nous toujours là, lui et moi ? Que sommes-nous censés faire ? Assembler le puzzle… peut-être… mais lequel ? J'essaie de me persuader une fois de plus qu'aucun de mes amis ne m'aurait jamais fait de mal. Quelles raisons auraient-ils bien pu avoir de s'en prendre à moi ?

Je déglutis laborieusement. Le goût de l'eau de mer m'emplit la bouche. La salle se balance doucement autour de moi, comme si j'étais sur le bateau. J'ai soudain du mal à respirer.

6

Alex et moi attendons que tout le monde ait quitté le funérarium pour nous rendre chez Richie. Topher et Mera sont là mais remontent déjà en voiture, prêts à raccompagner Caroline, qui boutonne son caban noir sur la véranda, en compagnie de Richie et Josie. Ils ont tous l'air très adultes, très solennels dans leurs vêtements de deuil, les yeux rouges et gonflés.

Il fait un temps de chien pour la fin août, vu que, techniquement, c'est encore l'été. Frissonnante dans le froid quasi automnal, Caroline noue un foulard Burberry à son cou puis se frotte les mains dans l'espoir de les réchauffer. Elle ramasse son sac, posé à ses pieds, et le serre contre son corps.

– Il faut que je rentre, annonce-t-elle. Mes parents sont complètement flippés depuis quelques jours.

– Je suppose que je vais y aller aussi, dit Josie en hochant la tête.

Elle jette un coup d'œil à Richie, assis par terre, le regard dans le vide. À le voir, il n'a pas fermé l'œil depuis plusieurs jours. Ses yeux sont soulignés de cernes, son teint brouillé, ses lèvres gercées. Il est rentré chez lui avec ses parents, mais la voiture de son père n'a pas l'air de se trouver dans la rue ; sans doute l'ont-ils juste déposé avant de repartir. La colère m'envahit à cette pensée, qui pourtant ne me surprend pas. Je n'ai même pas besoin d'entrer pour savoir qu'ils lui ont laissé de l'argent sur le comptoir de la cuisine, comme si ça allait tout régler. Comme s'il n'avait pas besoin d'eux.

Je le rejoins, je m'assieds près de lui et je pose ma tête sur son épaule, persuadée qu'il n'y aura pas plus de véritable contact qu'avec n'importe qui d'autre.

C'est pourtant différent. Il n'y a pas de véritable contact, rien de concret, mais *presque*. Richie me semble juste, tout juste hors d'atteinte. Sa présence physique m'est parfaitement perceptible, jusqu'à la trame de sa chemise et la chaleur de son corps sous le tissu. Son odeur aussi. Ses parents sont sculpteurs, ce sont de vrais hippies, et du coup il sent en permanence l'argile humide et le patchouli.

– Alex ! Ce n'est pas pareil, là, j'arrive presque à le toucher.

Pleine d'espoir, je presse la main contre la joue de Richie en me concentrant de toutes mes forces, mais ça n'y change pas grand-chose, la barrière invisible subsiste. D'un autre côté, il me semble que si j'essaie avec assez d'ardeur... si je le *veux* vraiment de tout mon être... j'arriverai peut-être à passer outre. Ça risque de prendre du temps, mais que ne ferais-je pas pour établir un réel contact ?

Richie n'a pas du tout l'air conscient de ma présence. Les yeux clos, concentrée sur l'amour qu'il m'inspire, j'en arrive à sentir son moindre poil de barbe, les imperfections de sa peau, l'articulation de sa mâchoire. Le lien entre nous n'a pas été rompu, c'est une certitude si puissante que j'en tremble. Un instant, un instant seulement, l'électricité qui me parcourt à cette pensée me fait presque oublier mes pieds douloureux, mes orteils recroquevillés dans mes bottes. Presque – pas tout à fait.

– Du calme, me conseille Alex. C'est sans doute ton imagination qui te joue des tours.

– Ça n'a rien à voir. Je suis sérieuse, là ! Ce n'est pas pareil. Il me semble que je pourrais toucher Richie si j'essayais assez fort, parce que j'en suis tout près. Tu crois que ça veut dire quelque chose ?

Il hausse les épaules, indifférent.

– Probablement pas. Tu es mortc, tu te rappelles ?

– Dis donc, Josie, je crois que tu as oublié ton manteau en haut, remarque Caroline en considérant ma demi-sœur, les yeux plissés.

Je n'étais pas là pour le voir, mais je suis prête à parier que mes copains se sont retrouvés ici avant les funérailles pour fumer – des cigarettes. Les parents de Richie sont rarement chez eux, mais même quand ils y sont, ils ne font pas tellement attention à lui. S'il veut s'en griller une, il lui suffit d'ouvrir sa fenêtre et de se pencher dehors. Ça ne lui attire jamais d'ennuis. Les Wilson sont du genre « Chacun fait ce qu'il lui plaît ». Ils ne fixent pas beaucoup de limites à leur fils.

– Oh. (Josie regarde ses bras nus, d'un beau brun profond, résultat des heures passées dans les cabines de bronzage. Contrairement à sa mère, elle n'a pas été si gâtée que ça par la nature. Il faut qu'elle se donne beaucoup de mal ne serait-ce que pour conserver une jolie silhouette : vélo d'intérieur, poids et haltères, etc. Ajoutez à ça que ses cheveux sont nettement plus foncés que les miens, presque bruns, en réalité, mais les balayages qu'elle se fait faire toutes les six semaines lui donnent l'air d'une vraie blonde.) Oui, sans doute.

– Tu veux que je remonte avec toi ? propose Caroline, le doigt levé pour demander à Topher de ne pas partir sans elle.

Josie regarde Richie.

– Non, décide-t-elle. Ça ira. Je crois que je vais rester encore un peu.

– Comme tu voudras. (Caroline hausse les épaules.) Je serai à la maison, si vous avez besoin de moi. (Elle s'interrompt une seconde.) Mais appelez, au cas où. Mes parents ne me laissent pas sortir, s'ils ne sont pas prévenus.

Richie et Josie – Alex et moi aussi, d'ailleurs – la regardent sans un mot descendre de la véranda puis s'installer sur la banquette arrière de Topher. La voiture s'éloigne.

– Bon, ben, je suppose que tu devrais récupérer ton manteau, dit enfin Richie.

– Je suppose aussi, acquiesce Josie.

– Je t'accompagne.

Entrer chez lui me donne l'impression de rentrer chez moi. Je ne compte plus les après-midi que j'ai passés ici, les week-ends où j'y ai dormi – au sous-sol, avec toute la bande – ni, bien sûr, les heures qu'on a partagées dans sa chambre, lui et moi.

Ses parents ont beau être de vrais hippies, je l'ai déjà dit, ils n'ont jamais apprécié Nicole, malgré sa liberté d'esprit. Ma mère et celle de Richie s'entendaient super bien, les Wilson m'ont toujours témoigné énormément de gentillesse... mais je ne peux pas dire que nos *familles* ont été intimes. Alors que tout le monde pensait qu'on finirait par se marier, lui et moi, et qu'on a été voisins presque toute notre vie.

– Voilà donc l'antre du magicien, lance Alex en parcourant la chambre des yeux, avant de me passer en revue de la tête aux pieds.

J'arque le sourcil.

– Pardon ?

– Rien, rien.

– Ne me raconte pas d'âneries. Qu'est-ce que c'est que ces histoires de magicien ?

– L'homme à la baguette magique, si tu vois ce que je veux dire... (Alex se mord la lèvre, rougissant, mais ne me quitte pas du regard. Il a beau me détester, ça ne change rien à mon physique.) Je parie que vous avez pratiqué, tous les deux, hein ?

Il se trompe. Richie et moi, on a passé un temps fou seuls dans sa chambre, alors que ses parents n'étaient même pas à la maison, mais on n'est jamais allés jusqu'au bout, je m'en souviens maintenant. En fait, on n'est jamais allés plus loin que la nuit du fameux bal, dans la voiture de son père puis sur le bateau, et ce n'était pas si loin que ça.

Je le confie à Alex, qui en reste sidéré.

– Hein ? Mais vous êtes sortis ensemble combien de temps ?

– Plus de cinq ans. Depuis nos douze ans.

Il secoue la tête en riant.

– La vache, il a dû être salement *frustré*.

– Pas du tout. (Je suis très sûre de moi.) Richie n'est pas comme ça. Il n'aurait jamais insisté, vu que je n'étais pas prête.

– N'empêche que vous alliez passer en terminale et qu'il aurait pu avoir toutes les filles qu'il voulait. Je veux dire, c'est *Le Célèbre Richie Wilson*...

– Je sais. On *allait* le faire. On n'était pas pressés, c'est tout.

Alex me jette un long regard.

– Tu es vraiment sûre qu'il était en phase avec toi, sur ce coup-là ?

– Oui. (Une tristesse écrasante m'envahit. C'est dans cette chambre que Richie m'a donné mon premier véritable baiser. Qu'on a passé des heures et des heures à discuter sur son lit, parfois jusque tard la nuit. Une grande pièce, lumineuse et bien chauffée, éclairée par trois fenêtres : la première en façade, donnant sur la rue ; la deuxième de côté, avec vue sur la maison des voisins ; la troisième à l'arrière, dévoilant le détroit et l'*Elizabeth*.) Pourquoi tu me demandes une chose pareille ?

– Parce qu'il a évolué drôlement vite, répond Alex.

– Qu'est-ce que tu veux dire par là ?

– Je veux dire qu'ils ont l'air très, très proches, tu ne trouves pas ?

Je n'ai pas le temps de riposter : Richie a refermé la porte de la chambre, et Josie, qui se tient juste dans son dos, lui pose les mains sur les épaules puis l'attire à elle.

Il pivote. Il la regarde. Il l'embrasse.

Je ne savais pas qu'un fantôme pouvait avoir l'impression de prendre un coup de poing dans le ventre, mais quand je vois Richie enlacer Josie, *ici* en plus, il me semble vraiment que je vais vomir.

Cette chambre est notre *sanctuaire*, à lui et moi. Sur le bureau, disposé contre le mur du fond, sont exposées plusieurs photos encadrées de nous, à des âges différents. Il y en a une où on est à l'arrêt de bus, le premier jour de maternelle. On se tient par la main, on a tous les deux pour sac à dos un animal en peluche. Lui, un lion ; moi, une licorne. Main dans la main, les doigts entrelacés.

Sur une autre, on est assis dans les gradins après une compétition de cross. Richie ne court pas, mais il venait toujours me soutenir. Je suis en tenue de sport, coiffée de deux nattes blondes, rouge et suante, visiblement épuisée, mais souriante. Richie sourit aussi, le bras négligemment posé sur mes épaules bronzées. Il me semble me rappeler que c'est Josie qui a pris la photo.

La dernière – la plus imposante, dans son cadre d'argent étincelant – nous montre juste avant qu'on ne parte au bal de fin d'année, il y a quelques mois. On a l'air tellement *heureux*. On s'aimait. J'ai oublié les détails de la soirée – comme de tout un tas d'autres événements –, mais je suis prête à parier que ç'a été une des plus belles nuits de ma vie.

Et maintenant… l'amour de ma vie embrasse ma demi-sœur. Ils s'enlacent étroitement. Richie pleure encore un peu, mais Josie essuie une de ses larmes sans s'écarter de lui. La petite main s'attarde sur la joue humide, qu'elle frôle de ses ongles pourpres pailletés, assortis à ceux des orteils. Je le sais, parce que la semaine dernière, toutes les filles de la bande – dont moi – sont allées se faire faire les ongles ensemble. Les miens sont exactement de la même couleur que ceux de Josie… mais pas ceux des pieds, évidemment.

On l'a choisi exprès. Le vernis, je veux dire. On était toujours assorties, elle et moi. On adorait être sœurs.

– Ce n'est pas vrai (J'essuie mes propres larmes.) Ce n'est pas possible, je n'y crois pas.

Je ne veux pas voir ça, mais je n'arrive pas à regarder ailleurs. Le baiser me semble durer une éternité. Au bout d'un moment, Richie, la bouche ouverte, pressée contre celle de Josie, commence à la pousser *vers le lit.*

– Je vais vomir, dis-je en me détournant enfin, en entourant Alex de mes bras et en enfouissant le visage contre sa poitrine.

Il se recroqueville à mon contact.

– Mais non. Tu es un fantôme. Les fantômes ne vomissent pas, ils ne peuvent pas.

– Je n'en suis pas persuadée.

Je ferme les yeux de toutes mes forces. L'obscurité m'engloutit – juste un instant.

Je suis toujours dans la chambre de Richie, mais il est au lit, vêtu en tout et pour tout d'un boxer noir. Livide, haletant, les cheveux collés au crâne par la sueur, il s'est débarrassé de ses couvertures.

Je sais à quand ça remonte. Le souvenir se précise brusquement, surgi de nulle part, tandis que je le regarde se déployer autour de moi.

Le printemps de notre seconde. Les parents de Richie sont à Prague depuis près de deux semaines. Comme ils lui ont laissé de quoi s'acheter à manger, il a fait le plein de pain et de plats préparés au supermarché, mais il y a trois jours, il a laissé par distraction un paquet de dinde sur le comptoir de la cuisine toute la nuit. Ça ne l'a pas empêché d'en manger le lendemain… et hop, intoxication alimentaire. Il n'a pas mis le nez dehors depuis deux jours.

Deux jours pendant lesquels j'ai séché les cours pour m'occuper de lui. Le matin, je prends le chemin du lycée avec Josie jusqu'au bout de la rue, mais à partir de là, je reviens sur mes pas en empruntant allées et ruelles, afin d'éviter que mes parents me voient entrer chez les Wilson par la porte de derrière.

Liz la vivante arrive dans la chambre, un bol de bouillon chaud dans une main, un verre d'eau dans l'autre. Richie se sent tellement mal que c'est tout juste s'il lève les yeux. Un seau attend près du lit. La chambre empeste la sueur et le vomi.

– Coucou, murmure l'arrivante. (Je suis venue voir Richie malade, mais je suis tirée à quatre épingles, maquillée à la perfection, et ma tresse à deux brins ébouriffée avec art me passe joliment sur l'épaule avant de se balancer contre ma poitrine.) Comment tu te sens, maintenant ?

– Euuuh… (Il s'interrompt, le temps de prendre une inspiration laborieuse.) Mieux. Un peu mieux.

Je m'assieds au bord du lit avec précaution. Mon regard s'attarde une seconde sur le seau à moitié plein, mais je n'ai pas l'air plus dégoûtée que ça. Posant bol et verre sur la table de nuit, je presse la paume contre le front de Richie. Ma main ruisselle presque de sueur quand je la retire, mais je l'essuie sans hésiter sur mon superbe pantalon noir.

Mon moi vivant contemple Richie avec amour, on ne peut pas appeler ça autrement. Mon moi fantôme les contemple tous les deux, si ému de la tendresse palpable qui flotte entre eux que j'en oublie presque de respirer. De toute manière, ça n'aurait pas beaucoup d'importance, hein…

– Tu crois que tu vas arriver à t'asseoir ? demande la jeune Liz en effleurant le dos suant de Richie, couché sur le flanc.

– Mais oui.

Il s'assied en effet puis s'empare du verre d'une main tremblante pour siroter quelques gorgées d'eau.

Sans mot dire, je le prends par la taille et pose ma main libre sur son front.

– Tu es brûlant…

– C'est juste une intoxication alimentaire, je n'ai pas de fièvre, Liz. Ne t'en fais pas, ça va aller.

– Tu devrais appeler le médecin, dis-je en l'attirant tout contre moi.

– Mais non. (Il avale une dernière gorgée, repose le verre puis se laisse retomber sur le matelas en m'entraînant dans le mouvement.) Je vais déjà mieux. Bien obligé. J'ai une tonne de devoirs en retard à rattraper. (Une pause, puis :) Toi aussi, d'ailleurs.

Je ne relève pas les derniers mots : visiblement, les devoirs m'indiffèrent.

– On pourrait demander à quelqu'un de passer te voir. Peut-être le père de Sharon ? Je suis sûre qu'il serait d'accord.

– Liz… (Richie sourit presque.) Il est végétarien.

Je me laisse aller en soupirant, blottie contre son grand corps, nos deux bras emmêlés, nos deux mains jointes sur son ventre.

– Je ne sais pas quoi faire pour t'aider.

Il ferme les yeux.

– Mais tu m'aides déjà. Tu es là. Seulement je veux que demain, tu retournes au lycée. Si tu manques trois jours d'affilée, le proviseur appellera tes parents, tu sais.

– Mmh. Je m'en fiche. Mon père sera au travail, et Nicole ne répond jamais au téléphone fixe. Le lycée laissera un message, et je l'effacerai.

Je ferme les yeux, moi aussi, serrée contre lui. En nous voyant comme ça, je me rappelle la sensation de son corps contre le mien. Je me rappelle que je distinguais chaque pore de son dos et de ses épaules, chaque poil minuscule de sa nuque. Sa peau paraissait se détendre en soupirant, soulagée d'être exposée à l'air frais. Le souvenir est si net… trop net.

– Mais tu manques les cours.

– Chuuut. Pas question que je te laisse tomber.

Il inspire profondément. Un léger sifflement monte de sa poitrine.

– Merci.

– Pas la peine de me remercier. Dors, maintenant. Je reste jusqu'à ton réveil.

– Liz ?

– Mmh ?

– Pourquoi tu t'occupes de moi ?

La question a l'air de me déconcerter. Ce n'est pas le genre de Richie, toujours si calme, si sûr de lui. Je rouvre les yeux.

– Qu'est-ce qui te prend de me demander une chose pareille ?

– C'est que je ne comprends pas. On est tellement différents.

Je lui caresse la tempe, j'essuie son front emperlé de sueur, mais cette fois, j'entrelace juste mes doigts aux siens. On reste couchés, immobiles, sa transpiration poisseuse imprégnant peu à peu mon maquillage et mes beaux vêtements. Il est évident que je m'en fiche.

– On est faits l'un pour l'autre. L'un à l'autre. (Je ressers mon bras autour de lui.) Tu ne le sens pas ?

– Mmh, sourit-il, sans rouvrir les yeux. C'est vrai, tu as raison.

– C'est des craques, Richie... Je ne t'aime pas.

– Tu ne m'aimes pas ? murmure-t-il d'une voix brisée.

– Non, Richie Wilson, je ne t'aime pas. (Je rapproche la bouche de son oreille.) Je t'adore.

– Moi, je t'aime, Elizabeth Valchar.

– On est faits l'un pour l'autre.

– C'est vrai.

Je n'en peux plus. Ça fait trop mal. Je donnerais n'importe quoi – *n'importe quoi* – pour le tenir une seconde, rien qu'une seconde dans mes bras, comme cet après-midi-là.

Lorsque je rouvre les yeux sur le présent, lorsque je vois Richie en train d'embrasser ma demi-sœur en la poussant vers le lit où on s'est blottis lui et moi, où on s'est avoué notre amour, c'est presque plus que je n'en peux supporter. Mais que puis-je faire d'autre que regarder ? Où pourrais-je bien aller ?

– Attends…

Il s'écarte de Josie au moment précis où ils allaient tomber ensemble sur les couvertures.

– Quoi ? Qu'est-ce qui se passe ? demande-t-elle en essuyant sa bouche humide du dos de la main.

Les yeux rivés au plancher, il recule de quelques pas puis lève le regard vers les photos posées sur son bureau.

– Je ne peux pas. Pas maintenant.

Il aurait aussi bien pu me gifler.

– Pas *maintenant* ? Qu'est-ce que ça veut dire, pas *maintenant* ?

– Ça veut dire qu'il pourra plus tard, m'explique Alex.

– Non. Non non non. Je n'y crois pas.

Josie s'assied sur le lit, sans quitter des yeux l'amour de ma vie, puis entreprend d'enrouler une longue mèche blonde autour de son index en examinant ses cheveux, à la recherche des pointes fourchues. Les hésitations de Richie ne lui font visiblement pas plaisir.

– Je sais que c'est dur, déclare-t-elle. Pour tout le monde. Mais Liz aurait souhaité notre bonheur.

– Ce n'est pas vrai, dis-je à Alex. Pas comme ça.

Richie la regarde d'un œil fixe.

– Qu'est-ce qui peut bien te faire croire que je serai de nouveau heureux un jour ? Ce n'est pas parce qu'elle a disparu… ça ne veut rien dire. On ne lui en a jamais parlé. Ça lui aurait brisé le cœur.

Il s'approche des étagères qui occupent un des murs de la chambre du sol au plafond. Je ne connais personne qui ait lu autant que lui. Il a toujours de super bonnes notes au lycée, et il veut devenir écrivain depuis tout petit – mais ce n'est pas pour ça qu'on l'appelle *Le Célèbre Richie Wilson.*

C'est un dealer, vous comprenez. Un vrai. Il vend surtout de l'herbe, mais pas seulement. Des médicaments aussi. Sa clientèle se compose de lycéens, d'habitants de Noank, parfois même d'amis de ses parents. C'est la seule chose que je ne supportais pas chez lui, au point que j'ai parfois pensé à rompre, mais je ne l'ai jamais fait. Je l'aimais. Et il m'aimait – du moins en étais-je persuadée.

Il tend la main vers un exemplaire des *Grandes Espérances*, de Dickens, un gros volume cartonné noir, évidé par ses soins, je le sais parfaitement. Rempli de petits sachets de marijuana calibrés.

Josie se raidit à cette vue.

– Si tu fumes, je rentre à la maison. (Elle secoue la tête.) Je ne peux pas supporter ça. Pas maintenant.

– Reste juste le temps que je m'en grille un. (Il frissonne, toujours tourné vers ses livres.) En ce moment, j'ai du mal à gérer la réalité.

– Il faudra bien que tu y viennes. (Elle renifle.) Comme nous tous. (Il s'assied à son bureau pour se rouler un joint avec soin.) Eh, tu veux que je te raconte une histoire hallucinante ? Sur Liz ?

– Je suis prêt à parier que je la connais déjà, répond-il sans la regarder, mais vas-y, ne te gêne pas.

– Moi, je suis prête à parier que tu ne la connais pas, répond-elle, tout excitée. Tu sais que ma mère est dingue de paranormal, hein ?

– Je sais qu'elle n'a besoin de rien pour planer complet, oui. (Il lui jette un coup d'œil.) Pas plus que toi, ma douce.

– Sa *douce* ?

J'ai poussé un véritable hurlement. Je m'approche de Richie, je lui passe les bras au cou, je presse ma joue contre la sienne. Là non plus, il n'y a pas de véritable contact, il n'a apparemment pas conscience de ma présence, mais je sens qu'on est liés. On respire au même rythme, et j'ai l'inexplicable certitude qu'il reste quelque chose de moi avec lui.

– Quand on était gamines, elle nous a emmenées à l'église spiritualiste de New Haven, commence Josie. On y va souvent, elle et moi, tu sais. Liz ne venait pas, en principe, mais ce jour-là... je ne sais pas, elle devait s'ennuyer, c'était samedi, elle n'avait rien de mieux à faire. Enfin bref. Il y avait des médiums là-bas... plein.

Je m'écarte de Richie, parce que je ne supporte pas de le sentir aussi proche. Il lève les yeux au ciel : il n'a jamais cru au surnaturel – aux fantômes, par exemple. En fait, il ne croit pas à grand-chose.

– Bon, et alors, vous avez parlé aux médiums ou quoi ?

– Oui, on leur a toutes parlé, acquiesce Josie. C'est ça qui est bizarre. Il y en avait un qui paraissait… qui s'intéressait à Liz. Il faisait des prédictions à d'autres gens, mais il n'arrêtait pas de la regarder. Et puis au moment où on s'en allait, il nous a rattrapées, il l'a prise par le bras et il lui a dit quelque chose de vraiment flippant.

Richie lèche le papier du joint pour le fermer.

– Ah bon ? Quoi donc ?

– Il lui a conseillé de se méfier des roux. Il lui a dit qu'un jour, ils seraient dangereux pour elle. Et il insistait, il insistait… comme s'il fallait vraiment qu'elle l'écoute et qu'elle fasse super attention à ce qu'il racontait.

Le joint à la main, Richie considère Josie.

– Tu en veux ?

– Non. (Elle secoue la tête. Il y a un silence.) Tu ne trouves pas ça intéressant ?

Il déglutit.

– Non. À mon avis, ce crétin essayait juste de soutirer quelques dollars de plus à une gentille gamine. Autant que je sache, Liz ne connaissait pas le moindre rouquin, hein ?

– Non, admet Josie sans le quitter du regard. Dis-moi… tu veux vraiment que je m'en aille ?

– Je suis désolé… mais c'est trop tôt. (Il hésite.) Tu n'as qu'à revenir demain, d'accord ?

– *Demain ?* (J'ai littéralement hurlé.) Aujourd'hui, c'est trop tôt, mais demain, ça ira ? (Je le fixe d'un œil noir.) Il connaissait déjà cette histoire idiote. Je la lui ai racontée en rentrant.

Josie se lève.

– D'accord. À demain.

Elle s'en va sans même l'embrasser – heureusement.

Une fois seul, il ouvre la fenêtre de derrière puis allume son joint. De là, on voit l'*Elizabeth* se balancer doucement sur les flots. Il n'y a pas le moindre signe des horreurs de ma nuit d'anniversaire.

– Je connaissais déjà cette histoire idiote, dit tout haut Richie après avoir exhalé. Liz me l'a racontée en rentrant.

7

Josie n'a pas disparu depuis dix secondes qu'on frappe doucement à la porte de la chambre. Son retour n'a pas l'air de faire plaisir à Richie, qui reste assis à sa fenêtre, à tirer sur son joint.

Toc toc toc.

Un pétillement : une graine d'herbe vient d'exploser. Sans se troubler, les poumons pleins d'une longue bouffée de fumée, Richie jette un coup d'œil las en direction du palier. C'est moi qui m'énerve à sa place :

– Va-t'en ! Il ne veut pas te voir !

– Tu es bouleversée. (Alex est visiblement mal à l'aise. Sans doute ne sait-il plus sur quel pied danser avec moi.) Essaie de te calmer, s'il te plaît.

Toc toc toc.

Me calmer ? Comment pourrais-je bien me calmer ?

– Il a répété presque mot pour mot ce que je venais dire. Tu crois qu'il sent que je suis là ?

– Je ne sais pas. (Mon collègue fantôme réfléchit visiblement à la question.) Mais je reconnais que c'était bizarre. Tu m'as bien dit que tu arrivais à le toucher ?

– Plus ou moins. Je crois que je peux le faire… si je me concentre assez fort, peut-être.

Il secoue la tête.

– Je ne sais pas quoi te dire, Liz. Ça ne m'est jamais arrivé. Il y a des gens qui me voient…

– Quoi ? (Je n'ai pas pu me retenir de brailler.) C'est vrai ? Qui ça ?

– Les bébés, affirme-t-il. Oui, oui, les bébés me voient. J'ai un cousin qui avait presque deux ans à l'époque de ma mort… je peux t'assurer qu'il me voyait. Mais quand il a grandi… quand il s'est mis à parler de manière cohérente… je me suis rendu compte qu'il n'avait plus conscience de ma présence. (Alex s'interrompt, avant d'ajouter :) Les animaux aussi. Mon chat, par exemple.

Je le regarde, sidérée.

– Je suppose que c'est une vanne. Tu n'aurais pas pu me le dire avant ?

– Ça n'avait pas d'importance, répond-il avec un haussement d'épaules.

– Peut-être, mais c'est drôlement intéressant. (Je secoue la tête.) Enfin bon, quoi qu'il en soit, tu reconnais qu'on est toujours liés d'une manière ou d'une autre, Richie et moi ?

– C'est possible, admet-il, mais qu'est-ce que ça fait ?

Avant que je ne puisse répondre, le *toc toc toc* se répète, une fois de plus.

Richie soupire, contemple une seconde son joint puis le jette par la fenêtre. La chambre est pleine de fumée.

– Entre, lance-t-il en toussant.

Je suis persuadée que c'est Josie qui a fait demi-tour, mais non : la porte s'ouvre sur le flic, Joe Wright. À la place de Richie, n'importe qui paniquerait, mais Richie n'est pas n'importe qui. Il n'a jamais vraiment peur de se faire prendre avec de la drogue. Il n'a vraiment peur de rien. Il est cool, calme, maître de lui en permanence. Quand on était ensemble, il me semblait toujours que tout était sous contrôle, mais en le voyant maintenant, je m'aperçois que c'était juste un grand gamin incapable de me protéger. Il faut dire que je suis morte à moins de trois mètres de lui, pendant son sommeil. Comment se fait-il qu'il ne se soit pas réveillé ? Il a bien dû y avoir du bruit – des éclaboussures, un cri, *quelque chose*. Mais il était saoul ; il était raide ; il était trop assommé pour réagir, alors qu'il aurait pu me sauver la vie.

– Qui vous a ouvert ? demande-t-il à Joe.

– Ta petite copine. (L'arrivant agite sa main devant son visage.) Tu devrais peut-être investir dans un ventilateur de fenêtre, jeune homme. Ça sent presque jusqu'au rez-de-chaussée.

Joe porte toujours la chemise et la cravate qu'il arborait au funérarium. Sans son uniforme de shérif, il a l'air d'un péquin moyen. Pas loin de la quarantaine, à mon avis. Beau mec, en forme, cheveux courts châtain clair bien coiffés, quelques taches de rousseur sur un visage bronzé. Il a l'air sympa, ni réprobateur ni menaçant, mais ça m'étonnerait que Richie lui raconte sa vie. Il ne fait pas confiance aux adultes en général, et aux flics encore moins.

– Juste pour que les choses soient claires... dit-il en battant des paupières. Ce n'est pas Josie ma petite copine. C'était Liz.

– OK, d'accord. (Joe le rejoint en deux pas, le regarde sous le nez puis lui frotte la joue avec l'index, avant de le lever, bien en vue.) Rouge à lèvres.

– Ça alors, c'est merveilleux. (J'applaudis, sarcastique.) Une enquête d'une intelligence sidérale, incontestablement !

– Qu'est-ce que vous voulez dire ? demande Richie, sans perdre contenance.

– Je veux dire que Josie a évité de croiser mon regard quand on s'est croisés, sur le seuil.

– Et alors ? Elle est bouleversée. On vient d'assister aux obsèques de sa sœur. (Il fixe l'intrus bien en face.) Qu'est-ce que vous vous imaginiez ? Qu'elle allait vous faire un grand sourire ? Vous taper dans la main ? (Richie secoue la tête.) Ah là là, ces petits flics.

– Je sais que vous étiez aux funérailles tous les deux, je vous ai vus, déclare Joe, indifférent à l'ironie de la remarque. Vous ne m'avez pas vu, vous ? (Il tire la chaise de bureau vers lui.) Je peux ?

Son interlocuteur n'a pas le temps de répondre qu'il s'est déjà assis.

– Je ne devrais même pas vous parler, dit Richie. Vous n'avez pas le droit d'entrer comme ça chez moi. Je devrais appeler un avocat.

Joe arque le sourcil.

– Tu crois que tu as besoin d'un avocat ?

– Non, je n'ai rien fait.

– Je ne sais pas si Liz en dirait autant. Tu viens juste d'embrasser sa sœur.

– Sa *demi*-sœur. Enfin... c'est compliqué. Mais peu importe. Ça n'a rien à voir.

– Compliqué ? répète Joe, intéressé. Pourquoi ça ? Qu'est-ce que c'est que cette histoire ?

– Il y a des gens qui s'imaginent que Josie et Liz sont vraiment demi-sœurs. Des tas de gens. (Richie s'interrompt une seconde.) Mais Liz est persuadée que non. Elle n'y a jamais cru. (Il tire de sa poche un chewing-gum, qu'il se fourre dans la bouche puis se met à mâcher, lentement. Il n'a aucune envie de renseigner Joe, ça crève les yeux.) Il y a toujours eu des racontars comme quoi le père de Liz et la mère de Josie avaient... étaient amants avant que la mère de Liz ne meure. Ils étaient sortis ensemble au lycée, vous comprenez. Et puis Josie ressemble beaucoup à M. Valchar. Mes parents y croyaient, par exemple. (Il secoue la tête, mal à l'aise.) Personnellement, je ne sais pas si c'est vrai ou non, et je m'en fiche, ça n'a aucun rapport. Je veux juste que les choses soient claires... On s'est peut-être un peu embrassés, d'accord, mais ce n'est pas ce que vous croyez.

– Qu'est-ce que c'est alors ? Et pas la peine de jouer les durs, je pourrais t'arrêter tout de suite pour détention de drogue.

Richie écarte les mains, désinvolte.

– Allez-y. Je m'en fiche. Je n'ai rien à perdre.

Franchement, je suis surprise qu'il ait raconté mon histoire familiale à Joe. Peut-être avait-il envie de parler de moi.

– C'est ça, soupire le visiteur. Au fait, où sont tes parents ? Je les ai vus aux funérailles, tout à l'heure.

– Eh oui, ils ont réussi à se libérer le temps d'y passer, acquiesce Richie.

– Mais ils ne sont pas à la maison ?

– Ce sont des gens très occupés. (Il renifle, moqueur.) Ils ne vivent que pour leur art.

– Je vois. (Joe prend le temps de parcourir la chambre des yeux. Les photos posées sur le bureau retiennent un instant son attention.) Techniquement, l'affaire est classée, mais j'ai du temps libre… tu sais, nous, les petits flics, on a toujours du temps libre… ce qui me permet de poser quelques questions à droite, à gauche. Tes copains et toi, vous m'avez raconté une histoire qui tient debout, je ne dis pas le contraire, mais tellement… *adaptée* aux circonstances. Sans rien de solide. J'aimerais dénicher un détail un peu plus précis pour être sûr de ce qui s'est passé. Après tout, un autre ado de Noank est mort il n'y a pas si longtemps.

– Ah bon, qui ça ? demande Richie en s'asseyant sur son lit.

– Il ne se souvient même pas de moi, constate Alex, écœuré.

– Alex Berg, répond Joe. Allez, tu n'es pas raide à ce point. Il avait ton âge. Il s'est fait renverser près du

Mystic Market par un automobiliste qui s'est enfui sans laisser de trace, en août dernier.

– Ah oui. (Richie hoche la tête en retrouvant lentement la mémoire.) Oui, bien sûr, je me souviens. J'ai vu les affichettes. (On dirait qu'il réfléchit.) Liz et Caroline sont allées à ses funérailles. Moi pas. Je trouve ça sinistre. Enfin bon, je ne vois pas le rapport. Aucun d'entre nous ne le connaissait de près ni de loin.

– Le rapport, c'est que les gens s'inquiètent, explique Joe. D'abord un chauffard. Maintenant ça. Deux gosses en pleine forme qui meurent en moins d'un an. Dans une petite ville. Les parents se posent des questions.

– C'était un accident, affirme Richie. Liz n'a pas été tuée.

– Sans doute pas, non, acquiesce Joe. J'espère. Seulement tu comprends, Richard…

– Richie, rectifie son hôte.

– Tu comprends, continue Joe, tu es là, à moitié défoncé, en train de flirter avec la sœur ou la demi-sœur ou je ne sais quoi de ta petite copine défunte, le jour même de ses funérailles. Je ne sais pas comment te l'expliquer, mais d'un point de vue moral, tu as l'air terriblement insensible, tu vois ?

– Et si vous m'arrêtiez juste pour détention de drogue, hein ? demande Richie, le regard maintenant rivé au parquet verni.

– Pourquoi voudrais-tu que je fasse une chose pareille ?

– Parce que je suis un minable.

– Ce n'est pas ce que pensait Liz.

Il relève les yeux.

– Si. (Son assurance caractéristique a disparu. Je ne le reconnais plus. Il déglutit avant de poursuivre :) Elle me trompait. (Des larmes brillent dans ses yeux sombres, injectés de sang.) Depuis des mois. Et je ne m'en rendais même pas compte. Jusqu'à ce que Josie me le dise.

– Oooh. (Alex me regarde en secouant la tête.) Oh, la *vilaine*.

J'en reste bouche bée, puis je retrouve ma voix :

– Ce n'est pas vrai. Je ne sais pas de quoi il parle.

– Tu le trompais, explique Alex. Écoute un peu ça.

J'écoute donc.

– C'était juste après Noël, continue Richie. J'avais bien remarqué qu'il arrivait à Liz de disparaître, parfois assez longtemps. Je la trouvais... différente. Je m'inquiétais. Elle avait toujours été très mince, mais depuis quelque temps, elle perdait du poids d'une manière terrible. Je veux dire, c'est ça qui est censé l'avoir tuée, hein ? L'hypoglycémie, plus l'alcool. On a calculé notre indice de masse corporelle en cours de science, l'an dernier. Elle était beaucoup trop maigre. (Il a l'air pensif, plongé dans ses souvenirs.) Mais bon, il n'y avait pas que ses problèmes de poids. À mon avis, ça n'avait rien à voir. Je sentais que quelque chose la préoccupait. Elle devenait... distante. Au début, je me disais, bon d'accord, elle est obsédée par le sport. Elle courait, vous savez. Elle avait toujours été super bonne en endurance, mais pas en vitesse. Alors je croyais qu'elle cherchait à s'améliorer de ce côté-là. En poussant peut-être le bouchon un peu loin. Il lui arrivait de se lever à cinq heures du matin pour courir deux heures avant d'aller au lycée. (Il secoue la tête.) N'importe quoi. Elle était dingue, sur ce plan-là.

– Qu'est-ce qui t'a fait penser qu'il y avait autre chose ? demande Joe. Que ça ne se limitait pas à son obsession de la course ? C'est Josie qui te l'a dit ?

– Oui, acquiesce Richie. Deux, trois semaines avant le bal de fin d'année. J'avais passé toute la matinée à essayer de contacter Liz sur son portable, mais elle ne répondait pas. Alors je suis allé chez elle. C'est juste à côté... enfin, à deux maisons, quoi. Seulement elle n'était pas là. Bon, j'ai un peu discuté avec Josie... et du coup, elle m'en a parlé.

– Ce n'est pas vrai, dis-je d'un ton ferme. Je ne l'aurais jamais trompé. Jamais.

– Réfléchis, me conseille Alex. Tu ne te rappelles vraiment rien ?

– Non ! Mais ça n'a aucune importance ! Je n'ai pas besoin de me rappeler pour le savoir. Ce n'est tout simplement pas possible.

Il m'examine un long moment avant de lâcher :

– Je n'y crois pas.

– Tu ne crois pas à *quoi* ?

– Que tu sois toujours comme ça. Après ce qui vient de t'arriver, tu es toujours aussi monstrueuse. Il dit que tu le trompais... et il a sans doute raison. Moi, en tout cas, je le crois, lui. Tu es égoïste. Superficielle. Si un mec plus cool que Richie est arrivé et s'est intéressé à toi, je suis prêt à parier que tu lui es tombée dans les bras en un clin d'œil.

– Je ne le trompais pas ! (J'ai hurlé à pleins poumons.) Je l'aimais, figure-toi. Je n'ai peut-être pas été très sympa avec toi, mais avec lui, c'était différent. Et de toute manière, si je l'avais fait… je ne l'ai *pas* fait, mais *si jamais* je l'avais fait… dis-moi pourquoi je refuserais de le reconnaître ? pourquoi je te mentirais, hein ?

– Je n'en sais rien. Peut-être parce que tu ne t'en souviens pas. Ou parce que tu ne veux pas que je te prenne pour une garce.

– Je te dis la vérité, Alex. (Ma voix tremble, maintenant.) Je ne me rappelle pas tout ce qui s'est passé avant ma mort, c'est vrai, mais je suis sûre et certaine qu'il n'y a rien à se rappeler à ce sujet-là. Je connais Richie depuis nos deux ans. Il y a quelque chose qui cloche dans cette histoire. Jamais je ne lui aurais fait de mal.

– Elle ne voulait sans doute pas me faire de mal, déclare Richie à ce moment précis. On était ensemble depuis tellement longtemps. Elle avait peut-être besoin… je ne sais pas, moi, d'aller voir un peu ailleurs. (Il déglutit.) Enfin bon, je n'ai pas cru Josie. Je l'ai traitée de menteuse et de toutes sortes de noms d'oiseaux. Mais elle m'a dit qu'elle me le prouverait. Elle m'a emmené à Groton, à une résidence au bord du fleuve. La voiture de Liz y était. Devant le bâtiment où habite ce type. Je le connais, vous comprenez.

Les yeux pleins de larmes, le poing gauche crispé sur le coin de son couvre-lit en patchwork brun et bleu, il tire de la main droite sur les fils de l'ourlet, qu'il effiloche peu à peu. J'ai beau l'écouter, ce qu'il raconte ne me dit absolument rien. D'ailleurs, quoi que puisse en penser Alex, ça ne me ressemblerait pas de faire des choses pareilles. Franchement... je ne *connais* personne à Groton. On dirait que quelqu'un m'a coupé des morceaux entiers de mémoire, ce que je trouve extraordinairement frustrant.

Mais pourquoi Richie mentirait-il ? À le voir tirer sur les fils de son couvre-lit, je ne doute pas une seule seconde qu'il soit persuadé de dire la vérité.

– Tu le connais, répète Joe. Qui est-ce ? Comment l'as-tu rencontré ?

– Il s'appelle Vince. Vince Aiello. (La voix de Richie se brise sur ce nom.) C'était un pote, plus ou moins. Il est majeur, lui...

– Quel âge a-t-il ?

– Je n'en sais rien. Vingt et un, vingt-deux ans... Qu'est-ce que ça peut faire ?

– C'est important, s'il couchait avec Liz.

Il inspire brusquement. Prêt à me défendre, j'en suis sûre, à expliquer que j'étais vierge et que ce n'est pas *possible*, je ne pouvais pas coucher avec qui que ce soit. Mais non.

– Comment Liz a-t-elle fait sa connaissance ? interroge Joe.

– Je le lui ai présenté.

– Et le jour où tu as vu sa voiture garée devant chez lui, qu'est-ce qui s'est passé ? Tu l'as mise au pied du mur ?

– Pas vraiment. On est restés là-bas presque une heure, Josie et moi, en attendant que Liz ressorte. Elle est repartie, et elle est rentrée chez elle. J'ai attendu un moment avant de l'appeler, je lui ai demandé où elle avait passé la matinée… (Il considère le pan de couvre-lit toujours serré dans son poing. Le plancher en dessous est jonché de fils arrachés.) Elle m'a dit qu'elle avait fait du shopping au centre commercial. Elle m'a menti. (Il relève les yeux vers Joe. Des yeux étincelants de colère.) Je vais le tuer.

– Qui ça ?

– À votre avis ? Vince. (Richie hoche la tête, comme s'il tournait et retournait l'idée dans son esprit.) Oui. Oui, je vais le tuer.

– Tu sais que tu devrais faire attention à ce que tu me racontes ? lance Joe d'un ton léger, même si on voit bien qu'il est sérieux, au fond.

Richie ne répond pas, le regard fixé une fois de plus sur le tissu serré dans son poing.

Je remarque alors que Joe porte une alliance. Un mince anneau d'argent, qu'il promène avec le pouce sur l'articulation centrale de son annulaire, sans quitter des yeux son interlocuteur.

– Quand as-tu commencé à fréquenter Josie ?

– Je ne sais plus. Quelques semaines après.

Richie lève la tête pour contempler par la fenêtre les bateaux alignés le long du rivage, dont l'*Elizabeth*, sur lequel on a passé une si bonne soirée ensemble, il y a quelques jours à peine. Avant ma mort. À l'époque où la vie était encore tranquille, facile, idéale. Du moins en étais-je persuadée.

– Ce qui se passe avec Josie n'a aucune importance, reprend-il. C'est juste un flirt d'adolescents, un petit mélo sordide de lycéens. Liz et moi… je croyais que c'était différent, mais apparemment, je me trompais. Enfin bref, ça s'est fait comme ça avec Josie. Ça ne veut rien dire du tout.

– Elle en a conscience ? demande Joe.

– Je crois, acquiesce Richie, sans quitter le yacht des yeux.

Joe remet son alliance en place, se lève, va se poster derrière lui et suit son regard.

– Qu'est-ce qui s'est passé, cette nuit-là ? Vous vous êtes disputés ? Tu lui as parlé ?

– Non. Elle ne savait pas que je savais.

– Pourquoi ne pas le lui avoir dit ? Allez, Richie. Tu étais furieux. Tu te tapais sa demi-sœur. Je comprends bien ; tu voulais lui faire du mal pour te venger.

Richie se tourne vers le visiteur.

– Non, vous vous méprenez. J'étais furieux, c'est vrai. Et je suppose que dans une certaine mesure, je suis sorti avec Josie pour me venger. De toute manière, je savais qu'il faudrait qu'on en parle, Liz et moi, un jour ou l'autre. Je savais qu'on finirait sans doute par rompre à cause de ça.

– Mais tu as attendu ? interroge Joe, visiblement sceptique.

– Oui, j'ai attendu.

– Pourquoi ça ?

– Parce que… (Richie se retourne vers la mer puis lève le pouce devant ses yeux, comme pour gommer le bateau.)… je ne voulais pas lui gâcher son anniversaire. Je l'aimais trop.

8

Je ne conserve que quelques souvenirs dispersés. Je ne sais pas au juste ce que j'ai fait la nuit de ma mort ou une semaine plus tôt. À part le court flash-back où je me suis revue avec Richie, dans la voiture de son père, j'ai oublié le bal de fin d'année. Tout comme la dernière fois de ma vie où j'ai parlé à mes parents. Je ne peux même pas affirmer que je n'ai jamais trompé mon copain. Mais je me souviens de la course.

Je la sens encore jusque dans mes os. La cadence de mes pas sur le macadam ou la terre ; le réveil progressif du matin, quand je sortais de chez moi puis commençais à trotter pour atteindre peu à peu ma vitesse de croisière au bout de la rue. Je me souviens que je me mettais en route avec peine, glacée et ensommeillée, mais que je terminais en nage, brûlante et radieuse. De la magie. Un miracle solitaire. Mon monde tout entier. C'est ce qui me manque le plus.

Il me semble donc férocement ironique de porter dans l'après-vie des santiags mal ajustées, qui pincent mes orteils déjà couverts d'ampoules. Je n'ai mal nulle part sauf aux pieds, à cause de ces saletés de chaussures. Ne me demandez pas pourquoi. Vivante, je les adorais. Jamais je n'aurais cru qu'elles deviendraient parties intégrantes de mon fantôme.

Alex et moi sommes assis sur le lino blanc, au premier étage du lycée, adossés aux casiers, le jour de la rentrée de ce qui aurait dû être notre année de terminale. Une tristesse palpable pèse sur les couloirs, à cause de la mort récente de la VIP préférée des élèves. Ils sont moins bruyants que d'habitude, et pas un ne fait étalage de sa bonne humeur. Dehors, le drapeau est en berne ; personne n'a pris ma place de parking privée – non officielle. Ce matin, j'ai entendu dire dans les couloirs que des psychologues traînaient à la bibliothèque, au cas où quelqu'un aurait besoin de soutien à cause de mon décès prématuré.

– C'était pareil après ma mort ? s'enquiert Alex.

Je suis ravie d'avoir de la compagnie, mais par moments – là, par exemple –, ce type est un vrai *boulet*. Toujours prêt à poser les questions qui fâchent et à lâcher des remarques mordantes à l'instant précis où je me dis que, en fin de compte, la solitude du spectre, de l'observateur invisible, n'est pas si désagréable. Je lui répondrais volontiers : « Non, bien sûr que non. Toi, tu n'étais qu'un minable. » Mais je ne suis pas *si* méchante, plus maintenant du moins. En admettant que j'aie été aussi odieuse vivante qu'il le prétend, je fais de mon mieux pour m'améliorer une fois morte.

– À peu près, oui, dis-je.

Sauf que ce n'est pas vrai ; pas exactement. À ma grande surprise, certains souvenirs des jours qui ont suivi sa mort me reviennent brusquement. La direction du lycée a fait tout ce qu'elle était censée faire : mettre le drapeau en berne, tenir des psychologues à la disposition des élèves – elle a même organisé une minute de silence général pendant la matinée, le lendemain du jour où on a appris la nouvelle. Mais je me rappelle aussi le reste : les albums photos qui circulaient, ouverts à la page de la seconde d'Alex, pour qu'on sache qui on était censés pleurer. Dans ma classe à moi, la minute de silence a été interrompue par un copain, Chad Shubuck, qui a laissé échapper un énorme pet, bruyant et puant. Tout le monde ou presque a piqué un fou rire.

Je bats des paupières pour revenir au présent, soulagée de ne pas avoir entraîné Alex dans mon souvenir. La compassion me serre fugitivement le cœur.

Chad Shubuck, justement, se tient parmi d'autres élèves dans la salle commune, au bout du couloir, où l'administration a exposé une grande photo encadrée de ma petite personne, sélectionnée dans l'album de l'an dernier. Il la regarde en silence – c'est une super photo, franchement –, puis il se signe d'un geste lent, comme s'il venait de terminer une prière.

J'explore le corridor du regard, à la recherche de mes autres copains. Richie se tient à moins de trois mètres, devant son casier ouvert, dont il contemple le contenu d'un œil fixe, visiblement perdu dans ses pensées. Topher et Mera s'approchent, la main dans la poche arrière l'un de l'autre.

Topher est l'image même du bon petit Américain, en T-shirt et jean sous une veste rouge et blanche, aux couleurs de l'équipe de foot du lycée. Il mâchouille... un chewing-gum sans sucre, je suis prête à le parier (il a beau fumer, c'est un obsédé de l'hygiène buccale – après tout, son père est *effectivement* le chirurgien-dentiste le plus respecté de Noank). Le sourire compatissant qu'il adresse à Richie en s'adossant aux casiers voisins dévoile deux rangées de dents immaculées étincelantes.

– C'est dingue, hein ? demande-t-il en passant une main dans ses cheveux ébouriffés. Se retrouver ici sans Liz...

– Quelle horreur ! (De toute évidence, Mera s'est levée à l'aube pour s'occuper de ses cheveux à elle, qui entourent son visage d'un nuage de boucles blondes parfaitement formées. Elle arbore de faux ongles en french manucure.) Tout le monde veut savoir ce qui s'est passé, évidemment, et c'est moi qui l'ai trouvée... Je vais être obligée de raconter ça.

Je le savais. Je *savais* qu'elle presserait l'événement comme un citron pour en extraire jusqu'à la dernière goutte d'attention. C'est tout à fait elle. Je suis *morte*, nom de Dieu ! Elle pourrait au moins se retenir de sauter sur l'occasion de devenir le centre du monde.

– Tu n'as rien à raconter, répond Richie. Personne n'a à savoir quoi que ce soit.

D'un haussement d'épaules, il se débarrasse de sa veste. Son T-shirt Yale me paraît usé jusqu'à la corde, son jean froissé semble avoir passé des semaines roulé en boule dans un coin, et il n'est pas coiffé. Je remarque aussi que des cernes gonflés soulignent ses grands yeux. Il n'a jamais attaché beaucoup d'importance à son apparence, mais là, il est carrément négligé. Et il s'en fiche.

– Ne le prends pas mal, lui dit Mera, les sourcils froncés, mais tu as une mine épouvantable.

Une photo est scotchée à la porte du casier de Richie, côté intérieur. Prise l'an dernier sur la pelouse, chez moi, juste avant la rentrée. Il n'y a que nous, en buste, mais juste hors champ se trouve une troisième personne qui m'a posé le bras sur les épaules et dont le bout des doigts repose dans la nuque de mon compagnon. Josie. Le regard de Richie se pose sur la photo. Il ferait bien quelque chose, ça se voit – l'arracher ? la jeter ? Mais il se retient.

– Il faut que j'y aille, dit-il à Mera et Topher, avant de pousser un long soupir, comme s'il cherchait à évoquer le spectre de son assurance et de sa décontraction disparues. (C'est d'une voix lasse qu'il ajoute :) Vous avez besoin de quelque chose ?

Topher se penche vers lui.

– C'est une sale période, mon pote, murmure-t-il, mais j'espère que tu peux donner un coup de main à un copain dans le besoin ?

– Qu'est-ce qu'il raconte ? me demande tout bas Alex.

– Chut.

– Il veut lui acheter de la drogue ?

Je me tourne vers lui.

– Est-ce que par hasard, tu serais sourd, en plus d'être mort ? Je t'ai demandé de la mettre en veilleuse.

– Qu'est-ce qu'il te faut ? (Richie referme son casier et jette un coup d'œil à l'horloge du couloir.) Je vais être en retard.

– Oh… un quart ?

Alex secoue la tête, réprobateur, ce qui a le don de m'énerver. Je lui vole aussitôt dans les plumes :

– Oui ? Ça veut dire quoi, ça ?

– Toi et ta bande de potes… Vous êtes tellement sûrs que vous vous en tirerez toujours. Il fait partie de l'équipe de foot. Ils n'ont pas de test de dopage ?

Je regarde mes bottes, qui me font vraiment un mal de chien. J'ai beau savoir que ça ne marche pas, je les ôte de temps en temps… pour les retrouver tôt ou tard à mes pieds. Comme par magie.

– Il y a moyen de se débrouiller, dis-je tout bas.

– Comment ça ?

– Les tests sont censés être pratiqués au hasard, mais Topher a été élu meilleur joueur l'an dernier, ils ne vont pas le virer. (Je m'interromps, à la recherche d'un moyen de m'expliquer sans avoir l'air de la snobinarde qu'Alex veut voir en moi.) Enfin bon, il suffit de s'arranger pour ne pas se faire prendre.

– Ah. Il suffirait aussi de *ne pas* se droguer, non ?

– Allez, il est sympa.

Ma réplique manque de conviction, car je me rappelle trop bien la manière dont Topher a traité Frank Wainscott à la cafet'.

Alex me regarde avec ce que je suis bien obligée d'appeler une horreur mal maîtrisée.

– Dire que j'aurais pu me retrouver mort avec n'importe qui d'autre… mais non, il a fallu que ce soit toi !

– Tu rigoles ? Je pourrais en dire autant, je te signale.

– Non, tu ne pourrais pas, riposte-t-il d'un ton ferme. Je suis quelqu'un de sympa. Je n'ai jamais rien fait pour nuire à personne, tandis que toi… et tes copains… (Il prend le temps de parcourir des yeux le couloir, qui se vide peu à peu, à l'approche de l'heure des cours.) Allez, Liz, sois honnête : ça ne te gêne pas, quelque part, d'être assise là avec moi, même si personne ne nous voit ?

Je reste muette, mais mon silence est significatif.

Après le départ de Mera et Topher, je m'attends à ce que Richie se rende dans la salle de M. Franklin, où on s'est toujours retrouvés pour l'appel, lui et moi. Mais non. Il descend au rez-de-chaussée, traverse la cafétorium (mélange de cafétéria et d'auditorium, car le lycée de Noank est de taille modeste), sort puis gagne le gymnase. Planté devant la porte d'un bureau, dans un corridor obscur, il danse d'un pied sur l'autre sans oser frapper.

Richie n'a rien d'un sportif. C'est le genre de type qui réussit tout juste à décrocher un « C » en éducation physique – seule note médiocre d'un bulletin scolaire par ailleurs impeccable. Une anomalie, dans notre petit groupe d'athlètes super populaires. Il s'est toujours intéressé aux livres et à la musique bien plus qu'aux prouesses musculaires, mais peu importe : dès que je l'ai vu se diriger vers le gymnase, j'ai deviné qui il cherchait.

Mon entraîneur de cross, M. Riley, est tranquillement assis à sa table de travail dans un petit bureau encombré. Je me souviens plutôt bien de lui – les détails pratiques me reviennent facilement, semble-t-il. C'est non seulement l'entraîneur de cross et de course, mais aussi le prof de sport de tous les garçons du lycée et le prof d'hygiène de vie des secondes, ce qui signifie qu'il se situe relativement bas sur l'échelle sociale des enseignants. Il n'a ni le charme ni l'humour de M. Simon, le prof d'anglais ; je ne l'ai jamais vu se laisser tomber par terre au gymnase pour se mettre à faire des pompes sur un seul bras comme M. « Appelez-moi-donc-Todd » Buckley, qui s'occupe des footballeurs ; et il ne lui viendrait certainement pas à l'idée de fournir de l'alcool aux mineurs, alors que ça ne dérange pas Mme Casey, qui gère les pom-pom girls. N'empêche que c'est mon prof préféré. Il m'entraîne depuis la cinquième, et bien. Il sait ce que c'est qu'aimer courir. Je me rappelle en le voyant qu'il assistait à mes funérailles, il y a deux semaines. C'était la première fois que je le voyais avec une cravate, me semble-t-il. La première fois que je le voyais pleurer aussi, évidemment. Enfin, sans doute. Je ne suis plus sûre de rien.

Mais si proches qu'on ait été, lui et moi, il n'a jamais vraiment accroché avec Richie. Ils assistaient pourtant à toutes les rencontres sportives auxquelles je participais, ce qui leur a donné de multiples occasions de faire plus ample connaissance.

– Ça ne m'étonne pas, déclare Alex, quand je l'informe de mes réflexions. Tout le monde sait que Richie deale.

– Ah bon ?

– Mais oui. (Un court silence, puis :) C'est une petite ville, Liz. Les secrets ne le restent pas très longtemps.

J'ai l'impression qu'il pense à quelque chose de particulier en disant ça – je me demande bien quoi.

Curieusement, je me rappelle pas mal de choses sur M. Riley, mais pas tout. C'était mon entraîneur ; il n'aimait pas Richie ; bon. Mais les moments que j'ai passés avec lui sont flous.

J'essaie de les évoquer en détail, les yeux clos, en me laissant envelopper par le passé : je m'habitue si bien à m'immerger dans les souvenirs que ça se fait en douceur, tout naturellement.

Une Liz un peu plus jeune, un peu moins maigre, est là avec M. Riley, dans son bureau. À me voir, je dirais que la scène se déroule l'an dernier – en automne, si c'est la saison du cross. La pièce aveugle est éclairée par une lampe faiblarde, voire clignotante, accrochée au plafond. La feuille en plastique transparent qui la protège est jonchée d'insectes morts. Je trouve ça sinistre, dans le grand bâtiment caverneux.

M. Riley n'a guère plus de la trentaine. Sur son bureau se trouve une photo d'une femme et d'une fillette – sa femme et sa fille, je suppose. Il me semble les connaître, peut-être même les avoir vues quelquefois, mais c'est à peu près tout ce qui me revient à leur sujet pour l'instant.

Mon entraîneur est un type discret, assez bizarre, bronzé à force de courir dehors, sec et nerveux, comme beaucoup de pratiquants des sports d'endurance.

– Assieds-toi, Liz, dit-il en me montrant une des chaises disposées devant sa table de travail. (Il fouille dans le mini-frigo bourdonnant posé par terre, d'où il tire une petite bouteille d'eau minérale qu'il pose devant moi.) Tiens. Tu viens de courir une dizaine de kilomètres, il faut te réhydrater.

– Je sais.

J'ouvre la bouteille pour y boire quelques longues gorgées. L'entraînement s'achève tout juste, me semble-t-il. Je porte un short en coton gris et un débardeur rose au tissu très fin, sous lequel se dessine nettement mon soutien-gorge blanc. M. Riley regarde le mur, la photo posée sur son bureau – n'importe quoi, sauf l'adolescente assise en face de lui. Je vois bien qu'il se sent mal à l'aise, seul en ma compagnie.

– Tu passes la soirée avec le reste de l'équipe ? me demande-t-il d'un ton léger.

– Moi ? Qu'est-ce que j'irais faire avec eux ?

Je sais pourquoi je m'exprime d'un ton aussi désinvolte : l'équipe de cross ne compte pas dans ses rangs un seul lycéen « important », à part moi. Je ne fréquente aucun de ses membres. Maintenant que j'y repense, je trouve dommage de ne pas m'être intéressée à eux une seconde.

– Ils vont manger chinois. (Le regard de M. Riley croise le mien.) Tu ne savais pas ?

– Si, si, bien sûr.

Mais je sais à ma voix que je n'en ai aucune idée. Ils ne m'ont pas invitée.

– Tu sais, Liz... (Mon entraîneur hésite, avant de poursuivre :)... tu pourrais peut-être te montrer un peu plus... amicale avec tes coéquipiers.

Quelqu'un se racle la gorge dans le couloir. Je n'ai pas besoin de vérifier, je sais que c'est Richie, qui m'attend.

– Comment ça, plus amicale ? Je suis tout ce qu'il y a d'amicale. Simplement, je ne les fréquente pas en dehors de l'entraînement. (Je hausse les épaules.) Ça ne m'intéresse pas. Ce sont des minables.

M. Riley tressaille au mot « minables ». Mon fantôme aussi.

– C'est exactement ce que je veux dire, s'obstine-t-il. Tu devrais peut-être changer de fréquentations. Je suis ton entraîneur depuis la cinquième. Je t'ai vue devenir... obsédée par l'argent et la position sociale de ton entourage, mais je sais que tu n'es pas réellement comme ça.

Je pose avec soin la bouteille sur son bureau.

– Qu'est-ce que vous en savez ?

– Tu cherches juste à te protéger, c'est évident. Tu as peur d'avoir mal, une fois de plus, alors tu t'entoures de gens prêts à tout pour rester dans tes bonnes grâces, et tu écartes les autres.

Je me penche en avant, le regard dur.

– Comment ça, j'ai peur d'avoir mal, *une fois de plus* ? Quand est-ce que j'ai eu mal, à votre avis ?

Il hésite. Le silence s'étire. Je fixe M. Riley, le mettant sans mot dire au défi d'exprimer sa pensée, concentrée sur ses yeux mal assortis : l'un bleu, l'autre noir, la pupille dilatée au point d'occuper l'iris tout entier.

– Ta mère, dit-il enfin.

Oh, maman. Il me suffit de me regarder, assise là, pour savoir que la seule mention de ma mère me fait mal. Le sentiment de perte est encore si douloureux, si présent, des années après. Je n'ai aucune envie d'en parler, évidemment.

– Dites, je peux vous poser une question ? demande la jeune Liz à M. Riley, après s'être mordu la lèvre.

– Bien sûr, répond-il en haussant les épaules.

– Qu'est-ce que vous avez à l'œil ?

Il reste une seconde saisi puis parcourt de nouveau la pièce des yeux. Je me demande un instant avec inquiétude si je ne l'ai pas mis en colère, s'il ne va pas me jeter dehors, mais il se contente de me répondre par une autre question :

– Tu veux savoir ce qui s'est passé, c'est ça ?

– Oui.

– Je n'en ai jamais parlé à aucun élève.

Je lui souris – un vrai sourire.

– Je ne le dirai à personne. Promis, juré.

– J'avais sept ans. J'étais un solitaire... je le suis toujours, je pense. (Il a l'air vaguement amusé.) Enfin, peu importe. Les enfants du quartier ne m'invitaient jamais à jouer avec eux. Jusqu'au jour où l'un d'eux – un certain Charlie Sutton – est venu chez moi demander à ma mère si je pouvais faire une partie de base-ball. À l'époque, on allait encore s'amuser dehors sans que les parents nous surveillent. Moi, j'étais ravi. J'ai pris ma batte, mon gant, et je suis sorti en courant, tout excité. Tu n'imagines même pas à quel point…

Il s'interrompt, les yeux clos.

– Alors ? (Je me penche vers lui.) Qu'est-ce qui s'est passé ? Vous avez pris un coup de batte ou quelque chose comme ça ?

– Non. (Il rouvre les yeux pour me regarder bien en face.) Quand je suis arrivé sur le terrain, derrière chez moi, Charlie m'attendait, avec quelques autres enfants. Ils avaient un pistolet à plombs, et ils m'ont tiré dessus. (M. Riley hausse les épaules.) Ils ont bien dû me toucher une demi-douzaine de fois, ils s'amusaient, tu comprends, ils ne m'avaient pas vraiment blessé ni rien, mais je pleurais, je me suis mis à reculer, je voulais rentrer chez moi… et là, un des plombs m'a frappé à l'œil avant que je ne fasse demi-tour. Mon iris a été détruit. Je suis aveugle de l'œil gauche.

Liz la vivante se pose la main sur la bouche, bouleversée.

– Oh, mon Dieu, quelle horreur ! Qu'est-ce qui leur est arrivé après ? Ils ont eu des ennuis ?

Mon entraîneur hausse les épaules, une fois de plus.

– Je suppose qu'ils se sont pris une volée – à l'époque, il y avait encore des parents pour donner des fessées –, mais les choses en sont restées là. (Il s'adosse dans son fauteuil.) On a déménagé peu de temps après. Franchement, c'est ma mère qui a été la plus affectée. Elle avait bien vu que j'étais tout excité, tout content d'être enfin accepté par les enfants du quartier, sauf qu'en fin de compte, ils faisaient semblant. (Il baisse le regard vers son bureau.) Tu sais comment sont les gosses. Ce n'est pas grave. Ma vie a bien tourné. Je ne me plains pas.

Je reprends quelques gorgées d'eau. Une longue queue-de-cheval blonde me tombe dans le dos. Je suis en nage, les yeux écarquillés, pleins de compassion.

– Je suis désolée qu'il vous soit arrivé une chose pareille.

– Ce n'est pas le problème, Liz. Je n'aurais sans doute pas dû t'en parler, mais voilà... j'aimerais que tu surveilles tes fréquentations. Tu ne te focalises pas sur les bonnes choses. Un de ces jours, tu risques de le regretter.

Dans le couloir, Richie se racle de nouveau la gorge.

Je me tortille sur ma chaise.

– Il faut que j'y aille, M. Riley.

– Je n'en doute pas. Ton prince charmant t'attend, répond mon interlocuteur, sarcastique.

Je me regarde gagner le corridor, où Richie s'ennuie visiblement, adossé au mur. On quitte le gymnase sans mot dire, main dans la main, mais une fois sur le parking, je lui pose la question qui me brûle les lèvres :

– Tu as entendu ce que me racontait M. Riley ? (Pour toute réponse, Richie hoche la tête.) C'est horrible, non ?

– Si.

Caroline, Mera et Josie nous attendent dans une Mercedes noire décapotée. En nous voyant arriver, Mera, au volant, klaxonne et agite la main.

– Vous en avez mis du temps ! grince Josie, pendant qu'on monte à l'arrière.

Comme il n'y a pas assez de place pour nous trois, je m'installe sur les genoux de mon compagnon. Mon fantôme regarde, planté à côté de la voiture.

– Eh, du calme, répond Richie. On est là, non ?

– Qu'est-ce qui t'arrive, Liz ? me demande-t-elle. Tu craques sur Riley-le-Bigleux et les crétins de l'équipe de cross ? (Elle me sourit ; sa voix s'adoucit.) Ça ne fait rien, je t'aime quand même.

Je lui réponds par un clin d'œil. Elle m'en fait un aussi. Je lui tire la langue. Elle se force à loucher.

– Non, sérieux, ajoute-t-elle en riant, qu'est-ce qui vous a pris aussi longtemps ? Tu veux passer ta vie avec ton entraîneur ? Franchement, il a une drôle de tête.

– Non, il n'a pas une drôle de tête. Juste les yeux de couleurs différentes.

J'entrelace mes doigts à ceux de Richie.

– C'est carrément bizarre. (Elle renifle.) Un vrai phénomène de foire.

Le moteur de la Mercedes tourne au ralenti. On n'est toujours pas partis.

– Ce n'est pas un phénomène de foire, c'est un type très sympa. Et tu ne devrais pas dire des choses pareilles. Ce n'est pas sa faute si ses yeux sont comme ça.

Moi qui regarde la scène, je constate que Richie me serre la main quand je me retiens d'en dire davantage.

– Je m'en fiche, riposte Josie en faisant claquer son chewing-gum. Ça ne l'empêche pas d'être un vrai phénomène de foire.

– Arrête. C'est un mec bien.

– Arrêtez tous, tranche Mera en allumant la radio. On y va !

On y va en effet, la musique à fond, les pneus crissant sur l'asphalte, sortant du parking à toute allure.

Peut-être Alex a-t-il raison – peut-être n'étais-je pas quelqu'un de sympa.

Je ne m'entendais manifestement pas avec le reste de l'équipe de cross, mais avec M. Riley, si. Je cherchais à le protéger, et vice versa. C'est déjà ça. En ce moment, après les souvenirs que j'ai passés en revue, je suis prête à me contenter de la plus petite preuve que je n'étais pas un monstre – comme le dit si clairement Alex.

Je regagne en un clin d'œil le présent, où je me retrouve dans le bureau de M. Riley, en compagnie d'Alex, justement. Richie s'est décidé à entrer. Mon entraîneur se pose le menton sur les mains.

– Mais c'est l'illustre Richie Wilson. Je me demande si tu ne t'es pas aventuré du mauvais côté du bac à sable.

Richie croise les bras et s'adosse au mur. Malgré sa posture décontractée, ses mâchoires serrées prouvent qu'il est nerveux.

– Qu'est-ce que c'est censé vouloir dire ?

M. Riley a envie de le virer, ça se voit. Alex a raison, le prof sait à quoi le visiteur occupe son temps libre. De toute manière, Richie ne s'est jamais donné beaucoup de mal pour le cacher. Il m'est arrivé de me demander s'il n'avait pas envie de se faire prendre – si, au fond, ça ne l'aurait pas soulagé.

– Je sais que vous ne m'aimez pas, déclare-t-il.

M. Riley ne proteste pas, mais il n'en rajoute pas non plus :

– Je n'imagine pas ce que ça représente pour toi, je ne vais pas prétendre le contraire. Mais je me doute que tu te sens mal.

Assis très droit, il tripote nerveusement le chronomètre qui lui pend au cou.

Richie n'a que dix-sept ans, mais je comprends qu'il impressionne quelqu'un comme mon entraîneur. Ils sont tellement différents. Richie trapu, décontracté, sûr de lui et nonchalant, la tête farcie de livres, mais super cool, sans *rien* de bizarre ; M. Riley tout en muscles et en tendons, l'incarnation du type sympa, banal, dont la seule passion consiste à poser un pied devant l'autre, encore et encore, jusqu'à ce qu'il n'existe plus au monde que le corps, la route, le souffle. De nos jours, jamais un gamin de sept ans armé d'un pistolet à plombs ne le rattraperait.

– Je me suis mis au cross, lâche Richie, sans le regarder.

Il regarde en fait la bibliothèque appuyée au mur, pleine de livres comme *Corps en évolution, Vie en évolution* ; *La Course zen* ; *Fait pour courir* ; et le plus embarrassant : *Parlons sexe ! Le Guide des jeunes corps au bord de l'âge adulte.*

C'est moi que sa déclaration surprend le plus, parce que je n'avais aucune idée de ce qu'il faisait depuis deux semaines que je suis morte. On ne l'a jamais vu s'entraîner, Alex et moi. Personnellement, je pensais qu'il passait la plupart de son temps en quête de réconfort, dans les bras de Josie.

– Tu cours ? s'étonne M. Riley. Pourquoi ? Pour échapper aux flics ?

Il s'étire le cou jusqu'à se presser l'oreille contre l'épaule.

– Non, répond Richie avec le plus grand sérieux, je cours pour courir. Il faut croire que c'est mon nouveau hobby. Je ne sais pas pourquoi je m'y suis mis, mais la semaine dernière, je ne me rappelle plus quel jour, je me suis réveillé avec le besoin de *bouger.* (Il déglutit.) Liz parlait souvent de ça. Il m'arrivait de lui demander à quoi elle pensait, quand elle s'entraînait pendant des heures, et elle me répondait toujours *À rien.*

Le sourire me monte aux lèvres.

– C'est vrai. (Je me tourne vers Alex.) Tu ne sais pas quel effet ça fait, je parie ? De ne penser à rien, absolument rien, pendant des heures et des heures. C'est le paradis.

– Comme si on savait à quoi ressemble le paradis, riposte-t-il, amusé.

M. Riley est pris de court : il ne s'attendait visiblement pas à ça de la part de Richie.

– C'est vrai, acquiesce-t-il. Courir, c'est méditer. Ça éclaircit les idées. Ça calme.

– Elle y passait un temps fou, reprend Richie. Jusqu'à trois ou quatre heures par jour. Vous étiez au courant ? Avant sa mort, je veux dire. Vous aviez remarqué à quel point elle avait maigri ? Elle tombait dans les pommes. Vous n'auriez pas dû faire quelque chose ? Après tout, vous étiez son entraîneur.

Alex m'examine de la tête aux pieds.

– Ma foi, maintenant qu'il en parle, tu es *effectivement* maigrichonne. Je dirais même *trop* maigrichonne.

– Les coureurs sont très minces, c'est normal. D'ailleurs, il y a quelques jours, tu m'as dit que j'étais une bombe.

– Une bombe à retardement, peut-être, murmure-t-il.

Je l'ignore pour me concentrer sur ce qui se passe parmi les vivants. Richie... courir. Je n'aurais *jamais* cru voir ça. J'ai essayé je ne sais combien de fois de le persuader de m'accompagner pendant mes séances d'entraînement, mais ça ne l'intéressait pas.

– Du calme, Richie, dit M. Riley. Je suis au courant des problèmes qu'a eus Elizabeth. On en a parlé, évidemment, mais je ne pouvais pas l'empêcher de courir en solitaire. (Il s'interrompt un instant.) Je ne m'étais pas rendu compte que la situation avait dégénéré à ce point, mais j'ai fait mon possible. L'an dernier, à la fin de l'année, je l'ai prévenue que si elle continuait à perdre du poids, je l'expulserais de l'équipe.

– C'est vrai ? (Un silence, puis Richie ajoute :) Elle ne me l'avait pas dit.

– Tu ne lui disais plus grand-chose, ces derniers temps, hein ? me demande Alex.

Je lui donne une pichenette à l'oreille.

– Ferme-la.

– C'était juste après sa commotion, explique M. Riley. Là, j'ai compris qu'elle était sur la mauvaise pente.

Je me presse la main contre la joue.

– Ah… c'est vrai, je m'en souviens.

Il me suffit de fermer les yeux pour voir ; pour *sentir* ce qui se passe, littéralement, même si je ne suis pas dans mon corps de dix-sept ans. Je me tiens au sommet de l'escalier, chez moi, tournée vers la grande fenêtre du palier. L'*Elizabeth* est à quai au bout de la rue, la courbe gracieuse de la plage s'étend sur fond de ciel. Je m'étire, les bras en l'air, dressée sur la pointe des pieds dans mes chaussures de course sales – mais confortables –, puis je me plie en deux, laissant le bout de mes doigts effleurer le tapis oriental. Un motif aux multiples nuances de beige, de marron, de vert et de cramoisi. Je vacille, mes genoux ploient, je fais un pas en arrière pour reprendre l'équilibre…

J'aimerais intervenir, empêcher ce qui va arriver, mais je ne peux que regarder.

À l'instant où il me semble reprendre l'équilibre sur le palier, je me retrouve dans l'escalier, en train de tomber. Impuissante, je vois mon corps dégringoler jusqu'au pied des marches. Lorsque enfin il s'immobilise, maigre comme un clou, effondré au rez-de-chaussée, je suis visiblement inconsciente.

Je rouvre les yeux. M. Riley est assis à son bureau. Je bats des paupières à plusieurs reprises dans l'espoir de retourner en arrière. Le souvenir se redéploie autour de moi, mais je suis passée à ce qui s'est produit deux jours après ma chute. Je viens de sortir de l'hôpital, je le sais au bracelet d'identification en plastique que je porte encore au poignet. Mon père est venu me chercher. Il me ramène à la maison en silence. Muette, je regarde les rues défiler derrière ma vitre.

À un moment, il finit par refermer sa grosse main sur mon bras. Ses doigts en font facilement le tour.

– À quoi tu joues, Elizabeth ? demande-t-il sans élever la voix.

Il est comme ça : calme, conciliant, toujours à minimiser, à garder ce qu'il ressent à l'intérieur, bien caché, sans rien qui dépasse à l'extérieur. Même quand ma mère est morte. Même quand moi, sa fille, je suis morte.

Je ne lui jette pas un coup d'œil. Au contraire, je me concentre sur les arbres, qui se couvrent de bourgeons printaniers ; sur les fleurs des champs ; sur l'herbe, dont les innombrables brins parfaitement distincts résistent au vent coupant qui parcourt la Nouvelle-Angleterre. La *vie* émergente.

Un simple coup d'œil à ma version vivante me permet d'affirmer que je suis affamée. Toute cette vie, là-dehors, juxtaposée au noyau de faim qui palpite douloureusement dans mon ventre creusé, je n'en doute pas une seule seconde. Une faim omniprésente. Dans mes yeux ; sur mon visage ; contaminant l'espace qui me sépare de mon père et le reste de l'habitacle.

– Tu n'es pas ta mère, reprend-il.

On dirait qu'il se retient de pleurer.

– Je sais.

– Alors qu'est-ce qui se passe ? Pourquoi fais-tu une chose pareille ? (La voiture entre dans le garage.

Il coupe le contact et verrouille les portières.) Tu ne sortiras pas de là avant de m'avoir répondu.

Je reste silencieuse, le regard fixé droit devant moi, sur le mur du garage, auquel le vélo de Nicole pend à deux crochets.

– Tu vas entamer une thérapie, déclare enfin mon père. Voir un médecin. Je vais te prendre rendez-vous. (Je ne dis toujours pas un mot.) Et tu vas y aller, si tu ne veux pas que les choses se gâtent, compris ?

Je me regarde : je n'avais aucune intention d'effectuer une thérapie, j'en suis sûre. D'ailleurs, je ne me rappelle pas avoir vu le moindre médecin pour parler de mes habitudes alimentaires ou sportives. De toute manière, mon père ne pouvait pas vraiment m'obliger à consulter. Il était bien trop occupé. Avant ma mort, il travaillait quatre-vingts heures par semaine, minimum. Pas pour l'argent, il en gagnait bien assez, mais parce qu'il aimait ça. Il n'était presque jamais là. Ça m'étonne qu'il soit resté à la maison le temps de passer me chercher à l'hôpital.

Le silence s'étire. Mon père attend une réponse, les yeux fixés sur moi ; puis, enfin, il descend de voiture, claque sa portière et me laisse seule dans l'obscurité froide. Je me presse les mains sur le front comme si j'avais très, très mal. Comme si j'allais perdre conscience.

Le souvenir s'éloigne. M. Riley se lève.

– Si tu as vraiment envie de courir, tu peux te joindre à l'équipe de cross, propose-t-il à Richie.

– Non, ça ne va pas être possible.

– Ah bon, pourquoi ?

– Eh bien j'ai... ah... des obligations, vous comprenez. Et puis je n'aime pas beaucoup le travail d'équipe.

– Évidemment. (M. Riley consulte sa montre.) Tu vas être en retard pour l'appel.

– Je me demandais si vous pourriez jeter un œil à mes chaussures.

Il se fige.

– Pardon ?

– Mes chaussures. Mes baskets.

Richie empoigne carrément son pied pour le poser sur le bord du bureau.

– Qu'est-ce que tu veux savoir au juste ? (Le prof ne jette qu'un coup d'œil aux fameuses chaussures.) Elles sont très bien. Il faut en acheter des neuves tous les sept ou huit cents kilomètres. Celles-là peuvent encore faire un sacré bout de chemin.

– Je n'y connais rien, je ne cours que depuis une semaine et demie, mais j'ai déjà les pieds dans un sale état. (Richie regarde ses chaussures.) C'est Liz qui me les a offertes, il y a plus d'un an. Elle voulait que je coure avec elle, mais je ne l'ai jamais accompagnée.

– Je suis sûre qu'elle serait ravie que tu t'y mettes, déclare M. Riley, mal à l'aise.

– Tout le monde croit savoir ce que je voudrais, maintenant.

Je n'ai pas pu me retenir de faire la remarque à Alex, qui acquiesce.

– Eh oui, les gens ont tendance à dire ce genre de choses, une fois qu'on est mort.

– Je ne peux pas m'empêcher de penser que si j'avais passé plus de temps avec elle, ça ne serait peut-être pas arrivé, continue Richie. Que si je ne m'étais pas endormi, cette nuit-là, elle serait toujours là. Il paraît qu'il suffit d'un détail minuscule, d'une poussière, comme on dit, pour modifier le destin... Quelqu'un écrase un moustique en Afrique, et ça finit par causer un tsunami sur un autre continent, vous voyez ? Alors si j'avais couru avec elle ou peut-être juste essayé de lui parler davantage...

– Arrête avec ça. (M. Riley examine son visiteur à l'horrible lumière de l'unique ampoule du bureau.) Tu n'as rien à te reprocher. Tu n'y pouvais rien.

Richie repose le pied par terre et se mord la lèvre.

– Tout le monde en parle. Je le sais. Les gens ont envie d'en faire un drame. Ils disent que ce n'était peut-être pas un accident. (M. Riley, figé, respire à peine. Muet.) Ce n'en était peut-être pas un, effectivement, continue Richie. Moi, je me souviens juste de m'être endormi. Après... je ne sais pas. On était six sur le bateau. (Il a les larmes aux yeux. C'est la première fois que je le vois pleurer, à part le jour de mes funérailles.) Quelqu'un doit bien savoir ce qui s'est passé, vous ne croyez pas ? Vous connaissiez Liz. Elle était... différente. Quelqu'un comme elle ne disparaît pas de cette manière, ce n'est pas possible.

– Je n'en sais rien, répond le prof en secouant la tête.

– J'ai une drôle d'impression, continue Richie. Il me semble que si je fais assez attention, je vais entendre quelque chose, je ne sais pas quoi. Et puis je sais que je dois courir.

– Bon, acquiesce M. Riley. Alors cours. Viens me voir en fin de journée, je serai sur la piste. Je vérifierai si tu es en forme, et on cherchera ce qui te fait mal aux pieds.

En sortant derrière Richie, il éteint le petit plafonnier. Seule dans le noir avec Alex, j'essaie de remuer les orteils, mais mes bottes sont bien trop étroites.

9

Mes copines me volent mes fringues.

– Ce n'est pas du vol, me fait remarquer Alex. Après tout, tu ne peux plus les porter.

On est montés dans ma chambre, qui est restée un véritable champ de bataille : mon lit à baldaquin en chêne n'est même pas fait – les draps et la couette à rayures blanches et roses sont entassés au bout du matelas. Ma coiffeuse est couverte d'un nécessaire à maquillage au grand complet, de la poudre bonne mine aux paillettes pour le corps, en passant par un assortiment de mascaras et plus d'une trentaine de rouges à lèvres, rassemblés dans un petit sac à main de créateur super cher dont je ne me servais que pour ranger des cosmétiques. Je n'aurais pas cru avoir été ce genre de snobinarde, même si je trouve un peu gênant qu'Alex voie ma chambre dans un état pareil.

– N'empêche que ce sont mes affaires. (Je ne suis pas contente du tout.) Ça ne fait que quelques semaines. Elles auraient pu attendre un peu.

– Ouais, bon, c'est tes copines. Je veux dire, ça ne devrait pas t'étonner qu'elles sautent sur l'occasion de récupérer des fringues gratuites. Sois raisonnable, Liz. En ce qui les concerne, c'est encore mieux que les soldes chez La Redoute.

Je ne peux retenir une grimace.

– Alex... Mes copines et moi, on n'achète *rien* chez La Redoute.

Une immense tristesse m'envahit. Le désordre qui nous entoure est l'illustration matérielle de ce que j'ai été ; il renferme toute mon histoire. Quand je regarde autour de moi, des souvenirs morcelés me reviennent, petites pièces d'un puzzle étonnamment démesuré, de plus en plus grand. Au-dessus de ma commode est accroché un tableau en liège, tapissé de rubans gagnés lors des courses de cross. La plupart m'ont été attribués pour une deuxième ou une troisième place – je n'ai jamais brillé par la rapidité, je l'ai déjà dit –, mais il y en a des dizaines. Un des coins est occupé par un tas de chaussures de sport. Je m'en achetais toutes les six semaines, quelque chose comme ça, mais je n'aimais pas jeter les vieilles, alors je les gardais. Il doit bien y en avoir une vingtaine de paires qui prennent la poussière, les semelles si usées qu'elles en sont presque lisses, à cause des routes pleines de sable et de sel. J'avais pris l'habitude de noter la date d'achat au marqueur indélébile noir sur le côté de la chaussure gauche, pour savoir à peu près quand m'offrir une paire neuve.

L'envie de toucher ce qui m'entoure est quasi irrésistible – le tissu bon marché d'un ruban durement gagné, la couture d'une basket aux points serrés...

juste une dernière fois. C'est impossible, évidemment, et je ne m'en sens que plus impuissante, plus frustrée, plus… morte.

Mes meilleures amies, Mera, Caroline et Josie, se trouvent dans mon dressing, qui fait presque la moitié de ma chambre.

– C'est pas possible, je *rêve* ! s'exclame Alex en les voyant. (Elles sont toutes les trois en sous-vêtements, prêtes pour le grand essayage. Il m'adresse un sourire mauvais.) Si c'est ça, l'enfer, je veux bien qu'on m'enchaîne au mur.

– Je croyais que tu les détestais…

Il se gratte le crâne, faussement perplexe.

– Quel rapport ? Ça ne veut pas dire que je n'ai pas envie de les voir à moitié à poil.

Caroline est manifestement la seule à avoir des scrupules. Plantée devant les vêtements, dont les cintres soigneusement alignés offrent un contraste saisissant avec le cirque qui règne par ailleurs dans la pièce, elle finit par effleurer du bout d'un doigt manucuré la manche d'un pull en cachemire rouge.

– Tu es sûre que ça ne posera pas de problème ? demande-t-elle en jetant à Josie un coup d'œil inquiet. Ça me fait bizarre. Et si ta mère nous trouve ici ?

Josie. Ma demi-sœur. Ma meilleure amie. Il me suffit d'un coup d'œil pour m'apercevoir qu'en réalité, elle est bouleversée.

– C'est elle qui a eu l'idée, répond-elle en dépouillant un cintre de sa robe en lin noir.

Elle la regarde quelques secondes puis la porte à son nez pour inspirer profondément, à la recherche de mon odeur. Lorsque ses mains retombent, ses yeux brillent de larmes contenues.

– Josie ? Tu es sûre que tu veux t'occuper de ça maintenant ? demande Caroline avec douceur.

Ma demi-sœur inspire de nouveau profondément, l'air lointaine.

– Tous les matins, au réveil, je m'attends à ce qu'elle soit là, murmure-t-elle. J'ouvre un œil, je regarde mon réveil, et je me dis, *Ah, Liz doit être revenue de son entraînement.* Et puis je me souviens que… qu'elle n'est plus là. (Elle baisse les yeux vers la robe, roulée en boule entre ses mains.) Je crois que je ne m'y ferai jamais. On se connaissait depuis la naissance, vous savez ?

Mera et Caroline échangent un regard inquiet. Caroline s'approche de ma demi-sœur et lui pose doucement la main dans le dos.

– Oui, je sais. C'est horrible. Sérieux, on s'occupera de ça une autre fois. On n'est pas obligées de trier aujourd'hui.

Josie fronce les sourcils, secoue la robe, la lève pour l'examiner quelques secondes puis la plaque contre son corps.

– Non, je préfère en terminer. Et puis qu'est-ce qu'on pourrait bien faire de tout ça ? Le donner à l'Armée du Salut ? Il y en a pour une fortune. (Elle s'essuie les yeux d'une main, bat des paupières à plusieurs reprises puis regarde Caroline et Mera, un grand sourire forcé aux lèvres.) Ça va. Je vais y arriver.

Il faut dire qu'elle a raison en ce qui concerne mes affaires. Ça me serre le cœur de voir mes copines les passer en revue, mais autant qu'elles se servent : mes fringues sortent presque toutes de boutiques haut de gamme. Ma tenue de course aussi est ce qui se fait de mieux, spandex et microfibre de dernière génération.

– Et le père de Liz ? insiste Caroline. Qu'est-ce qu'il en pense ? Je veux dire, ça ne le dérange pas ?

Mon père s'en fiche, je n'en doute pas une seule seconde. Contrairement à Nicole, il n'a rien d'un excentrique : il se considère même comme quelqu'un de très rationnel, qui ne croit ni en Dieu ni aux fantômes ni à aucune de ces « âneries ». Mes affaires n'ont certainement plus aucune importance à ses yeux.

C'est marrant, on pourrait croire qu'ils forment un couple mal assorti, Nicole et lui, mais ce n'est pas le cas du tout. Elle l'amuse, avec ses superstitions. Il trouve adorable sa fascination pour le spiritisme ; enfin, il trouvait. Je me demande ce qu'il en pense, maintenant.

Josie jette à Caroline un regard noir.

– Comment ça, *le père de Liz* ? C'est mon père à moi aussi.

– Ah. (Caroline avale son chewing-gum.) Bon.

Mera et elle échangent un nouveau coup d'œil, mais ni l'une ni l'autre n'ajoutent un mot.

– Elle croit vraiment que c'est son père ? me demande Alex.

J'essaie d'écarter le sujet d'un geste négligent, comme s'il n'avait pas plus d'importance qu'une mouche bourdonnante, mais maintenant qu'il a été abordé en public, je suis bien obligée de donner quelques explications à mon compagnon.

– Je t'ai déjà dit qu'on n'en parlait pas souvent. Elle s'imagine que… oui, je suppose qu'elle s'imagine qu'on a effectivement le même père, toutes les deux. Ce n'est pas vrai, mais son père à elle est un raté. Il s'est toujours fait virer de tous les postes qu'il occupait, et après avoir divorcé de Nicole, il a carrément cessé de s'occuper de Josie.

– Mais ça ne t'ennuie pas qu'elle raconte des choses pareilles ? insiste Alex, incrédule. Après tout, ça voudrait dire que ton père et sa mère couchaient ensemble depuis des années.

Il a raison : Josie exagère, elle ne devrait pas se permettre ce genre de déclaration. Ça m'étonne que je n'aie jamais essayé de la ramener à la raison.

Je la regarde parcourir mon dressing en laissant ses ongles glisser sur mes vêtements, tristement, sans enthousiasme. Depuis ma mort, elle passe son temps à pleurer. D'ailleurs, elle porte toujours son bracelet de cheville « Meilleures Amies ».

– Ce n'est pas possible, dis-je à Alex. Je n'y ai jamais cru. Mais je ne sais pas… elle voulait un père. À mon avis, au fond, elle sait très bien que ce n'est pas vrai. Elle ne *peut pas* ne pas le savoir. C'étaient juste d'horribles racontars qui nous ont suivies toute notre vie. On n'aimait pas en parler entre nous. On n'allait certainement pas en parler à mon père ni à Nicole… Ça n'aurait servi à rien, de toute manière.

– Peut-être pas, c'est vrai, répond-il (mais je lui trouve l'air sceptique).

Enfin bon, ça n'a plus d'importance. Autant faire attention à ce qui se passe maintenant.

Après avoir rassemblé une pile de fringues chacune, mes copines les essaient, plantées au milieu de ma chambre, en jetant négligemment par terre celles qui ne leur conviennent pas.

– Tu es la plus maigre, et de loin, remarque Alex. Ça m'étonnerait qu'elles trouvent leur bonheur.

– D'après Richie, j'ai perdu beaucoup de poids en très peu de temps. Je suppose qu'il doit y avoir pas mal de choses une ou deux tailles au-dessus.

Josie enfile un jean et un petit haut noir qui dénude une des épaules, puis elle se plante devant la glace.

– Ça rend moins bien sur moi que sur Liz, constate-t-elle en se mordant la lèvre inférieure avec un petit sourire crispé.

Elle lève devant ses yeux une de ses longues mèches blondes, les sourcils froncés : malgré le soin qu'elle prend de ses cheveux, ils sont fragiles et fourchus, à cause de la teinture qu'elle leur inflige toutes les six semaines – mais aussi du sèche-cheveux qu'elle utilise à outrance pour qu'ils ressemblent à quelque chose.

– Liz pouvait porter n'importe quoi, ajoute-t-elle. Tout lui allait à la perfection.

Mera s'installe à ma coiffeuse et se met à fouiner dans mes tiroirs, d'où elle finit par tirer une paire de faux cils encore sous cellophane.

– Ben c'est normal, non ? lance-t-elle. Liz aurait pu être mannequin. (Elle farfouille quelques secondes dans une pochette à mascara, avant de la retourner pour en vider le contenu par terre.) Tu ne peux pas t'aligner, soyons réalistes.

Josie acquiesce, mais je la vois serrer les dents une seconde, les mâchoires crispées, comme si elle se mordait.

– Je sais. (Elle pivote pour se regarder de profil dans le miroir.) Elle aurait donné de l'allure à un sac à patates.

– Exactement. (Toujours absorbée par mon maquillage, Mera s'empare d'un rouge à lèvres, l'ouvre et fixe d'un œil distrait le petit cylindre marron.) Mais elle avait changé, ces derniers temps. (Son ton se fait plus prudent.) Tu avais bien dû t'en rendre compte, Josie ?

– Elle dépérissait, acquiesce ma demi-sœur. *Tout le monde* s'en rendait compte. (Et là, elle ajoute :) On n'échappe pas à son destin. Elle était comme sa mère.

Je n'arrive pas à *croire* qu'elle ait dit une chose pareille. Le froid qui me glace en permanence me semble brusquement encore plus pénétrant.

Qu'est-ce qu'elle raconte ? Je n'étais pas comme ma mère. Je n'étais pas anorexique. J'aimais courir, point final. Tout le temps. Tous les jours.

Caroline hausse les épaules, indifférente à la déclaration de ma demi-sœur.

– Moi, je ne lui trouvais pas si mauvaise mine. Tu sais bien qu'on n'est jamais trop mince ni trop riche.

J'ai l'impression que Josie se retient de toutes ses forces de se remettre à pleurer. Elle lève les yeux au plafond d'un rose profond, tirant sur le pourpre. Il me suffit de suivre son regard pour que le souvenir me revienne : on a repeint ensemble, quelques mois seulement avant ma mort, par un samedi après-midi pluvieux. Mais avant d'appliquer la couleur au rouleau, on a écrit nos noms au pinceau, en grandes lettres éclatantes, puis on a ajouté ensemble : JOSIE ET LIZ = MEILLEURES AMIES. Et moi toute seule : LIZ + RICHIE = AMOUR TOUJOURS. Malgré les deux couches qui recouvrent ces mots, le contour des lettres se distingue vaguement, si on y prête assez attention.

– Il faut que je vous dise quelque chose, annonce Josie.

– Ah bon ? demande Caroline par pure politesse, plongée dans l'examen d'une veste pied-de-poule que j'*adorais*.

– Oui.

Josie s'est fait une queue-de-cheval, aujourd'hui. En grandissant, elle est devenue vraiment brune, au point que ses lourdes mèches blondes, presque platine, ont l'air artificielles par rapport au reste de sa chevelure.

Elle défait sa queue-de-cheval et secoue la tête pour libérer ses cheveux sur ses épaules.

– C'est important. (Une pause, puis :) Richie et moi, on sort ensemble.

Sa voix tremblante manque d'assurance.

Mera tourne brusquement la tête vers elle, manquant se crever l'œil avec la petite brosse du mascara, tandis que Caroline – qui a mis la veste et essaie de glisser son gros pied dans une de mes petites chaussures – trébuche et s'écroule.

– Richie et toi ? s'étonne-t-elle en s'asseyant par terre et en tirant sur le tissu pied-de-poule pour le remettre en place. Mais depuis quand ?

– Quelques mois. (Josie hésite.) Il allait rompre avec Liz.

– Ça, je le sais déjà. (Je me bouche les oreilles.) Je ne veux pas l'entendre une seconde fois.

Alex m'écarte de force les mains de la tête.

– Il faut écouter, tranche-t-il. On est là pour ça, non ?

Sans lui prêter attention, je me dégage d'une secousse et me précipite à la salle de bains, où je m'assieds dans la douche. Apparemment, j'ai réussi à me débarrasser de lui, du moins pour l'instant. Je n'ai hélas que quelques minutes de tranquillité avant que Caroline arrive, elle aussi.

Sitôt la porte verrouillée, elle se regarde dans la glace.

– Coucou, Caroline. (Je me demande bien pourquoi je l'appelle : je sais qu'elle ne m'entend pas.) Je suis là.

Elle ouvre le robinet du lavabo puis lentement, silencieusement, s'attaque aux tiroirs de ma coiffeuse pour les fouiller un à un.

Les yeux rivés à elle, je sens des souvenirs de plus en plus précis s'épanouir dans mon esprit. Caroline Ann Michaels. Je l'ai connue au jardin d'enfants. Sociable, chaleureuse, très intelligente. Pom-pom girl, je l'ai déjà dit – je me rappelais au moins ça, mais maintenant, des détails sur sa personnalité et sa famille me reviennent. Exprime souvent son enthousiasme par des applaudissements et des claquements de doigts. Sourit tellement qu'on s'inquiète presque quand on la voit maussade. Ses trois sœurs aînées ont toutes été d'une manière ou d'une autre des VIP du lycée de Noank. La fratrie Michaels, de l'aînée à la benjamine : Charlotte, Corine, Christy, Caroline. Les parents : Camille et Colin. Une famille de catholiques pratiquants, l'incarnation même du rêve américain. Tous les ans, les Michaels fabriquent leurs propres cartes de Noël, sur lesquelles ils prennent la pose, habillés en personnages de film ou de livre célèbres. L'an dernier, *Harry Potter*. L'année d'avant, *La Guerre des étoiles*. La mère de Caroline fait des tonnes de bénévolat ; son père, une sorte de magicien de la finance, travaille à Manhattan et ne rentre chez lui que le week-end.

Caroline est quelqu'un de bien, je n'en ai jamais douté. Voilà pourquoi je suis stupéfaite de la voir fouiller ma coiffeuse en cachette. D'autant plus que c'est idiot : Josie leur a *dit* de prendre ce qu'elles voulaient, à elle et à Mera.

Dans le tiroir supérieur se trouve un flacon presque plein d'analgésiques vendus sur ordonnance. Un souvenir de ma commotion. Caroline le glisse dans son sac à main puis se prépare à couper l'eau, quand elle se fige brusquement, le regard rivé au contenu du tiroir.

Je sais à sa tête qu'elle cherchait juste les cachets, mais elle est manifestement tombée sur une surprise.

De l'argent. Un paquet. Les mains tremblantes, elle sort de la coiffeuse une poignée de billets de *cent dollars*.

Je me demande franchement pourquoi je gardais une somme pareille dans ma chambre. J'avais un compte en banque, sur lequel mes parents me versaient mon argent de poche, mais ils ne me donnaient jamais de liquide.

J'allais forcément en faire *quelque chose* : je ne vois pas pourquoi je l'aurais caché là, autrement. Fascinée, Caroline contemple son butin d'un regard vitreux – *vous avez vu ce que j'ai trouvé ?*... Puis elle se met à compter les billets. Un... deux... trois... quatre... cinq cents dollars.

J'en reste bouche bée. Qu'est-ce qui m'avait prise de retirer autant ? Aucune idée. Je ferme les yeux de toutes mes forces, j'essaie de me concentrer pour me rappeler ne serait-ce qu'un détail, n'importe lequel, mais rien ne me vient.

On frappe à la porte.

– Caroline ? Ça va ? demande la voix de Josie.

– Mmh... oui, oui, j'en ai pour une seconde !

La visiteuse a toujours les yeux rivés à l'argent. Une seconde, juste une, elle me semble prête à le remettre où elle l'a trouvé.

Mais non. Elle le roule en boule et le fourre dans son soutien-gorge.

Sitôt sortie de la salle de bains, elle entreprend de se rhabiller et de rassembler ses affaires.

– Je ne m'étais pas rendu compte qu'il était presque midi, explique-t-elle en enfilant ses chaussures. Il faut que je rentre.

– Mais on n'a pas fini, proteste Mera, les sourcils froncés. Et on devait aller boire un café dans l'aprèm avant de revenir dormir ici.

– Désolée, les filles, je dois y aller. On ira boire un café une autre fois.

Caroline ramasse son sac à main. Les deux autres échangent un regard hésitant.

– Qu'est-ce qui se passe ? demande Josie. Tu es toute drôle. Tu ne prends rien ? Mes parents *veulent* qu'on se partage tout, je te l'ai déjà dit.

Caroline inspire à fond puis parcourt lentement ma chambre des yeux, en s'attardant sur le tas de chaussures de course. À voir sa tête, je me demande une seconde si elle ne va pas fondre en larmes, mais ce n'est qu'un court instant de faiblesse.

– Je garde la veste, décide-t-elle en ébauchant un petit geste vers son torse, car elle a remis la fameuse veste pied-de-poule. Le reste, franchement, je n'en veux pas. Un truc, ça va, mais fouiller dans les affaires de Liz… je ne sais pas, ça ne me plaît pas. J'ai l'impression d'être une voleuse.

Mera baisse les yeux vers son propre butin : *cinq* sacs à main. Sa poigne se relâche un peu… mais elle ne les laisse pas tomber pour autant.

– La veste te va super bien, affirme Josie, un regard interrogateur fixé sur Caroline. Liz aurait été contente que tu la prennes.

Elle a raison, la veste va très bien à Caroline, et je suis contente qu'elle la prenne. C'est une fille soigneuse.

– Je vous appelle tout à l'heure, d'accord ?

Elle souffle un baiser aux deux autres avant de s'en aller.

Quand je raconte à Alex ce qui s'est passé à la salle de bains, il n'a pas l'air tellement surpris.

– Ma foi, tu sortais avec un dealer. Tu planquais peut-être son argent quand il te le demandait.

– Ça m'étonnerait. Je ne me rappelle pas.

– Ta mémoire est un vrai gruyère, Liz. Moi, ça me paraîtrait logique.

– Non. (Je secoue obstinément la tête.) Ça ne tient pas debout. Pourquoi m'aurait-il confié son argent ? Et puis je détestais qu'il deale, je te l'ai déjà dit. Je n'aurais certainement rien fait pour l'aider de ce point de vue-là.

– Mais tu n'en es pas sûre, reconnais-le.

J'hésite avant d'admettre :

– Non, c'est vrai, je n'en suis pas sûre.

La réponse a l'air de satisfaire Alex, qui reprend :

– Dis donc, si tu ne supportais pas qu'il deale, pourquoi tu n'essayais pas de l'en empêcher ? Tu m'as dit toi-même que tu te droguais, à l'occasion. Tu ne serais pas un peu hypocrite, sur ce coup ?

Je hausse les épaules.

– Non. Je ne prenais pas grand-chose, et rien de bien méchant… rien de fort. (J'inspire à fond. Les souvenirs de Richie – *tous* les souvenirs, en fait – sont douloureux.) Il n'aimait pas ça, figure-toi. Il était très protecteur.

– Mmh… mais pas très doué, apparemment.

– Ferme-la. Ce n'est qu'un *ado*. Comme toi et moi. Il n'est pas réellement célèbre ni rien. Enfin bon, là n'est pas la question. Je te dis que jamais je n'aurais gardé cinq cents dollars chez moi, quoi qu'il arrive. Je me servais toujours de ma carte bleue.

– Tu vois une autre explication ? Franchement ? De nos jours, personne ne se balade plus avec des sommes pareilles en liquide. Et pourquoi aurais-tu caché ça à la salle de bains ?

– Je n'en sais rien.

Mera se prépare à partir, elle aussi. Elle porte jusqu'à sa voiture une brassée de vêtements – *mes* vêtements – puis revient en chercher une seconde.

– Tu es sûre que Caroline ne cherchait pas l'argent, dès le départ ? reprend Alex.

– Oui. (Je m'interromps, le temps de repasser la scène dans mon esprit.) Ça l'a surprise de tomber dessus. Elle était là pour les cachets, c'est net… même si ça n'explique rien. Je ne comprends pas ce qu'elle peut bien vouloir faire de mes analgésiques.

Il parcourt la pièce du regard, le désordre – le bordel, disons-le.

– C'est marrant. Moi qui croyais que tes copains et toi… que tous les riches, en fait, menaient une vie idéale. Les choses avaient l'air tellement faciles pour vous.

Je regarde par la fenêtre. Ma chambre, située à l'arrière de la maison, donne sur l'océan. L'*Elizabeth* est à quai, désert et silencieux.

Le souvenir m'enveloppe avant même que je ne ferme les yeux, baignant ma conscience d'un calme réconfort.

Il fait nuit noire. Mon réveil indique 2 h 14. Je dors. Il semblerait que je rêve, peut-être un cauchemar, car mes jambes tressaillent, mes mains fines se tendent vers le plafond, à la recherche de quelque chose à quoi se cramponner. Je finis par m'asseoir dans mon lit, haletante, si brusquement que mon fantôme sursaute. Le clair de lune qui se déverse par la fenêtre fait étinceler mes yeux dans l'obscurité.

Lorsque Liz vivante allume ma lampe de chevet, je m'aperçois que je n'ai que dix ou onze ans. Nicole n'avait pas encore redécoré toute la maison, je le vois à ma chambre : une frise de chaussons de danse court au sommet des murs crème, ornés de posters du *Lac des Cygnes*, de *Casse-Noisette* et autres ballets. Apparemment, je ne m'étais pas encore mise au cross. Dans le coin de ma chambre maintenant occupé par mes baskets usées se trouvent quelques chaussons de danse, également usés, et une paire d'escarpins de claquettes. Ce décor et ces chaussures sont les derniers signes de l'influence de ma mère à avoir subsisté après sa mort. Elle adorait assister à mes spectacles, mais je n'étais pas très bonne danseuse, malgré des années de cours. J'avais tendance à oublier les pas des ballets, et je n'ai jamais vraiment maîtrisé la chorégraphie compliquée des claquettes.

C'est fou de me voir aussi jeune, fillette en débardeur blanc et pantalon de pyjama rose, à motif de chaussons de danse – évidemment. Mes traits ont une douceur qui s'est effacée à l'adolescence, à cause de mes joues creuses et de mon menton anguleux. Je n'ai pas de seins du tout – je ne devais même pas encore avoir de soutien-gorge de sport, à l'époque. Mes longs cheveux blonds ne sont pas coupés en dégradé, de manière à encadrer artistiquement mon visage. Je parcours ma chambre des yeux, pose mes pieds nus par terre puis presse mes mains contre mes joues rouges. Un sourire monte aux lèvres de mon fantôme quand je constate que les ongles de mes orteils, intacts, sont vernis d'un rose profond.

Si candide que paraisse ma version enfantine, je viens visiblement de faire un cauchemar. Le front plissé, je passe une minute ou deux à regarder autour de moi, comme si je me demandais quoi faire.

Enfin, je quitte la pièce sur la pointe des pieds, le plus discrètement possible. Mon spectre gagne lui aussi le couloir, où je me suis arrêtée devant la porte de Josie.

J'ouvre sans frapper, j'entre, et je m'avance en silence jusqu'au lit. Ma petite main – aux ongles assortis à ceux de mes pieds – se pose sur la silhouette couchée en chien-de-fusil sous les couvertures puis la secoue légèrement.

– Josie. Hé, Josie.

– Mmh... (Elle roule sur le dos en battant des paupières, un regard vague fixé sur moi. Sa lampe de chevet est allumée, parce qu'elle a peur du noir. Elle dort toujours avec une veilleuse, même maintenant, à dix-sept ans...) Liz... (Son bâillement dévoile un appareil dentaire à bagues métalliques.) Qu'est-ce qui se passe ?

– J'ai fait un cauchemar.

Josie tend la main, prend la mienne et la serre.

Cette vision me donne terriblement envie de retourner en arrière retrouver la bienheureuse ignorance de l'enfance. À cet âge-là, on savait qu'on serait toute la vie les meilleures amies du monde. La lumière de la lampe de chevet me montre qu'on porte toutes les deux notre bracelet au demi-cœur – il allait encore s'écouler quelque temps avant qu'on ne le trouve ringard et qu'on ne décide de le cacher.

– Allez, viens, murmure Josie en repoussant ses couvertures.

La petite Liz grimpe dans son lit, lui passe le bras à la taille, pose la tête contre la sienne sur l'oreiller.

Les deux fillettes restent un moment silencieuses, les yeux clos. Je suis même sur le point de retourner au présent, quand Josie murmure :

– Je t'aime, Liz.

– Moi aussi, je t'aime, répond mon moi enfant.

– On est sœurs, chuchote Josie. À la vie, à la mort.

– À la vie, à la mort, fais-je en écho.

Je pourrais passer la nuit à nous regarder, mais au bout d'un moment, force m'est de constater qu'on s'est endormies. Il est temps de regagner le présent. Mon cœur ne bat plus dans ma poitrine, mais il se serre douloureusement quand je pense à cette époque lointaine. J'avais déjà perdu ma mère, donc l'innocence de l'enfance, mais la vie était encore pleine de promesses, de potentiel. J'avais une nouvelle famille. Il me restait mon père. Tout était possible.

Je ferme les yeux très fort, dans l'espoir d'effacer la douloureuse nostalgie suscitée par la scène dont j'ai été témoin. Lorsque je les rouvre, Alex me regarde avec un mélange de curiosité et d'ennui.

– Ah, te revoilà. Où étais-tu passée, cette fois-ci ?

– Viens, on s'en va, dis-je sans répondre à la question.

Je ne supporte plus ma chambre.

– Où veux-tu aller ?

– Je m'en fiche. N'importe où. Dehors.

10

De mon vivant, je n'avais aucun mal à échapper à la réalité : il me suffisait de changer de chaussures et de me mettre à courir. Maintenant, où que j'aille, c'est l'horreur. Je suis gelée, limite grelottante, glacée par un froid humide qui me pénètre jusqu'à la moelle ; j'ai mal aux pieds ; je suis épuisée. Et, malgré la présence d'Alex, je me sens totalement, incommensurablement seule.

Au moment de sortir, on s'aperçoit que mon père se trouve au salon, prêt à partir au travail, mais pas pressé d'y aller. Il regarde la télé. Une télé éteinte, à l'écran noir, mais il n'a pas l'air de s'en rendre compte. Installé sur le canapé, il tient à la main un gobelet de ce qui ressemble fort à du scotch. Les doigts si crispés que ses phalanges en blanchissent.

Lui qui était tellement jovial, il me paraît creux, vidé. Malgré son costume élégant, c'est clair qu'il ne va pas bien du tout. Quelques détails le trahissent : sa barbe de plusieurs jours ; l'absence de sa montre – je ne me rappelle pas l'avoir jamais vu sans ; le fait qu'il ne porte pas de chaussettes, dans ses mocassins noirs étincelants. On dirait qu'il s'est préparé avec soin à aller travailler, vivre sa vie... mais sans en avoir réellement l'intention.

Ses yeux se posent sur son gobelet, qu'il secoue légèrement en regardant se balancer les glaçons tintants, puis il penche la tête de côté, l'oreille tendue.

Alex et moi le contemplons sans mot dire. Une voix animée nous parvient de l'étage, puis le papotage chantant de Josie descend l'escalier. Un coup de téléphone, manifestement. Elle rit.

Mon père ferme les yeux en se tassant sur le canapé.

Il sirote son scotch. Mâchonne un glaçon. Se lève et gagne la cuisine d'un pas lent. On l'accompagne. Il pose son verre dans l'évier, ouvre un placard, prend la bouteille de scotch, se la coince sous le bras puis sort par la porte de derrière.

– Où va-t-il ? me demande tout bas Alex.

– Je n'en sais rien.

– On le suit ?

Je regarde par la fenêtre mon père traverser la cour en direction des quais. Si jamais les voisins le voient, ils vont se dire qu'il a pété un câble. Et peut-être auront-ils raison.

– Non, je préfère pas.

– Pourquoi ? interroge Alex.

Je me tourne vers lui. Quelle question idiote.

– À ton avis ? Parce que ça fait trop mal.

Au lieu de descendre vers le port de plaisance, on part donc dans la direction opposée, jusqu'à la rue. Une fois devant chez moi, je la parcours du regard en m'imaginant l'effet que ça me ferait de me mettre à courir, là, maintenant, tout de suite. De laisser derrière moi Alex, la scène douloureuse que m'ont offerte Josie et mes copines en fouinant dans mes affaires, la vision de mon père quasi incapable de fonctionner, la mort. À mon avis, je ne courrai jamais plus, ça m'est tout bonnement impossible, mais je ne peux pas m'empêcher de m'imaginer comme je me sentirais libre, comme je me sentirais bien. C'est en pensant à ça que je me dirige vers le croisement, juste à temps pour voir Richie sortir de chez lui. Je le rejoins aussitôt. J'ai besoin d'être avec lui, près de lui.

Il est magnifique. Depuis le temps que je le connais, je ne crois pas l'avoir jamais vu en tenue de sport, à part au lycée. Et là : en short et T-shirt blanc – en maillot, pour être plus précise –, en train de lacer ses chaussures. Techniquement, ce sont de vieilles baskets – je les lui ai offertes il y a plus d'un an –, mais elles n'ont pas beaucoup servi : elles sont toujours assez propres et rigides. Richie n'a pas l'air trop assuré sur ses jambes, pâles et peu musclées. On voit au premier coup d'œil qu'il ne court que depuis deux ou trois semaines, au mieux.

Il se prépare à quitter la véranda, quand Josie ouvre la porte de chez moi et lui fait signe.

– Merde, murmure-t-il en répondant pourtant d'un sourire.

– Viens voir, appelle-t-elle.

Il la rejoint, mais il regarde autour de lui d'un air gêné, comme s'il avait peur que quelqu'un les voie ensemble. Je lui emboîte le pas.

Ma demi-sœur l'examine, les sourcils froncés.

– Seigneur, mais qu'est-ce que c'est que cette tenue ? demande-t-elle avec un petit rire.

– Ma tenue de cross, répond-il. Je vais courir.

– *Toi ?* Courir ?

– Oui, moi. (Une seconde de silence.) Ça m'aide à réfléchir.

Je me demande alors s'il s'agit d'une simple coïncidence : après tout, il a décidé d'aller courir au moment précis où j'y pensais moi-même de toutes mes forces… Mais cette idée m'emplit d'un tel espoir que je préfère la chasser aussi vite qu'elle m'est venue.

Josie s'enroule une mèche autour de l'index. Comparée à Richie, elle est attifée avec soin : cheveux bouclés et gonflés de manière à paraître ébouriffés juste ce qu'il faut, encadrant un charmant visage maquillé à la perfection. J'ai assisté au processus un nombre incalculable de fois. C'est le genre de fille – je l'étais aussi, apparemment – qui met son réveil à sonner très tôt le matin et sort du lit à l'aube pour entamer de longs soins esthétiques exténuants : bigoudis Velcro ; épilation des sourcils ; crème de jour ; fond de teint ; blush ; eye-liner ; ombre à paupières ; bigoudis de cils ; mascara, mascara, mascara ; repulpeur ; crayon contour des lèvres ; rouge à lèvres ; gloss ; mouchoirs en papier afin d'absorber l'excès de gras ; gel à cheveux ; lait corporel. C'est fou le mal qu'il faut se donner pour être comme tout le monde – en mieux.

Il fait un froid de canard, sous le ciel bleu piqueté de jolis petits nuages blancs. Le vent léger porte la musique du carillon en laiton accroché sous la véranda, chez Richie, tintements mélodieux quasi ininterrompus.

Josie s'entoure de ses propres bras puis les frotte vivement. Elle a la chair de poule.

– Ça va, sinon ?

– Oui, mais le lycée, c'est l'enfer. Tout me fait penser à elle. (Richie lève les yeux vers le ciel.) Il me semble qu'elle est encore là, tu comprends. Le matin, au réveil, il y a toujours un moment où je pense que je vais la voir. Je me dis un truc du genre : *Ouh là, je ferais mieux de me dépêcher, Liz a horreur d'être en retard.* Et puis je me rappelle. C'est comme si elle mourait de nouveau tous les matins.

– Je sais, acquiesce Josie. J'en parlais justement à Caroline et Mera. (Elle tend vers lui une main hésitante. Ses ongles ne sont plus pourpres, mais d'un rouge éclatant. Une manucure récente.) Je voulais te dire, Richie. Je regrette de t'avoir raconté, pour Vince. Il aurait mieux valu que tu n'en saches rien.

Il regarde ma maison, ma voiture, garée dans l'allée – une Mustang rouge presque neuve, mon cadeau d'anniversaire de l'an dernier, pour mes dix-sept ans.

– Peut-être… et peut-être pas. (Quand il secoue la tête, une boucle brune lui tombe dans les yeux. Je meurs d'envie de la remettre en place.) Non. Il vaut mieux que je sache la vérité. (Il prend la main de Josie pour lui balancer le bras.) Comme ça, on veille l'un sur l'autre.

Le regard de ma demi-sœur se fixe soudain plus loin, derrière lui. Elle lève sa main libre et l'agite.

– Bonjour, Mme Wilson.

Richie jette un coup d'œil par-dessus son épaule. Sa mère les regarde, depuis sa véranda.

– Merde, marmonne-t-il. Qu'est-ce qu'elle nous veut, celle-là ?

– Oh, arrête, sourit Josie. C'est ta mère, quand même.

– À peine, murmure-t-il.

M. et Mme Wilson sont des gens créatifs, intelligents, mais lamentables en tant que parents. Ce n'est pas qu'ils n'aiment pas leur fils ; c'est juste qu'ils sont *tellement* occupés, vous comprenez.

– Richard ? appelle Mme Wilson. Tu veux bien venir une minute ?

Elle ne rend pas son salut à Josie. Elle ne lui sourit même pas.

– Qu'est-ce qui lui prend ? s'étonne Alex. Elle a une dent contre ta sœur ou quoi ?

– Elle a une dent contre ma famille. Josie et mes parents.

– Et toi ?

Je tressaille, je me retourne vers Josie et Richie, mais ils ont disparu. Un souvenir s'est mis en place : une camionnette de déménagement, garée dans l'allée, devant chez moi ; la porte d'entrée, maintenue ouverte par une brique. Dans la maison s'élèvent des cris d'enfants, accompagnés de galopades.

– Du calme, les filles !

Mon père apparaît à l'arrière de la camionnette, une pile de cartons dans les bras.

Nicole sort sur la véranda. En T-shirt moulant et jean, ses longs cheveux blonds coiffés d'un bandana rose. Elle est jeune – trente et quelques années –, les joues colorées par l'effort, l'excitation, le bonheur des jeunes mariées. Jeune et *belle*, bordel.

– Laisse-les s'amuser, Marshall. (Elle pose un baiser sur la joue de mon père.) Elles sont déchaînées.

Lorsqu'elle rejette en arrière une mèche égarée, une boucle d'oreille en forme d'attrape-rêves apparaît. Des plumes minuscules sont accrochées à la toile circulaire miniature.

Josie et moi arrivons en courant sur ses talons. Je manque foncer dans mon père, qui remonte l'allée avec les boîtes.

– Attention !

Il s'écarte, pose en soupirant les cartons par terre puis se presse une main au creux des reins, haletant. Il n'a pas encore quarante ans, mais il est trop gras, trop sédentaire. Des gouttes de sueur perlent à son front ridé. Dans quatre ans, il aura un infarctus sans gravité, lors d'un déjeuner bien arrosé avec un client. Le médecin lui conseillera de perdre une dizaine de kilos et de renoncer à la viande rouge ; il s'empressera de prendre cinq kilos et refusera de faire une croix sur ses steaks bien-aimés.

– On aurait dû appeler des déménageurs, affirme-t-il en jetant aux boîtes un regard noir.

– Arrête un peu. Tu es un grand garçon, et il n'y a presque rien, répond Nicole en agitant une main négligente.

Le gros diamant qu'elle porte à l'annulaire gauche brille au soleil, mal assorti au reste de ses bijoux : les boucles d'oreilles, une bague et un collier voyants en turquoise, un imposant bracelet d'esclave.

Ses yeux se posent un peu plus loin.

– Ah dis donc… les Wilson sont de retour.

Richie et ses parents descendent en effet de voiture devant chez eux. En voyant mon père et Nicole, M. et Mme Wilson échangent un coup d'œil.

– Hé ho, Richie ! appelle la petite Liz en agitant la main.

Il me fait signe, lui aussi, les joues creusées de fossettes par un sourire. Dans son T-shirt à la gloire de Batman, il n'a absolument rien du délinquant peu coopératif qu'il deviendra, quelques années plus tard. À dix ans, c'est un gamin tout en boucles, en gentillesse et en énergie innocente. Je me rappelle que je l'adorais. Comment aurais-je pu ne pas en être folle ? Tout petits déjà, on s'aimait, sans en être conscients.

– Richard. Rentre, s'il te plaît. Maintenant.

– Mais maman…

– J'ai dit *maintenant*.

Mme Wilson, souriante, mais crispée.

Il hausse les épaules à mon intention, déçu, puis s'éloigne en traînant les pieds, non sans me jeter un coup d'œil par-dessus son épaule, montrer sa mère du doigt et décrire de l'autre main un cercle autour de sa propre oreille : *Elle est dingue*.

Je souris à Richie, rayonnante, puis je regarde Nicole parler aux Wilson. Ils hochent la tête, ils sourient, eux aussi – visiblement mal à l'aise. À cet âge-là, je n'ai pas compris ce qui se passait, mais maintenant que je vois la scène de l'extérieur, c'est évident : ils ne l'aiment pas. *Vraiment* pas.

Lorsque le souvenir s'évanouit, je donne quelques explications à Alex :

– Nicole et mon père sont sortis ensemble dès qu'il s'est retrouvé veuf et qu'elle s'est séparée de son premier mari…

Je ne sais pas pourquoi je lui raconte ça. Je n'ai pas particulièrement envie d'en parler et, comme je l'ai déjà dit je ne sais combien de fois, je n'ai jamais cru aux commérages. Mais, soudain, au fin fond de mon esprit, s'allume l'étincelle du doute. Si minuscule qu'elle soit, elle suffit à me déstabiliser.

– Son premier mari… Tu veux dire le père de Josie ? me demande Alex.

– Oui, mais regarde-la. Tu ne trouves pas qu'elle ressemble à mon père à moi ?

J'essaie de me rappeler qu'elle ressemble aussi beaucoup à son *vrai* père, vu qu'elle a les yeux et les cheveux de la même couleur, mais… le doute est là, obsédant. Ça fait si longtemps que tout le monde en parle. Se pourrait-il que ce soit vrai ?

Josie a beau être petite et assez mince, sa silhouette a quelque chose de massif. Contrairement à moi, qui ai toujours été fine et élancée, grâce aux gènes de ma mère – y compris avant de devenir maigre comme un clou –, elle est obligée de surveiller sa ligne. Sa taille n'est pas très marquée, et ni les régimes hyperprotéinés ni les heures de gym ne la débarrasseront jamais de ce côté trapu. Physiquement, je ne peux nier qu'elle incarne la branche manquante de l'arbre généalogique familial, du côté de mon père.

Nicole et lui sortaient ensemble au lycée. Après le bac, ils ont rompu et suivi des chemins différents mais, une fois mariés, ils sont revenus s'installer à Noank avec leurs conjoints. C'est une petite ville : ils n'ont pas tardé à devenir amis. Ma mère était malade avant même de tomber enceinte. À quoi pouvait bien ressembler le couple de mes parents ?...

Je continue, pour Alex :

– Les gens sont persuadés que mon père et Nicole étaient amants et qu'en fait, Josie est de lui. Avant la mort de ma mère, je veux dire. Avant le divorce de Nicole.

Je n'ai jamais aimé parler de ça. Pourtant, c'est ce qui m'a donné une sœur.

– Mmh... Et toi, qu'est-ce que tu en penses ?

Richie retournant chez lui, Josie sort son portable pour y pianoter avec ardeur, un demi-sourire sur ses jolies lèvres rouges.

– Je n'en sais rien. Il y a cinq minutes, je t'aurais dit que ce n'est pas possible, mais... (Ma voix vacille.) ... ils se sont mariés tellement vite après la mort de ma mère. C'est tout juste s'ils ont pris le temps de sortir ensemble. N'empêche que je ne peux pas croire que mon père ait trompé ma mère. Je n'y ai jamais cru, pas une seconde... Seulement...

– Oui ? Quoi ? m'encourage Alex.

– Josie ressemble à mon père. Je ne l'avais jamais remarqué, avant.

Il examine Josie.

– Tu n'en avais peut-être pas envie.

Richie emboîte le pas à Mme Wilson, qui rentre chez elle. Moi, j'emboîte le pas à Richie, traversant d'un pas tranquille la porte qu'il vient de me refermer au nez.

La maison est trompeusement accueillante, avec des œuvres d'art partout : tableaux aux murs (pas des reproductions, attention, des pastels originaux, protégés par des sous-verre d'aussi bonne qualité que ceux des musées : une collection qui vaut sans doute trois fois le prix des futures études universitaires de Richie), sculptures posées à même le sol ou sur des étagères, vitraux, tapis artisanaux. Les plantes dispersées de ci, de là mettent la dernière touche au désordre soi-disant involontaire, chaleureux et rassurant d'un authentique foyer.

Sauf que ce n'est pas un authentique foyer, juste une accumulation de *choses*. Les peintures sont censées susciter l'admiration, pas forcément l'intérêt : un jour où j'en regardais une avec attention, le père de Richie m'a demandé de ne pas *respirer* trop près du verre. Les livres, c'est de la poudre aux yeux : ils ont été achetés en gros à une vente aux enchères d'antiquités, il y a de ça des années. Les tapis sont arrivés du Maroc par lots. Les plantes, la femme de ménage s'en occupe.

Ajoutez à ça qu'il n'y a jamais rien à manger chez les Wilson, juste du ketchup, parfois les restes des repas à emporter commandés je ne sais où… et du vin. Les parents de Richie passent tout leur temps dans la grande ville, où ils tiennent une galerie… pourquoi prendraient-ils la peine de faire les courses ?

Ce n'est pas comme si leur fils avait besoin de se nourrir...

Richie et sa mère sont à la cuisine, où elle regarde dans l'énorme réfrigérateur en acier brossé presque vide. Apparemment, il ne contient qu'une bouteille de deux litres de soda, une boîte de pizza et une brique de lait de soja – qui s'y trouve depuis des mois, si mes souvenirs sont bons.

– Ce que je vais te dire ne va pas te plaire, Richard, attaque-t-elle, mais je ne veux pas que tu fréquentes Josie Valchar.

La cuisine moderne, élégante et froide, toute de marbre, de verre et d'acier, sans aucune denrée alimentaire visible, évoque irrésistiblement la faim, mais stylée. Un jeu de clés pend à un crochet. Le lave-vaisselle à la porte transparente est vide. La plupart du temps, Richie prenait le petit déjeuner chez moi. Je ne sais pas comment il se débrouille maintenant, le matin.

– Elle vient juste de perdre sa sœur. Elle ne va pas bien du tout.

– Exactement. Elle vient juste de perdre sa sœur.

Quand Mme Wilson referme le frigo, son visage s'assombrit. La pièce n'est éclairée que par la lumière tombant de la fenêtre au-dessus de l'évier et divisant la cuisine en deux zones distinctes, Richie dans l'une, sa mère dans l'autre. Mince, brune et bouclée, la cinquantaine, pas maquillée, en chemise de flanelle et jean sale. Adossée au grand plan de travail central, elle se presse la main contre le front.

– Tu es trop jeune pour te rappeler ce qui se passait, avant la mort de Lisa... la mère de Liz. On s'aimait beaucoup, toutes les deux. Elle souffrait terriblement à cause de Nicole. Cette histoire... elle en pleurait, Richie. Elle me disait : *Cette salope essaie de me voler mon mari*. C'était affreux. Au début, ils étaient amis tous les quatre – les parents de Liz et ceux de Josie. Lisa ne savait pas que Nicole faisait une fixation sur Marshall. Tu te rends compte ? Non, bien sûr, tu ne te rends pas compte, tu n'es qu'un gamin.

– Qu'est-ce que tu veux que je te dise, maman ? demande Richie, les yeux fixés sur ses chaussures blanches. Je ne peux pas faire comme si Josie n'existait pas. Elle n'a pas mérité ça. Elle n'a rien fait.

– C'est sa fille... la fille de Marshall, évidemment. Tu es au courant, je suppose ? Cette liaison a duré *des années*, *tout le monde* était au courant. Jusqu'à la mort de sa femme. Lisa est morte de *faim*. Humiliée, malheureuse comme les pierres, brisée. Et tu sais quoi ? Elle n'était pas enterrée depuis une semaine que Nicole quittait son mari pour Marshall.

Il y a des choses dont je ne veux pas me souvenir, même si je suis censée apprendre je ne sais quoi avant de quitter cette Terre. Je ne veux pas écouter ça, je ne veux pas l'entendre, mais je ne peux pas m'empêcher de rester.

– C'était il y a des années... dit Richie.

– C'était horrible.

Mme Wilson gagne le seul coin de la cuisine à être un tant soit peu fourni : la cave à vin. Elle ouvre une bouteille de rouge, dont elle verse un fond dans un mug orné d'une reproduction du *Cri*, d'Edvard Munch.

Richie bat de ses longs cils enfantins.
– Maman… il n'est pas midi.
– Et alors ? (Elle tient le mug à deux mains. Les doigts pleins d'argile, les ongles courts, cassants, pas vernis. Pour quelqu'un qui travaille dans l'esthétique, c'est incroyable qu'elle manque à ce point de beauté. Elle souffle dans la tasse, comme pour en refroidir le contenu.) Disons que c'est du café.
– Tu aimais bien Liz. Je le sais.
Richie regarde par la fenêtre ; le ciel, par exemple, mais surtout pas sa mère. Elle qui attache tellement d'importance à la vie de ses voisins, alors qu'elle n'a pas dû faire la cuisine à son fils unique depuis des années.
– Oui. Oui, je l'aimais bien. Elle n'y pouvait rien, hein. Elle me faisait de la peine.
– En quoi Josie est-elle différente ? Ce n'est pas sa faute si ses parents sont comme ça.
– Peut-être, mais c'est leur fille. Tandis que Liz était celle de Lisa. (La chose semble revêtir aux yeux de Mme Wilson une importance considérable.) Je ne veux plus que tu fréquentes ces gens-là. Que tu ailles chez eux. Reste ici, chez toi… Mais dis donc, qu'est-ce que c'est que cette tenue ?
Apparemment, elle vient juste de prendre conscience du look de Richie.
– Je partais courir, explique-t-il. Il faut que j'y aille. Maintenant.

Je donnerais n'importe quoi pour courir à ses côtés. *N'importe quoi.* Y compris avec ces saletés de bottes, si la douleur était supportable. Qu'est-ce que ça peut me faire d'avoir les pieds enflés et écorchés ? Quelle importance ? Moi qui ne suis même pas un cadavre, ça me sidère de souffrir à ce point, les orteils recroquevillés, les yeux pleins de larmes de frustration, en regardant Richie descendre la rue à petites foulées puis obliquer vers la plage de Groton. Je sais que je ne peux pas le suivre. Ça me ferait assez mal pour me tuer une seconde fois. Le simple fait de me tenir debout est déjà une véritable torture.

Je me tourne vers Alex.

– Dis donc, comment se fait-il que j'aie aussi mal aux pieds ? Alors que je ne peux manifestement plus souffrir par ailleurs...

Curieux qu'on n'en ait pas parlé jusqu'ici : après tout, la douleur me harcèle en permanence.

Il baisse les yeux vers mes bottes.

– Aucune idée. Qu'est-ce que tu en penses, toi ?

La question m'exaspère. On dirait qu'il cherche à me faire prendre conscience de je ne sais quoi, mais je n'ai aucune envie de jouer aux devinettes.

– Tu es là depuis bien plus longtemps que moi, Alex. Si tu as une idée sur la question, dis-le-moi, point final.

Il hausse les épaules.

– Je suis aussi surpris que toi, je t'assure. Tu as raison : c'est bizarre.

Je me retourne en soupirant vers Richie, qui s'éloigne.

– Je n'ai qu'une envie : courir.

– Ah ? (Le regard d'Alex suit un instant le mien, avant de revenir se poser sur mes bottes.) Je crains que ce ne soit pas possible. Enfin, pas tout de suite.

Richie est libre, lui, libre de courir le long de la plage, au pied des maisons qui le dominent de leur masse obscène, décadente. À cet endroit-là, il s'agit surtout de résidences secondaires absolument délirantes, certaines avec ascenseur, d'autres avec golf privé. En été, les allées qui y mènent sont pleines de Mercedes, de Ferrari, voire de Bentley. Leurs propriétaires – mes voisins, les amis de mes parents – n'ont pas l'habitude qu'on leur dise « non ». D'une certaine manière, j'étais des leurs, même si je vivais vraiment ici. Parce que moi non plus, je n'avais pas l'habitude qu'on me dise « non », surtout depuis la mort de ma mère.

Alors que maintenant, c'est non pour tout. Non, tu ne te rappelleras pas ; non, tu ne verras pas ta mère ; non, tu n'iras pas courir.

Richie y va, lui. Il court dans la fraîcheur, il aspire l'air iodé, ses chevilles frémissent, mais il garde l'équilibre sur le sable. Je l'ai fait des centaines de fois, moi aussi. Finalement, c'est logique que je ne puisse plus : je ne me sentais jamais aussi vivante que quand je courais.

Sa mère le regarde depuis le seuil de leur maison disparaître au bout de la rue. Je plante Alex là pour la suivre dans l'escalier puis la chambre de Richie, à l'étage. Elle reste un instant immobile avant de s'approcher du lit, de prendre un coin du couvre-lit entre le pouce et l'index et de l'examiner avec attention. Ensuite, elle s'approche du bureau en silence – comme si elle savait qu'elle ne devrait pas être là, comme si elle craignait que son fils ne rentre d'une seconde à l'autre et ne la surprenne. Elle s'empare d'une photo – une photo de moi. Elle pose le pouce sur mon visage, ne laissant dépasser que mes cheveux et mon corps. Je n'avais plus que la peau sur les os à ce moment-là, quelques mois avant ma mort.

– Lisa, murmure Mme Wilson.

Elle écarte le doigt. Malgré mon grand sourire, ma beauté superficielle manque d'éclat : quand on y regarde de plus près, mes longues boucles blondes sont ternes, sans tenue ; je suis prête à parier que j'ai les yeux cernés, sous le maquillage ; et j'ai l'air d'un squelette, avec mes os nettement dessinés sous ma peau. Le tibia, de la cheville au genou ; le fémur, jusqu'à la hanche ; le bassin…

– Qu'est-ce qu'elle fait ? s'étonne Alex.

La question me tire de mes pensées. Je ne m'étais pas rendu compte qu'il me suivait.

– Je ne sais pas. On dirait qu'elle cherche quelque chose.

– Quoi donc ?

Je secoue la tête.

– Aucune idée… Mais si elle fourre son nez partout, elle va faire des découvertes désagréables, c'est sûr.

Mme Wilson est une mère inepte, mais pas méchante. Je retiens mon souffle, compatissante, en la regardant scruter la bibliothèque, dont les livres renferment des milliers de pages qu'un fils quasi inconnu d'elle a dévorées jusqu'à la dernière. La pensée me vient alors que je connaissais Richie mieux qu'elle ne le connaîtra jamais.

Mais je me trompe peut-être. Peut-être n'est-elle pas si ignorante que ça. Ses doigts glissent sur le dos des volumes, arrivent aux *Grandes Espérances*, s'y attardent. Lentement, elle tire l'énorme roman de son étagère et le laisse s'ouvrir entre ses mains. Est-il possible qu'elle l'ait pris par pure coïncidence ?

Le creux intérieur est bourré de problèmes à venir : minuscules sachets d'herbe, flacons de cachets, sachet plus grand contenant une *sérieuse* quantité de poudre blanche, liasse de billets maintenue par un élastique. Tu as vu, maman ! Ton fils deale !

Je m'attendais à ce qu'elle reste bouche bée, à ce qu'elle crie, qu'elle confisque le tout, qu'elle appelle son mari, la police, qu'elle fasse *quelque chose*, quoi. Mais non, elle ne fait rien. Enfin, rien de tel. Elle referme le livre avec soin, avec délicatesse, et le range à sa place. Elle remet ma photo sur le bureau exactement dans la position où elle l'a trouvée. Puis, toujours sans un bruit, elle quitte la chambre, dont elle referme la porte.

Les fantômes vont où ça leur chante. Je ne peux pas courir avec Richie à cause des bottes de l'enfer, mais il me suffit de cligner des yeux en *pensant* à lui pour me retrouver en sa compagnie – et il suffit à Alex de me toucher pour suivre le mouvement.

Je me concentre de toutes mes forces sur Richie dans l'espoir de lui faire prendre conscience de ma présence. *Je suis là. C'est moi, Liz. Tu ne t'en rends pas compte ? Tu ne sens rien de particulier ?* J'essaie de renforcer le lien qui nous unit, un lien bien réel, j'en suis persuadée, mais la simple présence d'Alex m'empêche de me consacrer entièrement à Richie. Tout se mélange dans mon esprit.

Je suis là. Juste à côté de toi. Tu ne sens donc rien ? C'est moi, Liz. Une vague d'espoir m'envahit à la vue de Richie métamorphosé, plein d'énergie, les joues rouges, les yeux brillants, fixés droit devant lui sur le soleil de l'après-midi. Apparemment, il ne s'est pas contenté de jogger, il a couru à toute allure : on est déjà à l'autre bout de la ville.

– Il n'est pas allé à la plage, constate Alex. (Rien n'a jamais l'air de trop l'intéresser, mais sa voix me semble encore plus détachée que d'habitude.) Qu'est-ce qu'il vient faire ici ?

Richie a conscience de quelque chose. Forcément. Pourquoi se serait-il arrêté net, sinon ?

Je me rapproche de lui à le toucher... et je le touche, en me concentrant de toutes mes forces, en me vidant l'esprit des pensées parasites. Ça marche ! Quand ma main se pose sur son dos suant, je sens la vie battre sous ma paume, la chaleur, la moiteur, la vigueur. Un fourmillement me remonte le bras au point que le bout de mes doigts me semble vite prêt à exploser : il me faut moins d'une seconde pour passer d'une agréable euphorie à l'impression de brûler vive. Je retire aussitôt la main.

– Il va où il veut, non ? Il y a une route. Il l'a suivie.

Mon corps n'est séparé de celui de Richie que par un espace restreint, où l'air électrisé me paraît crépiter d'énergie. En a-t-il conscience ? De mon vivant, il me semblait sentir ce genre de choses après avoir bien couru. À croire que tout respirait, autour de moi, que la notion de vide n'avait pas de raison d'être, que l'atmosphère la plus ténue était une présence.

Hors d'haleine, il essuie son visage suant avec le bas de son T-shirt. Ses belles boucles sombres sont collées par la transpiration. Le regard qu'il pose sur la maison la plus proche trahit presque l'effroi.

C'est un petit pavillon blanc carré aux volets rouges, très Nouvelle-Angleterre. Pas mal, si on aime les maisons de poupées.

Mais on est dans un quartier populaire, près du cimetière, loin de la plage. D'ailleurs, on a beau être en début d'après-midi, le soleil a beau briller dans le ciel, une sorte d'ombre baigne les environs. Il n'y a pas un nuage, rien, mais une vague grisaille voile ce petit coin d'univers, une gaze arachnéenne qui donne à l'air une densité inhabituelle.

Richie regarde autour de lui comme s'il avait l'impression d'être suivi. *C'est moi !* ai-je envie de hurler. *Moi !* Il s'approche de la petite maison blanche, la contourne, gagne le garage indépendant puis se hausse sur la pointe des pieds afin de scruter à l'intérieur par la fenêtre.

– Je l'ai fait, dis-je à Alex. Je l'ai touché. Vraiment.

La nouvelle n'a pas l'air de l'intéresser du tout.

– Tu sais chez qui on est ? me demande-t-il d'une voix tremblante.

– Non. Bien sûr que non.

– Ah… le quartier est trop minable pour toi, hein ?

Il essaie de shooter dans une motte de terre, sur le gazon, mais c'est manifestement impossible. Son pied traverse le monticule sans y imprimer la moindre marque.

Encore secouée par ce que j'ai éprouvé au contact de Richie, je me cramponne à moi-même, les bras croisés sur le torse, dans l'espoir de préserver quelque chose de cette sensation. Autant essayer de retenir le sable qui vous coule entre les doigts. L'attitude épouvantable d'Alex m'arrache brutalement à tout ce qui me restait d'agréable, et je m'aperçois alors que j'avais oublié un instant mes pieds douloureux. Hélas, la souffrance est déjà de retour, si atroce que j'ai du mal à tenir debout.

– Oui, le coin est trop minable pour moi. (Je lui en veux de m'avoir fait perdre la précieuse sensation du contact.) Ça va, c'est ce que tu voulais entendre ? Je ne sais pas ce qu'il fait ici. Je ne sais pas pourquoi il s'intéresse à cette maison. Je ne l'ai jamais vue de ma vie. Je ne connais personne dans ce quartier. Je ne serais même pas allée sonner chez ces gens-là à Halloween, je suis sûre qu'ils m'auraient refilé des bonbons premier prix dégueulasses.

Ça n'aurait d'ailleurs eu aucune importance, vu que je ne mangeais jamais de bonbons.

– Qu'est-ce qu'il fiche là ? s'exclame Alex, quasi hystérique. Qu'est-ce qu'il vient faire dans le quartier ?

– Je n'en sais rien ! Regarde, il cherche… il cherche… dans la boîte aux lettres ? (J'en reste une seconde bouche bée.) Mais qu'est-ce qui lui prend ?

Richie examine en effet le courrier adressé aux habitants de la petite maison, le passant en revue avec attention. Après avoir étudié une à une toutes les enveloppes, il les remet dans la boîte, jette au pavillon un dernier long regard puis reprend le chemin du centre-ville, de plus en plus vite.

– Je veux entrer, annonce Alex.

– Pourquoi ?

La morne atmosphère qui nous enveloppait de son voile ténu se fait plus dense, plus pesante, jusqu'à devenir réellement oppressante, chargée d'une angoisse palpable. Il n'a pas besoin de répondre, je sais déjà ce qu'il va dire, même si je ne sais pas pourquoi je le sais, même si je n'y comprends rien. Tout ce que je sais, c'est qu'en regardant courir Richie, je pensais à Alex. Il se passe quelque chose qui m'échappe, mais une certitude s'impose : les mondes s'entremêlent, mes pensées influencent les actes de Richie. Ça, c'est une évidence – bien que je ne sois pas encore capable de l'expliquer.

– Parce que c'est chez moi. Je veux rentrer chez moi.

11

Je suppose que chacun réagit au deuil à sa manière. Ma famille a tendance à essayer de limiter les dégâts, en donnant mes affaires, par exemple – même si mon père noie son chagrin dans le scotch. Ma demi-sœur, quoique affectée, n'en tente pas moins de récupérer mon petit ami. Mes proches n'ont pas l'air de s'intéresser au mystère qui entoure mon décès prématuré, ni même d'ailleurs d'admettre que mystère il y a.

Mais tout le monde ne prend pas les choses de cette manière ; certains se cramponnent au deuil comme à une couverture douillette. La maison d'Alex est un monument à sa mémoire, un véritable tombeau de cloisons, de linoléum et de rideaux bon marché. Il y a des photos de lui partout, entourées de symboles religieux, de fleurs séchées et, souvent, de bougies allumées, alors que le pavillon est désert.

– Tes parents n'ont pas peur que ça mette le feu ?

Je tends la main au-dessus d'un photophore rouge sang, au verre peint d'une approximation grossière de la Vierge Marie. Une excitation proche de l'exaltation m'envahit quand je constate que je ne sens absolument rien. C'est fascinant d'être un fantôme.

– À mon avis, ils n'ont plus peur de rien.

– Tu m'as dit qu'ils étaient croyants. Tes parents, je veux dire. Ils sont catholiques ?

Ce que je connais de plus proche de la religion, c'est la version new-age de la spiritualité pratiquée par Nicole. Chez moi, on ne pouvait entrer en contact avec l'autre côté que si on arborait l'uniforme adéquat : débardeur ajusté, grande jupe à volants, bijoux en turquoise, tatouages au henné. Mais depuis ma mort, il me semble qu'elle s'est calmée, qu'elle a plus ou moins laissé tomber la religion. Pas étonnant. Le deuil, le vrai, ne se prête ni au tirage superficiel des tarots ni au cérémonial absurde des séances de spiritisme. Nicole a quand même entrevu sa belle-fille dans un sac à cadavre ; elle a vaguement compris que j'avais passé mes derniers instants immergée, pendant que l'eau de mer s'infiltrait dans mes robustes poumons, m'infligeant une mort au mieux désagréable.

Ça ne l'avait pourtant pas empêchée de sortir son Ouija après les funérailles de ma mère, je me demande bien pourquoi. Peut-être cherchait-elle à me consoler – auquel cas la méthode me paraît idiote, brutale, inappropriée au point d'en devenir grotesque. À quoi pensait-elle, nom de Dieu ?

– Catholiques, oui. Et je n'ai pas dit *croyants*, mais *très* croyants, rectifie Alex. Regarde un peu autour de toi, Liz. Leur vie tout entière est centrée sur le christianisme. (Il s'interrompt une seconde.) Ce n'est pas forcément un mal, d'ailleurs, ça les a sans doute aidés. Il faut reconnaître que les rituels religieux ont un côté positif, tu ne trouves pas ?

J'hésite. Honnêtement, je trouve surtout cette maison flippante.

– Peut-être, oui. J'imagine.

– Un peu comme la course pour toi, continue-t-il. C'était une sorte de rituel, non ? Tu y revenais encore et toujours, parce que ça te permettait de te sentir lucide, maîtrisée. Je me trompe ?

– Oui, je vois ce que tu veux dire. Mais ça n'avait rien de religieux. Enfin bon... (Je parcours le salon du regard.) Là, on en arrive quand même à un degré de dévotion particulier, je trouve.

– Eh oui. Mes parents sont comme ça.

– Alors dis-moi. Où pensent-ils que tu sois, maintenant ? Au Paradis ?

– Bien sûr. J'ai été baptisé. (Il m'examine, les yeux plissés ; la maison est plongée dans l'obscurité, si on excepte la clarté des bougies.) Tu ne sais pas ça ? Tu fais partie de la F.S.C., non ?

Il veut parler de la Fraternité des Sportifs Chrétiens.

– Oui, je suis vice-présidente.

– Alors tu devrais savoir ce genre de choses.

Je hausse les épaules.

– Oh... je ne m'y suis inscrite que pour pouvoir le mentionner sur mes demandes d'admission en fac. Je ne suis pas réellement croyante. (Une pause, puis :)

C'est bizarre que je m'en souvienne, tu ne trouves pas ? Ça n'a aucune importance…

– Je ne sais pas. C'est quand même assez révélateur de ta personnalité. (Il croise les bras.) Si tu n'étais pas croyante, en fin de compte, comment se fait-il que tu sois devenue vice-présidente de la F.S.C. ?

Je regarde autour de moi sans répondre. Le pavillon est monstrueusement encombré, un désordre omniprésent s'ajoutant au bric-à-brac catho – bougies, statuettes, prières calligraphiées accrochées aux murs. L'évier de la cuisine déborde de vaisselle sale, il y a trois paniers pleins de linge – propre ou sale, allez savoir – à côté du canapé du salon et, dans un coin, une litière pas fraîche du tout.

Je plisse le nez.

– Il me semblait que la propreté était vertu ou quelque chose comme ça. Enfin… pour répondre à ta question, il y a eu une élection. Je n'ai même pas eu à faire campagne ni rien.

– Et tu as été élue ? Alors que tu n'es pas croyante ?

Visiblement, ça le perturbe. On dirait qu'il n'a jamais entendu parler de l'adolescence. Parce que c'est la réponse à sa question : rien de tout ça n'a la moindre importance. On n'est encore que des gosses. Qu'est-ce que ça peut faire que je ne sois pas croyante ? Tout le monde s'en fout. Personne ne va m'interroger sur le Nouveau Testament pour contester mon autorité de vice-présidente, vu que je n'ai *aucune* autorité. Si ma mémoire est bonne, mon appartenance à la F.S.C. n'a entraîné qu'une seule obligation, au printemps dernier : j'ai participé à l'organisation d'une collecte pour la banque alimentaire de Noank en distribuant dans les salles du lycée des boîtes en carton destinées aux denrées non périssables. Encore un souvenir sans queue ni tête. Pourquoi me rappeler un détail pareil, alors que des choses importantes s'obstinent à m'échapper ? La mort demande une patience que je n'ai pas. Pas encore.

– Tu n'as pas idée de la difficulté de la tâche, dis-je à Alex. Je n'y serais jamais arrivée, si la main de Dieu ne m'avait pas soutenue.

Enfant déjà, je trouvais la religion ridicule. Quel genre de Dieu faut-il être pour prendre sa mère à une fillette de neuf ans ?

Mais là, j'ai énervé mon collègue fantôme. Il en tremble de colère.

– Ne dis pas des choses pareilles. Pas chez moi. Un peu de respect, s'il te plaît.

– Pour qui ? Dieu ?

– Exactement.

– Ah. (Incapable de me retenir, je continue d'un ton léger, quoique moqueur :) Dis-moi, Alex, si je puis me permettre une question : où crois-tu qu'Il soit, hein ?

La foi inébranlable de mon compagnon me paraît absurde, dans notre situation.

– On est là, non ? Ce n'est pas comme s'il n'y avait *rien* après la mort.

Je baisse les yeux vers mes bottes, dans lesquelles je remue les orteils – autant que possible. Chacun d'eux me joue sa propre symphonie de souffrance.

– À mon avis, on est en enfer.

– Si vraiment tu crois une chose pareille, c'est que tu es encore plus pourrie gâtée que je ne le pensais.

Il y a un piano surchargé de photos contre le mur du fond. Alex s'assied devant, les yeux fixés sur le clavier.

– Tu sais jouer ?

Ça m'étonne un peu.

– Depuis mes quatre ans, acquiesce-t-il.

Ce sont des photos de lui, depuis son plus jeune âge jusqu'à sa mort ou presque, quelques mois, voire quelques semaines avant qu'il ne se fasse renverser.

Il ferme les yeux. Ses doigts se mettent à courir sur les touches.

La curieuse énergie dont j'ai pris conscience dehors, pendant que Richie examinait le courrier – le voile de tristesse qui pèse sur les alentours –, me semble maintenant encore plus présente, comme si elle baignait le pavillon tout entier, l'enveloppait si étroitement qu'elle risquait d'en casser les carreaux. À voir les photos, il me semble regarder grandir Alex : tous les événements de son existence sont représentés, depuis sa naissance jusqu'à sa rentrée de première. On le voit aussi enfant, le matin de Noël, seul mais souriant, assis sous le sapin à côté d'un petit tas de cadeaux ; radieux dans son uniforme de la ligue de base-ball des cadets, toutes ses dents mal fichues dévoilées par un grand sourire ; assis au piano, lors d'un récital, en costume-cravate, le bras à la taille de sa mère.

Il me faut un moment pour m'étonner de l'entendre jouer : ça ne devrait pas être possible, hein ? Mais la musique est si belle que je n'ai pas envie de m'interroger là-dessus.

D'ailleurs, j'attends la fin pour lui demander de quoi il s'agit.

– C'est un morceau sans titre. (Il baisse les yeux, gêné.) Je l'ai composé à quinze ans.

– Il me semble l'avoir déjà entendu. (Le souvenir me revient brusquement.) Mais oui... à tes funérailles.

– Ah. (Il ne relève pas les yeux du clavier.) Oui, c'est vrai.

Alex me semble distrait, lointain. Ses mains glissent des touches puis il referme les yeux, presque comme s'il se croyait seul, mais pas de la même manière que tout à l'heure : cette fois, ses épaules se voûtent, il se tasse légèrement... Je suis persuadée qu'il sombre dans le passé – peut-être par accident, puisqu'il ne l'a jamais fait en ma présence, sauf le jour de ma mort, quand il m'a montré la scène gênante de la cafet'.

Le temps me manque pour réfléchir : les choses s'enchaînent d'elles-mêmes. J'attrape Alex par le poignet et je ferme les yeux, moi aussi.

Au début, je me demande où j'ai atterri. Dans un magasin, c'est net. Plantée devant une vitrine débordante de calories : des rangées de salades de pâtes, de poulet rôti, de filets de saumon en sauce, d'escalopes au lard. Et les desserts... Seigneur, leur seule vision donne une telle impression de gloutonnerie que je ne peux m'empêcher de reculer d'un pas. Un cheesecake couronné d'énormes fraises au coulis, une sorte de biscuit aux noix à glaçage beurre-canelle, un plateau d'argent chargé de piles de brownies, de cookies, de gros carrés de fondant...

– Oooh...

Le mot se coince dans ma gorge. Ma voix trahit une avidité désespérée : ça m'étonnerait que je risque de grossir, une fois morte. Manger tout ce qui me fait envie sans penser une seconde aux calories... ce serait le paradis, oui, mais le goût m'est devenu totalement étranger. Je ne crois pas que me goinfrer de sucreries me ferait le moindre plaisir, maintenant.

– Va-t'en immédiatement.

La voix d'Alex, qui se tient juste à côté de moi, n'a jamais été aussi dure.

– Où est-ce qu'on est ? Dans un de tes souvenirs, hein ? Tu venais ici quand tu étais en vie ?

Il me fixe sans ciller d'un regard noir.

– Tu sais très bien où on est. Va-t'en.

Une femme âgée à l'air fragile passe entre nous pour s'approcher du comptoir d'acier.

– Hé ho ? appelle-t-elle. Il y a quelqu'un ?

Sa main se pose sur le métal, qu'elle tapote du bout des ongles avec impatience. Un bracelet incrusté d'une rangée de diamants se balance à son frêle poignet, tandis qu'un solitaire de la taille d'une bille, orne l'un de ses doigts. Toute de blanc vêtue, à part son foulard en soie rouge, coiffée d'un chignon gris serré, elle irradie la classe, même plantée devant le comptoir d'une épicerie salon de thé.

– Oh merde... (Alex se recroqueville à la vue de l'inconnue.) Va-t'en, Liz. Je ne veux pas que tu voies ça.

Alors seulement la lumière se fait dans mon esprit : *bien sûr* que je sais où on est. Je suis venue ici je ne sais combien de fois avec mes copains. Les étagères couvertes de pain frais, les charmantes petites tables pour deux en fer forgé, l'immense vitrine avec vue sur la plage...

Et, arrivant de l'arrière-boutique, s'essuyant les mains sur son tablier sale, se précipitant à son poste, Alex. Plus jeune – un peu. On est au Mystic Market, évidemment.

– Bonjour, Mme Boyden. (Il adresse un grand sourire à la vieille dame.) Comment allez-vous ?

La froideur hautaine de la cliente s'adoucit un peu.

– Bonjour, Alex. Ravie de te voir. (Elle regarde autour d'elle.) Je suis accompagnée, aujourd'hui, mais il semblerait que ce soit une grande timide. Chelsea ? Où es-tu passée, Chelsea ?

– Tu ne m'emmènes jamais dans tes souvenirs, fais-je remarquer au fantôme d'Alex.

Il hausse les épaules, mais je vois bien que son insouciance n'est qu'une façade.

– Je n'y vais plus beaucoup. On s'est surtout concentrés sur ce qui t'est arrivé à toi. Moi, j'ai eu un an pour jouer à ça.

Je secoue la tête.

– Ce n'est pas une raison. Tu m'as dit toi-même que tu ne savais pas encore qui t'avait renversé. Il doit bien te revenir des choses de temps en temps, mais je suis prête à parier que tu veux les garder pour toi. Ça fait un moment qu'on est ensemble, et je t'en ai montré un paquet... alors que toi, tu ne veux pas. Ce n'est pas juste.

– Il n'est écrit nulle part que je dois te livrer accès à ma vie, riposte-t-il avec une certaine impatience. Je n'ai pas besoin de ton aide, et ce sont des choses intimes, d'accord ? C'est si dur que ça à comprendre ?

Entre deux rayons d'épicerie apparaît une charmante adolescente, qui s'approche du comptoir. Elle porte un uniforme scolaire, y compris les chaussettes bleu marine et les mocassins, arbore une longue queue-de-cheval brune et n'est presque pas maquillée – juste un peu de blush et de gloss. Je note aussi qu'elle n'a ni les oreilles percées ni les ongles vernis – en plus, ils sont coupés court.

– Mais tu travailles, c'est tout. (Je fais la moue.) N'importe qui pouvait entrer et tomber sur toi. Je ne vois pas ce que ça a d'intime.

– Rien, mais... oh rien. (Il soupire.) Ce sont *mes* souvenirs, et je tiens à ce qu'ils le restent. (Une pause, puis :) Je ne veux pas qu'on me les gâche.

– Tu crois que je vais te les gâcher par ma seule présence ? Franchement ?

L'autre Alex – celui qui se tient derrière le comptoir – sourit à la fille. Chelsea.

– Salut, lance-t-il. Ça va ? Ça fait un bail.

Son expression, sa voix, jusqu'à l'éclat de ses yeux ont quelque chose de bizarre. Je me demande même s'il n'est pas un peu plus grand. C'est carrément curieux. Il s'accoude au comptoir et se pose le menton dans les mains.

Le regard de Mme Boyden passe d'un adolescent à l'autre.

– C'est moi qui suis allée chercher Chelsea au lycée, aujourd'hui. Elle passe la semaine chez moi.

– Je ne la connais pas, dis-je à Alex. Comment ça se fait ? Pourquoi est-elle en uniforme ?

– Elle va au lycée catholique de Groton, marmonne-t-il, visiblement mécontent de me donner la moindre explication.

– Ah bon ? demande Alex le vendeur avec intérêt. Ça va être la fête ce week-end, alors ?

C'est là que je comprends pourquoi je le trouve différent, dans ce souvenir. Il a l'air heureux, calme, détendu… et, plus important encore, sûr de lui.

– Regarde-toi. (Je ne peux m'empêcher de sourire.) Un vrai pro de la drague.

– Arrête.

Pour un peu, je croirais qu'il va fondre en larmes.

– Mais qu'est-ce qui te prend ? Tout va bien. On est dans la même galère, tu sais ? Aussi morts l'un que l'autre. Je ne vais pas me moquer de toi, promis.

– Je m'en fiche. (Il regarde ses pieds.) Ce n'est pas ça.

– Alors dis-moi ce que c'est.

Au lieu de me répondre, il se concentre sur son souvenir.

– Oh, je ne me fais pas d'illusions, déclare Mme Boyden. Je sais bien que Chelsea n'a plus envie de passer ses soirées en ma compagnie. Elle a presque quinze ans. Elle veut sortir avec des jeunes de son âge, pas rester à la maison avec sa grand-mère, hein, ma puce ?

La jeune fille hausse les épaules, rougissante.

– Tu sais, mamie, je ne connais pas grand monde ici.

– Elle aime la marche à pied, continue Mme Boyden. On habite au bord de la plage, tu le savais, Alex ?

– Non, répond-il en secouant la tête. C'est super.

– Une maison adorable, poursuit Mme Boyden, rayonnante. Mon mari et moi l'avons fait construire quand il a pris sa retraite. On ne l'occupe que d'avril à août, bien sûr… Le reste de l'année, il fait trop froid ici pour des gens de notre âge. Les vacances de Chelsea commencent la semaine prochaine, et j'essaie de la convaincre de passer l'été avec nous. (Clin d'œil à Alex.) Qu'est-ce que tu en penses ?

– J'en pense que c'est une excellente idée, déclare-t-il. Tu vas voir, Chelsea, tu vas te faire plein de copains.

L'adolescente s'illumine.

– Tu pourras me présenter les tiens ?

– Bien sûr, j'en ai un tas. (Il s'interrompt une seconde, avant d'ajouter :) Mais je suis plus vieux que toi. La plupart des miens seront en terminale, l'an prochain.

– C'était juste quelques mois avant ta mort, hein ? dis-je à Alex.

– Oui.

– Alors tu n'es jamais sorti avec elle ?

Il fronce les sourcils sans répondre.

– Qu'est-ce que tu fais, quand tu ne travailles pas ? demande Chelsea.

Elle commence à s'enrouler nerveusement une mèche autour du doigt. Je la trouve trop mignonne.

Alex se redresse, derrière le comptoir.

– La fête, en général. (Et là, il ajoute avec une nonchalance inouïe :) Et puis je vois beaucoup ma copine, bien sûr.

Je contemple mon Alex à moi, stupéfaite. Il détourne le regard.

– Ah, tu… tu as une copine ? interroge Chelsea.

Pauvre gosse. On dirait qu'elle vient de se faire piquer sa glace à l'italienne.

– Ben oui, acquiesce Alex. Ça fait presque un an qu'on est ensemble.

Il me suffit d'un coup d'œil pour savoir qu'il ment. Je me tourne vers son fantôme.

– Mais pourquoi lui as-tu raconté une chose pareille ? Elle te trouvait craquant. Je ne comprends pas.

– Non, bien sûr, répond-il sans relever les yeux.

– Effectivement, *bien sûr* ! C'est ridicule. Il y a là une fille adorable qui s'intéresse à toi, et tu l'envoies promener. Qu'est-ce qui t'a pris, enfin ?

Il me jette un regard furieux.

– Il se trouve que je n'avais *pas* de copains. Que je ne faisais *pas* la fête. Si elle l'avait su… si elle avait su la vérité… elle ne se serait pas intéressée à moi. Ce n'était pas moi qui l'intéressais, c'était le type qu'elle voyait en moi.

– Tu n'en sais rien.

– Tu as entendu ce qu'a dit sa grand-mère : elle habite près de la plage. Ce sont des gens riches.

Je n'en crois pas mes oreilles.

– Tu es dur de la comprenette ou quoi ? Tu aurais pu te balader avec elle pour qu'elle apprenne à te connaître. Enfin quoi, tu aurais au moins pu lui donner rendez-vous cette fois-ci… et sans doute aussi après. Mais tu as préféré lui mentir. Tu n'as même pas voulu essayer. (Je secoue la tête.) Quand je pense que tu nous traites d'hypocrites, ma bande et moi.

– Bon, je rentre, annonce-t-il.

– Ben voyons…

Mais je ne fais pas un geste, je me contente de le regarder.

Ce qui le met visiblement mal à l'aise.

– Je ne veux pas parler de ça, prévient-il.

– Tu t'en souvenais, avant ? Tu te souvenais que tu lui avais menti ? (Il secoue la tête.) Tu ne comprends donc pas, Alex ? C'est toi qui me l'as dit : les souvenirs qu'on revit pour la première fois, sont supposés nous apprendre quelque chose sur nous-mêmes. Alors qu'est-ce que tu es censé apprendre là, hein ? Réfléchis un peu.

– J'y ai déjà réfléchi, et j'aimerais continuer tranquillement plus tard. (Il ajoute, pour enfoncer le clou :) Tout seul. Sans ton aide.

– Bon, bon. (Je renifle.) Comme tu veux.

– Merci. (Il me pose la main sur le poignet.) Prête ?

Je jette un dernier regard à l'ancien Alex, planté derrière son comptoir pendant que Mme Boyden et Chelsea s'en vont. À peine sont-elles sorties qu'il se retourne puis respire plusieurs fois à fond, les yeux fermés, la tête renversée en arrière. Enfin, il regagne l'arrière-boutique, en donnant au passage un grand coup d'espadrille dans le mur.

– Oui, prête.

J'aimerais serrer Alex dans mes bras après ce que je viens de voir, mais il supporte déjà mal que je le touche. Il détestait ce que j'étais, ce que je représentais… ce n'était pas juste qu'il nous trouvait pénibles, mes copains et moi. Les choses sont bien plus compliquées que ça.

De retour au présent, j'ai la nette impression que je ne me sentirai jamais plus à l'aise nulle part. Ni ici – chez Alex – ni ailleurs. Chez moi, à part le chagrin pesant de mon père, il y a trop de vie, trop d'énergie, avec mes proches qui continuent leur petit bonhomme de chemin. N'empêche que je préférerais me trouver n'importe où plutôt que dans cette petite maison à l'atmosphère suffocante, où le désespoir quasi palpable paraît littéralement vivre et respirer autour de nous.

– Je peux te poser une question ? me demande Alex, accoudé au piano.

Son avant-bras se pose sur le clavier, tirant à l'instrument un son discordant qui me fait tressaillir.

– Si tu veux.

Je me doute que sa question ne va pas concerner la scène à laquelle on vient d'assister. Il a bien trop envie de changer de sujet.

– Est-ce que tu avais jamais imaginé une chose pareille ? interroge-t-il. Est-ce qu'il t'était jamais venu à l'esprit que tu pouvais mourir jeune ?

Un bruit, dans l'escalier. Un gros chat écaille-de-tortue aux épaisses moustaches entre dans la salle de séjour en balançant sa queue touffue, comme pour déchirer le voile invisible. Alex avait raison en ce qui concerne les animaux : le chat nous voit, c'est évident. Il s'approche sans hésiter du fantôme de son maître puis se met à lui passer et repasser entre les jambes en ronronnant et en faisant le gros dos, avant de s'installer à ses pieds. Je ne sais pas trop pourquoi – on ne peut pas vraiment communiquer avec les bêtes, hein –, mais la certitude qu'il a conscience de notre présence me rassure, comme le fait d'avoir entendu le piano : ça prouve que je n'ai pas encore complètement coupé les ponts avec le monde des vivants.

Une soudaine compassion pour Alex m'envahit. Pas seulement à cause de la scène dont j'ai été témoin, peut-être aussi parce que sa maison baigne dans un tel chagrin depuis son décès. Moi...

– La mort m'était familière, de mon vivant, dis-je.

Il bat des paupières.

– À cause de ta mère ?

– Oui. Je ne saurais pas l'expliquer, mais il me semble... il me semble que la mort avait sa place dans mon cœur. J'avais neuf ans...

Le seul fait de prononcer ces mots à voix haute me fait terriblement mal, mais j'éprouve la brusque envie de dévoiler toute l'histoire à Alex, de lui montrer ce que je cache depuis le début. Je veux qu'il voie de ses yeux l'enfant que j'ai été... aussi innocente que lui sur les photos du piano ; une gentille petite fille inconsciente de l'échelle sociale qui allait régir sa vie d'adolescente. Je veux qu'il sache ce qui m'est arrivé, qu'il comprenne que ça a tout changé.

– Je veux te montrer quelque chose.

Il bat de nouveau des paupières.

– Quoi donc ?

– Pose la main sur mon épaule.

– Pourquoi ? demande-t-il, hésitant.

– Allez. (J'insiste gentiment.) Ça va aller. Je veux juste que tu voies ça.

Du coup, il obtempère. Dès que je sens son contact, je ferme les yeux. Voilà, on y est.

C'est un bel après-midi d'été. Un mardi. Mon père est au travail. Jamais je n'oublierai ce jour-là.

– Regarde-moi ça. Quelle tenue, s'amuse Alex, sans méchanceté.

On est dans la chambre de mes parents, où la petite Liz de neuf ans se balade, chaussée de sandales trop grandes à hauts talons, en manteau de fourrure descendant jusqu'à terre, coiffée d'un bibi prétentieux – le tout tiré de la garde-robe maternelle. Je me pavane devant la glace comme une pro, les mains sur les hanches, en battant des cils et en soufflant des baisers. Les lèvres *brûlure cramoisie* – jamais, *jamais* je n'oublierai le nom de ce rouge –, les yeux magnifiés par le mascara et l'eye-liner, de gros ronds de blush sur les joues. Je me rappelle parfaitement que je me trouvais d'une beauté sidérante. J'arbore aussi des faux ongles, et je tiens entre l'index et le majeur un crayon que je porte régulièrement à ma bouche pour faire mine de fumer. Comme maman.

Au moment où j'entreprends devant le miroir un demi-tour vacillant, un grand fracas résonne à travers toute la maison – le genre de vacarme qui trahit immanquablement un énorme gâchis. Je me tourne vers la porte de la salle de bains, où ma mère prend sa douche. Il faut quelques secondes à la fillette que je suis pour se rendre compte de ce qu'elle voit.

– Qu'est-ce que c'est ? s'étonne Alex.

Incapable de répondre, je regarde de tous mes yeux. Je pensais que ce serait différent, à mon âge, mais je me trompais : ce n'est pas moins horrible que la toute première fois, il y a neuf ans.

– Attends...

C'est le seul mot à franchir mes lèvres.

L'eau s'infiltre dans la chambre par l'interstice sous la porte de communication, lentement d'abord, puis en terribles vagues silencieuses, aussitôt absorbées par la moquette blanche. On dirait un tour de magie : humidité égale couleur – rouge, bien sûr.

– Allons-nous-en, dis-je à Alex en jetant un coup d'œil fébrile à la petite Liz.

Je sais ce qui va se passer, et je regrette soudain d'avoir amené mon compagnon ici. Je me croyais capable de supporter la scène, mais je me trompais : je ne veux pas voir ça, je ne veux pas le *re*voir. Il m'a suffi d'une fois – quand j'avais neuf ans.

Alex secoue la tête.

– Je veux comprendre.

– Alors reste. Moi, je m'en vais.

– Non. (Sa main se crispe sur mon épaule.) Je ne peux pas rester sans toi. S'il te plaît...

– Pourquoi veux-tu absolument m'obliger à voir ça ?

Mon ton s'est fait implorant.

– C'est toi qui as voulu me montrer ! C'est bien pour ça que tu m'as amené ici, non ?

Je le fixe d'un regard furieux.

– Je veux que tu me comprennes. Que tu admettes que j'étais une enfant innocente, moi aussi. Je n'ai pas toujours été un monstre, comme tu dis.

– Alors laisse-moi voir, riposte-t-il en me rendant mon regard.

Je me cache les yeux pendant qu'il observe la scène. Je n'ai pas besoin d'y assister, je sais déjà ce qui va se passer.

La petite Liz se précipite à la salle de bains, et là… Oh, maman. Elle a cassé dans sa chute la porte de la douche qui l'a réduite en lambeaux.

Je fais tout ce qu'on s'attend à voir faire à une fillette. Essayer de la réveiller. De l'aider, d'une manière ou d'une autre. En me coupant les mains et les genoux sur les éclats de verre. Je lui hurle d'ouvrir les yeux. Je la secoue. Il n'existe rien de pire au monde que son immobilité absolue.

Et puis je la vois exhaler son dernier souffle. Malgré ma jeunesse, je sais qu'elle n'est plus là. À cet instant précis, mon cœur se brise. À jamais.

– Allons-nous-en. (Je suis au bord des larmes, maintenant.) S'il te plaît, Alex ? Je t'en *prie*.

Il me lâche l'épaule. On est de retour chez lui… trop tard : le souvenir est là, aveuglant. Je ne peux plus y échapper.

La mort paraît impossible aux copains de mon âge. Les adolescents se croient immortels, comme chacun sait, mais moi, je ne me rappelle pas m'être jamais sentie immortelle. Je connaissais trop bien la mort. Je l'avais vue emporter ma mère. On n'oublie pas une chose pareille.

Alex détourne les yeux. Il ne sait pas quoi dire.

Je me presse le visage entre les mains et je secoue la tête afin d'en déloger la scène à laquelle je viens d'assister pour la seconde fois de ma… vie, si l'on peut dire. Son souvenir m'a toujours accompagnée, c'est vrai, mais la revoir m'a secouée. Je me sens si petite et si seule – une fillette seule au monde. Comment expliquer ça à Alex ? Déjà, je regrette de lui avoir montré la mort de ma mère. Je ne supporte pas qu'il me voie dans cet état-là, bouleversée, vulnérable.

Mon regard se pose sur la reproduction de *La Cène* accrochée au mur, derrière lui.

– Pour répondre à ta question, il y a peut-être eu un signe, mais je n'en sais rien. (J'essaie de m'exprimer d'une voix tranquille.) Je ne me rappelle pas. Toi non plus, hein ?

– Non. (Il joue quelques notes d'*Au clair de la Lune*, une version un peu endormie, les yeux baissés vers les touches.) Avant ta mort, je passais un temps fou assis au bord de la route, à regarder les voitures. Mes parents ont cloué une couronne à un arbre, près de l'endroit où on a retrouvé mon corps. Au début, ils venaient tous les jours. Maintenant, ils n'y vont plus qu'une fois par semaine. (Il pose les mains une octave plus bas puis reprend le thème de la chanson depuis le début.) Moi, ce n'est pas eux que j'attendais. Il me semblait que celui ou celle qui m'avait heurté finirait bien par se montrer. J'ai attendu, attendu. (Il secoue la tête.) Rien.

Le silence s'installe, se prolonge.

– Tu n'étais qu'une enfant, reprend enfin Alex. Je suis désolé qu'il te soit arrivé une chose pareille.

– Merci, dis-je, le nez baissé.

Le chat installé à ses pieds, très occupé à se lécher les coussinets, se fige soudain, le regard fixé sur moi. Ses pupilles se dilatent. Il tend la patte dans ma direction, toutes griffes dehors.

Les mains d'Alex s'immobilisent sur le clavier. Il penche la tête de côté, les yeux vitreux dans la pénombre. Je m'aperçois alors qu'il a toujours les dents aussi mal rangées que sur ses photos d'enfance. Sans doute n'a-t-il jamais porté d'appareil, parce que ses parents n'avaient pas les moyens.

– Ça n'a aucun sens, déclare-t-il. J'espère que tu t'en rends compte ?

Une voiture s'engage dans l'allée. La porte du garage s'ouvre.

L'anxiété me gagne, comme si on était entrés par effraction, que ses parents allaient arriver et nous prendre en flagrant délit.

– Je ne comprends pas ce que tu veux dire ?

Il réfléchit avec ardeur, maintenant, tendu, haletant. Sa main se referme sur mon poignet – moite et froide, la main d'un *mort*.

– Je veux dire ce que j'ai dit, ni plus ni moins. Ça n'a aucun sens. Sers-toi de ton cerveau, Liz. Tu ne te poses donc pas de questions ? Tu ne te demandes pas ce que Richie est venu faire chez moi ? Personnellement, je n'en ai aucune idée. Et toi ?

Je secoue la tête.

– Non. Tu en sais plus que moi.

– Ce n'est pas une coïncidence. Et le fait qu'on se retrouve tous les deux ensemble non plus. En tant que fantômes. Tu peux me dire à quoi ça rime ? On n'était pas amis ni rien. (Il jette un coup d'œil à la porte d'entrée, où une clé crisse dans la serrure.) Je te détestais.

– Je sais. Je regrette. Crois-moi, Alex, s'il te plaît... Je ne me rendais pas compte de ma méchanceté. Je n'étais pas pareille, avant. C'est à la mort de ma mère que j'ai changé.

– Tu ne t'occupais que de futilités. Les fringues, les voitures, les fêtes. Les portables, les sacs à main... les chaussures. (Il baisse les yeux vers mes bottes.) Pour le bien que ça t'a fait. Te voilà coincée ici avec moi.

On se regarde. La porte s'ouvre.

– S'il te plaît... s'il te plaît, Alex, allons-nous-en.

– Pourquoi ? Qu'est-ce qui t'arrive ?

C'est tout juste si je parviens à m'arracher un murmure :

– Je ne peux plus respirer.

– Tu sais forcément quelque chose, Liz. Qu'est-ce qu'on fait là ?

– Non, je n'en sais rien. Je ne me rappelle pas.

– Pourquoi cachais-tu tout cet argent dans ta chambre ? Pourquoi cachais-tu des tas de choses à tout le monde ?

– Je n'en sais *rien* !

Le chat détale. Je ferme les yeux, les paumes pressées contre les paupières. Les souvenirs s'agitent, dégringolent à toute allure, presque violemment. Ma mère, inconsciente dans la salle de bains. Ma première course de cross, y compris mes crampes d'estomac. Mon corps tel que je l'ai découvert la nuit de ma mort, coincé entre le bateau et le quai. Moi, vautrée au soleil sur la plage avec Caroline, Mera et Josie, en train d'écouter le Top 50 en bronzant. L'air frais, vivifiant, qui m'emplit les poumons tandis que je traverse la ville en courant, au rythme de mes pas sur le macadam, *slap slap, slap* – on dirait un cœur qui bat, puissant, plein de vie. La sueur me brûle les yeux. Le goût du sel m'emplit la bouche, porté par l'air marin, mais aussi condensé sur mes lèvres entrouvertes par l'effort.

Je pourrais continuer comme ça éternellement. *Slap slap slap slap*. Je comprends enfin ce que je voulais : disparaître ; me perdre pour que personne ne me retrouve jamais ; m'en aller si loin qu'il me serait impossible de rentrer chez moi. Mais pourquoi ?

12

Le retour chez moi se fait dans un silence solennel, après ce partage des souvenirs et notre grande conversation. Le soir est tombé. Les lampadaires illuminent la froide brume nocturne. Je monte l'escalier menant à la véranda, les orteils si douloureux que j'en trébuche presque. Alex et moi n'avons pas eu à marcher, il nous a suffi de battre des paupières pour nous retrouver comme par magie devant la maison, mais chaque pas m'envoie dans les pieds un coup de poignard insupportable qui me coupe le souffle. J'en ai les larmes aux yeux quand j'arrive à ma chambre.

La porte est fermée, mais des voix passent au travers. Mera, Caroline et Josie, je n'ai pas besoin de les voir pour en être persuadée.

– Tu crois qu'elles sont revenues chercher des fringues ? demande Alex d'un ton *volontairement* léger, je m'en rends aussitôt compte.

La question ne me fait pas plaisir. Après avoir été témoin du chagrin qui s'étale chez ses parents, je ne peux m'empêcher de me sentir un peu vexée de la rapidité avec laquelle mes copains se remettent de ma mort.

– Je ne sais pas. Sans doute. (Je regarde la porte close.) Allons-y.

La vision de ma chambre me laisse bouche bée. Il a suffi de quelques heures pour que la pièce soit dépouillée de mes affaires. Le linge de lit à rayures roses et blanches a disparu – il ne reste sur le sommier que le matelas nu. On ne voit plus trace de mon maquillage sur la coiffeuse, et le dressing a été pratiquement vidé – je le constate au premier coup d'œil, car il est ouvert. Les rubans et médailles de cross ont été rangés je ne sais où – sans doute prennent-ils la poussière à la cave ou, pire, dans une décharge. Il ne reste plus de moi en ces lieux que le tas de baskets usées. J'aurais pourtant cru que ce seraient les premières victimes du grand nettoyage, ma famille les considérant sans doute comme des ordures. Franchement, je me demande ce qu'elles font toujours là.

Mes trois meilleures copines sont assises par terre autour d'un Ouija. Un simple coup d'œil me permet de deviner qu'elles sont saoules. Je n'ai même pas besoin d'entendre Caroline maîtriser un renvoi ni de voir la bouteille de vin presque vide posée à côté de ma demi-sœur.

– Je trouve que c'est une drôle d'idée, murmure Mera, visiblement hésitante, les joues rouges et les lèvres tachées de cramoisi.

– Mais non, je ne vois pas où est le problème, répond Josie, rassurante, en lui posant la main sur le bras. (Elle porte une de mes tenues préférées : jean noir serré et pull rouge moulant.) Ma mère m'a emmenée à l'église cet après-midi, je sais comment faire. Il y a des séances tous les jours, là-bas.

– Avec un Ouija ? demande Mera, dubitative.

– Non, mais j'ai vu des gens contacter l'autre côté. Ne t'inquiète pas.

– Je croyais que tu n'étais pas croyante, me dit Alex, l'air fasciné par la scène.

– Moi non. Enfin, nous non. Elle parle de l'église spiritualiste. Rien à voir avec une véritable religion. (Je lève les yeux au ciel.) Les fidèles sont des espèces de hippies sans cervelle. Les transes, les auras, l'inconscient collectif… ils marchent à fond dans ce genre d'âneries.

– Et qu'est-ce qui s'est passé à l'église ? interroge Caroline. Ils t'ont conseillé d'organiser une séance pour contacter ta… ta sœur ? (Elle s'éclaircit la gorge. On voit bien qu'elle rassemble le courage de l'ivresse pour dire ce qu'elle pense.) J'ai du mal à y croire, Josie. Je ne suis pas persuadée que ce soit une bonne idée.

Les yeux de Josie brillent dans la pénombre, car la pièce n'est éclairée que par ma lampe de chevet et l'unique bougie allumée dans le dressing.

– Ils m'ont *dé*conseillé d'organiser une séance. Il y avait un médium… il y en a souvent, là-bas.

Je me demande un instant s'il s'agit du type qui m'avait prévenue des années plus tôt de me méfier des roux, mais comme disait Richie, je ne connais pas l'ombre d'un rouquin. L'avertissement tombait franchement à plat.

– Ils m'ont affirmé qu'il ne fallait chercher à contacter Liz de manière occulte sous aucun prétexte, ajoute Josie.

– Alors pourquoi tu sors le Ouija ? braille littéralement Mera.

– Chut, tu vas réveiller mon père. Il risque de piquer une crise, s'il voit ça. (Josie s'interrompt, les yeux levés. En suivant son regard, je m'aperçois qu'elle fixe les mots MEILLEURES AMIES, à peine visibles sous la peinture.) Je veux vérifier que Liz est en sécurité. Qu'elle va bien, où qu'elle soit.

– Mais arrête, supplie Caroline. Elle n'est pas là. Elle est partie.

– Tu n'en sais rien, riposte ma demi-sœur d'un ton sec. La vie est pleine de choses qu'on ne comprend pas. (Elle se force à sourire – un sourire tremblant.) Tiens, bois un coup.

Joignant le geste à la parole, elle tend la bouteille à Caroline, qui la considère quelques secondes avant de la prendre à contrecœur. *Elle est trop gentille*, me dis-je. *Prête à tout pour s'intégrer.*

– Vous n'éprouvez donc pas le besoin de savoir ? continue Josie, implorante. (Je sais à sa voix qu'elle est sincère, qu'elle se demande vraiment où j'en suis dans l'au-delà.) Vous ne voulez pas vérifier qu'elle est en paix, maintenant ?

Les deux autres hochent la tête.

– Bon, enchaîne-t-elle. Avec le Ouija, on peut. Ça va marcher, vous allez voir. (Elle respire fort, rouge d'excitation et d'ivresse.) Mais il faut se concentrer. Il faut vouloir.

– Super, tes copines, commente Alex, frissonnant.

– Elles n'ont aucune envie de jouer à ça, lui dis-je dans un murmure, sans quitter les trois filles des yeux. C'est Josie.

– Tu crois que ça va marcher ? interroge-t-il.

– Je n'en sais rien. Je suis là. Peut-être.

– Tu peux te joindre à la fête, si tu veux. Il te suffit de poser le doigt sur la flèche et de pousser pour la déplacer.

Je me demande une seconde si je ne vais pas tenter le coup. Je n'arrive pas à toucher réellement quoi que ce soit de matériel, à part Richie, mais après tout, c'est un *Ouija* ; je pourrais au moins essayer. Bon, il s'agit d'un simple jeu – Josie a dû l'acheter dans un magasin de jouets –, mais elle a raison sur un point : la vie est pleine de choses qu'on ne comprend pas. La mort aussi, d'ailleurs. Je réussis à communiquer – plus ou moins – avec Richie du seul fait que je suis près de lui ; je l'ai influencé quand Joe Wright est passé le voir après mes obsèques, par exemple... Alors que se passerait-il si je cherchais à déplacer la flèche du Ouija ? Est-ce que ça marcherait ?

Mais au moment où je vais me joindre aux filles, une idée me traverse l'esprit et m'en empêche. Je *sais* que je suis en sécurité ; autant voir si le Ouija va m'apprendre quelque chose. Je suis disposée à donner sa chance à l'« occultisme », même représenté par un jeu.

– Non, je préfère regarder, dis-je à Alex. On ne sait jamais ce qui peut arriver.

Mes trois copines posent très légèrement l'index sur la flèche, disposée au centre du plateau.

– Nous voulons établir le contact avec Elizabeth Valchar, psalmodie Josie d'une voix ferme, quoique basse. Liz… ? Liz… tu es là ?

Quelques secondes plus tard, la flèche se déplace lentement jusqu'au *OUI*.

– Oh, Seigneur, murmure Caroline. Ce n'est pas moi. C'est toi, Mera ? Ou toi, Josie ?

– Non, répond Mera. (Elle déglutit.) Je veux rentrer chez moi.

– Chuuut. (Les yeux de Josie étincellent littéralement d'excitation.) Dis-moi, Liz, tu es en sécurité ?

La flèche pointe maintenant vers le *NON*.

– Elle ne bouge pas d'elle-même, dis-je à Alex. Ce sont elles qui la poussent. *L'une* d'elles.

– Tu crois ? murmure-t-il.

– Évidemment. Mais je me demande bien laquelle…

Il se rapproche des filles puis s'agenouille pour essayer de mieux voir le plateau et les trois doigts positionnés au-dessus de la petite flèche, qu'ils effleurent à peine.

– Franchement, je ne peux rien affirmer. Elles la touchent toutes les trois. Et elles tremblent toutes les trois.

– Comment se fait-il que tu ne sois pas en sécurité, Liz ? demande Josie.

Au bout de quelques secondes, la flèche se remet en mouvement. Elle s'active le long de l'alphabet pour épeler le mot *M-E-N-S-O-N-G-E-S*.

– Mensonges ? répète Josic. Quels mensonges ?

Le petit morceau de bois continue à bouger, méthodique, s'immobilisant un court instant devant chaque lettre choisie avant de se diriger vers la suivante. *T-R-O-M-P-E-R.*

– Qu'est-ce que c'est censé vouloir dire ? s'étonne Caroline. Je n'y comprends rien. Ça me fait flipper, Josie, je ne veux pas continuer.

– Moi non plus.

Mera s'empare de la bouteille et boit quelques gorgées de vin.

– Elle trompait Richie, chuchote Josie, les yeux écarquillés, les pupilles dilatées. Elle le regrette, maintenant.

Les deux autres échangent un coup d'œil au-dessus de sa tête baissée.

– Dis-moi, Liz, es-tu en paix ? continue-t-elle.

La flèche montre aussitôt le *NON.*

– Pourquoi ? demande-t-elle, le souffle court, fiévreux.

La flèche épelle alors son dernier mot : *E-N-F-E-R.*

– C'est elle qui la déplace, murmure Alex, toujours à genoux par terre.

– Qui ça, elle ?

– Josie.

On se regarde tous les deux. Je suis déconcertée.

– Mais on n'est pas en enfer.

Long silence.

– Tu en es sûre ? me demande enfin Alex.

– Évidemment.

J'examine ma demi-sœur, si concentrée, quasi électrique… et je comprends brusquement : elle veut à la fois informer les autres que je trompais Richie et se faire pardonner de sortir avec lui ; elle se sert donc du Ouija pour les persuader que je ne le méritais pas.

Ma meilleure amie. Manifestement, elle perd la tête. Je ne suis morte que depuis quelques semaines… elle est toujours bouleversée, c'est évident. Elle fait exactement le genre de choses que ferait sa mère.

Exactement le genre de choses que sa mère a bel et bien faites, d'ailleurs. Juste après la mort de la mienne. Telle mère, telle fille.

– Ça suffit. (Caroline retire soudain la main.) N'importe quoi. Ce truc, c'est de la daube. Pas question que je continue.

– Qu'est-ce qui t'arrive ? (Josie bat des paupières d'un air innocent, comme s'il ne s'était rien passé de très intéressant.) Liz avait changé ces derniers mois, on le sait toutes parfaitement. Elle nous cachait des choses… même à moi. Peut-être que là, elle essaie de nous dire la vérité…

– Ce truc ne prouve rien, coupe Caroline.

Elle se lève en se frottant les épaules, tremblante.

Josie bat de nouveau des paupières sans perdre son calme.

– Il existe en ce monde des choses que nous ne comprenons pas.

– C'est vrai, mais ce n'est pas un petit jeu à vingt dollars qui détient la clé des secrets de l'univers.

Mera se lève brusquement, elle aussi, mais j'ai l'impression qu'elle ne tient pas très bien debout. Et je m'aperçois enfin qu'elle est en pyjama ! Incroyable : elles se font une nuit entre copines, chez moi, autant dire dans ma chambre !… Elle va ouvrir la fenêtre, cherche une cigarette dans son sac à main puis l'allume, penchée dehors au maximum.

– Hé, appelle-t-elle en exhalant, le cou tordu pour regarder de côté. Richie s'en va.

Josie, qui range le Ouija dans sa boîte, n'a pas l'air plus intéressée que ça par l'information. Mais moi qui la connais mieux que personne, je peux affirmer qu'elle fait semblant.

– Il part sans doute courir. Il court comme un fou, ces temps-ci.

– Richie ? s'étonne Mera. Courir ?

– Tu ne pourrais pas éviter de fumer ici ? intervient Caroline en reniflant. Liz détestait ça. Je trouve que c'est un manque de respect envers elle.

Je jette un coup d'œil à Alex, toujours à genoux par terre.

– Tu entends ça ? De la part de la fille qui m'a volé cinq cents dollars ce matin même...

– Je ne te le fais pas dire, approuve-t-il en hochant solennellement la tête.

Son expression me surprend : je me demande si ce n'est pas la première fois que son sourire trahit autre chose à mon égard qu'une indifférence méprisante.

Et puis le souvenir me revient :

– Mais Richie a déjà couru ce matin.

– Peut-être qu'il a envie de recommencer ? suggère Alex.

À peine a-t-il refermé la bouche que Mera reprend :

– Ça m'étonnerait qu'il soit dans un trip sportif. Il est en jean, en pull... et en tongs. (Elle s'interrompt, souffle un ruban de fumée puis continue :) Il est plus de dix heures. Tu ne sais pas ce que trafique *ton propre mec*, Josie ?

Les deux visiteuses échangent un nouveau coup d'œil. Visiblement, elles ont du mal à croire que Josie sorte avec Richie.

– Je croyais que tu t'intéressais à Jason, poursuit Mera. Il veut t'inviter au ciné, tu sais.

Elle parle de Jason Harvatt, un petit première, mais connu comme le loup blanc et très apprécié. Il fait partie de l'équipe de base-ball, il est mignon et amoureux de Josie depuis des lustres, mais elle ne lui a jamais prêté la moindre attention.

– Ce n'est pas mon genre, répond-elle avec un haussement d'épaules.

Je me tourne vers Alex.

– D'après toi, où va Richie ?

– Je n'en sais rien. Sans doute dealer.

Moi, ça m'étonnerait, je ne sais pas pourquoi. Je le dis depuis le début : on est toujours liés, lui et moi. Presque comme s'il existait entre nous un fil invisible qui nous attachait l'un à l'autre et dont je sentais la traction quand Richie s'éloigne.

– Viens, dis-je tout haut, on le suit.

Alex hésite puis fait la moue, moqueur.

– On ne pourrait pas plutôt rester chez toi ? Je compte sur tes copines pour se mettre en déshabillé et se lancer dans une bagarre de polochons.

Je l'attrape par le bras.

– Ben voyons, c'est sûr qu'on joue à ça chaque fois qu'on dort les unes chez les autres. Allez viens, on y va.

Mais au moment où je l'entraîne vers la porte, elle s'ouvre brusquement.

– Oh non. (Je me suis figée.) Ça va mal tourner, je le sens.

Mon père se tient sur le seuil, en pyjama rouge – un cadeau de Noël de Nicole –, ses lunettes de lecture perchées sur ses cheveux bruns emmêlés, de la même nuance que ceux de Josie au naturel.

Il allume la lumière. Son regard se pose aussitôt sur la boîte du Ouija, par terre.

– Qu'est-ce que vous faites là, toutes les trois ?

Mera, paralysée de surprise, reste immobile à la fenêtre, sa cigarette allumée entre les doigts, tandis que Josie pousse le jeu sous mon lit d'un geste vif.

– Rien, papa. On s'amusait, c'est tout.

– Vous vous *amusiez* ? demande-t-il, incrédule. Avec un Ouija ? Où est-ce que tu as trouvé ça, hein ?

Elle jette un coup d'œil à Caroline, puis à Mera, qui fixent leurs pieds pour éviter le regard de mon père. Franchement, je ne peux pas le leur reprocher.

– C'est ta mère qui te l'a donné ? insiste-t-il. (Josie ne répond pas.) Et qu'est-ce que c'est que ça ? (Il s'est avancé dans la pièce. Jamais je ne l'ai entendu s'exprimer d'une voix aussi dure. Il n'est pas seulement en colère, mais *furieux*.) Du vin ? Comment cette bouteille est-elle arrivée là ? (Josie n'a même pas le temps de protester qu'il lance d'un ton tonitruant :) Nicole !

Un lourd silence gêné s'installe. Les deux visiteuses évitent toujours le regard du nouveau venu. Josie est la seule à le soutenir, les yeux étincelants, presque coléreuse.

– Maman était d'accord, affirme-t-elle avec calme.

– Marshall ? (Nicole apparaît sur le seuil.) Qu'est-ce qui se passe ? (Elle regarde les trois filles.) Qu'est-ce que vous faites dans cette chambre ?

– J'ai senti la fumée, explique mon père. J'ai eu peur qu'il y ait le feu. Mais non. C'est juste que ta fille… (Josie tressaille visiblement en entendant ce « *ta* fille ».) a organisé une séance de spiritisme avec ses copines. Après avoir bu. (La voix de mon père enfle de plus en plus.) Qui a eu une idée pareille, franchement ? Vous êtes allées à l'église aujourd'hui, Josie et toi ?

Nicole pince les lèvres en un sourire crispé.

– Ton cœur, Marshall, dit-elle d'une voix si calme, si douce qu'elle en semble condescendante.

– Je me fiche pas mal dc mon cœur. Ta fille essaie de contacter les morts. (Il se retourne vers mes autres copines.) Et vous… vous trouvez ça bien ? Liz était votre meilleure amie. Elle est morte… (Un sanglot l'étouffe ; il se met à pleurer. C'est horrible de le voir s'effondrer de cette manière.) Ma fille… continue-t-il d'une voix tremblante de chagrin, ma fille est morte. Vous trouvez ça bien, d'organiser une séance de spiritisme dans sa chambre ? Vous avez appris quelque chose d'intéressant ? Qu'elle ne reviendrait jamais, par exemple ? Ce n'était qu'une enfant… vous n'êtes encore que des enfants, vous savez…

Il pleure toujours, incapable de s'arrêter, le souffle rauque, laborieux.

– Chut, Marshall, murmure Nicole en lui frottant le dos. Reviens te coucher. (Elle jette un coup d'œil à Josie.) Les filles passent la nuit à la maison, c'est tout.

– Non, ce n'est pas tout. Je ne suis pas d'accord, riposte-t-il, les yeux baissés, rouge de colère.

Je ne peux pas me retenir de l'appeler tout bas :

– Papa... papa... Je suis là.

– Je regrette sincèrement qu'il ne t'entende pas, murmure Alex.

– Moi aussi.

– Pense à lui, me suggère-t-il. Rappelle-toi un bon souvenir.

La réalité s'éloigne presque d'elle-même lorsque je ferme les yeux, à la recherche d'un souvenir de mon père. Je les rouvre sur un de nos moments partagés. Il n'y a que nous deux, ce qui m'apprend que je revisite la courte période entre la mort de ma mère et son remariage à lui. J'étais orpheline depuis quelques mois à peine, quand Nicole et Josie se sont installées à la maison.

On se tient à côté de la voiture – une Porsche gris métallisé, à l'époque –, garée sur le bas-côté, près d'un carton posé dans les buissons sablonneux, un peu à l'écart de la route. Le mot CHATONS s'étale dessus en grosses majuscules noires.

J'ai neuf ans, il fait beau, le soleil brille. Visiblement, je viens de me baigner, car je porte un short en jean sur un maillot une pièce rouge, mes longs cheveux mouillés retombent dans mon dos et sur mes épaules bronzées, et j'ai un léger coup de soleil sur le nez. Mon père était sans doute incapable d'élever une petite fille, je m'en aperçois maintenant. Il ne devait pas penser à m'enduire d'écran total avant que je ne me jette à l'eau.

– Ne bouge pas d'ici, ma puce, me recommande-t-il en s'avançant pour regarder dans la boîte. Voyons voir ça… (Il s'arrête.) Oh, nom de Dieu !

– C'est quoi, papa ? Y a vraiment des petits chats ?

Je me mets sur la pointe des pieds dans mes sandales en plastique transparent, parce que je ne vois rien d'intéressant.

– Tu peux venir, c'est bon. (Il me sourit par-dessus son épaule.) Je crois qu'il y a une portée au grand complet. (Son front se plisse.) Qui peut bien abandonner des chatons de cette manière ? C'est affreux.

Postée près de la fillette et de mon père, je regarde dans le carton, moi aussi, sachant déjà ce qui s'y trouve : sept chatons minuscules, petites boules ébouriffées presque trop adorables pour être vraies – duvet roux, museaux roses veloutés, gueules miniatures et miaulements haut perchés. Ils sont pratiquement entassés les uns sur les autres, si serrés qu'ils ont du mal à bouger, qu'ils trébuchent et basculent en cherchant à attaquer de leurs griffes infimes les murailles de leur prison. Courtes queues pointues, yeux bleu vif vitreux, ils tremblent légèrement, sans doute de peur, seuls dans le vaste monde, au bord de la route, sans rien à boire ni à manger. Celui ou celle qui les a abandonnés se fichait pas mal de ce qu'ils allaient devenir.

La fillette s'agenouille à côté de la boîte et en sort un à un quelques chatons. Mon père me regarde serrer les petits corps velus contre ma poitrine puis les presser contre ma joue, un grand sourire aux lèvres.

– Dis, papa, on les emmène à la maison ? S'il te plaît, dis ?

Moi qui contemple la scène, je trouve la requête absurde : il y a *sept* chatons. Mais je me souviens, je sais comment ça se termine. Alex avait raison, dans un certain sens en tout cas : j'étais vraiment pourrie gâtée.

Mon père s'abrite les yeux de la main pour regarder le ciel bleu, sans nuage.

– Tu sais, ma chérie, ils vont grandir. Ils ne resteront pas éternellement petits et adorables. Il vaudrait mieux les confier à la S.P.A. (Il s'interrompt une seconde.) Tu peux en garder un, si tu veux. Pas plus.

– Mais papa, ils sont frères et sœurs ! Ils seront malheureux si on les sépare ! (J'en sors encore deux – ils sont tellement minuscules –, ce qui m'en fait cinq dans les mains.) Allez, papa. On les prend à la maison, s'il te plaît ? Juste quelques jours... Après, tu n'auras qu'à les donner à la S.P.A. Ils ont faim. Ils sont tout seuls...

Je fixe sur mon père de grands yeux implorants.

Il est veuf depuis peu, seul au monde avec sa fillette, qu'il aimerait désespérément rendre heureuse. Qu'il aimerait désespérément voir sourire. Ne pas abandonner à la solitude. Il aurait fait tout ce que je voulais. Il le *faisait.*

Je n'avais même pas besoin de bouder ou de pleurer, juste de demander.

– Bon. (Il sourit.) Tu peux les garder quelques jours. Une semaine, peut-être.

La petite Liz est si contente, si enchantée qu'on la croirait ivre, à neuf ans... Je remets les chatons dans leur boîte, et mon père la porte à la voiture. Comme il n'y a pas de banquette arrière dans la Porsche, le carton restera sur mes genoux jusqu'à la maison.

Je nous regarde partir, mais je ne me donne pas la peine de suivre, je sais ce qui va se passer.

Au bout d'une quinzaine de jours, les chatons étaient toujours si mignons que je ne supportais pas l'idée de m'en séparer. Je leur avais donné les noms des jours de la semaine. Dimanche avait pris l'habitude de faire la sieste dans les mocassins de mon père. Jeudi ne comprenait pas à quoi servait la litière. Le souvenir est tellement net.

Je les ai aimés deux mois durant, avant qu'ils ne commencent à se transformer en adultes. Ils sont devenus moins mignons, j'ai arrêté de m'y intéresser, de jouer avec eux, et un jour, quand je suis rentrée de l'école, ils avaient disparu. Mon père avait compris que je n'en voulais plus, il les avait emmenés à la S.P.A… et il avait échangé les sept chats contre un minuscule chaton, que j'ai appelé Duvet. Quand il a commencé à grandir, lui aussi, mon père l'a emmené à la S.P.A., d'où il a rapporté un autre chaton, Monsieur Moustaches, qui me rejoignait dans mon lit la nuit en ronronnant. Celui-là, j'ai décidé de le garder.

Je comprends maintenant que si j'avais laissé faire – et si la S.P.A. avait laissé faire, ce qui n'aurait sans doute pas duré éternellement –, mon père aurait peut-être continué à échanger des chats contre des chatons, encore et encore : il m'aurait autant que possible évité de les voir grandir, il aurait préservé à mes yeux leur charme de miniatures.

Après la mort de ma mère, il était prêt à tout pour me rendre heureuse. Absolument tout. Il me donnait tout ce que je voulais : les vêtements de marque les plus chers, les meilleures places de concert, le maquillage, les chaussures et les sacs à main de créateurs, tout ce dont je pouvais avoir envie. Quand j'ai eu dix-sept ans, il m'a même offert une voiture neuve.

Pour mon dix-huitième anniversaire, il m'a laissée organiser une soirée sur son bateau. Tout ce que je voulais, toujours et partout. Quel qu'en soit le prix.

De retour au présent, je regarde mon père pleurer dans mon ancienne chambre. Monsieur Moustaches ne vit plus à la maison. Un jour de neige, il y a quelques années, il est parti se promener pour ne plus jamais revenir.

– On dirait que ta famille ne tient pas le coup si bien que ça, constate Alex à voix basse.

– On dirait, oui.

– Vous savez, les filles, je crois que vous devriez descendre au salon et… je ne sais pas, moi, vous faire un chocolat, dit Nicole à mes trois amies d'un ton toujours aussi léger. (Avant d'ajouter, pour mon père :) Allez, Marshall, laissons-les s'amuser entre elles.

Avant de repartir, il lève les yeux vers Mera, figée à la fenêtre. Sa cigarette s'est consumée toute seule au point qu'il n'en reste guère qu'un cylindre de cendre, piquant du nez dans sa main détendue.

– Jette-moi tout de suite cette saleté, ordonne-t-il, la mâchoire crispée. (La cigarette disparaît dans la nuit.) Bon. (Il inspire profondément.) Très bien. (Son regard passe de Caroline, qui m'a l'air au bord des larmes, à Josie puis, enfin, à Nicole.) Je crois qu'on va retourner se coucher.

– Bonne idée.

Ils quittent ma chambre en refermant la porte. Les trois filles restent un long moment silencieuses.

– Ouaouh, Josie, finit par lâcher Mera. Le père de Liz est dans un sale état !

Josie la fixe d'un œil noir.

– *Mon* père, corrige-t-elle. C'est mon père à moi aussi, tu le sais pertinemment.

De mon vivant, elle n'a jamais affirmé ça avec autant d'énergie. Maintenant que j'ai disparu, elle n'en démord plus.

– Tu l'entends, Alex ? Elle en est vraiment persuadée. (Je me tourne vers mon compagnon.) Sûre et certaine. Alors que moi, je n'y ai jamais cru une seconde.

– Et maintenant ?

Les mots planent entre nous, avec leur cortège de possibilités.

Je secoue la tête.

– Maintenant, je ne sais plus. Il me semble que je ne suis plus sûre de rien.

Il hoche la tête, avant de me demander :

– Tu veux toujours suivre Richie ?

J'avais presque oublié, mais je serais ravie de me changer les idées. Ça m'a brisé le cœur de voir mon père aussi bouleversé. Pauvre papa. Il a l'air tellement seul. Je me sens coupable de l'avoir abandonné. Je ne l'ai pas fait exprès, d'accord, mais c'est vrai que je l'ai laissé tomber.

– Oui. (Ma voix vacille.) Allons-y.

Il n'y a presque pas de lune, juste un minuscule croissant d'argent qui ne semble tenir dans le ciel que par magie.

– Si seulement on savait où il va. (Je tressaille à chaque pas, torturée par les ampoules de mes orteils et les nerfs que mes bottes pincent au moindre de mes mouvements.) Je n'ai jamais eu aussi mal de ma vie. Si on savait où il va, il nous suffirait de l'attendre là-bas.

– J'ai bien ma petite idée, lâche Alex.

– Ah bon ? Où, à ton avis ?

– C'est évident, non ? On y est presque. (Il montre d'un signe de tête les grandes grilles de fer qui se dessinent au loin.) Au cimetière.

Il fait si froid que Richie doit être gelé avec ses tongs. Je m'imagine un instant comment je me sentirais en sandales… les orteils à l'air.

Et je sais où il va, ça y est. J'aurais dû deviner tout de suite. Il dépasse plusieurs rangées de pierres tombales puis s'arrête devant une parcelle dont la terre a été retournée récemment, couverte de fleurs et d'ours en peluche. Ma tombe.

Richie reste un long moment immobile, silencieux au faible clair de lune, les yeux rivés au petit coin de gazon. Je n'ai pas encore de stèle : d'après Alex, il faut quelques semaines pour en fabriquer une, parfois plus, quand on veut un modèle compliqué.

Enfin, Richie s'agenouille lentement, les doigts dans la terre. La tête basse, il se met à pleurer.

– Je t'aurais pardonné, Liz, murmure-t-il. Ça m'est égal que tu aies... Je ne sais pas pourquoi tu as... je n'en sais rien, mais je t'aurais pardonné, je te le jure.

Les larmes me montent aux yeux.

– Je suis désolée, Richie, dis-je tout bas. Je n'ai aucune idée de ce qui s'est passé. Je t'aime.

– C'est vrai, dit Alex, qui me regarde avec attention.

– Quoi donc ?

– Que tu l'aimes.

– Oui. Je l'ai toujours aimé. Je ne sais pas ce qui se passe, Alex, je ne sais pas pourquoi on s'est retrouvés ensemble, toi et moi, mais en voyant mon père à la maison, dans mon ancienne chambre, je me suis rappelé quelque chose... Je n'ai pas toujours été comme ça. Tu n'es pas obligé de me croire, mais je t'assure que c'est vrai. J'étais une petite fille parfaitement normale, et puis ma mère est morte, et les choses ont changé. Comme si... comme si je m'étais dit qu'il me suffisait d'être mince, jolie, populaire, de m'entourer de gens qui m'aimaient et de contrôler parfaitement mon univers pour que la mort de ma mère arrête de me faire aussi mal. Et puis mon père ne supportait pas de me refuser quoi que ce soit. Alors je suis devenue creuse, superficielle, je m'en rends compte maintenant. Il faut que tu comprennes, s'il te plaît, je suis désolée qu'on t'ait traité de cette manière... désolée de ne pas avoir fait attention à toi. Et aussi qu'on en ait traité d'autres de cette manière,

Frank Wainscott, par exemple. Je suis désolée que ç'ait été si dur pour toi au lycée. Si je pouvais retourner en arrière et changer les choses…

– Tu ne peux pas. (Il n'y a dans la voix d'Alex ni colère ni compassion. Un peu de regret, peut-être, mais c'est d'un ton très prosaïque qu'il ajoute :) Tout est fini pour nous.

– Mais pas pour lui, dis-je, tournée vers Richie.

Il reste un long moment à genoux, puis il se couche posément sur ma tombe, couverte d'un jeune gazon tendre, épars, à peine sorti de terre.

Il s'allonge sur le flanc au-dessus de mon corps enfoui et ferme les yeux.

Je m'approche, je me couche près de lui et je le prends dans mes bras. Le monde se balance doucement autour de moi – je m'y suis habituée, ces dernières semaines. Je me concentre de toutes mes forces, et je *sens* le contact s'établir avec Richie… mais pas comme devant chez Alex : mes mains ne se mettent pas à brûler au bout de quelques secondes, je n'ai pas à les retirer. Au contraire, je m'aperçois avec exaltation que, cette fois, je peux vraiment serrer Richie contre moi. C'est merveilleux ; mieux que merveilleux. Jamais, depuis ma mort, je ne me suis sentie aussi vivante. La pensée me vient que j'ai enlacé Richie de la même façon ou presque il y a un an, quand il était au lit à cause de son intoxication alimentaire. Il n'a pas l'air conscient de ma présence, mais moi, j'en ai presque la tête qui tourne : la sensation de ses boucles brunes contre mon visage, de ses vêtements sous mes mains ; sa respiration, les battements de son cœur, la terre fraîche et humide sous nos deux corps…

Il reste là, immobile – il finit carrément par s'endormir, le souffle profond, régulier, et il passe la nuit sur ma tombe, jusqu'à ce que les premiers rayons du soleil éclairent l'horizon. Je la passe avec lui, sous le regard d'Alex qui nous contemple sans mot dire. Il sait que je n'ai peut-être pas toujours été le monstre qu'il voit en moi. Peut-être pas.

Richie dort pendant que je le serre dans mes bras, en regrettant qu'il ne puisse pas me sentir contre lui une toute dernière fois. En me demandant ce qui a bien pu arriver pour que je me retrouve six pieds sous terre. Et, surtout, en redoutant de ne jamais le savoir.

13

Le lundi suivant, au lycée, on dirait presque qu'il ne s'est rien passé de bizarre ce week-end. Pas de séance de spiritisme dans ma chambre, pas de nuit à dormir sur ma tombe. La routine a repris ses droits. Les élèves les plus populaires se rassemblent devant leurs casiers entre l'appel et la première heure de cours, pas pressés d'aller en classe. Mes copains et moi, ça fait des années qu'on coordonne autant que possible nos emplois du temps. Je ne suis donc pas surprise de constater que Caroline et Josie accompagnent Richie en anglais.

N'empêche que quand ma demi-sœur s'installe à côté de *mon* mec au fond de la classe, en rapprochant leurs deux pupitres au point qu'ils se touchent presque, je ne peux m'empêcher de mal le prendre et de me plaindre à Alex :

– J'ai l'impression qu'elle me vole ma place.

– Vous auriez aussi bien pu être sœurs, elle et toi, me répond-il avec un haussement d'épaules. Elle sort avec Richie… ce qui doit plus ou moins le réconforter, d'une certaine manière. Où est le mal ?

– Où est le *mal* ? Je te rappelle que Richie a passé la nuit sur ma tombe, ce week-end. Il ne s'est pas remis de ma mort, ça crève les yeux. Tandis que Josie se conduit comme si… comme s'il s'agissait d'une évolution naturelle des choses. (Je secoue la tête en la regardant, de l'autre bout de la salle.) Je ne savais pas qu'elle craquait sur lui. Je n'en avais pas la moindre idée. (Je m'interromps une seconde.) Je ne me le rappelle pas, en tout cas.

– Ma foi…

Alex hésite.

– Oui, quoi ?

– Elle est persuadée que vous êtes sœurs, d'accord ? (Je hoche la tête.) Ça t'étonne vraiment qu'elle veuille prendre ta place, Liz ? Enfin bon… c'est ce qui se fait entre sœurs, non ?

Je regarde le tableau noir, sur lequel quelqu'un – sans doute pas la prof – a écrit en énormes majuscules : À MORT LA GRAMMAIRE. Belle ironie.

– Mais ce n'est pas juste ! (Je fais la moue.) Josie a beaucoup de succès. Jason Harvatt en est raide dingue. Elle pourrait se choisir un autre petit ami. C'est moi qui devrais être avec Richie.

– Tu es morte, Liz. Et tu es avec moi, pas avec Richie. (À peine Alex a-t-il lâché cette remarque qu'il bafouille, visiblement gêné :) Je veux dire, pas avec moi comme… comme *avec* moi, mais on est ensemble dans…

Je ne peux retenir un léger sourire.

– C'est bon, je sais ce que tu voulais dire.

Les terminales lisent *Pour qui sonne le glas*, d'Hemingway. On passe un moment à écouter une discussion sur le symbolisme si ennuyeuse qu'elle paraît s'éterniser, alors qu'un coup d'œil à l'horloge m'apprend que les parlotes n'ont encore duré que cinq minutes.

– J'ai toujours détesté les cours d'anglais, dis-je à Alex, assis par terre à côté de moi.

– Ah bon ? Tu n'es pas branchée lecture ? Il me semblait t'avoir entendu dire que Richie voulait devenir écrivain.

– Oui, mais c'est son truc à lui. Je n'ai jamais trop aimé lire. À part des magazines, des trucs de ce genre... (Une pause.) Enfin, ce n'est pas tout à fait vrai. Quand Richie tombait sur un livre vraiment génial, il lui arrivait de me le passer pour que j'en profite aussi. Il y en a que j'ai adoré.

– Lesquels ?

Alex a l'air sincèrement intéressé.

– Mmh, attends que je réfléchisse... Ah, j'ai beaucoup aimé *L'Attrape-cœurs*, de Salinger... le roman préféré de Richie. Je crois qu'on l'a lu en seconde.

– Oui, oui, c'était en seconde, je l'ai lu aussi. Je l'ai trouvé super. (Suit un curieux silence gêné, puis Alex ajoute, un sourire timide aux lèvres :) On a au moins un point commun.

– C'est vrai. (Je lui rends son sourire.) C'est déjà ça. (L'embarras persiste. De toute évidence, aucun de nous ne sait sur quoi enchaîner. Autant changer de sujet...) Je m'ennuie, pas toi ?

– Si. Qu'est-ce que tu veux faire ?

– Je ne sais pas. (Je regarde autour de moi.) On pourrait aller dans un souvenir. Je veux dire, un des miens.

On n'a pas encore beaucoup parlé de son souvenir à lui, celui qu'on a partagé l'autre jour. L'idée d'en discuter nous met tous les deux mal à l'aise, je m'en rends bien compte, et je n'ai pas envie d'insister. Alex ne veut clairement pas de moi dans sa tête.

D'un côté, je trouve ça injuste – après tout, je lui ai montré des moments importants de ma vie –, mais d'une manière plus générale, ça ne me dérange pas trop qu'il garde son passé pour lui. On ne peut pas dire qu'on ait eu grand-chose en commun de notre vivant, et franchement, la seule chose qui m'intéresse maintenant, c'est de faire la lumière sur les circonstances de ma mort. Que pourraient bien m'apprendre les souvenirs d'Alex ? Ils n'ont rien à voir avec moi.

Il ne répond pas à ma proposition, ce qui me pousse à ajouter :

– Je peux aussi y aller seule. Je ne suis pas sûre de vouloir de toi.

– Pourquoi ça ?

– Parce que je ne veux pas te donner d'autres preuves que j'étais un monstre.

– Oh, tu es plus compliquée que je ne le pensais, affirme-t-il en m'examinant avec attention. Je te prenais pour une simple égoïste pourrie gâtée et superficielle.

– Tu crois que je suis compliquée ?

– Oui. (Il me pose la main sur l'épaule.) Laisse-moi t'accompagner. On apprendra quelque chose ensemble.

Je repousse sa main.

– Je préfère y aller seule.

– Et qu'est-ce que je suis censé faire en attendant ? Rester assis là pendant que tu te balades dans une autre dimension ?

La prof, Mme Davis, est passée du symbolisme à la guerre civile espagnole – le sujet du livre, semble-t-il. Seigneur. Je crois que je vais mourir une seconde fois… d'ennui.

– Bon, dis-je à Alex, je te propose un jeu pour décider.

– Un *jeu* ? Arrête, Liz, laisse-moi juste venir.

– Non, je veux jouer. À papier, pierre, ciseaux, d'accord ?

– Bon, d'accord, acquiesce-t-il en levant les yeux au ciel.

Jc tcnds lc poing. Lui aussi.

Alex est papier, moi pierre. C'est lui qui gagne.

– Tu as voulu jouer, on a joué, j'ai gagné. (Il me repose la main sur l'épaule.) Allons-y… mais où ?

– Je n'en sais rien. On n'a qu'à laisser faire hasard. On verra bien où on atterrit.

Quand je rouvre les yeux, je suis toujours au lycée. Je lève la tête et je suis là, sur le seuil. J'arrive en cours d'anglais de première. Je sais instantanément que c'est mon année de première, parce que je m'avance en boitillant et que j'ai un bleu *hideux* sur la figure.

– Aïe, dis-je à Alex sans me quitter du regard. C'est le jour où j'ai repris les cours après être tombée dans l'escalier. (Je lui jette un coup d'œil.) Tu étais déjà mort. Tu veux qu'on reparte ? On peut essayer de remonter plus loin…

– Non, non, je veux voir ce qui s'est passé.

– Je vais juste me taper une heure d'anglais…

– Non, Liz, il y a peut-être quelque chose d'important. Tu ne te rappelles pratiquement rien de l'an dernier, tu me l'as dit toi-même. Tu n'es pas curieuse ? Tu n'as pas envie de savoir de quelle manière les choses se sont enchaînées pour que tu finisses noyée ?

– Si.

Mais je n'ai *aucune* envie de me voir une fois de plus comme la reine des pestes. Or il me suffit de laisser mon regard dériver vers le fond de la classe pour deviner à quel genre de scène on va assister, même si je ne me souviens pas de ce qui va suivre.

– Du calme, ajoute Alex avec douceur. Ça va aller. (Les coins de ses yeux se plissent dans un sourire.) Je te promets de ne pas me montrer trop dur avec toi.

Richie se trouve au fond de la salle – Richie se trouve *toujours* au fond de la salle. En principe, c'est moi qui occupe la place voisine, mais je me fige brusquement en découvrant qui s'est installé à côté de lui, pupitre contre pupitre : Beth Follet.

Beth fait partie de l'équipe de cross, elle aussi. Depuis le divorce de ses parents, elle vit avec sa mère, une des assistantes du cabinet dentaire de M. Paul, le père de Topher. On est d'autant moins copines qu'elle a toujours eu un faible pour Richie, comme pas mal d'autres filles – elle a même profité de ce que j'étais aux toilettes pour l'inviter à danser pendant le bal de la rentrée, quand on était en seconde. Quel *culot*. Richie a dit non, bien sûr, mais la voilà assise à côté de lui, tranquille, à croire que c'est parfaitement normal.

Je m'approche d'eux, un sourire plaqué sur le visage.

– Hé, qu'est-ce qui se passe ? (C'est elle que je regarde, sans cesser de sourire.) Tu es à ma place.

– Mais non, répond-elle, également souriante. Ça fait trois jours que tu es absente. C'est un travail de groupe. Richie et moi, on est ensemble.

– Pardon ? (Ma voix est étonnamment calme.) C'est vrai, Richie ? Tu es avec elle ?

Il acquiesce. Puis, comme elle ne le regarde pas, il hausse les épaules d'un air contrit en articulant sans bruit :

– Désolé.

Je pivote sur la pointe des pieds – car, malgré mon état, je porte des escarpins à hauts talons qui me pincent sans doute horriblement les orteils – et regagne l'autre bout de la salle, où la prof, Mme Cunningham, installée à son bureau, feuillette tranquillement le *New Yorker* sans prêter la moindre attention à ses élèves.

– Excusez-moi, Mme Cunningham, je sais que j'ai été absente quelques jours, mais je n'ai pas de partenaire pour ce TP... je ne sais même pas ce que je suis censée faire, d'ailleurs... et j'*espérais* que Richie serait disponible. (Je m'exprime avec assurance, la tête haute.) On fait toujours équipe, lui et moi.

Elle lève à peine les yeux de son magazine.

– Oui, j'ai bien remarqué que d'habitude, vous vous arrangiez pour travailler en binôme, tous les deux, mais cette semaine, on a commencé le TP lundi, et on est déjà jeudi. Pour une fois, Liz, il va falloir te débrouiller sans lui. (Elle me regarde maintenant en face, un grand sourire aux lèvres.) Après avoir lu le programme du cours pour voir de quoi il s'agit, évidemment. Tu n'aurais pas à te donner cette peine si tu y avais jeté un œil avant le jour J, mais bon… (Son ton s'adoucit un peu.) Je crains que tu ne sois obligée de faire le TP, comme tout le monde, bien que tu aies été malade.

– Vous voulez dire que je vais le faire toute seule, alors que les autres se sont mis par deux ?

– Exactement. J'en suis navrée, mais il ne reste personne pour y travailler avec toi.

Je passe le reste du cours assise à un pupitre isolé, non loin de la prof, d'abord à lire le programme du cours, ensuite à parcourir les premières entrées du questionnaire consacré à *Titus Andronicus*, la tragédie de Shakespeare – que j'étais censée lire il y a plus d'une semaine, mais que je ne connais manifestement pas. Lorsque je ne fais pas mine de réfléchir, je reste là à enrager, les yeux fixés sur la feuille, à gribouiller dans la marge. Je n'ai aucun mal à deviner ce que je pense : peu importe que Richie ne fasse pas équipe avec moi, il m'aidera plus tard, après les cours.

Quand la sonnerie retentit, je m'empresse de rassembler mes affaires puis je me plante dans le couloir, juste devant la porte.

Beth ne tarde pas à sortir, elle aussi, et se dirige vers les toilettes. Je lui emboîte le pas – suivie d'Alex et de mon fantôme.

Elle s'enferme dans un des box, pendant qu'on traîne devant les lavabos. Il n'y a personne d'autre, semble-t-il.

– C'est d'un banal… soupire Alex, visiblement déçu, en regardant autour de lui.

– Comment ça ? Qu'est-ce que tu veux dire ?

– Je ne sais pas, j'ai toujours pensé qu'il y avait… ah… des canapés, chez les filles, ou quelque chose de ce genre.

Je lève les yeux au ciel.

– Franchement. Enfin… on attend et on voit.

– Qu'est-ce qui va se passer ?

– Je ne m'en souviens pas. C'est pour ça que je veux voir.

Beth sort du box, mais elle n'a même pas le temps de s'approcher des lavabos que je l'attrape *par les cheveux*, vive comme l'éclair, pour la tirer vers moi.

– Seigneur ! s'exclame mon fantôme. Mais qu'est-ce qui me prend ?

Les yeux écarquillés, sidéré, Alex ne répond pas.

– Écoute-moi bien, espèce de petite salope, dis-je à ma prisonnière d'une voix basse, menaçante. Tu bosses peut-être en équipe avec Richie aujourd'hui, mais il n'est pas question que tu recommences demain, compris ?

– Ouille ! (Beth panique, les larmes aux yeux ; effrayée, *vraiment* effrayée par ma conduite.) Arrête, Liz, tu me fais mal. Lâche-moi !

Pour toute réponse, je l'attire encore plus près de moi. Je suis livide.

– En arrivant en cours demain, tu diras à Mme Cunningham que tu as changé d'avis. Que tu ne veux plus travailler avec lui. Et si jamais je te vois ne serait-ce que le regarder… je ne parle même pas de l'inviter à danser ou d'essayer de t'approcher de lui… je te jure que tu le regretteras.

Sur ce, je lui lâche les cheveux.

Elle reste un instant immobile à cligner des yeux pour refouler ses larmes, sous le choc de ma crise de colère.

– Je suis désolée. Ce n'est même pas moi qui ai demandé à être avec lui. C'est Mme Cunningham qui nous a mis ensemble.

– Sale menteuse…

Je fais un pas vers elle.

Elle recule d'autant et se recroqueville contre le mur. Son regard se pose sur la porte du couloir. Elle donnerait n'importe quoi pour s'enfuir, ça se voit.

– Non, je t'assure que c'est vrai. Je suis désolée… mais de toute façon, le TP est terminé. C'est fini. Je ne suis plus avec lui.

– Très bien. Parfait. (Je m'écarte, le souffle court, les mains tremblantes de colère.) Alors on n'a rien d'autre à se dire.

Beth se précipite vers le corridor, mais au lieu de sortir, elle se fige, reste quelques secondes immobile puis se retourne lentement vers moi. Très calme, toute peur envolée.

– Je me rappelle que quand j'étais petite, un soir, on est allés dîner au Pasqualino avec mes parents, commence-t-elle d'une voix tranquille.

Le Pasqualino est une des pizzérias de Noank.

– Et alors ? (Je souris, moqueuse.) Vous aviez assez d'argent pour vous payer un restaurant ? Ouaouh !

– Ton père était là, avec ta belle-mère. (Elle déglutit.) Je me rappelle que mes parents ont dit que c'était une honte. Ils ne se cachaient même pas, tous les deux, ils n'essayaient même pas d'être discrets. Ta mère n'était pas encore morte, tu sais. Ton père se faisait juste une petite soirée tranquille avec sa maîtresse en le montrant à toute la ville. (Beth recule d'un pas.) On n'a peut-être pas beaucoup d'argent chez moi, mes parents ont peut-être divorcé, mais au moins, j'ai une mère. La tienne s'est laissée mourir de faim. Pendant que ton père s'amusait avec sa maîtresse. Tout le monde le sait.

– Ta gueule. Tu n'as pas un sou. Tu es pauvre. Pauvre et moche.

– Toi aussi. (Beth sourit.) Tu es hideuse à l'intérieur, et tu ne le sais même pas. (Elle rayonne littéralement.) Et tu te laisses mourir de faim. Comme ta mère. Mais je vais te dire. Je suis contente. (Elle pose à tâtons la main sur la poignée de la porte, prête à quitter les toilettes.) Le monde sera meilleur sans toi.

Et voilà, elle est partie.

Tandis que je reste plantée là, à regarder la porte.

– Ouaouh, souffle Alex, c'était… c'était quelque chose, hein.

Je suis incapable de répondre, tellement la scène à laquelle on vient d'assister m'a horrifiée. D'une part, il m'est presque impossible d'admettre que j'ai témoigné une cruauté pareille à Beth. D'autre part, je me sens carrément humiliée : *tout le monde* semble persuadé que mon père et Nicole étaient amants. Tout le monde. Y compris les parents de Beth Follet.

Les yeux fixés sur ma version vivante, je retrouve enfin ma voix.

– Attends. Regarde. Qu'est-ce qui me prend ?

J'ai passé les dernières secondes à fixer mon reflet dans le miroir. Maintenant, je porte la main à ma joue meurtrie ; je fais la grimace en touchant le bleu. J'ouvre le robinet, je contemple l'eau qui s'écoule en tourbillonnant par le siphon puis, penchée en avant, j'inspire plusieurs fois longuement avant de refermer le robinet. Lorsque je me redresse, mes yeux étincellent d'un éclat effrayant.

– Elle a raison, tu es hideuse, dis-je à mon reflet. Tout le monde le sait.

Je me mets à pleurer. Les larmes ruissellent sur mes joues, dégoulinantes de maquillage.

– Hideuse...

Je répète le mot comme pour m'en pénétrer, me convaincre qu'il exprime la vérité.

Mon fantôme suit l'adolescente qui entre dans une cabine, s'y enferme puis s'assied sur le couvercle des toilettes, les genoux ramenés contre la poitrine. Des sanglots presque silencieux me secouent jusqu'à la sonnerie annonçant le cours suivant, laquelle me laisse sans réaction.

Pourtant, au moment où je me dis que je ne vais jamais arriver à m'arrêter, que je vais continuer à pleurer je ne sais combien de temps, je me relève brusquement, j'efface les plis de ma tenue, j'inspire à fond puis je sors du box. Plantée devant la glace, j'ouvre mon cartable. Mascara, rouge à lèvres, poudre – je me remaquille avec soin, d'une main ferme.

– Bon. (Je souris à mon reflet.) On y va, Liz.

Il reste quelques retardataires qui flânent dans le couloir entre deux cours, mais je repère aussitôt Josie et Richie, en train de bavarder. Il me tourne le dos, appuyé à son casier fermé dans une attitude dégagée. En me voyant, elle me fait signe.

– Coucou. (Je suis rayonnante, quoique un peu essoufflée. La pleureuse des toilettes a totalement disparu ; il a suffi d'un instant à la pauvre fille en larmes pour se métamorphoser en beauté calme, posée, souriante.) On devrait y aller, non ? (J'ajoute, pour Josie :) Qu'est-ce que tu fais encore là ? Tu n'as pas espagnol à l'étage ?

– Tu crois qu'ils sortaient déjà ensemble, tous les deux ? (Je n'ai pas pu me retenir de poser la question à Alex. La jalousie enfle en moi, incontrôlable.) Juste sous mon nez ?

Il secoue la tête.

– Elle a bien dit qu'ils n'avaient commencé que quelques mois avant ta mort, non ?

– Si, c'est vrai. Là, c'est l'automne... presque un an avant. Alors de quoi parlaient-ils ?

Il hausse les épaules.

– Aucune idée. On n'a qu'à écouter.

– On vient de voir Beth passer en pleurant, s'amuse Josie. Tu y étais pour quelque chose, Liz ? Richie m'a raconté que tu as fait une scène en cours d'anglais.

Il ne reste plus maintenant que nous trois dans le couloir, aussi peu pressés que si on n'était attendus nulle part, alors qu'on est officiellement en retard.

Mon sourire s'élargit.

– C'est bien possible. (Je presse mon bras contre celui de Richie.) Elle essayait de chasser sur mon territoire.

– Seigneur, Liz, *arrête*, soupire-t-il. J'espère que tu ne lui es pas tombée dessus comme une mégère ? C'était juste un TP. Et c'est fini.

– Liz a raison, proteste Josie, les yeux plissés. Beth devrait rester à sa place. Elle a un sacré culot d'oser ne serait-ce que te parler.

Je souris à ma demi-sœur, mais quand je reprends la parole, il me semble détecter dans ma voix un très léger tremblement.

– Exactement. (Je me tourne vers Richie.) Tu es à moi. Elle aurait dû le savoir.

Ce genre d'attitude de notre part n'a pas l'air de le surprendre. Il m'adresse un demi-sourire.

– Je suis à toi, d'accord. (Posant le front contre le mien, il m'embrasse le bout du nez.) Ça va, sinon ? (Le dos de ses doigts effleure la meurtrissure de mon visage. Je tressaille.) C'est toujours enflé ?

– Un peu.

Josie se mord la lèvre, inquiète, la tête inclinée de côté.

– Elle a été commotionnée, tu sais. (Ma demi-sœur ajoute, pour moi :) Tu as eu de la chance de ne pas te rompre le cou en dégringolant les escaliers. On aurait pu tous se retrouver à tes funérailles.

Elle m'examine de la tête aux pieds, visiblement consternée par ma minceur de plus en plus prononcée.

Ses interlocuteurs ne prêtent aucune attention à sa remarque, mais Alex et moi nous regardons, les yeux ronds.

– C'est carrément flippant, tu ne trouves pas ? me demande-t-il.

– Si.

Un petit frisson me traverse.

Ma version vivante se redresse de toute sa taille, comme si je prenais mon courage à deux mains. Je vérifie d'un coup d'œil que le couloir est désert avant de demander à voix basse, non sans hésitation :

– Dis-moi, Richie ? Je ne suis pas sûre… j'ai beaucoup de devoirs à rattraper, et je n'arrive tout simplement pas à me concentrer.

– Ah ?

Quel ton prudent… On dirait qu'il sait où je veux en venir.

– Tu n'aurais pas quelque chose ? Enfin… quelque chose pour m'aider à travailler ?

Il penche la tête en arrière, les yeux fixés au plafond. Sans répondre.

– Richie ? insiste l'autre Liz. C'est sérieux. Je n'arrive pas à réfléchir. Il me faudrait vraiment de l'aide.

– Qu'est-ce qui t'empêche de réfléchir ? La commotion ?

Mon regard se pose sur Josie, juste une seconde, mais il ne m'en faut pas davantage. La commotion n'est pas seule en cause, elle le sait. Il me suffit de nous voir toutes les deux ensemble pour en être consciente. Mais je n'ai aucune idée de ce qui se cache derrière notre complicité.

– Oui, bien sûr, dis-je à Richie.

– Tu prends des analgésiques ? interroge-t-il. (Je lui réponds d'un hochement de tête.) Lesquels ?

– Euh... du Percocet.

– À quelles doses ? Combien de fois par jour ?

Richie est un vrai dictionnaire des prescriptions médicamenteuses.

Je hausse les épaules.

– Je ne connais pas les dosages, mais ce sont de gros cachets blancs. Je peux te montrer le flacon en rentrant.

– Et tu voudrais que je te donne... quoi au juste ? Quelque chose pour la concentration ? De l'Adderall, par exemple ?

– Oui, s'il te plaît.

– Non. (Il secoue fermement la tête.) Pas question. Je ne vais pas te brancher sur ce genre de drogues pour que tu puisses rattraper tes devoirs en retard. Il ne faut pas mélanger analgésiques et stimulants. Ce n'est pas une bonne idée du tout.

– C'est quoi, l'Adderall ? me chuchote Alex.

– Un médicament contre l'hyperactivité, mais bon, en fait, c'est un mélange d'amphétamines. Ça aide à se concentrer. (Je m'interromps une seconde.) Et à contrôler son appétit aussi. C'est un coupe-faim, quoi.

– Ah ah... Et où as-tu appris tout ça ? Tu es hyperactive ?

– Non. (Je regarde mes pieds, terriblement gênée qu'il ait été témoin de ma conduite... d'abord avec Beth, aux toilettes, puis ici, quand je demande de la drogue à Richie. Pourquoi me faut-il de l'Adderall ? Je ne prends *jamais* de drogue, à part un peu d'herbe de temps en temps. Pas de poudre, pas de comprimés, rien.) Je suppose que je sais de quoi il s'agit parce qu'il en vend. À des étudiants, tu vois... vingt dollars le cachet. Je me demande bien où il les trouve.

N'empêche... j'ai une autre raison de m'y connaître. Je n'ai aucune envie de l'admettre devant Alex, mais après tout, il essaie juste de m'aider à déchiffrer mon passé. Ce n'est encore pour l'essentiel qu'une page blanche, pointillée de souvenirs qui montrent bien que j'étais capable d'être odieuse, de mon vivant.

– Ma mère consultait plein de médecins. (Je regarde toujours le linoléum.) Elle était accro. Elle ne prenait pas seulement des médicaments contre le rhume, elle essayait tout ce qui pouvait servir de coupe-faim. (Je déglutis.) Y compris l'Adderall, quand elle arrivait à s'en faire prescrire.

Il reste silencieux, attentif. Je lui suis reconnaissante de ne pas faire de commentaire.

– Richie ? intervient alors Josie. Tu as de l'Adderall ou pas ?

– À qui crois-tu que tu t'adresses ? répond Richie, retrouvant son sourire. Évidemment que j'en ai. Pourquoi ?

– Parce que moi aussi, je suis stressée en ce moment, explique-t-elle. Les exam' ne vont pas tarder, et j'ai trois TP en retard à terminer. Plus une saleté de *diorama* à préparer pour le cours d'histoire... (Elle laisse un instant la déclaration en suspens, avec toutes les possibilités associées, avant de continuer :) Mais je parie que tu ne vas pas vouloir m'en donner, à moi non plus ?

On s'est pris la main, Richie et moi, et on balance les bras, prêts à filer en cours.

– Mais si, répond-il. Pourquoi pas ?

– Ah, lâche ma demi-sœur, vaguement déçue, me semble-t-il. Bon. Tu m'en donneras en rentrant, alors ?

– Allez. (Je commence à m'éloigner en entraînant Richie.) On est en retard. Et toi, Josie, il faut que tu ailles en espagnol.

– Mais d'abord, mettons les choses au point, ajoute Richie, souriant, tandis qu'on s'éloigne tous les trois dans le couloir. Je ne vais rien te *donner* du tout, Josie. Tu es une cliente. Vingt dollars le cachet, d'accord ?

Je vois bien que ça la perturbe, même si elle essaie de ne pas le montrer.

– Oui, oui, évidemment, répond-elle néanmoins.

– Il ne s'intéressait pas à elle, dis-je à Alex. Pas comme il s'intéressait à moi. Tu vois ? Moi, il ne m'aurait rien donné, mais *elle*, il lui vendait des médocs. Il s'en fichait, et elle le savait parfaitement.

– Tu as tout à fait raison, acquiesce Alex. (Nos regards se croisent.) Alors qu'est-ce qui s'est passé ? Pourquoi s'intéresse-t-il à elle maintenant ?

Les sourcils froncés, je suis des yeux l'autre Liz qui s'éloigne d'un pas tranquille, en compagnie de mon mec et de ma demi-sœur. Nos talons à Josie et moi cliquettent sur le linoléum.

– Je ne sais pas, mais ça a dû être quelque chose d'important.

14

Les morts ne dorment jamais. Alex et moi, en tout cas. On passe des nuits silencieuses et désolées, perdus dans nos souvenirs – surtout les miens. Il m'arrive aussi d'y aller seule, de même qu'il arrive à Alex de plonger dans les siens, mais je ne lui ai pas redemandé de l'accompagner. À part ça, on n'a pas grand-chose à faire ; on attend juste le lever du soleil pour regarder nos parents et amis bien vivants vaquer à leurs occupations sans nous. Je redoute la fin du jour, l'obscurité silencieuse qui s'abat inévitablement, l'impression de solitude désincarnée qui me fait aspirer au sommeil tout en sachant qu'il ne viendra pas.

On est fin septembre, maintenant ; deux semaines se sont écoulées depuis qu'on a assisté à la scène des toilettes, avec Beth. Il fait nuit noire, mais l'aube ne va sans doute pas tarder à poindre. Malgré la disparition de mon réveil, j'ai passé tellement de temps dans ma chambre, à regarder par la fenêtre, qu'il me suffit d'examiner le ciel pour savoir à la position de la lune quelle heure il est approximativement.

– Il y a quelqu'un dehors, m'annonce Alex, posté à ma fenêtre.

– Et alors ?

Je suis avachie par terre, près du tas de chaussures de course. Elles ont l'air quasi vivantes, dans le noir : les languettes ressemblent à des bouches, les lacets composent des traits marqués par l'attente autour des multiples paires d'yeux. Elles me regardent ; je les regarde.

– C'est ton petit copain, continue Alex, le visage pressé contre la vitre. (Il n'y a pas trace de buée autour de sa bouche.) Il retourne peut-être dormir sur ta tombe.

Je me redresse légèrement.

– Tu crois ?

– Non. (La réponse a mis quelques secondes à arriver.) Il porte je ne sais quoi, et il a des clés. Il va sans doute prendre sa voiture.

Effectivement, une fois sortis, on voit Richie s'activer devant chez lui, chargeant une petite valise et un sac de couchage sur la banquette arrière. Il s'apprête à s'installer au volant quand un autre véhicule s'engage dans la rue. Les phares se posent en plein sur le jeune homme, qui se fige.

– Merde, murmure-t-il en refermant la portière du conducteur et en fourrant ses clés dans sa poche.

Planté au bord de la chaussée, il prend l'air le plus nonchalant possible. Je m'attends presque à ce qu'il se mette à siffloter.

Joe Wright n'est plus de service, puisqu'il occupe une berline marron équipée de deux sièges enfants. Il s'arrête en plein milieu de la rue et descend de voiture sans couper le moteur.

Richie lève les mains.

– Je ne fais rien de mal. Je sortais juste courir un moment.

– À quatre heures du matin ? (Joe regarde autour de lui en ouvrant de grands yeux innocents.) Il fait nuit, tu sais ? (Il examine maintenant le jeune homme posté devant lui en T-shirt, pantalon de jogging gris et tongs ; les mêmes que quand Richie est allé au cimetière, il y a deux semaines. Les semelles sont encore pleines de terre… la terre de ma tombe.) Quel menteur minable…

– J'aurai dix-huit ans dans un mois. Je fais ce que je veux.

La main en visière, le shérif scrute l'arrière de la voiture que son interlocuteur vient de charger.

– Tes parents savent que tu pars en vadrouille ?

Richie lève brièvement les yeux. Toutes les lumières sont allumées, chez les Wilson.

– Aucune idée. Ils ne sont pas là.

Joe hoche la tête.

– Et le lycée ? C'est ton année de terminale. Tu ne vas pas disparaître, j'espère ? (Joe se tourne vers la maison de ma famille.) Ta nouvelle copine sera déçue, tu ne crois pas ? (Richie contemple en silence la lune éclatante accrochée dans le ciel.) Et tu ne crois pas que les gens trouveront bizarre que tu t'évapores en pleine nuit sans crier gare ?

– Peut-être. (Haussement d'épaules.) Ils s'en remettront.

Joe ouvre brusquement la portière, se penche sur la banquette arrière et se redresse quelques secondes plus tard, un bouquet à la main. Des lys blancs.

– Mes fleurs préférées, dis-je tout bas. Il allait fleurir ma tombe.

– Mais qu'est-ce que c'est que ça ? demande le shérif, déconcerté, en les posant sur le capot.

– Ça ne vous regarde pas, répond Richie sans se laisser intimider. Vous n'avez pas de mandat ni rien, je parie ? Vous n'avez pas le droit de fouiller dans mes affaires.

– À qui allais-tu offrir des fleurs ?

Il croise les bras, muet, défiant le flic du regard.

– Quand je t'ai vu sur le bateau, continue Joe, il m'a bien semblé que j'avais déjà eu affaire à toi, mais il m'a fallu un moment pour me rappeler en quelles circonstances. (Il se tapote le nez de l'index puis le tend vers Richie.) La nuit du bal de fin d'année, au printemps dernier. Exact ? J'ai même rédigé un rapport. Il y avait une sacrée buée sur les vitres, hein.

Richie pose la main sur la poignée de sa portière.

– Je peux y aller ? J'ai rendez-vous.

Il tend l'autre main vers les fleurs ; celle de Joe se referme en un éclair sur son poignet.

– Je t'accompagne. Il faut qu'on discute.

– On a déjà assez discuté.

– Qu'est-ce que je vais trouver, si je fouille les sacs que tu as mis à l'arrière ?

– Rien.

Richie essaie de se dégager.

– Vraiment ? Alors ça ne te dérange pas que je jette un œil ?

Ses épaules se voûtent un peu.

– Vous n'avez pas de mandat.

– Je n'en ai pas besoin, répond Joe. J'ai un *motif raisonnable*, si tu veux l'expression officielle.

Il passe en revue avec intérêt sac de couchage et valise, sans rien trouver d'extraordinaire. La valise contient des vêtements, des livres (*Gatsby le magnifique*, *Abattoir 5* et *Rainbow*), ainsi qu'une carte de la Nouvelle-Angleterre. Le sac de couchage d'autres vêtements, quelques paquets de cigarettes intacts (confisqués, à la grande consternation de leur propriétaire) et une des photos qui trônaient sur le bureau de Richie – celle où on est dans les gradins, après la course de cross.

Son examen terminé, Joe se redresse, les sourcils froncés, mécontent, en se tapotant les lèvres.

– Vous voyez bien qu'il n'y a rien. (Richie agite les orteils dans le froid, assez satisfait, semble-t-il.) Je peux y aller ?

Son interlocuteur prend le temps de le fixer un bon moment puis regarde autour de lui : la maison des Wilson, celle de ma famille, la voiture chargée. Sans mot dire, il la contourne pour en ouvrir le coffre. Richie reste bouche bée pendant que Joe tire sur le tapis de sol afin de le décoincer, dévoilant l'espace réservé à la roue de secours. Elle n'est pas là. Ce qui est là, c'est *Les Grandes Espérances*, que j'aimerais connaître moins bien, et un sac en papier brun.

Richie essaie toujours de se la jouer cool, mais il s'est mis à transpirer. Il ouvre la bouche, la referme, la rouvre. Regarde ses pieds – on dirait qu'il a des regrets, maintenant. Je n'ai aucun mal à deviner ce qu'il pense : s'il portait ses baskets, il pourrait prendre ses jambes à son cou.

Quand Joe ouvre *Les Grandes Espérances*, le livre se révèle plein de drogue et d'argent, comme je m'y attendais. Par contre, je ne m'attendais pas à ce qu'il tire du sac en papier.

– Doux Jésus, s'exclame Alex en faisant brusquement un pas en arrière, alors qu'il ne court aucun risque.

N'empêche que Joe aussi fait un pas en arrière, les yeux écarquillés. Un adulte – un policier, en plus –, mais qui se sent soudain nerveux, seul dans la rue, de nuit, sans même une paire de menottes pour maîtriser l'amour de ma vie.

Richie reste un instant figé, le regard papillonnant entre le coffre et Joe, puis il fonce sur le shérif afin de lui arracher des mains ce qu'il vient de tirer du sac brun.

Un pistolet.

Joe se remet en mouvement – trop tard, trop lentement. Déjà, Richie a pivoté et s'est mis à courir dans la rue déserte, le pistolet serré presque amoureusement contre la poitrine, les tongs battant un rythme frénétique : plus question de fuite en voiture, maintenant.

Il est si rapide que son poursuivant renonce au bout de quelques mètres à peine. Joe reste planté sur la chaussée, stupéfait : sans doute ne s'attendait-il pas à rencontrer autant de problèmes à l'approche de l'aube, dans notre petite ville par ailleurs endormie.

Richie ne lui a pas seulement abandonné la drogue et l'argent : quand Joe ramasse le sac en papier, il en tombe une innocente clé USB, si petite qu'elle pourrait presque passer inaperçue, qui rebondit par terre puis disparaît sous la voiture. N'empêche qu'il l'a vue du coin de l'œil.

Il se penche pour la ramasser avec précaution entre le pouce et l'index, avant de la lever au clair de lune. On est trois à la regarder.

– Et qu'est-ce que c'est que ça, mmh ? s'interroge tout haut Joe.

– Tu sais ce qu'elle contient ? me demande Alex.

Je fouille mon esprit à la recherche d'une sensation de déjà-vu, du moindre détail susceptible de me donner un indice sur les informations stockées dans cet objet minuscule, mais c'est le vide total.

Il peut s'agir de n'importe quoi : des renseignements intimes sur Richie et moi ou des choses dont je n'ai aucune idée. De toute manière, je ne peux pas empêcher le reste du monde d'y accéder. Richie non plus – c'est fini. Il est condamné à la fuite par les problèmes dans lesquels il s'est empêtré ; je suis condamnée à l'attente.

15

Ça grouille de flics – le genre de scène qui ne m'est que trop familier depuis un mois, le chaos déclenché par un gros, gros problème. La plupart des voisins sont sortis sur leur véranda, la plupart en pyjama ou en peignoir, encore un peu endormis mais les yeux écarquillés, captivés par le drame qui se déroule juste à côté de chez eux.

– Non mais, tu te rends compte ? dis-je à Alex, dégoûtée. Ils trouvent ça palpitant, comme une série télé ou un film.

Il pince les lèvres, pensif.

– Mais non, ils sont curieux, c'est normal.

– Peut-être, mais je préférerais qu'ils se mêlent de leurs affaires. Ma famille en a assez vu ces derniers temps. Mes proches n'ont pas besoin que tout le monde les regarde avec des yeux ronds.

La police fouille la maison de Richie. Les Wilson – appelés en pleine nuit à leur appartement de

Manhattan –, restent plantés dans l'allée pendant que des hommes en uniforme sortent de chez eux, chargés des preuves – les preuves de quoi ? – recueillies dans la chambre de leur fils.

Quand Mera et Topher arrivent, prêts à emmener Josie au lycée – ils passent la chercher, ces derniers temps –, elle s'empresse de les faire entrer puis retourne s'installer avec mes parents à la cuisine, d'où elle envoie des textos frénétiques à Richie, qui a totalement disparu.

Joe est là aussi, adossé au frigo, en train de boire un café.

– Je ne vois pas ce qu'on peut faire. (Mon père a dû perdre une dizaine de kilos, ces dernières semaines. Il a le teint grisâtre, les yeux sombres et vitreux.) Mais je suis sûr que Richie n'a rien à voir avec… avec ce qui est arrivé à Liz.

Il a toujours beaucoup aimé mon copain, et il a raison, bien sûr : jamais Richie ne m'aurait fait de mal. Je suis ravie que mon père en soit aussi convaincu. Il sait pertinemment qu'au fond, on parle d'un gentil garçon, qui en plus m'aimait. Même si on ne peut nier qu'il y ait un problème.

– Nous ne l'accusons de rien à ce sujet. (Joe souffle sur son café brûlant.) Il faut le retrouver avant d'en arriver à une conclusion, quelle qu'elle soit. (Il regarde ma demi-sœur.) Tu as une idée, Josie ?

Elle se tourne vers Mera et Topher, dont la seule présence à un moment pareil me semble ridicule. Ils se tiennent recroquevillés contre le mur, la main dans la poche arrière l'un de l'autre, comme d'habitude, à croire qu'ils sont incapables de se côtoyer sans se tripoter. J'ai toujours trouvé ça agaçant. Aujourd'hui, en plus, ils sont assortis : jean, pull rouge à bande verticale grise sur le devant, col de chemise blanche, bracelets en or identiques. *Beurk.*

Mera donne un coup de coude quasi imperceptible à Topher, qui lui jette un regard en coin.

– Oui, quoi ?

– Dis-leur.

– Oh. (Il considère le plafond, la bouche entrouverte.) Bon.

– Qu'est-ce qu'il a aux dents ? s'étonne Alex.

Je lève les yeux au ciel.

– Une gouttière blanchissante.

Topher est obsédé par son apparence, comme tous mes copains, mais il fume... mauvaise habitude qui entraîne un jaunissement inévitable de l'émail dentaire. Il lutte chaque jour – et même deux fois par jour – contre cette malédiction, grâce à des gouttières blanchissantes. Ce matin, à la cuisine, il s'enfonce donc les doigts dans la bouche pour retirer les fameuses gouttières puis passe un bon moment à se promener la langue sur les dents pendant que tout le monde le regarde, pendu à ses lèvres.

Après avoir roulé le plastique en une petite boule, il la tend à Mera, qui lui présentait sa main ouverte. Je sais *d'expérience* que le cartable de Topher contient un flacon de liquide de rinçage et un rouleau de fil dentaire. Je sais aussi que Monsieur meurt d'envie de prendre son petit bain de bouche avant d'être obligé – Dieu l'en garde – de discuter avec n'importe qui d'autre que Mera. Mais, visiblement, personne n'a l'intention d'attendre jusque-là.

Il se résigne donc à s'expliquer, la tête basse, la bouche lâchement dissimulée derrière la main :

– Richie est passé chez moi, la nuit dernière. Il m'a demandé de lui prêter de l'argent.

– J'étais là, ajoute Mera. Je vous assure qu'il était super agité.

– Tu vois, dis-je à Alex, elle recommence. Il faut toujours qu'elle tire la couverture à elle.

Joe se penche vers eux, intéressé.

– Il vous a dit ce qu'il comptait en faire ? Il vous a prévenus qu'il s'en allait ?

Topher hausse les épaules.

– Non. Il a juste dit qu'il en avait besoin.

Je pense aussitôt à Caroline et à l'argent volé dans ma salle de bains.

– Combien lui as-tu donné ? interroge Joe.

– Hmm. Pas beaucoup.

– Ça fait combien, *pas beaucoup* ?

Topher s'éclaircit la gorge. Il évite avec soin de regarder qui que ce soit en face.

– Je suis allé au distributeur automatique retirer le maximum. Sept cents dollars. (Une pause.) Il voulait plus.

Nicole se presse la main contre le front puis se cramponne au bras de mon père.

– Mon Dieu, murmure-t-elle. On le voyait tous les jours. On connaît ses parents. C'est comme un fils pour nous. (Elle se tourne vers Joe.) Ce n'est pas possible, il n'a pas fait de mal à Liz. Je connais ce gosse depuis sa petite enfance. Il était sans arrêt fourré chez nous.

Elle a raison. Je ferme les yeux dans l'espoir de me rappeler, en évitant de toucher Alex. Je veux me retrouver dans cette cuisine sans personne d'autre que ma famille et Richie – il faisait pour ainsi dire partie de ma famille, justement ; je veux nous voir heureux. Il me semble maintenant qu'on ne l'a jamais été.

Quand je rouvre les yeux, il neige à gros flocons derrière les carreaux. Dans la salle de séjour se dresse un grand sapin orné de petites lumières blanches clignotantes et de dizaines de boules de Noël. Chez les Valchar, on n'est peut-être pas croyants, mais on fête Noël avec faste. Josie et moi recevions chaque année des montagnes de cadeaux. On dressait la liste de ce qui nous faisait envie, et c'était rare qu'on n'ait pas tout. Mon père ne nous refusait rien, je l'ai déjà dit, et ça n'avait pas l'air de gêner Nicole qu'il nous gâte autant – surtout moi.

J'ai dix-sept ans, et je suis en première. Je le sais parce qu'un petit guide sur *Othello*, de Shakespeare, est posé devant moi sur la table ; or on a étudié *Othello* en première.

Il a beau être très tôt – 7 h 48, d'après l'horloge du four –, j'ai les joues roses sous le maquillage, les yeux vifs, l'air bien réveillée. Je me suis sans doute levée à 5 heures pour aller courir. J'ai toujours aimé courir dans la neige, souffler des nuages de vapeur en trouvant l'équilibre entre chaleur corporelle et froid ambiant, sentir une suée brûlante m'envelopper telle une couverture.

Josie s'affaire devant la cuisinière : deux poêles en fonte au contenu grésillant sont posées sur les brûleurs. Elle a toujours aimé cuisiner.

La porte de service s'ouvre sans que personne ait frappé. Richie entre. Il a beau vivre juste à côté de chez nous, il est emmitouflé d'un gros manteau d'hiver, un foulard noir et gris enroulé autour du cou, les mains enfouies dans des gants. Il ne lui manque qu'un bonnet. Des flocons intacts parsèment ses boucles brunes ; il est adorable.

– Bonjour tout le monde, lance-t-il en m'adressant un grand sourire.

Il tape ses bottes sur le petit tapis oriental disposé juste devant la porte, s'approche de moi et se penche pour me piquer un baiser au sommet du crâne.

– Bonjour tout seul, lui dis-je, rayonnante.

Nicole se tient devant le frigo ouvert, dont elle examine le contenu. Elle est toujours en chemise de nuit – minimaliste : une petite nuisette blanche qu'on entrevoit sous le peignoir de satin crème qui lui arrive à mi-cuisse. Ses jambes fines sont dorées, malgré la saison : quand le soleil n'est pas au rendez-vous, elle utilise un autobronzant de luxe qui lui donne un teint superbe, faussement naturel.

L'arrivant s'assied à côté de moi, je me tourne vers lui et l'embrasse sur les lèvres. Mon fantôme les regarde avec envie, le cœur lourd de regrets.

– Tu es glacé. (Je m'écarte en riant.) Il y a déjà beaucoup de neige ?

Il n'a pas le temps de répondre car mon père arrive, en costume, des bretelles à rayures rouges et noires tendues sur son gros ventre, la veste jetée sur l'épaule.

– Il fait assez froid pour que le lycée jette l'éponge, annonce-t-il en s'approchant de Nicole, qu'il prend par la taille et embrasse sur la joue.

Tout n'était peut-être pas parfait, mais on avait vraiment *l'air* heureux. Je donnerais n'importe quoi pour retourner à ce moment-là, pour le revivre vraiment au lieu de me contenter de le voir de l'extérieur.

– C'est vrai ? On n'a pas cours ? (Josie se détourne de la cuisinière, le sourire aux lèvres.) Comment ça se fait ? Ils ne ferment *jamais*.

Elle a raison : on est habitués à la neige, dans le Connecticut. L'administration ne suspend les cours qu'en cas de véritable blizzard.

– Je viens de voir ça aux infos, explique mon père. Une conduite d'eau a gelé et explosé. Vous avez de la chance.

Je m'aperçois alors que Richie et moi ne prêtons aucune attention à ce que racontent les autres. Il m'a posé la main sur le genou – je suis en jupe droite noire, collants foncés et bottes rouges vernies à talons hauts. Je me demande bien comment je comptais marcher dans la neige avec une tenue pareille ?

On se regarde dans les yeux, tous les deux. De sa main libre, il repousse une mèche blonde derrière mon oreille.

Perdus dans notre monde, on ne voit même plus ceux qui nous entourent. La pensée me vient alors que la scène se passe après ma chute dans les escaliers, à une époque où j'avais déjà commencé à perdre du poids et à me montrer distante. Mais on était amoureux, ça crève les yeux. C'est tout juste si on arrive à détourner le regard l'un de l'autre.

– Qu'est-ce qu'on va bien pouvoir faire de notre journée ? me chuchote Richie.

L'ombre d'un sourire joue sur mes lèvres, redessinées avec soin en rouge brillant.

– Oh, on trouvera quelque chose... dis-je dans un murmure.

– Eh, vous deux. (Josie s'est plantée devant nous, une assiette d'œufs brouillés à la main.) Ça suffit, vous me donnez envie de vomir.

Je lève les yeux vers elle sans perdre mon sourire.

– Désolée.

– Il n'y a pas de *désolée* qui tienne, arrête un peu, c'est tout. (Elle pose l'assiette devant Richie.) Tiens. Œufs au bacon, oignons, tomates et mozzarella fumée. (Une seconde de pause.) Tu aimes, hein ?

– Oui, oui. Merci. (Il lui sourit.) C'est toi la meilleure, Josie.

Il me semble un instant qu'elle ne sait pas quoi répondre.

Elle était déjà amoureuse de lui. Je le comprends à ce moment-là. *Elle lui préparait le petit déjeuner. Elle essayait de prendre soin de lui.*

– Ça ne me dérange pas, finit-elle par dire. J'aime bien cuisiner. (Elle pivote pour prendre sur le comptoir une seconde assiette, qu'elle pose devant moi.) Et la spéciale Liz. Des blancs d'œuf nature.

– Merci.

Je lui adresse un clin d'œil, auquel elle répond par un sourire proche du rictus.

– Il ne faudrait pas que tu deviennes obèse et que tu sois obligée de passer au 34, hein ?

– Mais enfin, Marshall, dit Nicole à mon père, les sourcils froncés, tu ne penses quand même pas sérieusement à aller travailler aujourd'hui ? Il y a déjà trente centimètres de neige, et les routes ne sont sans doute pas encore dégagées.

Le nez dans son mug, il sirote quelques gorgées de café.

– Ne t'en fais pas pour moi. Je ne conduirai que jusqu'à la gare.

– Ils peuvent bien se débrouiller sans toi une journée, proteste-t-elle en secouant la tête. Ça ne vaut pas la peine de risquer ta vie.

Il boit encore un peu de café, pose sa tasse sur le comptoir puis enfile sa veste en remuant les épaules.

– Ça va aller... Et vous, les enfants, ajoute-t-il pour Josie, Richie et moi, qu'est-ce que vous allez faire ?

– On va chez moi voir un film ? me propose Richie.

Je lui adresse de nouveau un petit sourire, comme si on partageait un secret, tous les deux.

– Bonne idée.

– Et toi, Josie ? insiste mon père.

Silence. Richie et moi nous regardons puis regardons Josie. Il plane un certain malaise, c'est évident.

Elle était déjà amoureuse de lui. Elle le voulait.

– Tu peux venir, si tu veux, dis-je enfin, sans bouger de ma place à table.

Elle jette un coup d'œil à sa mère, laquelle comprend très bien ce qui se passe, me semble-t-il. Nicole fixe Josie, les sourcils vaguement froncés, puis secoue très légèrement la tête. Ça m'étonnerait qu'on s'en soit rendu compte à ce moment-là, Richie et moi, mais en tant que fantôme, je ne peux pas le rater.

– Non, me répond Josie, j'ai des devoirs à terminer. (Elle ajoute, pour Richie :) Je vais lire *Othello* en entier. (Un grand sourire.) Pas seulement le petit guide.

– Tu as bien raison. (Il engloutit une énorme bouchée d'œufs brouillés.) Mmm, délicieux. Tu sais, Liz, tu pourrais prendre exemple sur Josie de temps en temps.

Silence. Josie me regarde. Je la regarde. Richie regarde son assiette.

Je nous regarde tous les trois de mon coin. Du bout du doigt, je trace en l'air un triangle dont les lignes invisibles nous lient les uns aux autres. Voilà.

– Liz ?

La voix me parvient de très loin. Je me sens désorientée, un peu étourdie.

– Liz ? Eh oh, tu es là ?

Alex. Qui me secoue, m'arrachant au souvenir.

Je cligne des yeux à toute allure. Ça y est, je suis de retour dans la cuisine présente, entourée de mon père, de Nicole et de Josie... mais aussi de Mera, Topher et Joe Wright.

Josie fixe son portable comme si elle pouvait obliger un message à y apparaître.

– Dis-lui, ma chérie, l'implore sa mère. Richie n'aurait jamais fait de mal à personne. Tu le connais presque aussi bien que Liz. Dis-lui.

Josie s'essuie les yeux. Ses ongles vernis de frais sont d'un rose soutenu, assorti aux rubans de sa coiffure.

– Il faut que je vous prévienne. (Son regard oscille entre mon père, Nicole et Joe.) On sort ensemble, Richie et moi. Depuis trois mois. Deux mois avant la mort de Liz. (Une seconde de silence.) Elle ne le savait pas. On allait lui en parler.

Mera se raidit, mais reste muette. Ses yeux croisent ceux de Topher. Ils communiquent en silence avec une aisance à laquelle je suis parfaitement habituée : ça nous arrivait aussi, à Richie et moi. Il faut être en couple depuis longtemps pour échanger ce genre de regards, qui expriment des tas de choses sans que personne prononce un mot. Rien de tel n'arriverait entre Richie et Josie. Rien de tel n'est jamais arrivé ni n'arrivera jamais.

Topher s'écarte de Mera.

– Désolé, ça ne va pas. Il faut que j'aille aux toilettes.

Il ramasse son sac.

– Il va se rincer la bouche, dis-je à Alex. On va le suivre, tu vas voir.

– Tu es sûr ? s'étonne mon compagnon. Tu ne veux pas rester ici écouter la suite ?

– Non, ça suffit comme ça.

Je veux dire par là que ça me ferait trop mal d'entendre ma demi-sœur parler à nos parents de sa relation toute neuve avec Richie, mais je n'ai pas besoin de m'étendre sur le sujet, Alex comprend tout de suite.

Aussitôt aux toilettes, Topher tire de son sac le fil dentaire et le liquide de rinçage, puis il se passe soigneusement du fil entre toutes les dents. *Deux fois.* Il rince. Alors seulement il ouvre le compartiment principal du cartable, y fouille et en sort un sachet d'herbe. Qu'il jette dans la cuvette des w.-c., avant de tirer la chasse. Enfin, les poings posés sur le bord du lavabo, il inspire à fond en se regardant dans la glace.

Il se retrousse les lèvres avec les doigts pour examiner ses gencives et les racines de ses dents, mais l'examen s'avère sans doute insatisfaisant car il secoue la tête en marmonnant « Saletés de cigarettes ». Suit de nouveau une longue inspiration hachée. Topher est en nage, sur les nerfs. Sa nonchalance habituelle a totalement disparu.

– Quel con, ce Richie, murmure-t-il. Il ne pouvait pas laisser tomber ?...

Il sort des toilettes au moment où Joe regagne la porte d'entrée par le corridor. Topher se fige en plein mouvement, le considère une seconde puis jette un coup d'œil dans la cuisine, derrière le visiteur. Mes parents sont invisibles ; Josie, toujours assise à table, tourne le dos au couloir ; Mera, en revanche, le voit en entier depuis son coin. Elle écarquille les yeux à l'adresse de Topher puis les pose délibérément sur Joe.

Topher, lui, se pose le doigt sur les lèvres avant de quitter la maison le plus discrètement possible en compagnie du shérif.

– Il faut que je vous parle, commence-t-il en dansant d'un pied sur l'autre, les yeux levés vers le ciel.

– Bon.

Joe regarde autour de lui, les bras croisés. Les voisins se trouvent toujours sur leur véranda, à moins qu'ils ne suivent les événements par leur fenêtre. Trois voitures de police sont garées dans la rue, toutes lumières clignotantes. Assise en tailleur devant chez elle, dans l'allée, la mère de Richie a l'air minuscule et abattue. On dirait une gamine.

– La pauvre, elle est dans un sale état, commente Alex.

Je repense à la cuisine vide. À la drogue que Mme Wilson a trouvée dans la chambre de son fils, mais dont elle ne s'est pas occupée.

– Elle l'a bien cherché, ne puis-je m'empêcher de murmurer.

– Alors, le fil dentaire ? demande Joe à Topher.

– C'est super. Vous devriez prendre soin de vos gencives. (Topher se glisse une cigarette entre les lèvres.) Ne vous fatiguez pas à me faire la morale, hein. J'ai dix-huit ans.

– D'accord, pas de leçon de morale. Qu'est-ce que tu veux ? Je suis pas mal occupé, ce matin.

– Comment se fait-il que vous soyez tombé sur Richie au moment où il s'en allait ? Drôle de coïncidence.

– Je représente la loi, petit. C'est mon boulot d'ouvrir l'œil. (Joe entreprend de faire craquer une à une les phalanges de ses doigts. Topher tressaille à chaque petit *pop*.) Vous n'êtes pas trop secoués, vous, les jeunes ? Deux morts en un an. Deux de vos camarades. Dont une de vos meilleures amies. Vous êtes combien en terminale ? Une centaine ? Quatre-vingt-dix ?

– Quelque chose comme ça. (Topher jette un coup d'œil nerveux à ma maison tout en soufflant un ruban de fumée.) Et vous avez raison, ça craint. (Une pause.) Si vous mettez la main sur Richie, vous allez l'arrêter ?

– Oui.

– Pourquoi ? Je peux vous assurer qu'il n'a pas tué Liz.

– Détention d'arme à feu. Et ce n'est pas son seul problème, crois-moi.

– Je sais. C'est mon pote. Je suis parfaitement au courant de ses problèmes, d'accord ? Écoutez… Josie vous raconte des craques. Elle ne sortait pas avec Richie avant la mort de Liz. Ça ne tient pas debout.

Joe secoue la tête, visiblement mécontent des soi-disant certitudes de Topher.

– Ce n'est pas ce que j'ai compris.

– Alors vous avez mal compris. Il n'aurait jamais fait une chose pareille. (Topher se frotte nerveusement la bouche puis poursuit plus bas, bien qu'il n'y ait personne aux alentours.) Si vous êtes à la recherche de Richie, allez à Groton. Dans une des résidences au bord du fleuve, les Armes de Covington. À l'appartement 9. Chez un certain Vince Aiello.

Les deux derniers mots réveillent brusquement l'attention du shérif.

Mon champ de vision se rétrécit. Mon estomac se contracte. Je jette un coup d'œil à mon collègue fantôme, qui me fixe d'un œil dubitatif. Voilà des semaines que j'affirme ne jamais avoir entendu parler de Vince Aiello, mais Alex est persuadé que je mens ; d'après lui, je me rappelle forcément *quelque chose* sur ce type, vu qu'il paraît avoir joué un rôle important dans mon passé.

– Je suppose que j'ai oublié, dis-je d'une voix hésitante. Je te jure que je ne sais pas qui c'est.

– Richie est bizarre, ces temps-ci : il se gare devant chez ce mec, il le suit, vous voyez le genre, continue Topher. (Il lance son mégot dans la rue. Joe suit le mouvement du regard, mais ne fait aucun commentaire.) Cette nuit, quand il est venu me voir, il était dans un état lamentable. Mera était là, elle a tout vu. Il devient dingue à force de penser à Liz. Alors je sais qu'il ne l'a pas tuée. Sans elle, il perd la tête. Il croit qu'elle le trompait, sauf que ce type – Vince, je veux dire –, c'est un minable intégral. Il travaille dans un garage. Un pauvre naze, vous voyez ?

– Peut-être qu'elle aimait les nazes. Les filles aiment bien les voyous, en général. (Joe jette un coup d'œil par-dessus son épaule vers la maison des Wilson.) Richie deale. Je le sais. Tu le sais. Elle avait peut-être envie de passer au niveau supérieur.

– Non. (Topher secoue la tête.) Jamais de la vie. Vous ne connaissiez pas Elizabeth Valchar, monsieur. Moi si, depuis la maternelle. Alors je vais vous dire. C'était mon amie et tout et tout, mais avec tout le respect que je lui dois, vous vous trompez sur son compte. Je vais vous donner un exemple, d'accord ? Un jour, Mera et moi, on est passés la chercher en voiture le matin pour l'emmener au lycée. La veille au soir, on était allés au drive-in voir un film. Comme on avait mangé du pop-corn sur la banquette arrière, il y avait plein de petits grains de maïs coincés dans les coutures, vous voyez ? Et les serviettes en papier sales par terre. Pas de quoi en faire un plat, hein ? On époussette et on s'assied. Mais pas Liz. Non, monsieur. Mademoiselle a refusé de venir. Il y avait trop de débris pour qu'on les vire juste par terre, et ça aurait quand même sali sa robe. Voilà ce qu'elle m'a dit. Et qu'elle ne remettrait les pieds dans ma voiture que quand j'aurais passé l'aspirateur.

– Je me souviens...

Je regarde Alex. Qui regarde sa tenue. Il porte son T-shirt et son jean du Mystic Market, pleins de taches de graisse et de nourriture.

– J'espère que mon aspect ne te dégoûte pas trop, lance-t-il, sarcastique.

C'est vrai que quand Topher raconte cette histoire, ça a l'air ridicule. Étais-je vraiment si maniaque ? Sans doute. Je fronce les sourcils.

– Je portais une robe en lin blanc. Qui ne supportait que le nettoyage à sec.

Je n'ai pas fini de parler que je trouve ma défense idiote. Pourquoi ne suis-je pas montée en voiture sans rien dire ? Ce n'était jamais qu'une *robe.*

– Ta *vie* tout entière ne supportait que le nettoyage à sec, constate Alex.

– J'ai accompagné Richie une ou deux fois jusque devant chez Vince, continue Topher. Je l'ai *vu*, le mec. (Il fronce le nez à ce souvenir.) J'avais beau être de l'autre côté de la rue, j'ai *vu* qu'il avait les ongles sales. Et les mains abîmées. Usées, vous voyez ? Je veux dire, il était répugnant – ça se voyait à un kilomètre. Son T-shirt avait des trous aux aisselles. Ce n'est pas un voyou, un gangster ni rien de cool dans ce genre-là. Juste un minable. Un nul intégral.

Topher hésite un instant puis tire un chewing-gum de sa poche et se le fourre dans la bouche. La main en visière, il regarde le ciel en mâchouillant. C'est une belle journée ; le soleil commence à briller de tout son éclat au-dessus de nos têtes.

– Elizabeth Valchar se serait jetée dans le détroit plutôt que de laisser un type pareil lui poser le bout du doigt dessus. Si Richie vous a dit qu'il l'avait vue sortir de chez Vince, cherchez pourquoi elle y allait. Parce qu'il se passait quelque chose de louche, vous pouvez me croire.

– Je te crois, acquiesce Joe. C'est tout ce que tu as à m'apprendre ?

– Non. (Topher frissonne.) Richie m'a dit qu'il allait tuer Vince. Il a un flingue. Alors vous feriez peut-être bien d'aller aux Armes de Covington. (Il souffle une bulle de chewing-gum.) Je veux dire, *maintenant*.

16

Les Armes de Covington se réduisent à un grand immeuble en brique de trois étages qui a manifestement connu des jours meilleurs, vu ses allées fendillées et son parking plein de nids-de-poule. J'ai dit et répété à Alex que je n'avais jamais entendu parler de Vince Aiello ni mis les pieds chez lui, mais à l'approche de l'appartement numéro 9, un frisson de déjà-vu me parcourt la colonne vertébrale pour se répandre jusqu'à mon visage et au bout de mes doigts. Je ne suis pas encore entrée qu'une nausée me tord l'estomac, tandis qu'un désir impérieux de partir m'envahit. La même sensation physique que la seule et unique fois où j'ai fumé une cigarette. Comme si j'avais avalé du poison.

Alex et moi sommes venus dans la voiture de Joe, assis par terre à l'arrière pour ne pas être serrés entre les sièges enfants. Quelle ironie, quand on pense à la petite histoire que Topher a racontée sur ma maniaquerie : le plancher de la berline est couvert de mini-briques de jus de fruits vides, d'albums de coloriage en piteux état et de toutes sortes de débris. Mais ce n'est rien – absolument *rien* – comparé à ce qui nous attend au numéro 9.

L'appartement se compose pour l'essentiel d'un séjour avec kitchenette, la seule porte de communication menant sans doute à la chambre et à la salle de bains. Il n'y a qu'une fenêtre, fermée, dissimulée par un store vénitien au plastique craquelé. Pas de rideaux. Ce type... ce Vince... n'a visiblement pas consulté de décorateur. L'épaisse moquette beige a l'air aussi répugnante que le linoléum de la kitchenette, dont l'évier déborde de vaisselle sale. Il n'y a ni lave-vaisselle ni micro-ondes, juste un mini-four, des plaques électriques crasseuses et un petit frigo crème. Les empreintes digitales noirâtres qui entourent les portes tranchent sur la peinture blanche des murs. La pièce principale est meublée d'un canapé orange élimé et d'une table de salon en bois, couverte de *trois* cendriers archipleins et de canettes de bière vides. La seule chose dans cette porcherie qu'on pourrait très éventuellement trouver *sympa* (et je suis gentille), c'est la télé à écran plat géant fixée au mur en face du divan.

Alex et moi n'étant par chance pas obligés de frapper, on est déjà à l'intérieur au moment où Joe se met à marteler la porte.

– Dis donc, tu avais des fréquentations intéressantes, remarque Alex en parcourant les lieux du regard. Quand je pense que ta bande de snobinards a passé des années à se foutre de moi sous prétexte que j'étais fauché. (Il m'adresse un grand sourire.) Tu parles d'une cachottière.

– Je ne me suis jamais fichue de toi parce que tu n'avais pas d'argent.

Mon regard se pose sur la pile de *National Geographic* presque aussi haute que la télé qui occupe un coin de la pièce. Étonnant. Vince serait donc un amoureux de la nature ?

– Ben voyons.

– Donne-moi un exemple, un seul ?

Je n'ai pas fini de parler que je me traite déjà d'idiote : il a sans doute *plusieurs* exemples à l'esprit.

– Bon. Il y a deux ans, un jour où je travaillais au Mystic Market, tu es venue déjeuner avec tes… tes *semblables*. Je m'en souviens, parce qu'on ne servait que des roulés, des sandwiches et de la salade de pâtes. Mera était horrifiée de voir que tout, absolument tout était plein de glucides. Quand j'ai encaissé, tu as dégainé un billet de dix dollars et tu l'as fourré dans le pot à pourboires. Tu te rappelles ce que tu as dit à ce moment-là ?

Je secoue la tête.

– Tu t'es tournée vers tes copains, et tu leur as demandé : *Vous croyez que je peux considérer ça comme un don à une œuvre de charité ?*

Les coups de Joe se font plus insistants. Des froissements s'élèvent dans la chambre.

– Du calme, quoi, j'arrive ! crie une voix d'homme. Le temps de mettre un putain de pantalon ! C'est l'aube, bordel de merde !

Il est huit heures du matin.

– Je suis désolée, Alex, je regrette, dis-je avec une sincérité absolue. (Mon compagnon me jette un coup d'œil dubitatif.) Je te jure que c'est vrai. Si je pouvais retourner en arrière changer les choses, je le ferais. (Je devrais en rester là, j'en suis parfaitement conscience, mais je ne peux me retenir de continuer :) N'empêche qu'on n'était encore que des gamins. Tes copains du Mystic Market t'ont certainement dit que les choses ne se passaient pas dans le monde réel comme au lycée ? Que ça s'arrangerait avec le temps ?

L'appartement empeste la cigarette froide au point que j'ai du mal à respirer – ce qui n'a aucune importance, évidemment. Je ne me rappelle pas l'incident évoqué par Alex, mais je ne doute pas qu'il dise la vérité. J'étais quelqu'un d'odieux, c'est plus évident que jamais. Surtout les derniers mois avant ma mort, où je me conduisais en véritable boule de nerfs, en concentré d'énergie rageuse. J'aimerais *réellement* retourner en arrière changer les choses… mais aussi savoir pourquoi je me montrais aussi méchante.

– Oh oui, ils me l'ont dit. Ils me l'ont même répété à n'en plus finir. Les deux fois où je me suis fait piquer mon vélo pendant le boulot, ils m'ont affirmé que les adultes n'étaient pas comme ça. Quand je mangeais seul dans mon coin pour éviter tes potes, ils me juraient que la « vie réelle » serait plus facile.

Je m'évente avec la main, ce qui bien sûr n'arrange rien. Pour une fois, je suis contente d'être en bottes : il est hors de question de poser ne serait-ce que la pointe des pieds sur cette moquette.

– Ils avaient sans doute raison. On était des gamins. Ça se serait arrangé.

Ma voix manque de conviction. Je sais pertinemment qu'Alex en a bavé – en partie à cause des ados dans mon genre.

– Super, riposte-t-il. Sauf que je suis mort. Et que je me retrouve coincé ici avec toi pour je ne sais combien de temps. Ça ne s'est pas franchement arrangé, je trouve.

Je le fixe d'un regard noir.

– Ç'aurait pu être pire. Tu aurais pu subir le même sort que Frank Wainscott.

– Je sais bien, répond-il en me fixant d'un regard tout aussi noir.

Avant que je ne puisse continuer, la porte de la chambre s'ouvre. Vince prétendait qu'il voulait s'habiller pour accueillir le visiteur, mais il n'a pas pris le temps d'enfiler son pantalon.

Je le reconnais instantanément, un choc si douloureux que tous mes muscles se relâchent, tandis que mes genoux fléchissent. Si mon cœur battait, il me martèlerait les côtes. Comment ai-je pu oublier ce type ? Et pourquoi suis-je incapable de me rappeler ce qu'il m'a fait ?

C'est un homme imposant, aussi trapu qu'un ours, qui commence à prendre du ventre et a les bras couverts de tatouages. Vêtu en tout et pour tout d'un caleçon blanc taché, mais la cigarette aux lèvres.

Joe prend le temps de l'examiner de la tête aux pieds.

– Je croyais que vous alliez mettre un pantalon.

Vince hausse les épaules.

– Je suis chez moi, je fais ce que je veux.

– Vous êtes bien Vince Aiello ?

– Ouais, acquiesce-t-il en passant la main dans ses cheveux noirs, épais et gras.

– Je peux entrer ?

Il croise les bras, les yeux plissés.

– Vous êtes flic ?

– Oui, répond Joe, qui dégaine son insigne.

– J'ai rien fait.

– Alors ça ne vous dérange pas que…

– Nan, nan. Pas de problème. Entrez.

Vince gagne la kitchenette en se grattant les fesses, ouvre le frigo et y farfouille quelques secondes. Mon cœur se serre à la pensée que la cuisine de ce type est mieux fournie que celle des Wilson, puis une autre pensée suit aussitôt : Richie risque d'arriver n'importe quand. Où irait-il, autrement ? Sans voiture, armé. D'autant plus que, d'après Topher, il a décidé de tuer Vince. Nos copains sont tous au lycée, il ne risque pas de se réfugier chez l'un d'eux. Si seulement il était en sécurité ; si seulement il arrivait à se sortir du gâchis de ma vie à moi.

Vince s'installe sur le canapé en ouvrant une canette de soda énergétique.

– Laissez-moi deviner, lance-t-il. Vous venez me voir à cause d'Elizabeth Valchar.

– Donc, vous la connaissiez ? enchaîne Joe, l'air surpris.

– Oh, que oui. C'était ma nana… depuis presque un an. (Vince s'envoie une bonne rasade.) Ça m'a complètement foutu en l'air, ce qui lui est arrivé.

Vous auriez dû la voir… Une vraie beauté. Super classe.

Joe s'éclaircit la gorge en parcourant la pièce des yeux.

– Je ne voudrais pas me montrer désagréable, mais j'ai du mal à croire que vous étiez ensemble, elle et vous.

– Moi aussi, déclare Alex en secouant la tête, souriant. Dire que tu passais ton temps ici. Toi. *Ici.* Je me demande ce qu'en auraient pensé tes copains ?

Je ferme les yeux.

– Je n'arrive même pas à l'imaginer.

– Moi non plus. (Je n'ai pas le temps de répondre qu'il ajoute déjà :) Et pas question de s'en aller maintenant. On reste. Oh oui.

Le souvenir m'aspire, m'avale, m'englue. Impossible d'y résister ; de l'arrêter. J'ai juste un court instant de soulagement à la pensée qu'Alex ne m'y a pas suivie. La chambre de Vince, avec ses murs aveugles couverts de peinture verte écaillée. Moi, couchée sur le matelas nu, dont les ressorts se pressent contre mon dos ; ni draps ni couvertures, juste un dessus-de-lit bleu marine maculé de taches blanches. Je suis en sous-vêtements, un ensemble rose pâle au soutien-gorge orné de minuscules nœuds rouges et à la culotte plissée sur les côtés. Vince se penche vers moi, allongé sur le flanc, torse nu. Son doigt sale descend lentement de ma clavicule jusque entre mes seins puis à mon nombril. Sa main bifurque vers ma hanche.

– T'es trop maigre, bordel, grogne-t-il. T'as que la peau sur les os. Va falloir grossir un peu.

Il essaie de m'embrasser, mais je détourne la tête avec une grimace de douleur. Quel spectacle ! Je crois que je vais vomir.

– Liz. (Alex me serre le bras.) Hé, atterris. (Coup de menton en direction des deux vivants.) Écoute.

– On s'est connus l'automne dernier, explique Vince. Elle est venue au garage avec un mec. Fallait s'occuper de sa voiture. Ç'a été un vrai coup de foudre. Elle en avait marre d'être traitée comme une princesse, vous comprenez ? (Il secoue la tête, toussote puis continue :) Avec moi, elle pouvait se détendre. Être elle-même. On avait le deal idéal.

– Vous pouvez préciser ? demande Joe en se tortillant dans son fauteuil.

– Quand elle en avait sa claque de sa vie de reine, elle venait me voir. On s'éclatait... si vous voyez ce que je veux dire ? (Vince arque le sourcil.) Après, elle rentrait chez elle fréquenter les gosses de riches, sortir avec son officiel, se taper le lycée... ce genre de conneries. On s'en foutait. Mais je vous assure qu'elle aimait ça autant que moi. Une vraie tigresse.

– J'étais vierge, dis-je d'une toute petite voix. Je n'aurais jamais couché avec lui. Je me réservais pour Richie. C'était le seul qui m'intéressait.

– Je vais te dire... commente Alex, qui m'examine avec attention. Je te crois, sur ce coup.

Une vague de soulagement m'envahit, pour la première fois depuis qu'on est arrivés chez Vince.

– C'est vrai ?

– Oui. Mais qu'est-ce que tu fichais ici, Liz ? Il y a forcément une raison. Je sais bien que tu ne pouvais pas *apprécier* un type pareil.

Je baisse les yeux vers mes bottes. Mes pieds me font si mal que je ne les sens presque plus. Pour un peu, je regretterais de ne pas pouvoir les couper. Je relève vers Alex un regard suppliant.

– Il me semble que tu aimerais *vraiment* y aller, hein, reprend-il. (Je lui réponds d'un simple hochement de tête.) Mais où ? On ne sait pas où est Richie.

– Je m'en fiche.

L'odeur qui règne dans l'appartement menace de m'engloutir, et je suis prête à tout pour éviter un autre souvenir avec Vince Aiello. Je ferme les yeux en me disant à moi-même, *Emmène-moi ailleurs*.

Peut-être ai-je besoin d'une petite catharsis. Le souvenir où je sombre, seule, me semble aussi agréable qu'un bon bain chaud. Le bal de fin d'année, l'an dernier. La nuit où Joe Wright nous est tombé dessus, à Richie et moi. Je porte une robe bustier rose à jupe évasée que j'ai dû faire retoucher deux fois, tellement j'ai maigri. Ça, je ne l'ai pas oublié.

Richie n'a jamais aimé danser. Moi, j'*adore*, mais lui, il joue les nonchalants… alors qu'en fait, il n'ose pas, je le sais pertinemment : il a peur de ne pas avoir l'air maître de lui. Voilà pourquoi il se contente de rester planté près de moi à se balancer vaguement, en bougeant juste assez pour ne pas se ridiculiser. À un moment, on se met à danser en groupe, les copines et moi, pendant que nos cavaliers nous regardent, depuis leurs chaises. La salle n'est vaguement éclairée que par les innombrables bougies qui flottent dans les saladiers en verre posés sur les tables, projetant autour de nous des ombres mouvantes. Les tables sont aussi couvertes de paillettes, de confettis, de grosses compositions florales, trois ou quatre sur chacune. C'est magique. On est jeunes comme on ne le sera jamais plus, et on danse. Mera, Caroline, Josie et moi, le sourire aux lèvres, un si grand sourire qu'on en a mal aux joues. Mes chaussures sont sous la table depuis des heures, parce que je ne veux pas avoir mal aux pieds. Et je me rappelle ce que je me dis, à ce moment-là : *N'oublie jamais cette soirée.*

Le bal est censé durer jusqu'à minuit, mais je me glisse discrètement dehors peu après 23 heures, avec Richie.

On a loué une limousine à huit pour la soirée. Ça nous a coûté 17,65 dollars par personne – marrant comme les petits détails me reviennent, maintenant. Elle est censée nous emmener où on veut la nuit durant, mais Richie et moi n'avons pas l'intention de partir avec en laissant les autres en plan. Il fait doux, et on n'est guère qu'à un kilomètre de chez lui. On ne peut pas se réfugier dans sa chambre parce que, pour une fois, ses parents sont là. Alors on prend le 4 × 4 de son père et on suit la route tortueuse du bord de mer qui longe les rangées de résidences secondaires désertes, jusqu'à une longue allée menant à une maison inoccupée. On se gare tout au bout, près du garage, comme chez nous.

On est ensemble depuis tellement longtemps que les mots nous sont devenus presque inutiles. J'aime notre solitude à deux ; j'aime le silence douillet qui nous unit, tissé par des centaines de discussions, des années passées à se déchiffrer l'un l'autre – toutes les nuances des expressions, du langage corporel, de la respiration.

Assis à l'avant, mon fantôme nous regarde nous installer à l'arrière en dépliant la banquette. Richie ouvre la fermeture de ma robe avec précaution, avec douceur, les doigts légers, le souffle profond. Je me sens si proche de lui que son contact m'est presque perceptible, même si je n'occupe pas mon corps de vivante. Mon autre moi se dépouille de ma tenue rose, la drape sur le dossier du siège avant. Je ne porte pas de soutien-gorge, juste un petit string blanc, si léger que j'en suis presque nue.

Allongée sur le dos, je lève les yeux vers Richie qui me regarde, à genoux au-dessus de moi, en tripotant machinalement son nœud papillon. Il pose la main sur mon ventre – de la peau et du muscle – puis se penche pour m'embrasser.

– Je t'aime, lui dis-je.

Je le lui ai dit des millions de fois au fil des ans, mais cette nuit-là, c'est différent. Ma voix me paraît un peu bizarre.

Il s'écarte. Il fait sombre dans la voiture. Ses yeux étincellent au clair de lune qui passe par les vitres, mais ses traits restent indéchiffrables.

– Vraiment ? demande-t-il d'un ton dubitatif.

– Richie. Bien sûr. Je t'aime depuis toujours.

Il suit du bout du doigt les contours d'une de mes côtes, parfaitement visible sous ma peau.

– J'ai l'impression que tu disparais, murmure-t-il.

– Je ne disparais pas. Je suis là.

– Où vas-tu quand tu cours ?

Je me force à rire, mais mon amusement sonne faux.

– Tu le sais très bien.

Il ouvre la bouche. Sa main se crispe sur ma cage thoracique, appuyant si fort que j'en ai presque mal.

– Je veux être le premier. (Il déglutit difficilement.) Je veux être le seul. Toujours.

– Tu le seras.

– Promis, juré ?

Il savait, pour Vince ; je le comprends enfin. Et, en nous regardant tous les deux, je comprends que je *savais* qu'il ne croyait pas un mot de mes déclarations.

Alors pourquoi ne me met-il pas au pied du mur ? Pourquoi m'embrasse-t-il et persiste-t-il à m'aimer, quand tout ce que nous avons construit au fil des années se dissout lentement dans des mensonges de plus en plus oppressants ?

– Promis, juré.

Peut-être n'a-t-il pas envie que je lui dise la vérité. Je ne la connais pas moi-même, mais elle était manifestement si terrible que je n'ai pas voulu la partager avec lui.

Si je m'étais confiée, les choses auraient-elles tourné autrement ? Aurais-je été sauvée ? Ou les événements qui ont mené à ma mort étaient-ils déjà trop avancés pour que le cours en soit modifié, quoi que je fasse ?

Dès que le souvenir s'évanouit, Alex me prend par le bras pour m'emmener ailleurs.

– Et voilà...

Un coup d'œil circulaire : on est dans le présent, car on ne fait manifestement pas partie des vivants. Pour un peu, je croirais qu'il s'agit d'un jour comme les autres dans un lycée comme les autres, à la cafet'.

– Aujourd'hui, c'est pizza, constate Alex.

Je repère aussitôt mes copains, à leur place habituelle, c'est-à-dire la meilleure : la grande table ronde, dans le coin le plus éloigné, près du buffet, juste à côté des doubles portes ouvrant sur le parking.

– Je croyais que tu avais horreur de manger ici.

– Mmh… Je pensais que ça te ferait plaisir de voir des têtes connues. (Un léger sourire lui monte aux lèvres.) J'ai vraiment dit que j'avais horreur de manger ici ?

– Oui. À cause de ma bande. Tu m'as raconté qu'il t'arrivait de déjeuner à la bibliothèque pour nous éviter. (Je le regarde bien en face.) Je me rappelle. Je suis désolée.

– Ça va, tu n'es pas obligée de répéter sans arrêt que tu es désolée.

– Je ne peux pas m'en empêcher.

Ce n'est que la pure vérité : je ne *peux* pas.

On va se poster près de mes copains. Aujourd'hui, c'est peut-être pizza pour les autres élèves, mais pour mes meilleures copines, c'est salade tous les jours.

Josie remue la sienne à la fourchette puis grignote une feuille de basilic.

– Ça va ? lui demande Mera, qui sirote un Coca zéro. Tu te fais du souci pour Richie ?

– Oui, acquiesce Josie. Les flics vont l'arrêter.

– Détends-toi un peu, intervient Topher en s'étirant paresseusement, avant de glisser un bras à la taille de Mera. Les flics vont l'arrêter. Bon. Ses parents paieront la caution. Il se retrouvera en liberté surveillée, et voilà. Il n'y a pas de quoi en faire un plat. Il est toujours mineur.

– Laisse-la tranquille, proteste Caroline. C'est son mec. C'est normal qu'elle s'inquiète.

– Non, ce n'est pas son mec, riposte Mera en jetant un coup d'œil à Topher, qui conserve une indifférence sereine. (Il ne ressemble plus en rien à l'informateur bavard qu'il a joué ce matin pour Joe.) Il est en train de péter les plombs. Tu aurais dû le voir cette nuit, chez Topher. Il veut trouver qui a tué Liz.

Lorsqu'elle prononce ces mots à haute et intelligible voix – *qui a tué Liz* – le silence s'abat autour de la table. Josie baisse les yeux. Caroline se mord la lèvre si fort que je me demande si elle ne va pas se mettre à saigner.

Puis, comme si elle prenait soudain son courage à deux mains, Josie se redresse, rejette ses cheveux par-dessus son épaule d'un mouvement un brin provocateur et épingle un à un nos copains d'un regard froidement autoritaire.

– Personne n'a tué ma sœur, affirme-t-elle. Elle est tombée. C'était un accident. Tout le monde est au courant.

– Ah bon ? (Mera s'interrompt une seconde, avant d'enchaîner :) Dis-moi, tu nous as vus, assis là tout seuls ? Même les profs me traitent différemment. Et pas parce qu'ils sont désolés pour moi sous prétexte que je viens de perdre une amie, non, non. Les gens bavardent, au cas où tu ne le saurais pas. (Elle affronte carrément Josie, maintenant.) Le fait que tu portes les fringues de Liz n'arrange rien, figure-toi. Que tu tournes autour de son mec non plus.

Ma demi-sœur plisse les yeux, très calme, nullement déstabilisée par ces reproches.

– Je t'ai déjà dit que Richie et moi sortions ensemble avant... bon, avant. (Elle repousse son assiette.) Et c'était ma sœur. C'est normal que je porte ses fringues. (Une seconde, une seconde seulement, son assurance vacille.) Je me sens plus proche d'elle, comme ça.

Silence de plomb. Je regarde autour de moi. La moitié des autres élèves guette mes copains, lesquels fixent les deux chaises inoccupées de la table. Celle de Richie et la *mienne*.

– Je n'ai pas à supporter ce genre de remarques, continue Josie. Vous n'avez pas idée de ce qui se passe chez moi. Mon père est un vrai zombie. (Elle tire sur une de ses longues mèches, qu'elle s'enroule autour du doigt.) Il dort sur le bateau, maintenant. Il s'imagine que je ne le sais pas. Il attend qu'on soit couchées, ma mère et moi, pour y aller... (Elle frissonne.) C'est carrément morbide.

Elle a raison. J'ai vu mon père descendre tout seul au port, tard la nuit, puis monter à bord de l'*Elizabeth*. En pyjama, parfois. Il lui est aussi arrivé de parcourir la rue en robe de chambre. Mais je ne crois pas qu'il dorme beaucoup ; il se contente souvent de rester assis sur le pont du yacht, à fumer des cigares en regardant la mer. J'ai du mal à croire qu'il passe tellement de temps aux endroits précis où sont mortes sa femme et sa fille : chez lui et sur son bateau. Après la mort de ma mère, on n'a pas déménagé ni rien. Il n'a même pas fait redécorer la salle de bains, juste changer la porte de la cabine de douche et la moquette de la chambre.

– Vous, je ne sais pas, mais moi, je meurs d'envie de m'en griller une. (Topher se lève si brusquement qu'il manque renverser sa chaise.) Il n'est pas question que je reste vingt minutes de plus assis là à me sentir comme un paria.

Les autres le regardent sans répondre. Mera elle-même a l'air réprobatrice.

– Allez ! insiste-t-il. On vaut mieux que ça. Aucun de nous ne s'en est pris à Liz, on le sait pertinemment. C'est une tache sur notre honneur. (Il frappe du poing le *N* de l'équipe de foot cousu à sa veste.) Je suis Christopher Allen Paul, troisième du nom, bordel de merde. Le fils du chirurgien-dentiste le plus en vue de cette ville et de Miss Connecticut 1978 ! Debout, Mera. Tu m'accompagnes. (Il parcourt la tablée des yeux.) Vous m'accompagnez toutes. Allez.

Personne n'a le droit de fumer dans l'enceinte du lycée, évidemment, mais ma bande n'y a jamais fait très attention : avec nous, le personnel a tendance à regarder ailleurs. Les sportifs, les jolies filles, les enfants des membres les plus respectés de la communauté (quoique le père de Topher soit le *seul* dentiste de la ville, donc le plus respecté par défaut) sont rarement punis pour leurs écarts de conduite.

Mes copains se rassemblent près de la voiture de Mera, sur le parking des élèves. Topher allume une cigarette, dont il tire quelques longues bouffées avant de la lui passer. Elle s'en empare, le cou tendu pour éloigner au maximum le visage du corps, les cheveux fourrés sous un chapeau en velours rose, censé leur éviter de sentir le tabac froid.

– Il faut que je vous dise… commence Caroline, le nez plissé, car le nuage de fumée plane entre eux. Mon père a perdu son travail, il y a quelques semaines.

Josie se fige alors qu'elle massacrait un chewing-gum, soufflant des bulles puis les faisant aussitôt éclater. Elle a d'ailleurs de minuscules lambeaux roses au coin des lèvres.

– Mais je croyais qu'il bossait à Wall Street ?

– Hé oui. (Malgré le beau temps, Caroline croise les bras sur la poitrine et se frotte les épaules, à croire qu'elle a froid.) Ce sont des choses qui arrivent.

– Mais… mais c'est un *trader*. Il ne peut pas perdre son travail comme ça ! Ce n'est pas le genre de poste qu'on peut supprimer. Je veux dire, les traders, on en a *besoin*. (Josie est visiblement perturbée.) Les gens ne peuvent pas gérer leurs investissements tout seuls.

– Il va peut-être falloir qu'on vende la maison. (Caroline bat des paupières à toute allure, refoulant ses larmes.) Le mois dernier, on a eu du mal à payer mon crédit voiture.

Je me rappelle l'argent qu'elle a volé dans ma salle de bains, et une vague de compassion m'envahit. Je ne sais pas à quoi je destinais ces cinq cents dollars, mais je ne doute pas qu'elle en ait fait meilleur usage. Peut-être les a-t-elle remis à ses parents.

– Tu vois ? (Je donne un petit coup de coude à Alex.) Mes copains ont leurs problèmes, eux aussi. On n'est pas des enfants gâtés.

Mera, qui a fini la cigarette, ôte son chapeau puis passe un bon moment à secouer ses mèches blondes afin de les redisposer à sa convenance sur ses épaules.

– Pas la peine de flipper. Vous n'aurez pas à déménager. (Elle renifle.) Je suppose que tu pourrais... euh... trouver un job.

Caroline vire au rouge vif.

– Il n'en est pas question. Je préférerais encore renoncer à mon argent de poche.

– En effet, s'amuse Alex. Vous n'avez *absolument rien* d'enfants gâtés. Vos priorités sont clairement établies. Caroline préfère voler l'argent de sa défunte amie plutôt que d'essayer de trouver un job. C'est positivement admirable.

– Surtout, ne le dites à personne, hein, continue-t-elle tout bas, suppliante. Ce serait trop gênant. Mes parents flippent à mort. Si mon père ne retrouve pas très vite du travail, ma sœur risque d'être obligée de laisser tomber la fac, le semestre prochain.

– Du calme, Caroline, ça va s'arranger, déclare Topher en allumant une autre cigarette, adossé à la voiture de Mera.

Laquelle lève les yeux vers lui et le prend par la taille.

– Quel sang-froid. Je t'aime.

– Moi aussi, je t'aime, ma chérie, répond-il en lui jetant un coup d'œil complice. Tu n'aurais pas un chewing-gum, par hasard ?

– Éteins-la, lance Josie, qui regarde de l'autre côté du parking en s'abritant les yeux du soleil. (Elle veut parler de la cigarette, bien sûr.) Il y a quelqu'un. (Mais elle enchaîne aussitôt, toujours attentive :) Oh, laisse tomber. (Petit rire.) C'est juste Riley-le-Bigleux.

M. Riley donne environ quatre heures de cours par jour. Quand il ne remplit pas ses devoirs de prof et qu'il n'a rien à faire dans son bureau, il en profite pour s'entraîner sur les sentiers forestiers tortueux, derrière le lycée. Il ralentit peu à peu en s'approchant, mais mes copains ne cherchent pas à lui dissimuler leurs activités : ils traînent à l'extérieur alors qu'ils devraient se trouver à la cafet', en train de déjeuner ; sur le parking, qui est zone interdite pendant la journée ; et en plus, ils fument. Mais M. Riley n'osera pas s'en prendre à eux, ils le savent : c'est un faible. Ils ont appris d'expérience au fil des années qu'ils lui font peur. Comme les élèves les plus en vue de son lycée quand il était ado – probablement.

Rouge et suant, il se plie en deux, les coudes posés sur les genoux, en les fixant de son air le plus menaçant. Si j'étais là avec eux, bien vivante, je n'aurais pas laissé arriver une chose pareille. J'aurais demandé à Topher d'écraser sa cigarette. Je les aurais tous fait rentrer. C'est du moins ce que je me dis.

– Je devrais vous envoyer chez le proviseur, dit M. Riley en se redressant et en s'étirant les bras au-dessus de la tête. Vous êtes censés montrer l'exemple, en tant que sportifs.

Josie se met aussitôt à pleurer, comme par magie.

– On a passé une matinée épouvantable. Notre copain a disparu. On ne devrait même pas être au lycée.

Elle s'essuie les yeux du dos de la main, les joues brillantes… de paillettes. Quand elle rejette ses cheveux en arrière, je m'aperçois qu'elle porte une de mes paires de boucles d'oreilles. Les longues qui me venaient de ma mère. À ma grande surprise, ça ne me dérange pas. Je préfère les voir sur elle que de me dire qu'elles prennent la poussière je ne sais où. Mais je me demande si mon père sait qu'elle les a récupérées… en admettant qu'il remarque ce genre de détails. S'il les remarque, d'ailleurs, y attache-t-il la moindre importance ? Il n'est pas midi, mais je suis prête à parier qu'il est déjà à bord de l'*Elizabeth*, en train de regarder la mer en attendant de comprendre quelque chose à ce qui se passe.

– Je suis désolé pour ta sœur, dit M. Riley à Josie. Je n'ai pas encore eu l'occasion de t'en parler.

– Merci.

Elle le regarde droit dans les yeux, ce qui a le don de le mettre mal à l'aise. Forcément. Imaginez que vous ayez à affronter le monde avec des yeux dépareillés. Il les détourne au bout de quelques secondes.

– Elle vous aimait bien, ajoute Josie.

– C'était réciproque.

– Alors… ne nous dénoncez pas, d'accord ? On ne fait rien de mal.

Il les passe en revue, la bouche entrouverte. Petit, nerveux, avec ce curieux regard si repérable. Il a beau être adulte – il a beau être prof, figure d'autorité –, il ne fait pas le poids face à un groupe d'adolescents.

– Vous ne croyez quand même pas une chose pareille ?

Ils ne répondent pas.

– Non mais, vous vous êtes vus ? continue-t-il, dans un soudain accès d'assurance qui ne lui ressemble pas. Au début, vous étiez six… ensuite, cinq… et maintenant, quatre. Vous n'êtes pas invincibles, vous savez. J'aurais cru que vous auriez au moins compris ça.

– Alex… dis-je en posant la main sur l'épaule de mon compagnon. (Je me sens brusquement tendue, agitée.) J'ai une idée.

Topher jette sa cigarette en direction de M. Riley.

– Vous n'avez pas le droit de nous parler sur ce ton-là.

Le prof se contente de rester planté là, rouge et furieux. Puis il recule lentement.

– Mais pourquoi est-ce qu'il ne fait rien ? s'écrie Alex. Il ne va quand même pas les laisser s'en tirer comme ça ?

– Allez, viens. (Je lui serre l'épaule.) Dépêchons-nous. Je crois que je sais où est allé Richie.

17

Les souvenirs me reviennent plus vite, maintenant, j'ai moins le temps de m'y préparer. Il n'est plus nécessaire que j'aille les chercher, j'y tombe presque par hasard, peut-être parce que je prends le coup pour y accéder. On dirait que les pièces du puzzle se mettent en place, une à une. L'image qu'elles me donnent de ma vie ne me plaît pas particulièrement, mais je suis contente de ne plus avoir sous les yeux une simple page blanche, ornée de quelques rares points de détail.

Dans un de mes souvenirs, je fais du vélo – à roulettes – devant chez moi, sous l'œil anxieux de mes parents. Dans un autre, Josie et moi restons dormir chez Mera ; on doit avoir onze ans, il fait nuit noire, on boit un soda au goulot d'une bouteille de deux litres qu'on fait tourner comme si c'était de l'alcool, et on joue aux questions indiscrètes. Quelques secondes plus tard, je suis au collège, en quatrième ou en troisième, à en juger par ma coiffure et ma tenue, assise au fond de la salle d'étude, à côté de Richie, en train de gribouiller dans son cahier d'histoire pendant qu'il gribouille dans le mien.

Le souvenir s'évanouit presque aussi vite qu'il est apparu, remplacé par le suivant. Une nuit d'hiver, à la maison. Mon père n'ayant pas fait poser de doubles vitrages, il se forme du givre sur les fenêtres quand la température extérieure tombe vraiment. Vêtue d'un de mes joggings les plus chauds, je fais des étirements dans ma chambre en désordre, puis je me penche pour graver d'un faux ongle élégant mes initiales dans la glace de mes carreaux : *E. V. [♥] R.W.* Je suis plus âgée, plus mince aussi. Je dois avoir dix-sept ans.

D'après mon réveil, il est 5 h 02, mais les nuages qui dissimulent la lune et les étoiles plongent Noank dans une obscurité si épaisse qu'il pourrait aussi bien être minuit. Ma chambre n'est éclairée que par l'écran de mon ordinateur. Je vérifie que ma porte est fermée à clé, je m'installe à mon bureau et j'ouvre ma boîte mail. Il y a un certain nombre de messages de *supercaisse@gmail.com.* Le premier dit :

Profites-en bien, poupée
Xoxo
Vinny

En pièces jointes, des photos et encore des photos, presque une centaine, toutes pires les unes que les autres. Certaines me montrent en sous-vêtements vulgaires que je ne me serais jamais achetés moi-même, posant sur le matelas répugnant de Vince dans des attitudes que je n'aurais jamais prises de moi-même. Du coup, j'ai beau les regarder, j'ai beau *savoir* que c'est moi, une petite voix me souffle : *Ce n'est pas possible, ça ne peut pas être vrai.* Je ne me rappelle pas avoir envoyé ne serait-ce qu'une photo sexy de moi à Richie, je suis vierge, et ça... c'est presque de la pornographie. Je n'y comprends rien. Pourtant, les images sont là, et pas photo-shoppées : je souris, avilie, les dents si serrées qu'on distingue sous ma peau les muscles de mes joues. Mon seul – maigre – réconfort, c'est que je ne m'amuse manifestement pas *du tout*, malgré mon sourire forcé.

Assise à mon bureau, je regarde ces horreurs, les yeux écarquillés, horrifiée. Après avoir passé les photos en revue, je referme les dossiers, j'éteins l'ordinateur, je quitte la chambre, puis la maison. Il fait si froid dehors que mon visage s'engourdit presque instantanément. Ni mon bonnet ni mes gants n'empêchent mes joues de continuer à me cuire pendant que je cours à mon rythme, inspirant, expirant, brûlante, jusqu'à ce que le soleil se devine à l'horizon.

C'est une véritable torture d'être condamnée à suivre sans rien faire, fantomatique, planant littéralement dans mon sillage, incapable de courir. De me débarrasser de ces saletés de bottes.

J'arrive enfin chez lui. La lumière de la cuisine est allumée. Il m'attend. Il sait que je ne vais pas tarder. Je frappe discrètement à la porte de derrière avant d'entrer, puis je reste debout au chaud à reprendre haleine en le regardant nourrir à la petite cuiller la fillette installée dans sa chaise haute.

M. Riley me jette à peine un coup d'œil.

– Ça fait combien de temps que tu es dehors ?

La pendulette du four indique 6 h 54.

– Presque deux heures. (Je m'étire les bras. Le plafond est si bas que mes ongles en frôlent le plâtre jaune pâle écaillé.) Où est votre femme ?

– Elle dort. C'est moi qui suis de garde ce matin pour le bébé. Sers-toi un verre d'eau, Liz. (Son regard se pose enfin sur moi.) Tu vas te déshydrater, et tu n'arriveras pas à rentrer chez toi.

La petite – elle s'appelle Hope, ça me revient – a de la compote de pomme plein ses bonnes joues rouges. Elle roucoule de plaisir, un sourire adorateur aux lèvres, les yeux fixés sur son père, en T-shirt blanc et pantalon de pyjama.

– Tu as déjeuné ? me demande-t-il. (Je ne réponds pas.) Je suppose que ça veut dire non. Il faut que tu manges, Liz. Tu as vraiment envie de t'évanouir au bord de la route ? De repartir pour une commotion ?

– J'ai des ennuis, M. Riley.

Il hoche la tête en donnant une autre cuillerée de compote à Hope.

– Tu as une tête à faire peur.

En tant que fantôme, je m'aperçois soudain que n'importe qui d'autre trouverait la situation monstrueusement inappropriée : je suis là, plantée dans la cuisine de mon entraîneur à sept heures du matin, à l'écouter me dire que j'ai une tête à faire peur. Moi. À le regarder nourrir son bébé pendant que sa femme dort, au bout du couloir. Il partage l'intimité du petit matin tranquille avec une adolescente essoufflée.

Pourtant, la scène n'a rien de trouble ni de sordide, j'en ai l'absolue certitude. Je ne m'en suis sans doute pas rendu compte de mon vivant, mais avec le recul, il me semble évident qu'après la mort de ma mère, beaucoup de choses ont changé. Mon père n'était jamais là, et quand il y était, il me laissait faire tout ce que je voulais. M. Riley n'était donc pas seulement à mes yeux un entraîneur sympa, mais aussi une figure d'autorité. Que savait-il au juste ? Lui ai-je confié mes problèmes avant de mourir ? Je reste là, attentive, dans l'espoir d'en apprendre davantage.

– Je suis sérieuse. J'ai de gros ennuis. Vous voulez bien m'aider ?

Il s'immobilise puis pose la cuiller et regarde autour de lui. C'est une petite pièce très agréable, chaleureuse et gaie, avec de la vaisselle un peu partout, un comptoir taché de café, un frigo couvert de photos de famille. Je m'en vais toujours avant le réveil de Mme Riley, mais elle sait sans doute quand je passe. Son mari n'a pas l'air du genre à cacher des choses à ceux qu'il aime.

– Tu pourrais aller voir Mme Anderson. Tu y as pensé ?

Je manque de m'étouffer dans mon verre d'eau.

– La conseillère d'orientation ? Vous rigolez ? Elle fait du yoga avec ma belle-mère. (Je secoue la tête.) C'est hors de question.

– Pourquoi pas un psy, alors ? J'en connais un. Il a un doctorat. Très doué.

– Je pourrais peut-être vous en parler, à vous ? Vous n'auriez qu'à vous asseoir et à m'écouter...

(J'avale une gorgée d'eau.) Il faut que je vous raconte. Il faut que quelqu'un sache.

Il me regarde, il regarde Hope – souriante, très intéressée par ma conversation avec son père –, puis il ferme les yeux.

– Tu ne devrais pas être là. Il suffirait que quelqu'un te voie entrer à une heure pareille... Je risque de perdre mon travail, Liz. Les gens s'imagineraient des choses.

Il baisse les yeux sur sa tenue, assez légère pour prêter à la critique : T-shirt, pieds nus, pas rasé. On voit bien qu'il sort tout juste du lit.

– Je ne sais pas où aller. Je cours, je cours, mais ça n'arrange rien. (Ma voix a pris une nuance implorante.) Je ne sais absolument pas quoi faire. Je ne peux pas continuer comme ça.

– Je t'ai dit que le psy...

– Je vais vous en parler, moi, des psys. Vous connaissez Richie, mon copain ?

Il lève les yeux au ciel.

– Le Célèbre Richie Wilson, le dealer de l'élite lycéenne.

– Vous avez le droit d'en penser ce que vous voulez. Bref. Ses parents l'ont envoyé chez un psy, l'an dernier. Il l'a vu trois fois, et il lui a *confié* qu'il... oh, vous savez bien. Il vend un peu d'herbe. Moins d'un mois plus tard, le bon docteur lui demandait de le fournir. Son *psy*. (Je m'assieds à table et repousse mon verre.) Pas question que j'aille en voir un.

À ce moment-là, M. Riley me prend totalement au dépourvu. Il se penche par-dessus la table et referme la main sur la mienne. Il serre fort, ça se voit, mais je ne cherche pas à me dégager.

– Liz. Elizabeth. Je t'aime beaucoup, mais ce n'est plus possible. Tu ne peux pas continuer à venir ici. Je ne peux pas risquer le licenciement de cette manière. (Il secoue la tête.) Il faut que tu voies un professionnel. Quelqu'un qui soit réellement capable de t'aider. Moi, je ne suis que ton entraîneur de cross.

Je lève vers lui des yeux pleins de larmes.

– Mais je n'ai que vous à qui parler. On ne fait rien de mal.

– Je le sais. Toi aussi. D'autres ne verraient pas les choses de cette manière. (Une pause.) Tu veux que je te prenne rendez-vous ? Je peux me renseigner. Il doit bien y avoir un thérapeute habitué à travailler avec les adolescents. Je suis sûr que je peux te trouver quelqu'un de bien.

Je regarde mes mains, sans mot dire, en secouant la tête.

On se lève tous les deux. Il donne la cuiller en plastique à Hope, qui se met à en marteler joyeusement sa chaise haute. Puis il me pousse vers la porte avec douceur.

Je parcours de nouveau la cuisine des yeux. Chaude, calme, douillette. Je baisse la tête et la pose sur son épaule.

– Je ne veux pas m'en aller.

Je fonds en larmes. Mon nez coule sur son T-shirt. Il a raison, c'est sûr, j'ai une tête à faire peur, mais on dirait que je m'en fiche.

Il me serre dans ses bras. Si sa femme arrivait maintenant, je sais ce qu'elle penserait en nous voyant comme ça… mais elle se tromperait, ça n'a rien à voir, elle n'aurait aucune raison d'être jalouse. Il s'agit juste de chaleur, de réconfort. En toute innocence. Alors qu'il ne me reste peut-être plus rien d'innocent par ailleurs, après les photos que j'ai vues tout à l'heure.

M. Riley s'écarte un peu, chasse une mèche collée à mon front suant.

– Tu es à des kilomètres de chez toi. Tu veux que je te ramène ? Je peux mettre Hope dans son siège bébé, ça ne pose aucun problème.

– Non, non, ça va aller.

Je n'ai pas envie de le lâcher, mais je le sens s'écarter davantage en jetant un coup d'œil nerveux par la fenêtre, sans doute terrifié à l'idée qu'un voisin me voie dans ses bras.

– Je me fiche que tu ne sois pas d'accord. Je vais te trouver un psy, déclare-t-il au moment où je repasse la porte, prête à me remettre à courir.

Je ne réponds pas. Je fais même mine de ne rien avoir entendu.

Il regarde sa fille, secoue la tête et murmure tout bas :

– À tout à l'heure au lycée, Liz.

À mon retour, la maison s'est animée. Mes parents, habitués à mes courses matinales, me saluent depuis la cuisine pendant que je monte l'escalier.

Josie est dans ma chambre. Installée à mon ordinateur. Elle examine les photos. Plus particulièrement *une* photo. Vince et moi, ensemble, au lit. Vince sourit d'une oreille à l'autre en adressant un clin d'œil à l'appareil. Il a les dents jaunâtres, mal alignées, mais ça m'étonnerait qu'il ait l'intention de rendre visite au père de Topher pour arranger ça.

On se regarde, Josie et moi.

– Ça fait des heures que tu es partie, lance-t-elle d'un ton quasi accusateur. Je t'ai entendue, il était à peine 5 heures.

– Alors tu es venue dans ma chambre… en te disant que ça te donnait le droit de fouiller dans mon ordi ?

L'irritation qui transparaît dans ma voix me surprend : je ne me rappelle pas qu'on se soit jamais disputées.

Elle hausse les épaules.

– Oui, je suis venue dans ta chambre. Qu'est-ce que ça fait ? Qui c'est, ce type ?

– Devine.

Elle pousse un long soupir tremblant.

– Le mécano.

– Il sait, Josie. C'est un connard, mais il n'est pas idiot. (Je défais ma queue-de-cheval.) Il a bien fallu que je fasse ce qu'il voulait.

Elle devient livide.

– Tu as dit oui ?

– Il m'a menacée d'aller à la police si je refusais. Les photos, c'est une forme d'assurance.

– Il te fait chanter.

J'acquiesce, puis je me remets à pleurer… mais elle a presque l'air rassurée.

– Alors c'est bon, maintenant ? Tu as fait ce qu'il voulait ? insiste-t-elle.

– Je n'ai pas couché avec. Je préfère encore aller en prison.

– Il n'a pas essayé de t'obliger ?

Je secoue la tête.

– Pas encore. Il m'a dit… il m'a dit que ça l'excitait que je sois vierge. (Je déglutis péniblement.) Mais ce n'est qu'une question de temps. Un jour, il voudra aller plus loin. Et qu'est-ce que je ferai, à ce moment-là ?

– Il ne peut pas te forcer, ce serait du viol, déclare-t-elle.

Mais là non plus, curieusement, ça n'a pas trop l'air de la tracasser.

– Ça m'en fait déjà l'effet.

Elle inspire à fond. Une bande de faux cils s'est en partie détachée et se balance bizarrement devant son œil, sous ses bigoudis Velcro. Elle est très calme, parfaitement attifée si on oublie ses faux cils en bataille. L'image même du soulagement.

– Bon. Tu l'as fait. Tu l'as laissé prendre les photos. C'est fini. Tu n'as plus à t'occuper de lui. On est tranquilles, maintenant.

Je tends le bras devant elle pour éteindre l'ordinateur.

– Ce n'est pas fini, Josie. Ça ne finira jamais. Il va m'en demander toujours plus.

Sa main se referme sur mon poignet.

– Écoute-moi bien, Liz, me dit-elle sans ciller. Il ne faut en parler à personne, tu m'entends ? Absolument personne.

Moi qui nous regarde toutes les deux, je donnerais n'importe quoi, vraiment n'importe quoi, pour savoir à quoi elle fait allusion. Que suis-je censée garder pour moi ? Que savons-nous d'aussi secret ?

Le silence s'étire à l'infini. C'est la première fois que je me vois rester bouche bée devant Josie.

De retour au présent, je raconte ce que j'ai vu à Alex.

– Qu'est-ce que ça signifie, à ton avis ? demande-t-il avec intérêt.

– Je n'en ai pas la moindre idée. (Je ferme les yeux.) Si seulement je le savais.

Lorsque je les rouvre, il me fixe d'un air terriblement sérieux.

– Ça viendra. Il faut juste un peu de temps. Un peu de patience. (Il regarde le beau ciel bleu lumineux.) Quel soleil magnifique, c'est génial.

Il ne dit ça que pour changer de sujet, mais il n'en a pas moins raison. On pourrait aller n'importe où en un clin d'œil et une pensée, par cette superbe fin d'après-midi, mais on préfère se promener à travers la ville en profitant de notre statut de fantômes, à la recherche de Richie. Si on n'avait pas autant de soucis, j'aurais presque l'impression qu'on est deux ados très ordinaires flânant par une belle journée d'automne. Il me semble que depuis une semaine ou deux, on se sent mieux ensemble, malgré toutes les questions sans réponse qui se sont mises à éclore sur ma vie.

Je suis à peu près sûre de savoir où est Richie… et où il sera encore un certain temps, ce qui veut dire qu'on n'est pas pressés de le rejoindre : il ne pourrait se cacher nulle part ailleurs. En attendant, je trouve presque agréable de me promener en compagnie d'Alex, d'un pas assez lent pour ne pas avoir trop mal aux pieds.

On passe devant la Crémerie, un fabricant de glaces et de caramels maison qui fait aussi salon de thé. Les touristes adorent. Il y a carrément la queue devant la boutique, alors qu'on est en semaine.

Alex ferme les yeux, souriant.

– Si seulement on pouvait encore manger. J'aimais bien cette boutique, tu sais.

Je regarde par la vitrine. Des familles entières sont réunies autour des petites tables en métal, les enfants barbouillés de glace, les parents armés de tas de serviettes en papier avec lesquelles réparer les dégâts. Ils ont tous l'air enchantés de se gaver de graisses et de sucre concentrés.

– Je ne mettais jamais les pieds ici, ils ne vendent que du poison.

Alex se fige, stupéfait.

– Tais-toi. Tu as passé toute ta vie à Noank, et tu n'es jamais venue goûter à la Crémerie ?

– Ma mère ne mangeait pas de produits laitiers, donc moi non plus. Ni de bonbons. C'est mauvais pour la santé. Ça fait grossir.

– Mais arrête. Tu courais des kilomètres et des kilomètres, tu aurais pu te bourrer de gâteaux sans prendre un gramme.

– Ce n'est pas ça qui compte.

– C'est quoi alors ?

Les lèvres pincées, je sens mon dos se raidir, mes abdominaux se contracter tandis que je contemple les clients souriants de la Crémerie.

– La maîtrise de soi.

Alex secoue la tête.

– C'est ridicule, tu es maigre comme un clou. (Un silence, puis :) Tu as bien mangé du gâteau d'anniversaire, la nuit de ta mort, non ?

– Une bouchée. (Le goût qui m'envahit la bouche... génoise moelleuse à la vanille et glaçage crémeux au chocolat. Une sensation oubliée – maîtrise, discipline – se remet brusquement en place dans ma tête.) Juste de quoi le goûter.

Alex pose la main sur mon ventre plat et le pince. Je n'ai pas un gramme de graisse, que du muscle, des organes et de la peau.

– Tu peux me dire à quoi t'ont servi tous ces efforts, Mademoiselle la Morte ?

Je lui attrape le poignet, mais c'est tout juste s'il tressaille.

– Tu veux savoir pourquoi je suis comme ça ?

Au moment même où je prononce ces mots, il me semble comprendre pour la première fois ce qu'ils recouvrent. *Ah... oui, bien sûr.*

– Ça m'intéresserait, effectivement.

Je lui serre le poignet encore plus fort, sans mot dire. Pas la peine. Il connaît la musique.

On ferme les yeux.

Et on se retrouve chez moi, à la cuisine. Rien n'a changé – c'est la même disposition, la même vue sur le détroit, le même carrelage noir et blanc –, et tout a changé. Pieds nus, en short et brassière de sport, ma mère regarde dans le frigo ouvert. Ses côtes saillent sous sa peau blême et brouillée. Ses ongles vernis tambourinent sur l'acier inoxydable de l'appareil.

– J'avais complètement oublié à quoi ressemblait la cuisine, dis-je à Alex. C'est si différent.

– Sans blague, répond-il en parcourant la pièce des yeux. Ta mère et Nicole ne se ressemblent vraiment pas, hein ? Nicole est… comment dire ? Une bombasse complètement idiote. Ta mère… (Il examine la jeune femme qui lui tourne le dos ; la crête bien visible de sa colonne vertébrale.) Qu'est-ce que tu en penses, Liz ?

Je réfléchis une minute à la question. Avant même ma mort, il m'était parfois difficile de me rappeler les côtés sympa de ma mère, parce qu'elle était malade depuis ma petite enfance, mais je n'ai aucune envie d'avouer à Alex que je n'ai guère de bons souvenirs d'elle. Ça ne l'empêche pas de me manquer. Ça ne m'empêche pas d'avoir envie de la retrouver. C'est ma *mère*.

– Oh, elle était très différente, évidemment. Chez nous, tout était toujours bien rangé, brillant, moderne et super propre.

Je parcours à mon tour la cuisine des yeux. Murs crème, appareils en acier inoxydable – lave-vaisselle, frigo, four, micro-ondes, rafraîchisseur à vin –, ni vaisselle ni nourriture en vue : pas de boîte de céréales ouverte, de bananes dans leur panier, de paquet de tortillas ou de canette de soda.

De nos jours, ce genre de choses traîne un peu partout en permanence. Nicole aime *manger*. Et puis elle a changé la déco : peu après son emménagement, la laque blanche a remplacé l'acier inoxydable, elle a repeint en vert pâle et appliqué elle-même des pochoirs de lys jaunes, en dessinant à la main les tiges et les feuilles fragiles avec un tel soin que les fleurs avaient presque l'air réelles. Le frigo s'est couvert de photos, aussi... Ça m'ennuie de le reconnaître – j'ai un peu l'impression de trahir ma mère –, mais d'une certaine manière, grâce à Nicole, on se sent davantage chez soi dans cette cuisine.

Sauf que c'était *déjà* chez moi avant. Un chez-moi différent, c'est tout.

Je suis assise à table, devant un grand saladier en verre givré plein de beaux fruits artificiels éclatants – pommes, oranges, pêches et brugnons. Esthétiques, mais dépourvus de saveur.

– J'ai neuf ans...

Ça m'a échappé, parce que je regarde la fillette. C'est fou ce que je ressemble à ma mère : mêmes cheveux blonds, dont les deux nattes nous tombent jusqu'à la taille ; même minceur – quoiqu'elle soit en fait d'une maigreur effroyable, alors que je suis juste dégingandée ; mêmes yeux, même nez, mêmes petites oreilles aux lobes minuscules. Je suis bel et bien sa fille, on ne peut pas s'y tromper.

– Qu'est-ce que tu en sais ? me demande Alex.

Je n'ai aucune envie de le dire tout haut, mais je me force :

– Elle va mourir dans quelques semaines.

– Oh. (Il déglutit.) Désolé.

Je secoue la tête.

– Pas la peine, je... Oh bon, on regarde, OK ?

Ma mère fouille dans le tiroir du bas du frigo puis recule, une grosse pomme jaune dans sa main osseuse. Elle fixe un instant le fruit d'un air pensif.

– Maman ? appelle la petite Liz. J'ai faim.

– Tu as goûté chez Richie, il y a moins de deux heures, murmure-t-elle distraitement. Tu as encore le ventre plein, ma chérie.

– Mais j'ai *faim*.

Elle se tourne vers moi.

– Bon. Tu veux à manger ? (Je hoche la tête. Elle tend la pomme dans ma direction.) On partage, si tu y tiens. Qu'est-ce que tu en dis ?

– Je peux avoir du beurre de cacahuète avec ma moitié ?

Elle a les yeux bleu foncé, exactement de la même teinte que les miens. Malgré sa tenue de sport – elle vient sans doute de terminer ses exercices –, elle est maquillée de A à Z. Son rouge à lèvres est encore tout frais.

Moi, je porte un ensemble jaune et blanc plissé, trop habillé pour une journée de jeu avec un petit camarade. Et je suis maquillée aussi. Pas beaucoup, mais bien assez : un peu de blush et d'ombre à paupières argentée, plus le même brillant à lèvres qu'elle. Le tout appliqué avec soin, d'une main habile. Son œuvre, indéniablement. Ça ne l'a jamais dérangée que je sois maquillée, même à neuf ans.

– Tu es sûre que tu veux du beurre de cacahuète ? me demande-t-elle avec douceur.

– Oui, pourquoi ? Il ne faut pas ?

– Une cuillerée à soupe de beurre de cacahuète apporte cent calories et huit grammes de lipides. Dis-moi, Liz… (Elle se penche vers moi.) Tu sais combien de calories contient un gramme de lipides ?

– Neuf calories par gramme, dis-je, récitant ma leçon.

J'ai neuf ans, et ma mère m'apprend ce genre de choses. Se rend-elle compte qu'elle est gravement malade ? Y attache-t-elle la moindre importance ? Je voudrais lui hurler de manger, de vivre, mais ça n'y changerait rien. D'ici quelques semaines, elle sera morte.

– Alors si une cuillerée de beurre de cacahuète contient huit grammes de lipides à neuf calories par gramme, combien les lipides contenus dans cette cuillerée apportent-ils de calories ? me demande-t-elle.

Je mords ma lèvre enduite de brillant.

– Je ne sais pas.

– Tu ne sais pas combien font huit fois neuf, Elizabeth ? insiste ma mère, solennelle. (Je secoue la tête.) Soixante-douze. Le beurre de cacahuète se compose à près de soixante-quinze pour cent de lipides. Et tu sais combien de lipides devrait renfermer notre régime alimentaire ?

Je me mords la lèvre encore plus fort, les yeux baissés vers la table, l'air très ennuyée.

– Je ne me rappelle pas.

– Mais si, tu te rappelles, dit-elle gentiment. C'est moi qui t'ai appris.

– Trente pour cent, dis-je à Alex.

Au moment même où la fillette chuchote :

– Trente pour cent.

– Exactement. (Ma mère sourit.) Alors… tu veux toujours du beurre de cacahuète ?

Je secoue la tête sans la regarder.

– Je déteste le beurre de cacahuète, dis-je à Alex.

– Pas étonnant, me répond-il. C'est horrible !

– C'est ma mère. Elle a toujours été comme ça.

On la regarde se hausser sur la pointe des pieds pour explorer à tâtons l'étagère supérieure d'un placard. Elle en tire une petite balance électronique, sur laquelle elle pèse la pomme, elle coupe la pomme en deux et elle en pèse chaque moitié séparément.

Mais ses préparatifs ne sont pas terminés : elle fouille dans un autre placard, plein de médicaments celui-là, d'où elle sort une boîte de cachets contre le rhume. Après avoir extrait huit comprimés d'un blister, elle les contemple au creux de sa main. De petites pilules rouges. Nombreuses. Bien trop nombreuses pour quelqu'un d'aussi frêle. Ça ne l'empêche pas de les prendre toutes – de s'en remplir la bouche puis de les avaler en vrac avec une unique gorgée d'eau.

La fillette la regarde faire en attendant patiemment sa moitié de pomme. Enfin, elle s'assied à table, un grand sourire aux lèvres.

– Tiens, dit-elle en me tendant ma part.

– Merci. (Je contemple le fruit sans y mordre.) Maman ?

– Oui ?

– Pourquoi tu pèses tout ce qu'on mange ?

Elle contemple sa propre part en réfléchissant sérieusement à la question. Un bon moment, me semble-t-il.

– Tu sais, Liz, quand on est adulte, la vie est parfois très compliquée, déclare-t-elle enfin. Il se passe toutes sortes de choses auxquelles on ne peut absolument rien. On ne peut rien changer à ce qui arrive aux gens qu'on aime ni parfois à sa propre vie… Mais on peut changer de petites choses. Alors parfois, quand tout le reste a l'air tellement énorme qu'on n'y peut rien, tellement insurmontable qu'il est impossible d'y faire quoi que ce soit, on est content de se dire qu'il existe quelque chose dont on fait ce qu'on veut... même si c'est quelque chose de très modeste. (Elle relève les yeux vers moi.) Tu vois ce que je veux dire ?

– Je crois, oui, acquiesce la fillette.

– Parfait. C'est une bonne leçon à retenir.

Elle me sourit.

– Elle est malade, dis-je dans un murmure. Je le savais, mais ça, c'est... c'est...

– Horrible, termine Alex.

Je le regarde. J'essaie de sourire.

– Maîtriser. C'est ce que je te disais.

Ma mère et la petite Liz mangent leur demi-pomme sans mot dire. On n'entend que le bruit de leurs dents s'enfonçant dans la pulpe du fruit.

– On y va ? propose-t-il enfin.

– Oui.

Sa main froide se pose sur mon épaule. Il ferme les yeux.

De retour au présent, on continue notre chemin dans un silence qui trahit un certain embarras, en pensant à la scène à laquelle on vient d'assister. Tout à l'heure, on flânait. Maintenant, chacun de mes pas décidés m'inflige une véritable torture, mais je n'en parcours pas moins dans toute sa longueur l'artère principale, pleine de pièges à touristes – les gens *adorent* les cochonneries kitsch des petites villes pittoresques de Nouvelle-Angleterre. On finit par arriver dans un quartier plus récent, composé de modestes demeures blotties derrière l'église baptiste.

Les cours sont terminés pour aujourd'hui, puisque la voiture de M. Riley est dans l'allée. Les lumières de la maison brillent. Richie se trouve à la salle à manger, où Hope et lui jouent avec une balle en la faisant rouler sur le plancher.

– Comment as-tu deviné qu'il serait là ? me demande Alex en s'asseyant près de lui.

– Il ne savait pas où aller. Pas de voiture, personne à qui se confier… Richie n'a pas discuté sérieusement avec un adulte depuis je ne sais combien de temps, à part le flic, là, Joe, et M. Riley. Il n'aime pas les adultes.

– Mais ils ne se connaissent pratiquement pas. Et M. Riley ne l'aime pas.

– Ils me connaissaient tous les deux. Et Richie sait que je faisais confiance à M. Riley.

Je m'assieds près du visiteur, moi aussi, mais de l'autre côté. Alex avait raison en ce qui concerne les animaux *et* les bébés : Hope nous voit, c'est évident.

– Comment se fait-il qu'elle ait conscience de notre présence ? ne puis-je m'empêcher de demander.

– Je n'en sais rien, avoue Alex. J'y ai pas mal réfléchi, et finalement, j'en suis arrivé à la conclusion que c'était sans doute parce que les bébés ne savent pas qu'on est morts.

Elle est beaucoup plus grande que dans mon souvenir ; je lui donne bien deux ans, maintenant.

– La dame ! s'exclame-t-elle en me montrant du doigt, rieuse.

Souriante, je pose mon doigt sur les lèvres : chut !

M. Riley et sa femme – Karen – se disputent tout bas à la cuisine, pendant qu'elle transfère son agressivité sur les macaronis au fromage en cours de préparation.

– Il faut le mettre dehors, Tim. Tu vas te faire licencier. C'est de la… comment disent-ils… du recel de malfaiteur. Il est venu chez nous armé. Avec un *pistolet*. Tu ne peux pas savoir s'il n'a pas tué Elizabeth. C'est bien ce que tout le monde pense, non ?

– Il m'a remis son arme, Karen. Elle n'était même pas chargée. Il ne nous fera aucun mal. Je vais juste lui parler… pour le convaincre de m'accompagner au commissariat. (M. Riley tressaille quand son interlocutrice jette une cuiller en bois dans l'évier.) Il a des ennuis. L'aider fait partie de mon travail.

– Ah bon ?

Elle croise les bras, les lèvres pincées, rouge de colère. Karen est petite et mince. Elle serait jolie si elle était moins ordinaire, mais elle ne se maquille pas, elle ne s'occupe pas particulièrement de ses cheveux, elle a le teint pâle, même en été, et ses vêtements ont l'air de sortir d'une friperie. Je n'ai jamais compris *de ma vie* comment une femme pouvait se montrer aussi indifférente à son apparence. Il m'a toujours semblé qu'il n'existait rien de pire au monde que d'être ordinaire.

– C'était le petit copain d'Elizabeth, non ? demande-t-elle. (Son mari acquiesce.) Il sait qu'elle passait te voir en pleine nuit ? Que vous papotiez à la cuisine pendant que je dormais ?

– Arrête, Karen. Tu étais au courant. Elle avait des ennuis. M'occuper d'elle faisait partie de mon *travail.*

– Ton *travail*, répète la jeune femme, un regard furieux braqué sur lui. Ton contrat précise donc que tu dois recevoir chez toi les adolescentes les plus sexy du lycée ? Les réconforter. Les serrer dans tes bras...

Il jette un coup d'œil vers la salle de séjour, où Richie et Hope se renvoient toujours la balle. Richie a l'air d'un calme absolu, ce qui ne m'étonne pas. Il a forcément compris qu'il devrait affronter la police tôt ou tard. Et, tel que je le connais, il est content qu'il n'y en ait plus pour très longtemps. Mais en ce moment, il a droit à une pause. Jouer avec une enfant de deux ans : que peut-il bien exister au monde de plus réconfortant ?

– Je ne veux pas le laisser seul avec Hope, déclare Karen en passant la main dans ses cheveux d'un brun terne.

Elle n'a pas de vernis, ses cuticules sont mal entretenues, sa peau sèche et crevassée. Pourquoi ne s'offre-t-elle pas une bonne manucure ? Je ne comprends pas.

– D'accord. Je vais lui dire de s'en aller. Ça te va ?

– Oui, ça me va. (Elle inspire longuement, profondément.) C'est de la folie.

M. Riley se rapproche pour presser la joue contre la sienne.

– Je n'ai jamais rien fait avec Liz que je n'aurais pas fait en ta présence.

C'est parfaitement vrai. Je n'avais que lui pour me réconforter. Il m'a semblé… normal qu'il me serre dans ses bras, qu'il essaie de me consoler.

– Elle était tellement jolie. Ce genre de filles… les filles de Noank… du lycée… je ne suis pas comme ça. Je ne l'ai jamais été.

– Elle était surtout très malade. La maladie et la souffrance dans un emballage de luxe, vêtements de marque et maquillage de camouflage. Ça ne changeait rien à sa nature profonde. (Il déglutit.) C'est sans doute ce qui l'a tuée, Karen.

– Tu ne me dis pas tout ! s'exclame-t-elle, accusatrice.

– Si, répond-il d'un ton ferme. Elle m'a supplié de devenir son confident, mais je n'ai pas voulu. Pour ne pas laisser ce qui la rongeait entrer dans notre vie.

La casserole posée sur la cuisinière commence à fumer. Ça chauffe trop. Le dîner va brûler.

Karen baisse l'électricité de la plaque puis jette un coup d'œil à sa préparation mise à mal.

– Mais *c'est* entré dans notre vie, ça y est.

– Alors laisse-moi aider Richie. S'il te plaît. Je ne peux pas m'empêcher de me dire que si j'en avais fait davantage pour Liz… si j'étais allé trouver ses parents, si je lui avais pris rendez-vous chez un psy ou si je l'avais encouragée à tout me raconter… elle ne serait peut-être pas morte. Tu ne sais pas ce que c'est, Karen.

– Non, en effet, admet-elle en secouant la tête.

– Je n'y peux plus rien. C'est fini. (Il déglutit.) Il faut que je fasse quelque chose pour Richie. Je le lui dois à elle.

Planté sur le seuil de la salle de séjour, M. Riley claque des mains.

– Bon, Richie, il est temps d'y aller.

– Où ça ? demande le visiteur en levant vers lui des yeux pleins d'innocence stupéfaite.

– Au commissariat. Il faut que tu te rendes. Toute la police de la ville est à ta recherche. Tu sais qu'ils ont failli annuler les cours, aujourd'hui ?

Karen fait son apparition, le temps de prendre Hope dans ses bras avant de battre en retraite à la cuisine – sans mot dire.

Dans la voiture, Richie se tourne vers M. Riley.

– Je cours tous les matins, maintenant.

– Génial. Si tu ne te retrouves pas en prison, tu devrais peut-être te joindre à l'équipe de cross, au printemps.

– Je vais toujours au même endroit. Une vraie obsession... comme si j'étais poussé par je ne sais quoi. Je suis carrément incapable d'aller ailleurs, c'est super bizarre. Une bicoque à la limite de la ville. Je n'avais jamais mis les pieds dans le quartier avant. Aucun de mes copains n'y habite. Ils vivent dans des endroits plus sympas, vous comprenez. (Une pause.) Mes parents sont des gens bien. Je suis un mec bien.

– Tu es un dealer, Richie.

– Bon, mais à part ça. Vous ne m'écoutez pas. Chaque fois que je cours, je me retrouve devant cette maison. Au début, les premières semaines, je la regardais, c'est tout. Je ne savais pas ce que je faisais là. Mais depuis une quinzaine de jours, j'ai commencé à fouiner. À me renseigner.

Ils sont presque arrivés, maintenant.

– Ah bon ? (M. Riley ne pourrait pas avoir l'air plus indifférent.) Tu veux dire que tu t'es introduit par effraction chez des inconnus ?

– Non. J'ai regardé par les fenêtres. Et dans la boîte aux lettres. Vous savez chez qui c'est ? (Richie n'attend pas la réponse pour continuer :) Chez ce jeune, là… celui qui est mort l'an dernier, Alex Berg. J'ai passé des semaines à courir comme si quelqu'un, je ne sais qui, m'emmenait là-bas, et il se trouve que c'est chez un autre mort. Qu'est-ce que ça veut dire, à votre avis ? Ça n'a aucun sens, hein ? (Il hésite.) Je sais que ça a l'air dingue, mais… vous croyez que c'est Liz ? Peut-être qu'elle est toujours là. Peut-être que c'est elle qui me pousse à aller là-bas pour me montrer quelque chose.

– C'est moi. (Je frissonne, les yeux fixés sur lui, pleine d'amour. Que ne donnerais-je pas pour être tout contre lui !) Je pensais à Alex, et tu en as eu conscience. Tu as toujours conscience de mes pensées.

M. Riley s'engage sur le parking gravillonné du commissariat.

– Je vais te dire, Richie. À mon avis, les gosses de ton âge devraient se concentrer sur leur vie. Qu'est-ce que ça fait, que ce soit chez Alex ? Il est mort.

– Quelqu'un l'a tué, s'obstine Richie. On ne sait pas qui. La récompense tient toujours.

M. Riley tire sur le frein à main.

– Il est temps d'y aller. Je t'accompagne, si ça te rend les choses moins pénibles.

– M. Riley ?

– Oui, Richie ? demande mon entraîneur, les yeux fixés au plafond de la voiture.

– Vous n'avez pas vraiment répondu à ma question. Sur Liz.

– Tu crois que c'est elle qui te pousse à courir jusque chez Alex ? Qu'une grande conspiration a pris naissance à Noank ? (Il secoue la tête.) Moi, je n'y crois pas. Et tu ne devrais pas non plus. C'est une coïncidence, point final. Je ne crois pas aux conspirations. Ni aux fantômes, d'ailleurs.

Assise sur la banquette arrière, je me penche pour lui poser les mains sur les épaules. Je serre. En me concentrant. Ça ne marche pas aussi bien qu'avec Richie, loin de là. Je sens presque le sang circuler sous la peau... presque, mais M. Riley n'a pas un tressaillement.

– Attendez. Avant d'y aller, je voudrais vous demander autre chose.

– Oui ?

– Vous croyez... vous croyez que si je retourne au lycée, on me laissera aller au bal de la rentrée ? J'ai déjà promis à Josie de lui servir de cavalier, vous comprenez. Elle a acheté la robe et tout ce qui s'ensuit.

Mon entraîneur considère Richie d'un œil fixe.

– Tu vas être arrêté, et tu penses au bal de la rentrée ? (Il secoue la tête, incrédule.) Tu sais que tu es un délinquant lamentable ?

– Ben oui.

– Alors pourquoi ne pas laisser tomber ? Arrête de dealer, tu as mieux à faire. Un élève aussi brillant que toi...

M. Riley s'interrompt pour examiner son passager, les yeux brillants d'un mélange de compassion, d'amusement et de... quoi au juste ? On dirait presque de la fascination. Richie est tellement plus complexe qu'il ne l'a cru des années durant. Peut-être s'en rend-il enfin compte.

– Je suis un dealer, sourit Richie. Il est trop tard pour y changer quoi que ce soit.

– Il n'est jamais trop tard pour changer.

Cette fois, il ne répond pas. Je ne crois pas qu'il soit d'humeur à entamer une grande discussion sur son avenir.

M. Riley s'éclaircit la gorge.

– Alors tu ne voudrais pas faire de peine à Josie ? Tu as peur qu'elle soit obligée de rapporter sa robe de bal ?

– Oh, elle n'aurait pas à la rapporter. Elle trouverait un autre cavalier, je n'en doute pas. (Richie pose la main sur la poignée de la portière.) J'ai de la peine pour elle. J'ai de la peine pour toute la famille de Liz. Mais vous vous en fichez, hein ? Après tout, qu'est-ce que ça peut vous faire ? (Sans laisser à son interlocuteur le temps de répondre, il descend de voiture.) Merci d'avoir accepté de me cacher aujourd'hui. Souhaitez-moi bonne chance.

18

Après s'être livré à la police, Richie est soumis à un interrogatoire interminable qui semble ne mener nulle part, malgré sa durée. Je dois reconnaître que les gens en vue ne subissent effectivement pas le même sort que le commun des mortels, surtout à Noank. M. Wilson arrive au commissariat avec son avocat, Richie passe devant le juge et écope de deux ans de liberté surveillée. Heureusement pour lui, son père a fait un don très généreux à la municipalité, il y a quelques années ; c'est d'ailleurs ce qui a permis la construction du nouveau commissariat… et ça lui donne une influence indéniable sur les autorités judiciaires. C'est la première fois que Richie contrevient à la loi, son pistolet n'était pas chargé, il l'a donné de son plein gré à M. Riley, lequel l'a finalement remis à la police, tant et si bien que tout le monde tombe d'accord pour ne pas envenimer les choses. La drogue reste en possession des autorités, puisqu'elle fait partie des pièces à conviction, mais M. Wilson récupère l'arme dont il est le légitime propriétaire. Quant à Joe Wright, il garde la clé USB.

Après l'interrogatoire, il s'enferme à double tour dans une petite pièce du commissariat aux stores vénitiens impénétrables, où il examine avec une répugnance visible les fameuses photos sur lesquelles je prends des poses compromettantes. Celles qui m'avaient été envoyées sur mon ordinateur. Le dégoût m'envahit à l'idée que c'est sans doute Josie qui a donné cette clé à Richie pour le détourner de moi.

– Ne regarde pas, s'il te plaît, dis-je à Alex, suppliante.

Sans mot dire, il hoche la tête et se détourne.

Mon cœur se brise à la pensée que Richie a vu ça. Depuis combien de temps était-il en possession des fichiers de Vince ? Des semaines avant ma mort ? Des mois ? Comment pouvait-il me sourire en sachant ce qui se passait derrière son dos ? Comment pouvait-il continuer à m'aimer ? La seule réponse qui me vienne à l'esprit, c'est qu'on parle de *Richie*. Il me connaissait depuis toujours. Il ne pouvait pas plus se débarrasser de son amour que moi, quand je me suis aperçue qu'il fricotait en cachette avec Josie.

Les jours s'étirent en semaines sans qu'il se passe grand-chose de passionnant. Octobre succède à septembre, les feuilles tombent, le froid s'accentue, la vie continue – plus ou moins – pour ma famille et mes copains. Richie court tous les matins. Jusque chez Alex. Puis il regarde la petite maison, longtemps, sans comprendre.

Il se rend souvent sur ma tombe aussi. Il ne parle pas beaucoup, mais il lui arrive de s'asseoir par terre, de se tourner vers ma stèle – qui a enfin été érigée, six bonnes semaines après ma mort – et de la serrer dans ses bras comme si c'était moi. Il me croit sous terre, alors que je me tiens juste à côté de lui.

Je reçois des tas de visites. Mon père passe de temps en temps, quand il ne squatte pas le bateau. Ma tombe est juste à côté de celle de ma mère, à la pierre imposante, festonnée de motifs complexes.

Analisa Ann Valchar
Épouse et Mère Bien-Aimée
1968-2001

Voilà ce qu'on y lit.

Elle n'est plus fleurie depuis des années. Après son mariage avec Nicole, je crois que mon père a vraiment voulu laisser son passé derrière lui. Il n'a rien gardé de l'époque précédente que la maison et le yacht.

Ma tombe à moi, en revanche, est *couverte* d'offrandes sous l'énorme stèle neuve, encore plus démesurée que celle de ma mère. La vigne vierge gravée tout autour encadre mon nom, tracé d'une délicate écriture cursive. Malgré les semaines écoulées depuis mes funérailles, on m'apporte encore des monceaux de fleurs. Ce serait presque gênant, si ça ne me faisait pas un plaisir aussi étonnant. Même morte, je suis incroyablement populaire.

Vu le temps qu'on passe au cimetière, Alex et moi – après tout, c'est l'endroit idéal pour des fantômes –, on assiste aux allées et venues de nombreux endeuillés.

Ses parents lui rendent visite toutes les semaines, le dimanche après la messe, alors que moi, je suis sollicitée en permanence ou presque : des lycéens que je connaissais à peine arrivent avec des fleurs, voire avec des trucs idiots genre ours en peluche. Le jour de la première course de la saison, mes anciens coéquipiers de cross m'ont laissé un joli nœud, composé d'une paire de lacets (ils ne m'aimaient pas vivante, mais semblent enchantés d'exhiber leur chagrin en mon honneur de morte). M. Riley passe deux fois par mois réciter une prière. Mera et Topher viennent ensemble, bien sûr, ce qui n'empêche pas Mera de repartir en pleurant comme une madeleine.

Karen Riley se montre une fois, une seule, à la mi-octobre. Brièvement. Et avec Hope. Je trouve ça carrément morbide – quelle idée d'amener un bébé au cimetière ? –, mais la petite s'amuse à courir entre les tombes pendant que sa mère, postée devant la mienne, regarde sans mot dire à ses pieds. Elle n'a pas apporté de fleurs. Elle n'est pas maquillée, évidemment ; elle s'est fait une bête queue-de-cheval ; son jean délavé, un peu trop court, dévoile les banales socquettes blanches qui sortent de ses espadrilles. Enfin, elle s'agenouille et passe le bout des doigts sur les lettres gravées dans ma pierre tombale, presque comme pour vérifier que je suis bien là-dessous.

Puis, toujours à genoux, elle pose les mains à plat par terre.

– J'aurais dû être plus gentille avec toi, murmure-t-elle en jetant un coup d'œil à sa fille, qui poursuit un papillon autour d'une tombe fraîche.

Hope est aussi mince et longiligne que son père, avec des cheveux blonds soyeux et de superbes yeux bleus. Un jour, ce sera une vraie beauté – sans doute Karen Riley en a-t-elle conscience.

Quelques larmes coulent sur ses joues.

– Tu n'étais qu'une enfant, ajoute-t-elle. Je suis désolée de t'avoir autant détestée.

Après son départ, Alex et moi restons un long moment muets. De mon vivant, octobre était mon mois préféré, parce qu'il faisait toujours le temps idéal pour courir : froid, mais pas trop, avec un air vif, picotant. Et puis j'adorais la manière dont mes pieds écrasaient les feuilles mortes quand je m'entraînais au bord de la route. Le problème, c'est que maintenant, je suis gelée en permanence. Enfin... au moins, je peux toujours me coucher dans l'herbe, les yeux fixés sur les étoiles. Et monter la garde près de ma tombe.

Une petite part de moi s'obstine à espérer que je vais entrevoir quelque chose de ma mère – une apparition, un fantôme, peu importe –, mais il ne m'arrive rien de tel. Vivantes, on se ressemblait tellement. Mortes, on est tellement loin l'une de l'autre. Malgré ce qui m'est arrivé, elle n'est pas là pour me consoler, et son absence me donne une impression de solitude inouïe. J'ai de plus en plus peur de ne jamais la revoir ; de rester éternellement bloquée sur terre avec Alex ; d'être condamnée à hanter Noank pendant que tout le monde continue à vivre sa vie et nous oublie peu à peu.

Un jour particulièrement froid, on s'installe au cimetière, où on regarde les funérailles d'une vieille femme qui a rendu son dernier souffle dans son lit. Ses proches versent à peine quelques larmes, en déclarant à qui veut les entendre que son heure était venue. Au crépuscule, Caroline arrive et s'approche de ma tombe en silence.

Sans doute y a-t-il eu un match de foot et est-elle venue à pied du lycée, car elle porte son uniforme de pom-pom girl. Je la trouve absurdement déplacée dans la morne pénombre, avec ses deux couettes haut placées, les grandes lettres tracées sur ses joues – LN, Lycée de Noank – et les pompons qui se balancent à ses côtés. Elle les pose par terre en leur jetant un regard circonspect – à croire que je risque de sortir la main de terre pour m'en saisir.

Puis, comme bien des visiteurs, elle s'agenouille et prend le temps de suivre du bout des doigts les lettres gravées sur ma pierre tombale.

– On dirait que tu lui manques vraiment, constate Alex. C'était une de tes meilleures amies, hein ?

– Oui. (Si seulement je pouvais la serrer dans mes bras. Elle ne semble pas encore remise de ma mort.) Mais ce n'était pas seulement une bonne amie, c'est quelqu'un de bien, je t'assure, que tu sois disposé à le croire ou non.

Je m'attends à une de ses répliques mordantes, mais il reste muet.

Caroline se relève, lisse les faux plis inexistants de sa jupe parfaitement repassée et resserre les pans de sa veste autour de son corps.

– Salut, Liz. (Elle shoote dans la terre.) Je suis désolée de ne pas être passée te voir avant, mais je n'aime pas les cimetières. (Elle regarde autour d'elle.)

Quand on était petites, mes sœurs et moi, mon père nous disait de retenir notre souffle en passant près de la grille, parce que sinon, on risquait d'aspirer les âmes des morts et de se retrouver possédées. C'est idiot, je sais, mais ça m'a toujours fait un peu peur. (Elle s'interrompt une seconde.) Je suis persuadée que tu trouves ça ridicule, et je me suis dit que de toute manière, tu n'aurais pas envie de me posséder, même si tu traînais dans le coin. (Elle baisse les yeux vers ses jambes.) Tu préférerais rester raide morte que d'occuper un corps aux chevilles aussi épaisses.

« Enfin bon, j'avais deux ou trois choses à te dire. Des choses que je ne t'aurais jamais dites de ton vivant. Parce qu'il faut que tu saches, Liz... c'était dur d'être ta copine. Tu essayais d'être gentille, d'accord, tu n'étais pas méchante, mais il m'arrivait de me demander pourquoi je te fréquentais autant. Tu te rappelles les soirées chez moi, l'an dernier ? Quand mes parents étaient en Égypte... Ça te revient ? Ils sont partis un mois entier, et vous m'avez persuadée d'organiser une fête tous les week-ends en leur absence, Josie et toi. Vous m'aviez promis de m'aider à ranger le lendemain, mais vous ne l'avez fait qu'une fois, la toute première. Après, le matin, vous vous leviez et vous repartiez, point final.

« Je ne t'en ai jamais parlé, mais à la dernière fête, tu t'es saoulée et tu as vomi dans la salle à manger. Tu en as mis plein le tapis oriental. Et tu ne m'as pas proposé de nettoyer, tu es juste rentrée chez toi. Moi, j'avais super peur que tu aies un accident parce que tu avais bu, mais tu m'avais promis de m'envoyer un texto en arrivant. Tu ne l'as pas fait, évidemment. Je n'ai réussi à te joindre que le lendemain soir. J'étais horriblement inquiète, mais je suppose que tu es au courant. Ce que je ne t'ai jamais dit, c'est que... le tapis sur lequel tu as vomi était une antiquité, une vraie. Mes parents l'avaient acheté à une vente aux enchères à Pékin. Il valait des milliers de dollars, et tu l'as foutu en l'air. Tu buvais de la vodka au jus de canneberge, cette nuit-là, avant de passer à la bière – c'est ça qui t'a rendue malade. Enfin bon, la tache était rouge vif, et je n'ai pas réussi à l'enlever, normal. Quand mes parents sont revenus de voyage et qu'ils ont vu ça, j'en ai pris pour mon grade. »

Elle soupire. Un nuage de brouillard se forme devant son visage.

– Je ne leur ai pas dit ce qui s'était passé, parce qu'ils l'auraient répété à tes parents. Ils leur auraient fait payer les dégâts, et j'avais peur... (Elle se met à pleurer.)... j'avais peur que tu ne veuilles plus être ma copine, que Josie et toi, vous vous vengiez de moi si vous aviez des ennuis par ma faute. J'ai préféré me laisser priver de sorties pendant un mois. Seulement maintenant, mon père a perdu son travail, mes parents ont commencé à revendre toutes leurs antiquités pour payer le crédit de la maison, et l'autre jour, ma mère m'a dit que si le tapis n'avait pas été fichu, ça nous aurait permis de tenir trois mois de plus. Tu te rends compte ?

Je suis désolée pour Caroline, évidemment, mais je regrette encore plus de m'être conduite de cette manière et de l'avoir impressionnée au point qu'elle n'ose pas raconter à ses parents ce qui s'était passé.

– Elle n'aurait pas dû s'inquiéter comme ça, on serait restées amies, dis-je à Alex. Elle aurait quand même dû le savoir. Mes parents auraient payé, et voilà.

– Tu en es sûre ? (Il me dévisage d'un œil aigu.) Et Josie ? Caroline a bien dit qu'elle avait peur que vous lui tombiez dessus, Josie et toi.

– Je ne sais pas où elle est allée chercher une idée pareille. Josie est sympa. Elle aime qu'on fasse attention à elle, c'est tout.

– En effet, acquiesce Alex, sans s'attarder sur le sujet.

– Enfin, ça n'a plus d'importance, continue Caroline en s'essuyant les yeux. Tu es morte, mes parents vont sans doute perdre leur maison, et Josie a raconté à *tout le monde* que mon père se retrouvait au chômage. Je n'ai même pas de cavalier pour le bal de la rentrée. Alors qu'elle y va avec *Richie*. Tu t'es noyée il y a quelques semaines à peine, il a été arrêté tout récemment, mais tes parents la laissent sortir avec lui comme si de rien n'était. (Un frisson secoue Caroline.) C'est horrible. Il ne se passe que des choses horribles depuis ta mort. (Elle s'interrompt brièvement.) Remarque, c'était horrible aussi de ton vivant. Je sais que ça a l'air dingue, mais j'avais le... le pressentiment qu'il allait se produire un drame des mois avant que tu meures.

Elle ramasse ses pompons puis les secoue pour les débarrasser des feuilles mortes qui s'y sont accrochées.

– Tu vois, ce matin-là, quand j'ai entendu Mera hurler, j'ai tout de suite compris qu'il t'était arrivé quelque chose d'horrible. Je le savais. (Elle baisse la tête, récite une petite prière puis se signe avec un des pompons.) Tu allais tellement mal avant ta mort, Liz. Ça se voyait. J'espère que tu te sens mieux, maintenant. Personne ne se sent bien ici, ça, c'est sûr.

Elle s'éloigne, prête à partir, mais elle s'arrête au bout de quelques pas, lève les yeux vers le ciel obscur puis inspire longuement, en regardant autour d'elle pour vérifier qu'elle est bien seule. Personne. Alors au lieu de prendre l'allée qui la mènerait à la sortie du cimetière, elle coupe dans l'herbe vers le sommet de la colline et un épais bosquet.

– Mais où est-ce qu'elle va ?

Moi, je suis surprise, tandis qu'Alex, brusquement tendu, croise les bras très serrés.

– Chez elle, sans doute.

– Non, non, ce n'est pas par là. (J'emboîte le pas à Caroline, mais il ne fait pas mine de bouger.) Hé, tu viens ?

Les bras plaqués contre la poitrine, il secoue la tête.

– Pour quoi faire ?

Je m'arrête, surprise.

– Mais viens, enfin ! Qu'est-ce qui t'arrive ?

– Rien, répond-il, les yeux baissés.

Après avoir monté l'essentiel de la pente, Caroline prend à gauche une étroite allée gravillonnée qui mène aux tombes les plus proches du bosquet. Bien sûr : elle rend visite à Alex.

Je me demande pourquoi ? Elle ne le connaissait pas. On est allées à ses funérailles ensemble, d'accord, mais des tas de lycéens qui ne le connaissaient pas davantage en ont fait autant. De toute manière, si mes souvenirs sont bons, elle n'était pas plus émue que ça. Ils n'étaient pas amis, ils n'avaient pas les mêmes fréquentations... et je ne vois vraiment pas comment ils seraient entrés en relation par ailleurs.

N'empêche qu'elle est là, à genoux devant la tombe d'Alex, près d'un an après sa mort. Postée près d'elle, fascinée quoique perplexe, je la regarde poser les deux mains sur la dalle puis se pencher jusqu'à la toucher du front.

Elle reste un long moment dans cette position, parfaitement immobile. Alex finit par s'approcher, mais aucun de nous deux n'ouvre la bouche.

Lorsque enfin Caroline relève la tête, elle a les yeux rouges et les joues barbouillées de maquillage.

– Salut, Alex, chuchote-t-elle tout bas, après avoir à nouveau vérifié que le cimetière est désert.

Il lui sourit avec douceur, plus détendu que tout à l'heure.

– Salut, Caroline.

Je le regarde avec des yeux ronds.

– Mais enfin, qu'est-ce qui se passe ? Explique-moi, quoi.

Elle se relève en s'essuyant les yeux et les joues du dos de la main, ce qui transforme définitivement les lettres en taches informes de rouge et de blanc mêlés.

– Chut, me dit Alex en se posant le doigt sur les lèvres, sans cesser de lui sourire.

– Je suis désolée, déclare-t-elle à haute et intelligible voix, avant de fermer les yeux de toutes ses forces, visiblement au bord des larmes, une fois de plus. Je suis *tellement* désolée.

– Mais qu'est-ce qui lui prend ? dis-je à Alex. Comment se fait-il que vous vous connaissiez ?

– Rien, rien, répond-il en me jetant un coup d'œil.

– Arrête, Alex, je vois bien qu'il y a *quelque chose*. Ce n'est pas juste. Explique-moi.

Les yeux rivés à elle, il ne me prête aucune attention. Elle baisse la tête, les paupières closes, et se met à réciter un *Je vous salue, Marie* d'une voix douce, obsédante dans le cimetière désert.

– Je te souhaite de reposer en paix, ajoute-t-elle en rouvrant les yeux.

Enfin, elle ramasse ses pompons pour la seconde fois puis s'éloigne, redescendant la colline droit vers la sortie du cimetière. Sa silhouette rapetisse sur fond de ciel vespéral tandis qu'elle s'avance d'un pas tranquille entre les rangées de tombes. Elle était mal à l'aise devant la mienne, beaucoup moins devant celle d'Alex, et maintenant, de loin, je lui trouve l'air apaisée.

Après son départ, je me tourne vers Alex.

– Bon, qu'est-ce que ça veut dire ? Pourquoi étaitelle désolée ?

Il penche la tête de côté.

– Je pense que ce qui m'est arrivé l'a bouleversée, c'est tout.

Sa réponse ne me satisfait pas, loin de là : elle n'explique pas pourquoi Caroline lui a rendu visite et récité le *Je vous salue, Marie*.

– Tu me caches quelque chose, dis-je de mon ton le plus sévère.

Il se passe la main dans les cheveux en soupirant.

– Ce n'est pas facile à expliquer, mais je peux te montrer, si tu veux.

– Me montrer ? Tu veux dire...

– Oui, acquiesce-t-il, t'emmener. Comme ça, tu verras de tes propres yeux.

– Je croyais que tu ne voulais pas partager tes souvenirs avec moi.

– Je veux bien faire une exception, répond-il, son sourire rêveur obstinément accroché aux lèvres.

Avant que je ne puisse répondre, une évidence s'impose à mon esprit :

– Ce n'est pas la première fois qu'elle vient sur ta tombe, hein ?

– Non, en effet.

J'ai peine à y croire. Caroline. Ici. Pour Alex. Récitant des prières, lui disant qu'elle est désolée – je me demande bien pourquoi. Si stupéfaite que je sois, ça ne m'en fait pas moins plaisir. Je suis contente qu'il n'ait pas seulement ses parents pour lui rendre visite. Il mérite au moins ça.

– Elle vient souvent ?

– Non, juste de temps en temps. (De son vivant, il aurait rougi, je suis prête à le parier.) La première fois, ça m'a vraiment surpris. Jamais je n'aurais cru qu'elle se rappellerait. (Il me regarde, interrogateur.) Bon, tu veux savoir, oui ou non ? Je te montre, si tu y tiens. Ça et rien d'autre.

– D'accord. (Je le prends par le poignet.) Allons-y.

Une fois dans le passé de mon compagnon, je rouvre les yeux sur une grande salle meublée de longues tables de bois. Sans doute une cave, car il n'y a pas de fenêtre. D'ailleurs, la double porte entrebâillée à l'autre bout de la pièce mène à un escalier.

– Où est-ce qu'on est ?

– Tu ne le sais pas ? s'amuse Alex.

– Non.

Près de la porte est peint un Christ grandeur nature, les bras écartés, les yeux baissés vers les enfants représentés à ses pieds. Il voisine avec un tableau noir, sur lequel s'étalent en lettres cursives bien dessinées plusieurs versets de la Bible.

– Je suppose que c'est une église... le catéchisme, peut-être ?

– La préparation à la confirmation, m'explique Alex.

– La confirmation ? Qu'est-ce que c'est ?

– Un truc de catholiques. Les gosses se préparent pendant un an, puis ils font leur première communion. (Il s'interrompt une seconde.) Tu sais ce que c'est, quand même, la communion ?

– Oui, oui. Le pain et le vin, c'est ça ?

Je me demande un instant s'il ne va pas se lancer dans de grandes explications sur la communion – c'est apparemment plus complexe que je ne le pensais –, mais il secoue la tête, un petit rictus aux lèvres.

– Je suis en C.P., déclare-t-il en parcourant des yeux la salle, où les enfants sont installés à huit par table. Là.

Je regarde dans la direction indiquée, et je le reconnais aussitôt. Ma main se pose d'elle-même sur ma bouche.

– Oh, Alex, tu es trop mignon ! (Il est effectivement adorable avec ses joues roses, sa salopette en jean sur son T-shirt Spiderman et ses cheveux un peu trop longs – la frange de sa coupe au bol lui tombe dans les yeux.) Rhôôô... (Je lui donne un petit coup de coude.)... un vrai chérubin !

– Arrête, proteste-t-il, gêné... mais souriant.

– Qu'est-ce que vous êtes sages.

Il y a tellement d'enfants qu'ils devraient faire un minimum de bruit, mais ils restent tous immobiles, silencieux, les yeux baissés, comme s'ils attendaient je ne sais quoi. Un léger bruit, dans mon dos. Je pivote. Il y a une autre porte de ce côté-ci de la salle, à peine entrebâillée.

On s'en approche, Alex et moi, pour regarder derrière. Une toute petite pièce, guère plus grande qu'un placard. Meublée de quelques étagères chargées de cassettes vidéo, d'une vieille télé, d'un magnétoscope et d'une chaise pliante en métal. Sur la chaise est assise une religieuse d'âge mûr, qui s'ennuie visiblement pendant qu'une fillette en robe plissée à bretelles lui récite le *Je vous salue, Marie*, plantée devant elle.

– Il fallait apprendre les prières par cœur, m'explique Alex. Sœur Barbara – elle s'appelait sœur Barbara – nous faisait réciter notre leçon chacun notre tour, dans cette pièce-ci.

– Ah, d'accord. (La fillette quitte le réduit, où la remplace quelques secondes plus tard un garçonnet grassouillet, aux boucles noires.) Quel rapport avec Caroline ?

On s'est retournés vers les tables, auxquelles les enfants attendent leur tour en silence, mais le petit Alex a disparu.

– Tu vas voir. Viens, on va dans le couloir, répond le fantôme d'Alex en me montrant la grande double porte.

Je distingue trois portes normales dans le petit corridor, sombre et étroit, qui mène à l'escalier. À en croire les pictogrammes, deux d'entre elles donnent sur les toilettes – hommes et femmes. La dernière ne comporte aucune indication.

Alex enfant sort des toilettes en s'essuyant les mains sur sa salopette, baisse les yeux, s'aperçoit que son lacet s'est dénoué et se penche pour le renouer.

Un léger bruit me fait dresser l'oreille.

– Tu entends ?

Le garçonnet entend, en tout cas. Figé, il examine la porte anonyme. Un léger tintement nous parvient de nouveau.

Je jette un coup d'œil à mon compagnon, qui sourit : il sait manifestement ce qui va se passer.

Sa version enfant s'approche de la porte, prend la poignée d'une main hésitante et ouvre d'une poussée.

Un vestiaire. Où, debout sur la pointe des pieds, la petite Caroline Michaels essaie de lever les bras assez haut pour accrocher sa veste.

– Je croyais que tu ne viendrais pas, aujourd'hui, dit le jeune Alex.

Elle sursaute, recule d'instinct et manque tomber dans un portant chargé de vêtements liturgiques. Elle n'a que six ou sept ans, mais elle est déjà magnifique : petite et nerveuse, bras et jambes minces dépassant d'un chemisier rose et d'une jupe en jean délavé, longues tresses terminées par des rubans rose pâle. L'arrivée d'Alex l'a visiblement prise au dépourvu.

– Qu'est-ce que tu fais dans le placard ? reprend-il.

Pas de réponse. Mais Caroline doit être là depuis un moment, car le contenu de son sac à dos ouvert a été disposé par terre en demi-cercle : une thermos Barbie, un album de coloriage, un sachet presque vide de biscuits au fromage, un flacon de vernis à paillettes, un devoir de maths entamé.

– Tu te caches, insiste Alex. Qu'est-ce qui t'arrive ?

– Je... je... je... (La pauvre petite a vraiment l'air terrorisée.) Ne me dénonce pas.

Il jette un coup d'œil en arrière, s'avance dans le réduit puis en referme la porte.

– Qu'est-ce qui ne va pas ? interroge-t-il avec un intérêt non feint. Ne t'en fais pas, je ne te dénoncerai pas.

– Je ne peux pas aller au cathé, déclare-t-elle, les yeux baissés, avant de se mettre à mordiller un de ses ongles vernis. Je ne sais pas la prière.

Alex, qui se demande manifestement que faire, regarde autour de lui comme s'il espérait trouver dans le vestiaire une solution au problème.

Je lève la tête vers sa version adolescente fantomatique.

– Elle se cachait là-dedans depuis le début ?

– Eh oui. On allait au cathé le vendredi, juste après l'école. C'était tout près. Elle avait dû traîner en route puis se cacher dans le placard, pour que ses parents ne se rendent pas compte qu'elle séchait.

Les deux enfants sont maintenant assis par terre, presque joue contre joue.

– Je vous salue, Marie, pleine de grâce… chuchote Alex.

– Je vous salue, Marie, pleine de grâce, répète Caroline, toujours aussi paniquée. Je la connais presque en entier, Alex, à part la fin. Je n'arrête pas d'oublier la dernière partie, et c'est trop tard, maintenant.

– Mais non, répond-il. Je vais t'aider. Recommence.

– Je vous salue, Marie, pleine de grâce, récite-t-elle. Vous êtes… vous êtes bénie entre toutes les femmes, et Jésus, le fruit de vos entrailles, est béni. Sainte Marie, mère de Dieu, priez pour nous… priez pour nous… (Elle ferme les yeux.) Je ne sais pas la suite.

– Priez pour nous, pauvres pécheurs, enchaîne Alex.

– Priez pour nous, pauvres pécheurs, répète Caroline.

– Maintenant et à l'heure de notre mort, continue-t-il.

– Maintenant et à l'heure de notre mort.

– Maintenant et à l'heure de notre mort, insiste-t-il.

Elle rouvre les yeux pour le regarder.

– Maintenant et à l'heure de notre mort.

Il lui sourit.

– Amen.

Ils restent quelques minutes de plus dans le placard, le temps que Caroline récite trois ou quatre fois la prière, puis ils regagnent la salle de catéchisme.

Alex et moi nous retrouvons seuls dans le vestiaire.

– Elle s'en souvient, alors que ça fait plus de dix ans, tu te rends compte ? me dit-il. On n'a jamais été copains, même quand on était petits. En fait, je ne crois pas qu'on se soit reparlé après cette histoire. Ça n'a duré que quelques instants, mais quelques instants importants… (Il s'interrompt une seconde.) Pour nous deux.

– Elle ne m'avait rien raconté, pas même le jour de tes obsèques. J'aurais cru qu'elle me dirait…

Il hausse les épaules.

– Il n'y a pas grand-chose à dire. (Après avoir parcouru le réduit d'un regard circulaire, il repose les yeux sur moi.) Voilà, tu sais, maintenant.

Je lui souris.

– Merci de m'avoir montré.

La lampe bourdonne au-dessus de nos têtes. Sans un mot de plus, on se tend la main et on laisse s'évanouir le passé.

De retour au cimetière, on décide de changer de décor, au présent, mais je pense toujours à Caroline en repartant, à la visite qu'elle vient de rendre à Alex et à la douceur des quelques instants qu'ils ont partagés dans le vestiaire. J'aimerais en reparler, me faire une meilleure idée du passé de mon compagnon, mais je ne veux pas insister. Il m'en a déjà montré plus que je ne l'aurais cru.

Lui aussi reste silencieux un long moment, plongé dans ses pensées, avant de lancer sans avertissement :

– Il me semblait t'avoir entendue dire chez moi que tu n'avais rien vu venir. Que tu ne te doutais absolument pas qu'il allait t'arriver quelque chose.

– Oui, c'est vrai.

– Je ne comprends pas. Caroline elle-même avait une intuition. Comment se fait-il que tu ne te sois doutée de rien ?

– Ce n'est pas exactement ce que j'ai dit. J'ai dit que j'avais l'habitude de la mort. Mais franchement, je ne me rappelle pas avoir eu l'impression qu'il allait se passer quoi que ce soit.

– Réfléchis. Cherche bien.

– Comment veux-tu que je fasse une chose pareille ?

– Tu le sais parfaitement. Ferme les yeux. Qu'est-ce que tu vois ?

19

J'ai dix-sept ans et je suis en première, je le sais au petit guide littéraire posé sur ma table de nuit : celui consacré à *Macbeth*. En prévision du cours d'anglais, bien sûr. Pourtant, le livre n'a pas été ouvert, et je n'ai manifestement pas fermé l'œil de la nuit. J'ai la peau marbrée, les yeux injectés de sang et papillotants, bref, une tête à faire peur. Allongée dans mon lit, les couvertures tirées jusqu'au menton, je regarde le plafond en attendant l'aube. Lorsque enfin je pose les pieds par terre, je reste un long moment une main pressée contre le ventre, l'autre contre le front. Je ne me sens pas bien, c'est évident.

En principe, je me lève très tôt pour aller courir, mais aujourd'hui, non. Aujourd'hui, je me lève, je prends une douche, je m'habille. J'enfile un pantalon neuf, à l'étiquette encore accrochée à la taille. Un jean moulant, le *must* en ce moment, aux poches arrière ornées de fausses pierres précieuses et à taille basse, pour mettre en valeur mon ventre plat. Avec le petit bain-de-soleil rose à fleurs que Nicole m'a déniché dans un dépôt-vente de Manhattan et mes escarpins vernis (les fausses pierres précieuses des talons bobines sont merveilleusement assorties à celles du jean), je suis d'*enfer*. Et je le sais. Je me rappelle qu'il m'arrivait de me planter devant mon miroir pour m'y contempler. Je me disais parfois que je n'aurais peut-être pas toute ma vie un corps pareil, mais que là, il était mince, tonique, ravissant. Mes mensurations me servaient de combinaison de casier, au lycée : 86-58-81.

Il me faut trois quarts d'heure par jour pour me coiffer et me maquiller, et j'ai beau me sentir horriblement mal, il n'est pas question que je renonce à ma routine : je me conforme à un programme de soins en quatre étapes spécialement adapté à ma peau par un dermatologue, quoique je n'aie jamais eu de problème d'acné. Mes pores sont quasi invisibles. Nettoyant, tonique, hydratant, crème contour des yeux. Ma mère passait un temps fou à se regarder dans la glace en se plaignant de ses grands cernes sombres. Moi pas. Je connais depuis mon plus jeune âge le concept d'entretien préventif.

Viennent ensuite le fond de teint, la crème bonne mine, le blush et un nuage de poudre pour que le tout reste bien en place. Des nuances « sur mesure », là aussi : trois fois par an, Nicole nous emmène à New York, Josie et moi, consulter un virtuose du maquillage qui ne reçoit que sur rendez-vous. Le top du top. Mon père lève les yeux au ciel devant notre maniaquerie, mais il finit toujours par hausser les épaules en parlant « d'éternel féminin ».

L'ombre à paupières, trois couleurs : une base neutre, une teinte sombre le long des cils et une plus claire au niveau de l'arcade sourcilière. Brouiller la séparation. Eye-liner. Faux cils autocollants qui tiennent si bien qu'on a l'impression d'être attaquée par un essaim de guêpes quand on les retire. Mascara ; quelques secondes d'attente ; peigner ; deuxième couche. Crayon contour des lèvres, avec précaution ; rouge à lèvres mat ; gloss. Enfin, je mets des boucles d'oreilles, de simples diamants d'un demi-carat qui ont appartenu à ma mère. Je ne sors pratiquement jamais sans ces clous, à moins de les remplacer par une autre paire héritée d'elle – j'ai un faible pour les longs pendants en argent et diamants que mon père lui avait offerts à Noël lors de leur premier anniversaire de mariage. Je serai enterrée avec dans un an.

Mes cheveux, c'est une autre histoire. Contrairement à Josie, qui a la malchance de posséder une tignasse brune sans tenue, je suis dotée d'une surprenante crinière blonde : un bon coup de sèche-cheveux, puis de brosse, et elle tombe à la perfection. À mon avis, c'est mon point fort. Ça ne risque pas d'être mes pieds, en tout cas.

Les parents doivent être absents, puisqu'on prend le petit déjeuner à deux, Josie et moi. On doit d'ailleurs être en week-end, vu qu'on ne se presse pas d'aller au lycée. Elle boit un jus d'orange en mangeant un petit pain tartiné de beurre de cacahuète et en feuilletant *People*.

– C'est de la cochonnerie, tu sais. Ça descend droit dans les bourrelets.

Je parle du beurre de cacahuète, bien sûr.

– Arrête. C'est des protéines.

– C'est du *gras*. Et tu avales ça comme si de rien n'était.

Elle s'arrête de mastiquer. Toujours en pyjama.

– Au fait, pourquoi tu dégaines les peintures de guerre ? Tu ne cours pas, aujourd'hui ?

Je m'adosse au comptoir, les bras croisés, les yeux fixés sur elle.

– Je vais voir Richie. Il faut s'occuper de la voiture.

Silence. Le visage fermé, elle considère le reste de son petit pain puis repousse son assiette. Ses faux ongles en acrylique tambourinent sur la table.

– Que veux-tu qu'il y fasse, franchement ?

– Je lui en ai parlé, hier soir. Il connaît un mécano.

– Liz... tu es sûre que c'est une bonne idée ? Il faut faire attention.

– Je fais attention.

Josie examine ses mains comme pour vérifier que son vernis ne s'écaille pas.

– Je ne sais pas. Si jamais tu te plantes...

– Je ne me planterai pas ! Personne ne saura où on est allés. Je veux dire, à part toi et moi. Je récupérerai la voiture avant que les parents s'aperçoivent qu'elle a disparu.

Elle arque un sourcil épilé.

– Ah bon ? Tu es sûre que ça ne prendra pas plus de deux jours ?

Deux jours avant le retour des parents. Ils ont dû partir en week-end je ne sais où.

– Mais oui.

– Et qu'est-ce qui lui est arrivé ?

Je bats des cils.

– Tu le sais parfaitement. On est allées faire du shopping la semaine dernière, et je me suis pris un parcmètre. Richie s'en est aperçu au lycée. Il y a juste une petite bosse.

– Mais papa te tuerait s'il savait que tu as abîmé la Mustang.

– Exactement (J'ai acquiescé d'une voix lente.) Il serait furieux.

– Alors il faut la faire réparer tout de suite sans que personne le sache.

– Voilà.

Elle jette un coup d'œil à la pendule de la cuisine.

– À quelle heure vous avez rendez-vous, Richie et toi ?

– Le garage ouvre à 9 heures. Le type fait partie de ses clients.

– Tu veux dire que…

– Il achète, oui.

Je veux dire que Richie fournit de la drogue au mécano, sans doute de l'herbe – ça m'étonnerait que j'aie demandé des précisions, je ne tiens pas à en avoir. Tout ce que je sais, c'est que ce type nous rend service : il répare la Mustang au plus vite, il accepte de se faire payer en drogue et il reste discret.

Richie comprend certainement le problème. Mon père m'a offert ma voiture pour mes dix-sept ans, alors que je n'avais pas encore le permis, juste le droit de m'exercer à conduire. Le jour de mon anniversaire, au matin, elle m'attendait dans l'allée, devant la maison, entourée d'un énorme ruban rouge. Je ne l'ai donc que depuis quelques semaines. D'après la législation de l'État, je ne suis toujours pas censée transporter des passagers, même si je n'arrête pas de balader les copains. Mon père me fait confiance pour être raisonnable. S'il savait que je l'ai déjà abîmée, il péterait un câble.

– Attends une minute. (Josie se lève, va jeter un coup d'œil dans un placard puis, au bout de quelques secondes, en sort un énorme muffin aux myrtilles.) Tiens, ajoute-t-elle en me le tendant.

– Beurk. (J'ai l'air franchement dégoûtée.) Tu ne crois quand même pas que je vais manger ça ?

Les muffins, c'est plein de lipides et de calories, me dis-je en nous regardant. *Il vaut mieux éviter.*

Elle lève les yeux au ciel et me fourre sa trouvaille dans la main.

– Bien sûr que non, c'est pour *Richie*.

– Oh. (Je contemple le gâteau géant d'un œil fixe.) Merci.

En sortant, je jette un coup d'œil par-dessus mon épaule. Josie s'est rassise à table. Avachie sur sa chaise, elle s'attaque au pot de beurre de cacahuète à la cuiller.

– Les mecs n'aiment pas les grosses !

Je passais mon temps à lui dire ça, je m'en souviens.

– Va te faire voir, Barbie !

Sans doute les parents de Richie sont-ils absents, bien que ce soit le week-end, car je ne me donne pas la peine de frapper en arrivant chez eux. Quand je me glisse dans la chambre de leur fils, il est encore au lit. Je m'accorde une minute de contemplation à le regarder dormir paisiblement, les cheveux ébouriffés, la peau luisante, les mains jointes entre la joue et l'oreiller, un peu comme s'il priait. Je l'aime tellement que, par moments, ça me serre le cœur, malgré mon statut de fantôme. J'aimerais me glisser sous les couvertures avec lui et y rester à jamais, tenir son corps endormi et brûlant dans mes bras un siècle durant, jusqu'à ce que les événements de notre époque ne soient plus que de lointains souvenirs.

Liz la vivante se contente de s'approcher de lui sur la pointe des pieds. Quand j'écarte doucement ses cheveux de son front, ses paupières s'ouvrent, frémissantes.

– Salut, beauté. (Il bâille.) Il fait déjà jour ?

– Mmh mmh. Il faut y aller.

Il se lève, ramasse un jean froissé par terre, l'enfile. Suivent T-shirt et sweat-shirt, puis il se passe la main dans les cheveux. Terminé.

– Qu'est-ce que c'est ? demande-t-il en remarquant que je tiens quelque chose.

– Ah oui. (Je lui lance le muffin, qu'il attrape au vol, d'une seule main.) Ton petit déjeuner.

– C'est gentil d'y avoir pensé. Tu prends tellement soin de moi. (Souriant, il pose le monstre sur sa table de nuit.) Je n'ai pas encore faim, je le mangerai plus tard. On y va ?

Je fronce le nez.

– Tu ne te brosses même pas les dents ?

Haussement d'épaules.

– Passe-moi un chewing-gum.

– On est vraiment mal assortis, hein ?

N'empêche que je fouille dans mon sac à main puis que je lui donne un chewing-gum à la menthe.

– Largue-moi alors, répond-il en se mettant à mastiquer. Tu n'auras qu'à sortir avec un joueur de polo. (Il fait une bulle.) Tu t'éclaterais avec ce genre de mec. Vous feriez les magasins ensemble, vous iriez chez la manucure, à l'institut de beauté…

– J'ai assez de copines comme ça. Et puis tu es naturellement beau, ça compense tes mauvaises habitudes. (J'embrasse le bout de son nez luisant.) Je t'aime.

– Je sais, soupire-t-il. Je suis irrésistible. C'est l'enfer… et le paradis.

Au moment de repasser la porte, je m'arrête sur le seuil.

– Hé, une minute. Et le déodorant ?

– Je pensais te laisser jouir de mes phéromones naturelles.

– Richie… S'il te plaît. Fais-le pour moi.

Il éclate de rire.

– Tu vas voir le type qui va réparer ta voiture… Je me demande si tu seras encore d'humeur à critiquer mon sens de l'hygiène, après.

Je ne connais pas le chemin, ce qui m'oblige à suivre en Mustang la voiture de Richie jusqu'à un quartier excentré de Groton où je ne mettrais jamais les pieds de moi-même. Le garage, *Pare-Chocs*

Prix-Chocs, me semble désert : un immense bâtiment en parpaings percé de trois grandes portes basculantes, éclairé par quelques néons aveuglants, où trois des quatre murs sont tapissés d'outils. La radio posée dans un coin diffuse les infos en grésillant. L'immense salle empeste la fumée ; d'ailleurs, une cigarette se consume dans un cendrier, près de la radio. Un gros bulldog bavant et répugnant est enchaîné à un des piliers supportant le toit, au centre de l'espace caverneux. Il n'y a personne, sans parler de la moindre voiture.

Mes talons claquent sur le ciment, suscitant un écho vaguement inquiétant.

– Richie ! (Je glousse nerveusement.) Mais où est-ce que tu m'as emmenée ? On dirait un des cercles de l'enfer.

– C'est ma petite entreprise familiale, mais merci, la belle. Je suis sensible au compliment.

Je fais volte-face. Un grand costaud en salopette et chaussures de travail se tient derrière moi. Il a les mains pleines de cambouis, plusieurs ongles noircis par des chocs anciens, des lunettes protectrices perchées sur des cheveux sombres très gras, une cigarette éteinte coincée derrière l'oreille droite, une autre, allumée, entre les lèvres. Je me demande bien à qui appartient celle qui fume dans le cendrier. Son nom – *VINCE* – est brodé sur sa salopette.

Ma version vivante se révèle incapable de dissimuler son dégoût, et franchement, je n'irais pas me le reprocher. Ce n'est pas un être humain, c'est un *spécimen*. Je me rapproche de Richie, je le prends par la taille et je le pince. Il sursaute : j'ai dû y aller fort pour bien lui faire comprendre que je ne suis pas contente.

Puis je me hausse sur la pointe des pieds et lui murmure à l'oreille :

– Je veux m'en aller.

Ça m'est manifestement égal que Vince me voie faire ou même qu'il m'entende.

– Écoute, tu veux qu'on te répare ta voiture, oui ou non ? me demande tout bas Richie. Calme-toi un peu.

– Qu'est-ce qui se passe, la belle ? s'amuse le mécano, qui exhale par le nez sans retirer sa cigarette de sa bouche. Tu connais pas le quartier ?

Le chien se redresse soudain, comme s'il se réveillait en sursaut, se met à aboyer rageusement puis se précipite vers nous, mais sa chaîne l'empêche de nous atteindre. Dressé sur les pattes arrière, haletant, il nous regarde, de grandes stalactites de bave mousseuse accrochées à ses babines noires. Moi qui ne suis pas là en chair ct cn os, ça me donne presque envie de vomir. À ma grande surprise, je regrette qu'Alex ne m'ait pas accompagnée. Sa présence m'apporterait un certain réconfort – ou, au moins, me distrairait de cette scène répugnante.

– Il s'appelle Rocky, annonce Vince, que mon dégoût amuse visiblement. C'est un bon chien, hein, Rocky ? (Il ajoute, pour Richie :) C'est vraiment ta copine ?

– Ben oui, répond Richie en s'enfonçant les mains dans les poches, un sourire gêné aux lèvres.

Mon expression morose me permet de deviner sans problème ce que je pense : j'ai toujours su que ses activités extrascolaires l'obligeaient à fréquenter des gens infréquentables, mais je n'avais jamais rien imaginé de pareil. Je vais sans doute prendre une douche aussitôt rentrée à la maison pour éliminer la puanteur de ce... ce bouge.

– Bon. Je vais jeter un œil à la caisse. Il faut s'en occuper le plus vite possible, c'est ça ?

– Il me la faut pour hier, dis-je. C'était mon cadeau d'anniversaire, mais j'ai heurté un parcmètre. Il y a juste une petite bosse au pare-chocs avant, ce sera facile à réparer. (Je regarde autour de moi.) Vous n'avez pas l'air débordé.

– Mmh. (Vince me considère, les yeux plissés.) C'est quoi, le problème ? Tu veux pas que ton père se rende compte que t'as abîmé ta bagnole ? T'as peur qu'il te prive de carte bleue un week-end ?

Je le fixe d'un regard furieux.

– Je suis lycéenne. Il me faut un moyen de transport.

Il s'humecte les lèvres, lentement, puis sa bouche s'arque en un sourire immonde.

– Tu peux pas te servir de ton gros balai ?

Je laisse ma Mustang au garage, Vince promettant de s'en occuper dans les vingt-quatre heures. Richie et moi montons dans sa voiture, où il reste une minute immobile sur son siège, muet, les yeux clos. *Scarborough Fair*, de Simon and Garfunkel, son groupe préféré, passe en sourdine. C'est moi qui lui ai gravé ce CD il y a quelques mois. Des détails de ce genre me viennent parfois à l'esprit, surgis de nulle part, apportant toujours dans leur sillage un pincement de tristesse proche du désespoir. Si seulement j'avais su qu'il nous restait si peu de temps, les choses auraient été différentes, j'en suis sûre. Je lui aurais serré la main plus fort, j'aurais écouté les paroles de la chanson avec plus d'attention pour mieux en comprendre le sens. Après *Scarborough Fair*, on aura droit à la version de Radiohead de *Nobody Does it Better*, notre chanson fétiche – ça me revient, maintenant. La moindre parole en est pure vérité entre nous, mais à ce moment-là, je suis tellement préoccupée... je me demande bien pourquoi. À cause de ma voiture ? Ça semble d'une absurdité presque douloureuse.

– Qu'est-ce qui se passe ? (Je fouille dans mon sac à main, à la recherche de mon antibactérien.) Pourquoi tu ne dis rien ?

– Liz. (Richie regarde maintenant droit devant lui le petit parking de *Pare-Chocs Prix-Chocs*, sur lequel Vince tourne tranquillement autour de la Mustang pour se faire une meilleure idée des dégâts – minuscules.) Tu n'étais pas obligée d'être aussi désagréable. Une vraie petite pouffiasse.

– Ne me traite pas de pouffiasse. Tu ne m'avais pas dit qu'on allait au fin fond des bas-fonds de l'univers. (Je lui tends l'antibactérien. Il secoue la tête, mais je lui attrape le poignet pour lui mettre un peu de gel dans la paume.) Frotte-toi les mains, allez. Je n'arrive pas à croire que tu fournisses vraiment un type pareil. Il est répugnant.

– Alors tu n'avais qu'à dire à ton père que tu avais abîmé ta voiture. Il aurait été furieux, OK, et alors ? Qu'est-ce qui aurait pu t'arriver de pire ? Te retrouver privée de sorties quelques semaines ? Tu t'es pris un parcmètre… il n'y a pas de quoi en faire un plat.

Mes mains tremblent légèrement.

– Je ne voulais pas avoir à le lui dire. La Mustang lui a coûté cher, tu le sais aussi bien que moi. Il aurait insisté pour qu'on passe par l'assurance. C'est plus simple comme ça.

Richie hausse les épaules.

– Peu importe. Ce que je veux dire, c'est que tu aurais au moins pu être polie. Ce mec nous fait une fleur, et toi, tu le traites comme une merde.

– Je le traite comme une merde parce que c'en est une.

– C'est un *être humain*, bordel !

Je croise les bras.

– Ramène-moi à la maison.

Le retour se fait en silence. Mais, une fois dans notre rue, Richie se gare devant chez lui, coupe le moteur puis me touche la joue avec douceur.

– Tu avais raison. On est vraiment mal assortis.

Je fronce les sourcils, quoique l'ombre d'un sourire me monte aux lèvres.

– Et qu'est-ce que tu comptes faire ? Me plaquer ? Je sortirai avec un joueur de polo, et toi avec… je ne sais pas, moi, avec *qui* sortirais-tu ?

– Personne, répond-il, souriant. Si je ne pouvais pas sortir avec toi, je ne voudrais de personne d'autre.

Je prends sa main pour la serrer.

– C'est vrai ?

– Oui. (Il m'embrasse sur le front.) On est faits l'un pour l'autre, tu te rappelles ?

– Exactement. (Je pose la joue contre la sienne avant de lui chuchoter à l'oreille :) On est faits l'un pour l'autre.

Après quelques minutes de silence, pendant lesquelles on profite juste du contact l'un de l'autre, je m'écarte un peu de lui.

– Tu es sûr ? Même si je coûte cher à l'entretien ? Et si je suis une petite pouffiasse ?

– Dis donc, qu'est-ce qui t'est arrivé avec ce parcmètre ? demande-t-il sans répondre à ma question. Tu conduis plutôt bien, d'habitude.

– Je ne faisais pas attention, je parlais à Josie. (Je retire mon chewing-gum de ma bouche pour l'examiner.) Le parcmètre est littéralement sorti de nulle part.

Plonger dans un souvenir est toujours fatigant, mais cette fois, l'expérience m'épuise littéralement. Je m'empresse de raconter ce dont j'ai été témoin à Alex, avant d'ajouter :

– J'aurais mieux fait de t'emmener, ç'aurait été plus simple que de tout t'expliquer en long et en large.

Il hausse les épaules.

– C'est tes souvenirs, ça ne me dérange pas que tu y ailles sans moi.

– Non, la prochaine fois, je t'emmènerai.

Je suis tout excitée par ce que j'ai vu. Le puzzle est de plus en plus complet, et je me rappelle des choses de plus en plus significatives. Je sais enfin comment j'ai fait la connaissance de Vince, par exemple. Il ne me reste plus qu'à découvrir quel genre de chantage lui a permis de me mettre dans son lit.

– Tu as dû récupérer ta voiture à temps, déclare Alex. Tu n'as pas eu d'ennuis, hein ?

– Autant que je me rappelle, non.

– Pourquoi ne pas essayer…

– Non non non. Pas maintenant, je n'en peux plus. (Une seconde de pause, puis j'enchaîne :) Tu crois que ça m'a fatiguée davantage parce que c'est un souvenir important ? Parce qu'il compte plus que les autres ? (C'est une idée exaltante.) Je me rapproche de la solution, je le sens. Je vais y arriver.

– Je pense aussi, oui, acquiesce-t-il.

– À ce moment-là… (Je bats des paupières.) Qu'est-ce qui se passera, quand je saurai tout ?

– Je ne sais pas, répond-il, pensif. Peut-être qu'on va ailleurs.

– Mmh, bon.

Je n'ai aucune envie de poser la question la plus évidente : y a-t-il réellement un « ailleurs » qui nous attend ?

– Ça me sidère que tu n'essaies pas tout de suite d'en savoir plus, reprend Alex. Tu n'es donc pas curieuse ? Vince te dégoûtait, c'est net. Tu n'aimerais pas découvrir comment tu es passée de ce dégoût à… bon, aux photos ?

On se balade en ville, d'un pas lent, pour éviter que mes pieds ne me fassent trop mal.

– Mais si, je suis curieuse. C'est juste que j'ai besoin de me reposer un peu. (Une pensée me vient alors.) Je sais que toi, tu ne veux pas me montrer tes souvenirs, mais est-ce que tu veux bien me dire si tu as appris quelque chose d'important ?

Au moment même où je prononce ces mots, on passe près d'un poteau téléphonique sur lequel est collée une des affichettes imprimées par ses parents. Il y en a partout depuis un an. Sa photo de classe – son année de première – y figure en bonne place, agrandie, imprimée en quadrichromie, au-dessus de ce petit texte : *TUÉ PAR UN CHAUFFARD QUI A PRIS LA FUITE. 10 000 $ DE RÉCOMPENSE POUR TOUTE INFORMATION SUSCEPTIBLE DE MENER À UNE ARRESTATION.*

Quelqu'un – sans doute un des rigolos les plus bêtes et méchants du lycée – a dessiné sur cet exemplaire une paire d'ailes à Alex et lui a gribouillé les yeux, je me demande bien pourquoi. C'est tellement cruel. Mais le pire, c'est encore que personne ne se soit donné la peine de remplacer l'affichette.

– À mon avis, tes parents devraient louer un panneau publicitaire. Au bord de l'autoroute, par exemple, dis-je dans l'espoir de me rendre utile. Quelqu'un a forcément vu *quelque chose* cette nuit-là, tu ne crois pas ?

– Ça remonte à un an, Liz. C'est fini, on n'arrêtera jamais personne. (Il s'interrompt une seconde.) Quelqu'un a peut-être vu quelque chose, oui, mais dix mille dollars, par ici, ça ne représente pas le pactole.

– Alors ils devraient proposer plus.

– Ils n'ont pas les moyens. Leur maison n'est pas pleine d'antiquités à vendre pour faire du blé. (Son débit s'est légèrement accéléré, sans doute parce qu'il s'énerve un peu.) Caroline avait vraiment l'air d'une enfant gâtée, tu sais, quand elle s'est plainte que son père avait perdu son travail à Wall Street. Il y a nettement pire, dans la vie.

Je pince les lèvres avant de répondre :

– Tu ne sais pas ce qu'elle vit.

– Tu ne sais pas ce que j'ai vécu, moi.

– Tant mieux. J'en suis ravie. Je n'aurais changé de place avec toi pour rien au monde.

Je ne sais pas pourquoi je réagis de cette manière. L'agressivité d'Alex me met sur la défensive.

On est maintenant près de chez moi et du port de plaisance.

– Ça va peut-être te surprendre, mais je n'aurais pas non plus changé de place avec toi, déclare mon compagnon. Oh, ç'aurait été sympa d'être riche et d'avoir plein de copains… mais pas comme ça, non. Tu avais peut-être tout ce que tu voulais, d'un point de vue matériel, mais tu étais un être humain assez lamentable. Et l'argent ne t'a pas permis d'acheter une seconde de vie supplémentaire, me semble-t-il.

Je lui jette un regard furieux. Ce qui m'étonne, chez lui, c'est qu'il m'arrive de trouver sa compagnie très agréable et, une seconde après, d'être prête à tout pour ne pas la subir un instant de plus. Bon, il m'en veut parce que j'ai dit que ses parents auraient dû offrir une récompense plus importante, mais je ne savais pas qu'ils ne pouvaient pas… qu'ils auraient sans doute déjà du mal à débourser dix mille dollars. J'ai parlé sans réfléchir, je le reconnais. Il n'y a quand même pas de quoi en faire un plat : je me suis trompée de bonne foi.

– Ah… reprend-il après un silence. Je suis désolé. On s'entendait tellement mieux, depuis un moment.

– Je suis désolée aussi. (J'hésite. Il n'a pas tort en ce qui concerne mes copains, je le reconnais… du moins en ce qui concerne certains d'entre eux.) Mais tu n'aurais pas dû dire ça de Caroline. C'est quelqu'un de bien… et tu le sais.

– C'est vrai, tu as raison sur ce coup. (Il se force manifestement à s'exprimer d'un ton léger.) Oh, regarde…

Mon père est assis, solitaire, sur le pont de l'*Elizabeth*. En pleine journée. Un certain nombre de Noankais, assez riches pour ne pas avoir à gagner leur vie, vaquent à leurs occupations dans les rues animées ou se reposent sur leur yacht en l'ignorant de leur mieux. Quant à lui, il contemple la mer, une canette de bière entamée à la main, un cigare allumé aux lèvres, alors qu'il devrait être au travail : il y passait son temps de mon vivant. Là, il ne doit plus lui rester beaucoup de congés à prendre… mais il est vrai qu'en ce moment, il ne risque pas de partir s'éclater en voyage.

Nicole sort de chez nous par la porte de service, en longue jupe blanche évasée, petit dos-nu jaune découvrant le ventre – *très* légèrement rebondi – et veste légère. Une queue-de-cheval ébouriffée lui tombe dans le dos. Ses bijoux en turquoise caractéristiques cliquettent à chaque pas autour de ses poignets, de son cou et de ses chevilles. Elle s'avance vers le port, image même de la sérénité. *Mon Dieu*, me dis-je. *Je ne veux pas savoir ce que racontent les voisins.*

Elle monte à bord, s'installe près de mon père et lui pose la tête sur l'épaule. Ils restent un long moment comme ça, silencieux, pendant que le yacht se balance doucement. Lui contemple toujours la mer d'un œil fixe, sans faire attention à elle.

– Ce n'est pas une vie, Marshall, déclare-t-elle enfin. Tu ne peux pas rester assis là jour après jour. (Elle lui passe le dos de la main sur la joue, tout hérissée.) Depuis combien de temps ne t'es-tu pas rasé ? Ou douché ? Le matin, je me réveille seule dans notre lit. Tu me manques. (Elle hésite.) Si malheureux que tu sois, ça ne la ramènera pas. Je sais que tu as le cœur brisé. Nous aussi. Mais nous sommes une famille ; nous devrions traverser l'épreuve ensemble. J'ai besoin de mon mari, et Josie a besoin de son père.

– On aurait pu empêcher ça, répond-il d'une voix brisée, presque dans un murmure, toujours sans la regarder. C'est ce qui se dit à Noank. Si on l'avait envoyée consulter avant qu'elle devienne aussi maigre… ou si on lui avait interdit de faire la fête sur le bateau…

– Tu as essayé, Marshall. C'est elle qui n'a pas voulu. Tu n'y pouvais rien… À part la faire hospitaliser contre son gré, je ne vois pas…

– C'est exactement ce que j'aurais dû faire… et je n'ai rien fait. Je l'ai laissée tomber. Je n'ai pas été assez attentif. Si je n'avais pas été obsédé par mon travail, j'aurais remarqué que les choses se gâtaient vraiment. Si je l'avais obligée à voir un psy, si je l'y avais emmenée moi-même…

– Si, si, si… Il n'y a pas de *si* qui tienne. Il y a ce qui s'est passé, point final. Tu crois que je ne sais pas ce qui se raconte à notre sujet ? Que je ne regrette pas chaque jour qu'on ait été incapables d'aider Liz ? On ne pouvait pas prédire l'avenir. Elle aimait sortir avec ses amis, elle voulait organiser une soirée d'anniversaire... Ce sont de gentils gamins. On les connaît depuis tout petits. Comment aurait-on pu deviner qu'il allait se produire une chose pareille ?

– On ne devrait pas laisser Josie aller au bal avec Richie. Ça ne se fait pas. Il est en liberté surveillée, nom de Dieu ! Et c'était le copain de *Liz* ! (Mon père avale quelques gorgées de bière.) Je suis surpris que les Wilson ne l'empêchent pas de fréquenter Josie, d'ailleurs. Ils nous détestent tellement, toi et moi.

– Ils se réconfortent l'un l'autre, Josie et lui. Ils viennent tous les deux de perdre leur meilleure amie. (Nicole lui prend la canette avec douceur pour la poser sur le pont.) Tu sais ce que c'est. Quand tu as perdu Lisa...

– Quand j'ai perdu Lisa et que je t'ai épousée, toute cette saleté de ville en a déduit qu'on était amants avant sa mort. Et Josie raconte à qui veut l'entendre qu'elle sortait avec Richie avant la disparition de Liz. Tu ne te rends donc pas compte que c'est horrible ? Tu imagines ce qui se dit dans notre dos ?

Je suis navrée qu'il ait raison. Tout le monde en parle. Tout le monde parle de notre famille depuis des années.

Nicole hausse les épaules.

– C'est une petite ville. On ne peut pas empêcher les commérages. Tu veux déménager ? Obliger Josie à changer de lycée pendant son année de terminale pour aller là où personne ne nous connaît ? Ce n'est pas possible, elle a déjà assez souffert.

Mon père tend le bras par-dessus son interlocutrice pour récupérer sa bière puis se tasse dans son transat.

– Tu ne te demandes pas par moments si quelqu'un ne s'en est pas pris à Liz, cette nuit-là ? Ce qui est arrivé à Richie… et maintenant, il est avec Josie.

– On connaît Richie depuis sa naissance ou presque. Il n'a pas fait de mal à Liz, répond Nicole d'un ton ferme. Si tu te mets à croire une chose pareille, tu ne vaux pas mieux que les commères de cette ville.

– Les commères ont peut-être raison.

– Non. (Elle frotte pensivement la plus grosse turquoise de son collier, hésitante.) Je sais que tu ne veux pas entendre parler de ça, Marshall, mais je vais à l'église spiritualiste plus souvent que tu ne le crois. Il y a des gens qui sont en contact avec l'autre monde. Je leur ai raconté ce qui est arrivé à Liz.

– Tu as parfaitement raison, je ne veux pas en entendre parler.

– Tu ne veux même pas m'écouter ? Fais-le pour moi, s'il te plaît. (Nicole sourit.) Elle a trouvé la paix, tu sais. Dans un monde meilleur. Au lieu de rester assis sur ce bateau, jour après jour, à te représenter ta fille dans l'eau, je voudrais que tu essaies… j'ai bien dit que tu *essaies*… de te la représenter dans un endroit paisible, où il n'existe ni souffrance ni ténèbres. Où elle ne passe plus des heures à courir et à faire n'importe quoi pour rester mince. Où elle a retrouvé sa mère, où elles se sont retrouvées, et d'où elles nous regardent peut-être. Elles voudraient te voir heureux, Marshall, j'en suis sûre et certaine.

Je ne peux m'empêcher de ricaner.

– Je n'arrive pas à croire qu'elle gobe des âneries pareilles.

– Ma foi, elle ne peut pas savoir, hein, me fait remarquer Alex, amusé.

– Non, d'accord, mais c'est tellement... tellement niais. Ma mère et moi, ensemble au Paradis. Je ne vois pas comment Nicole pourrait être plus à côté de la plaque.

– Je comprends, mais franchement, tu n'espères pas qu'elle ait raison un jour ?

Je ne réponds pas. J'y ai pensé, bien sûr, mais pour l'instant, ça paraît beaucoup trop demander.

Les yeux vitreux, pleins de larmes, mon père jette son cigare à l'eau.

– Elle avait à peine dix-huit ans. C'était une enfant. On était là pour la protéger, et on n'y est pas arrivés. *Je* n'y suis pas arrivé. Pas plus que pour Lisa. J'avais promis de la soutenir dans l'épreuve et la maladie, elle était malade, et je l'ai *laissée mourir.*

– Comment aurais-tu pu la sauver ? Tu as fait tout ce que tu pouvais. Tu l'as emmenée voir je ne sais combien de médecins. Tu as essayé de l'obliger à se nourrir. Tu lui as prodigué ton amour. Tu ne l'as pas quittée.

Il lui jette un regard aigu.

– On passait beaucoup de temps ensemble, toi et moi, pendant qu'elle dépérissait.

Nicole pince les lèvres. J'aimerais vraiment qu'elle dise quelque chose qui m'aide à déterminer si mon père et elle étaient amants avant la mort de ma mère, mais elle se contente de déclarer :

– J'aimais beaucoup Lisa, moi aussi. (Elle se lève.) Les voies de l'univers sont impénétrables. Tu ne savais pas qu'on se retrouverait après avoir été séparés aussi longtemps. On est devenus amis... Ce qui est arrivé après était inévitable. C'est la nature même qui nous l'a imposé. Si je pouvais remonter dans le passé changer le cours des choses, je préférerais nettement que Lisa reste en vie, en bonne santé à ton côté. Quitte à ne jamais plus vivre avec toi.

Sans répondre, mon père s'essuie les yeux d'une main grassouillette, porte sa canette à ses lèvres puis la renverse pour la vider.

– J'emmerde l'univers, dit-il enfin en se levant, lui aussi. (Il rentre dans le bateau, sans doute décidé à prendre une autre bièrc.) Et je ne veux plus entendre parler de cette église, compris ? Plus *jamais*.

20

C'est le grand soir : le bal de la rentrée. Respectueux de l'étiquette, malgré les circonstances peu propices, mes copains se sont cotisés pour louer une limousine. Il y a bien sûr Mera et Topher – la robe de l'une exactement du même rouge que la cravate de l'autre, les boucles d'oreilles assorties aux boutons de manchette ; Caroline, qui s'est trouvé un cavalier en la personne de l'odieux Chad Shubuck, assez populaire, malgré tout – c'est le malotru dont le pet mémorable a ponctué la minute de silence consacrée à Alex après sa mort ; Richie et Josie, évidemment, que la voiture passe chercher en dernier. Pas de petite cérémonie dans la cour devant chez moi, comme les années précédentes ; pas de parents pour prendre des photos du groupe rieur ; pas de mères tripotant les roses aux boutonnières ou mettant la dernière touche aux bretelles des robes. En fait, Josie et Richie sortent séparément de chez eux puis s'empressent de gagner la limousine, dont le chauffeur les attend après leur avoir ouvert la portière.

Les parents de Richie le suivent des yeux, postés sur le seuil de leur maison, attentifs malgré la distance. Depuis son arrestation et sa mise en liberté surveillée, ils passent nettement plus de temps chez eux – ce qui n'est pas plus mal.

– Ils discutent, me signale Alex pendant que les passagers s'installent à leur convenance dans la voiture. Qu'est-ce qu'ils racontent ?

Je bats des paupières… et je me retrouve juste à côté de Mme Wilson.

– Je jure sur la tombe de Lisa Valchar – puisse-t-elle reposer en paix – que, passée cette nuit, je ne laisserai plus mon fils traîner avec Josie, déclare-t-elle à son mari.

– Il l'aime bien, répond-il. Et d'après le Dr Andrews, il ne faut surtout pas qu'il s'isole de ses amis.

Le Dr Andrews n'est autre que le psy de Richie, le type qui lui achète régulièrement de l'herbe. Maintenant que Richie est en liberté surveillée – et qu'il ne deale plus, du moins est-il permis de le supposer –, je me demande si le bon docteur va augmenter ses tarifs.

– Je m'en fiche. (Mme Wilson frissonne.) Avec un peu de chance, les Valchar ne tarderont pas à déménager. Je me demande comment ils peuvent continuer à vivre dans cette maison, après tout ce qui s'est passé. Elle doit être pleine de fantômes en colère. Et je me demande encore plus comment ces gens-là osent se montrer en ville.

– Ça va, j'ai compris. Ça suffit. (Le père de Richie s'interrompt une seconde, avant d'enchaîner :) Qu'est-ce que tu veux manger, ce soir ? Des sushis ?

À l'arrière de la limousine, mes copains font circuler la petite bouteille d'eau-de-vie de pêche que Chad vient de tirer de la poche intérieure de sa veste.

– Hé, Richie… lance-t-il après s'en être envoyé une bonne rasade. (Il se recroqueville un peu, quand l'alcool lui brûle la gorge au passage.) Tu as de l'herbe ?

– Je suis en liberté surveillée, lui rappelle Richie en secouant la tête. C'est fini, tout ça. (Il grimace un sourire.) Un ascète ne serait pas plus vertueux.

– Oh allez, insiste Chad, les sourcils froncés. Tu n'as vraiment rien de rien ? Même pas un petit joint ?

Richie, toujours affable, ne s'énerve pas facilement, il a une haute tolérance aux casse-pieds en général, mais il ne supporte pas Chad.

– Quand je dis non, ça veut dire non, précise-t-il en détachant bien les mots, comme s'il voulait se faire comprendre d'un simple d'esprit. (Quelqu'un dans le genre de Chad, quoi, il faut bien le dire.) Je n'ai même pas une aspirine, figure-toi.

N'empêche que quand la bouteille lui parvient, il sirote une gorgée d'eau-de-vie presque sans hésiter.

Mes copines sont magnifiques. Josie en robe bustier rose, coiffée d'un chignon tarabiscoté qui l'a obligée à passer trois heures chez la coiffeuse, cet après-midi. Elle est assise à côté de Richie, mais ils ne se tiennent pas la main, n'échangent pas de regards tendres, rien. Sans doute cela le gêne-t-il d'aller au bal avec elle même si, les bonnes âmes sont toutes d'accord là-dessus, elle semble lui apporter apparemment un certain réconfort.

Mera est à tomber, comme d'habitude, avec ses bonnets D exposés par sa robe bain de soleil. On dirait Jessica Rabbit, en blonde, la tête posée sur l'épaule de Topher. Leurs doigts se sont tout naturellement entrelacés. Je me rappelle avoir partagé ce genre d'intimité avec Richie. C'était si simple, si réconfortant d'avoir un compagnon, quoi qu'il arrive.

Caroline porte une robe cocktail noir et argent à une seule bretelle qui a l'air *extrêmement* chère.

– Où est-ce que tu l'as trouvée ? lui demande Josie en frottant le tissu entre ses doigts, les yeux brillants d'admiration. On dirait de la soie. Elle est super.

– Dans une boutique, répond Caroline, volontairement évasive, me semble-t-il.

Josie arque un sourcil parfaitement épilé.

– Et comment va ton père ? Il a retrouvé du travail ? Cette robe a dû te coûter les yeux de la tête.

– Mon père va bien. (Caroline repousse la main de la curieuse.) Et cette robe m'a coûté quatre cents dollars.

– Quatre cents dollars, répète Alex, qui se prélasse comme un roi sur la banquette la plus reculée de la limousine, incroyablement déplacé au milieu du groupe avec son jean et son T-shirt sales du Mystic Market. Je me demande où elle a bien pu trouver le fric ?

J'examine la robe puis le visage de Caroline – son assurance vulnérable, vacillante. Peut-être avait-elle l'intention d'aider ses parents avec l'argent qu'elle m'a volé, mais je ne serais pas surprise qu'elle ait fini par le consacrer à sa nouvelle robe. Qu'aurait-elle pu faire d'autre ? Certainement pas aller au centre commercial acheter quelque chose dans un grand magasin. Mes copines n'achètent *jamais* leurs robes de bal au centre commercial.

De mon vivant, j'adorais les bals du lycée, jusqu'au moindre détail : écumer les boutiques des semaines à l'avance pour dénicher *la* tenue idéale ; passer la journée entière à me préparer, depuis la coiffure jusqu'au maquillage ; prendre la pose avec Richie devant un décor horriblement kitsch, pendant qu'un photographe professionnel nous assurait qu'on formait un couple magnifique ; c'était magique.

Ce soir, le gymnase est une véritable explosion de paillettes, de ballons, de papier crépon. L'énorme boule disco accrochée au plafond tourne lentement, projetant des ombres mouvantes sur la foule dense des élèves. La plus longue table est couverte de gâteaux secs, de mini-sandwichs et de saladiers de punch. Pas trace de mort ni de tristesse. La gaieté est générale. L'ambiance parfaitement normale. Le lycée tel qu'il devrait toujours être.

Quand mes copains descendent de voiture, la bouteille d'eau-de-vie est vide. Ils sont pompettes, comme il se doit.

– Je veux danser, annonce Mera à Topher en le tirant par la manche. Allez, viens.

– Ben moi, je ne suis pas très bon danseur, prévient Chad en prenant par la taille Caroline, visiblement mal à l'aise malgré sa superbe toilette. Et toi, Richie ?

– Hmm ?

Richie n'a même pas l'air de se rendre compte que Josie se tient juste à côté de lui, cramponnée à sa main : il parcourt la foule des yeux, à la recherche de… de quoi ? Je n'en ai pas la moindre idée.

– Je disais que je ne suis pas très bon danseur. J'ai toujours dit que c'était un truc de pédés. (Chad donne un petit coup de coude à Caroline.) Ce type est censé dealer, et il n'a pas un gramme d'herbe. Non mais, tu te rends compte ?

Tournée vers la piste encombrée, elle ne le regarde pas. Quand on était petites, on allait aux cours de danse ensemble, toutes les deux : classique, claquettes, jazz et que sais-je encore… C'est une *pom-pom girl*, nom de Dieu. Évidemment qu'elle a envie de danser.

– Mon oncle préféré est gay, et il n'aime pas danser non plus. (Elle se retourne vers Chad.) Ça ne me plaît pas trop que tu parles de *pédé*. Alors évite d'utiliser ce mot-là, d'accord ?

– Hein, quoi ? s'exclame-t-il en la fixant d'un air bovin. Tu es vraiment en train de me dire que tu veux te trémousser ? Que tu aimerais tortiller du croupion ? (Il hausse les épaules.) Enfin, d'accord. Si vraiment ça peut te décoincer.

Et voilà. Il ne reste que Richie et Josie, plantés près des gradins. Il parcourt toujours distraitement la salle des yeux.

– Qu'est-ce qui se passe ? lui demande-t-elle en le tirant par la main.

Apparemment, elle meurt d'envie de s'enrouler autour de lui pour bien montrer à tout le monde que, maintenant, il est avec *elle*.

Conscient de ce qu'elle veut, il regarde autour de lui.

– Tu ne crois pas que les gens parlent de nous ?

– Comment ça ? Tu veux dire, parce qu'on est ensemble ?

– Oui.

– C'est possible. (Lorsqu'elle se rapproche d'un petit pas, leurs nombrils se touchent presque. Elle se hausse sur la pointe des pieds pour lui chuchoter à l'oreille :) Laisse-les parler. On est bien ensemble. Tu me rends heureuse... Je ne te rends pas heureux, moi ? ajoute-t-elle, les sourcils froncés, après s'être légèrement écartée.

– Si, si, répond-il sans la moindre conviction. (Il pousse un long soupir puis lève les yeux au plafond.) Je n'aurais pas dû boire. Je risque d'avoir de sacrés ennuis.

– Oh arrête, détends-toi un peu. (Elle pouffe.) Depuis quand tu t'inquiètes d'avoir des ennuis ? Reste avec moi, c'est tout, et personne n'en saura rien. Allez, viens danser.

Il secoue la tête.

– Non, franchement. Je n'aime pas ça. Je suis nul.

– *Allez*. Tu as besoin de t'aérer la tête. De t'amuser, pour une fois. (Elle s'interrompt une seconde.) Liz serait contente que tu t'amuses, Richie. Que tu sois heureux.

J'en ai plus qu'assez d'entendre parler de ce que je voudrais, de ce qui me ferait plaisir, etc., etc.

Qu'est-ce qu'ils en savent tous ? Josie se trompe, par exemple. J'aimerais que Richie soit heureux, oui… mais pas avec elle. En cet instant plus que jamais, il m'est *insupportable* de les voir ensemble.

D'un autre côté, pourquoi pas ? Pourquoi n'en auraient-ils pas le droit ? C'est ma sœur. Je l'aime. Alors pourquoi suis-je aussi révoltée par le soutien qu'ils s'apportent l'un à l'autre ?

– Je ne dansais pas non plus avec Liz. (Richie s'interrompt une seconde.) Enfin, pas souvent. Juste les slows.

– C'est vrai ? s'enquiert Alex.

Il se tient à l'écart depuis notre arrivée, visiblement paralysé de timidité par la foule, qui ne le voit pourtant pas.

– Eh oui. (Je ne peux m'empêcher de sourire.) Il ne dansait pas quand ça bougeait vraiment. Ça lui aurait fait mal de le reconnaître, mais il se sentait gêné, dans ces cas-là. (Je ferme les yeux.) Les slows, par contre, c'était génial.

Je sens presque les mains de Richie à ma taille ; son menton, posé sur mon épaule. On est allés à tellement de bals : rentrée, Noël, printemps, Carnaval, fin d'année. Ensemble, toujours.

Il y va maintenant avec ma demi-sœur, qui l'entraîne vers la piste de danse.

– Allez, viens ! J'adore cette chanson.

– Vas-y avec Caroline. Je crois qu'elle a besoin d'aide.

En effet, collé à Caroline comme une pieuvre, les mains baladeuses, Chad ondule des hanches tout contre elle. Gênée, visiblement éméchée, elle essaie de garder l'équilibre tout en empêchant ce butor de lui fourrer la langue dans la bouche.

– Bon. (Josie fait la moue.) Mais je te préviens : je reviens te chercher, après.

Une fois seul, Richie s'approche du buffet, s'empare d'une assiette de gâteaux et d'un grand gobelet de punch puis s'assied sur les gradins.

Alex et moi l'imitons et passons un moment à regarder la foule, presque sans mot dire.

– Je sais que tu n'es pas… euh… que tu n'as pas pu venir au dernier bal de fin d'année, mais qu'est-ce que tu as fait pour les autres ? finis-je par lui demander. Qui as-tu invité ? Tu as eu une petite copine, à un moment ?

Les mots ont à peine franchi mes lèvres que je me rappelle son souvenir du Mystic Market, où il mentait à ce sujet… je ne comprends toujours pas pourquoi. Il n'est pas question que j'en reparle, mais je me demande s'il y pense, lui aussi.

Il ne le montre pas, en tout cas, lorsqu'il secoue la tête.

– C'est mon tout premier bal. (Sourire timide.) Ça m'amuse d'y être venu avec quelqu'un qui est tellement au-dessus de moi.

– Tu veux dire que tu n'as jamais… pas même *un* bal ? Au collège non plus ?

– Non. (Il se replonge dans la contemplation de la foule.) Je n'aurais pas eu la permission, même si j'en avais eu envie. Mes parents. La religion.

– Mais tu es catholique. Les catholiques ont le droit de danser, non ?

– Je crois que tu ne comprends pas, Liz. Mes parents sont *incroyablement* bigots. Je n'ai jamais eu le droit d'aller à une boum, de donner rendez-vous à une fille… ni rien de ce genre. Un jour, ma mère a trouvé un *Playboy* dans ma chambre. Tu veux savoir ce qu'elle a fait ?

– Vas-y, raconte.

Il ne me regarde pas – peut-être n'en est-il pas capable.

– Elle a arraché quelques pages. Les pires. Il y a des photos de femmes qui…

– J'ai déjà feuilleté un *Playboy*, Alex.

– Bon, alors tu sais à quoi ça ressemble. Enfin bref, elle a arraché quelques photos et elle les a affichées sur le frigo. Tu es allée chez moi. Il n'y a pas de salle à manger, tu as vu. On mange à la cuisine. Alors ce soir-là, j'ai passé le dîner à regarder ces photos en compagnie de mes parents. Ma mère a dit que s'il n'y avait rien de mal à ce que je les regarde tout seul, je ne devais pas avoir honte de les montrer à quelqu'un d'autre.

J'en reste une seconde bouche bée, avant de réagir :

– Quelle horreur ! Je veux dire, c'est vrai qu'il y a des trucs répugnants dans *Playboy*, mais… Seigneur, Alex. Bonjour les coincés !

– Je sais, acquiesce-t-il. Mais tu veux savoir le pire ?

– Parce qu'il y a pire ? Génial !

– Le *Playboy*, je l'avais trouvé dans la commode de mon père, mais il ne l'a pas dit, évidemment. Il a fait mine d'être horrifié.

Je ne sais vraiment pas quoi dire : dans le genre humiliant, il me paraît difficile de battre les parents d'Alex. Je cherche mes condisciples des yeux. Richie, seul dans son coin, sirote du punch en regardant ses mocassins étincelants ; Caroline et Josie ondulent des bras et des hanches avec l'assurance insouciante des jolies filles que tout le monde aime bien ; Topher et Mera dansent joue contre joue, malgré la musique trépidante. Y en a-t-il un ou une pour penser à moi ce soir ? Richie, oui, j'en suis presque sûre. À le voir, il préférerait se trouver ailleurs – n'importe où. Mais si j'étais encore en vie, on ne sortirait peut-être plus ensemble, vu ce que j'ai fait avec Vince.

– Je suppose qu'on a tous nos petits secrets…

– Sans doute, acquiesce Alex en me fixant d'un œil aigu, dans la pénombre.

Le rythme change ; le DJ a lancé un slow. Sans réfléchir, je prends mon compagnon par la main.

– Allez, viens. Debout.

– Hein, quoi, pourquoi ? demande-t-il en sursautant à mon contact.

– Parce que. (Je souris.) C'est le bal de la rentrée. On est venus ensemble. Je veux danser avec toi.

– Mais je ne peux pas, proteste-t-il. Je n'ai jamais…

– Tu peux, et tu vas. Alex Berg, Elizabeth Valchar vous prie de lui accorder cette danse. Alors levez-vous et faites-lui passer un bon moment.

Je l'entraîne jusqu'au centre de la piste.

– Tiens-moi par la taille. (Je place ses mains en position.) Comme ça.

– Liz…

– Pas de discussion. (Je lui glisse les bras autour du cou.) C'est facile. Il suffit de… de se balancer tout doucement, d'accord ?

Mes copains nous entourent, maintenant. Josie a traîné Richie sur la piste, à deux ou trois mètres de nous, pas davantage.

– Tu vois ? (J'ai la bouche tout près de l'oreille d'Alex.) Ce n'est pas bien compliqué.

Malgré sa raideur du début, il lui suffit de quelques secondes pour se détendre un peu. Je me sens bien. Sereine. C'est parfait… et parfaitement idiot, quand j'y pense : de mon vivant, jamais je n'aurais eu l'idée de danser avec un type comme Alex.

Il me marche sur le pied.

– Désolé. Je ne suis pas doué.

– Tu te débrouilles très bien. Ce serait nettement pire si je portais des chaussures ouvertes, crois-moi.

À vrai dire, je me suis retenue de sursauter, mais ça m'a fait atrocement mal.

La boule argentée tournoie au-dessus de nous, jetant des ombres dans toute la salle. Je pose la tête sur l'épaule d'Alex et ferme les yeux, mais j'ai repéré Mera et Topher, seuls dans un coin, quasi immobiles, étroitement enlacés. Il l'embrasse sur le front. Elle le regarde, rayonnante. Je suis tellement contente pour eux.

– Si ma mère me voyait, elle prierait pour le salut de mon âme, murmure Alex.

Je ne peux m'empêcher de sourire.

– Et comment se sent ton âme, en ce moment ?

– Bien. (Il m'attire un peu plus près de lui.) Très bien, même.

La chanson est trop courte. La musique s'achève, aussitôt suivie d'un « roulement de tambour » qui sort indéniablement d'un synthétiseur. Le proviseur, Mme Harville, monte sur l'estrade dressée au bout de la salle. Dès que les élèves prennent conscience de sa présence, ils se mettent à applaudir.

– Qu'est-ce qui se passe ? s'étonne Alex.

Je souris jusqu'aux oreilles.

– C'est le premier bal de l'année. On va couronner la reine.

Au lycée de Noank, il n'y a pas de roi de la rentrée, juste une reine. Début octobre, la direction organise des élections auxquelles participent tous les terminales, qui votent pour choisir dans leurs rangs les demoiselles de la cour. Pendant le bal, les dix filles sélectionnées de cette manière prennent au hasard une des boîtes préparées à leur intention, où sont dissimulées des roses – neuf blanches et une rouge. L'élève qui trouve la rouge remporte la couronne. Le tirage au sort est censé empêcher que ça tourne au concours de popularité… même si, quand on y pense, ça revient au même, puisque chacun vote pour ses dix favorites. Je sais que les années précédentes, les mecs de terminale avaient divisé en douce la liste des filles éligibles en les classant selon leur tête, leur cul et je ne sais quoi d'autre. Que voulez-vous ? C'est ça, le lycée.

Mme Harville, en robe cocktail noire et hauts talons qui ne lui donnent *vraiment* pas une allure de proviseur, prend le micro que lui tend le DJ.

– Bonsoir à toutes et à tous, roucoule-t-elle, rayonnante. Je crois que vous savez ce qui se prépare, n'est-ce pas… ? Les demoiselles de la cour auront-elles l'amabilité de monter sur scène avec moi ?

Je constate sans surprise que mes plus proches amies – Caroline, Mera et Josie – font partie du lot. Ainsi que Grace Harvey, Kelly Zisman, Alexis Fatalsky, Anna et Mary Stevens (des jumelles), Julia Wells… point final.

– Il n'y en a que neuf, remarque Alex. Où est la dixième ?

– Comme nous en sommes tous conscients, nous avons perdu cette année quelqu'un de très particulier, reprend Mme Harville, solennelle. En tant que proviseur, j'ai été bouleversée d'apprendre que le nom d'Elizabeth Valchar figurait sur la plupart des bulletins. Il m'a semblé évident qu'elle devait faire partie de la cour cette année, même si elle ne peut nous tenir compagnie ce soir.

Le silence règne à présent dans la salle. Les neuf filles qui se tiennent sur scène, main dans la main, baissent la tête, vaincues d'avance. Pas besoin d'être un génie pour deviner ce qui va suivre. D'ailleurs, il n'y a pas de boîte sur l'estrade : cette année, il n'y aura pas de surprise.

– Après mûre réflexion, il nous est apparu évident que les élèves avaient été profondément affectés par la disparition d'Elizabeth. C'est pourquoi l'ensemble du corps professoral et moi-même avons décidé d'honorer sa mémoire en lui décernant le titre de reine de la rentrée.

La foule enthousiaste se déchaîne tandis que la cour applaudit poliment, même si je suis en mesure d'affirmer que les commentaires acides ne manqueront pas sur l'injustice de l'hommage qui m'est rendu. Josie n'a pas l'air enchantée. Un sourire crispé plaqué aux lèvres, elle regarde droit devant elle d'un air dur. Je ne peux pas le lui reprocher : les neuf filles alignées sur scène mouraient d'envie de devenir reine de la rentrée – elle la première.

Tant pis pour ces demoiselles. C'est moi la reine. Et je suis bel et bien là.

– Allez, viens, dis-je à Alex en le reprenant par la main.

Il ne tressaille pas, cette fois.

– Pourquoi ? demande-t-il en me suivant à travers la foule. Tu te fiches de moi ?

– Pas du tout. (Je le tire jusque sur l'estrade, à côté de Mme Harville. Une mer de lycéens s'agite en contrebas.) Je suis reine… (Je lui tiens toujours la main, ravie de la durée des applaudissements.)… et je te couronne roi.

Après la cérémonie, il reste encore une bonne heure de bal. En descendant de scène, Caroline s'arrange pour semer Chad dans la foule. Il passe quelques minutes à la chercher, mais finit par laisser tomber, prend une assiette de gâteaux et s'assoit dans les gradins pour reluquer toutes les jolies filles en robe moulante.

Elle s'esquive dans le large couloir sur lequel donne le gymnase. Richie est assis près d'un distributeur, seul dans son coin, adossé au mur, la tête basse.

– Hé ho. (Elle lui donne un petit coup de pied dans la chaussure.) Souris. C'est un bal, pas un enterrement.

– En ce qui me concerne, c'est la même chose, répond-il en levant les yeux vers elle. Mais je le savais. Quand j'ai appris que tout le monde avait voté pour Liz, je me suis douté que les profs allaient organiser un truc de ce genre. (Un demi-sourire lui incurve les lèvres.) Si elle est encore là, elle doit être au septième ciel. Ça lui ressemble tellement de se faire élire reine de la rentrée après sa mort, tu ne trouves pas ?

– Pfff. (Caroline se débarrasse de ses escarpins, dévoilant des pieds rouges et gonflés.) Ces talons, ça me tue. (Elle se laisse glisser par terre à côté de lui.) Tu ne sais pas ce qu'on souffre pour être belles, nous, les filles. J'aurais mieux fait de rester chez moi. Chad est un authentique crétin.

– Si tu m'avais demandé, j'aurais pu te le dire.

– Je sais. (Elle sourit de biais à Richie.) Ça va, toi ? Ça a dû être dur de te faire arrêter, tout ça. (Il ne répond pas, même quand elle lui pose la tête sur l'épaule. Un geste affectueux, innocent, qui n'éveille en moi aucune jalousie.) Je n'arrive pas à croire que tu avais une arme. Tu voulais vraiment le tuer ? Je veux dire ce type, là, que Liz fréquentait, d'après toi ?

– Vince, murmure-t-il.

– C'est ça. (Elle agite les orteils, les yeux fixés sur leur vernis brillant.) Vince.

Richie, lui, regarde le plafond.

– Je ne me serais pas servi du pistolet. J'en avais bien envie, mais jamais je ne m'en serais tiré. Non, je vais te dire franchement, c'était cool de l'avoir. De le tenir en main et de m'*imaginer* que je m'en servais. Ça me donnait l'impression… je ne sais pas, de maîtriser quelque chose, pour une fois. Tout part tellement en vrille, ces temps-ci.

– Je sais, acquiesce-t-elle, avant d'ajouter : Tu avais les cachets sur toi, quand les flics t'ont chopé ?

– Ceux que tu m'avais demandé de vendre ? Oui. Ils font partie des *pièces à conviction*, maintenant. (Une pause.) Désolé.

– Pas grave. Même si l'argent m'aurait été bien utile.

Chaque fois que Caroline fait nerveusement claquer son chewing-gum, une petite détonation brise le silence déconcertant du couloir.

– Il te faut combien ?

Richie se met à tripoter la rose de sa boutonnière, la décroche de sa veste puis en arrache les pétales, un à un, avant de les laisser dériver jusqu'au sol.

– Pourquoi ? sourit-elle. Tu veux m'en prêter ?

– Si je peux.

– Les cachets, je les ai volés dans la salle de bains de Liz. (Elle s'interrompt une seconde.) Mais ce n'est pas tout. Je lui ai aussi volé du fric.

Il lâche la fleur effeuillée. Elle tombe sur les pétales dispersés entre ses jambes.

– Tu as fait quoi ?

– Je lui ai volé du fric. Dans sa salle de bains. (Caroline ferme les yeux, avant de continuer sa confession.) Cinq cents dollars. Qu'est-ce qu'elle pouvait bien faire de tout ce liquide ?

Richie se gratte le crâne. Je ne peux retenir un sourire à la pensée qu'il ne s'est même pas occupé de ses cheveux. Ses boucles brunes sont aussi touffues que d'habitude ; on dirait juste qu'il a pris le temps d'y donner quelques coups de peigne.

– Aucune idée. (Il baisse de nouveau la tête.) Mais elle avait ses petits secrets. Elle me cachait des choses. Elle en cachait à tout le monde.

– C'est vrai, acquiesce Caroline. Elle avait changé, les derniers temps. (Elle se mord la lèvre. De toute évidence, elle réfléchit.) Dis-moi, tu te rappelles la fête que j'ai organisée l'an dernier, quand mes parents étaient en voyage ?

– Peut-être... Laquelle ? Tu en as organisé un paquet. Au bout d'un moment, ça se mélange un peu.

– Oui, mais celle-là... Oh, laisse tomber. (Elle soupire.) Ça n'a plus d'importance. N'y pense plus.

– Bon. (Il n'a pas l'air très intéressé.) Comme tu veux.

Elle se lève et lisse sa robe en jetant un regard las à ses chaussures abandonnées par terre.

– Ce n'était pas une salope, Richie. Tout le monde est au courant, pour ce type, mais je ne peux pas m'empêcher de me dire qu'il doit y avoir une explication. Tu ne crois pas ?

– Je ne sais pas. Je me suis posé la question des milliers de fois.

– Tu as vraiment commencé à sortir avec Josie avant la mort de Liz ?

Il hausse les épaules.

– Si on veut. Pas vraiment. C'est Josie qui m'a dit, pour Vince. Elle pensait que j'avais le droit de savoir.

Elle s'inquiétait pour moi. Je crois que j'en voulais à Liz, Josie était là… et maintenant, on est ensemble. Elle me rappelle Liz, tu comprends ? Elles sont sœurs. Par moments, si je me donne la peine de faire semblant, j'ai presque l'impression d'être avec Liz.

Caroline souffle une petite bulle qui explose aussitôt, laissant sur ses lèvres maquillées des fragments de chewing-gum rose.

– J'imagine qu'il y a une certaine logique là-dedans.

Richie sourit.

– Ça rend mes parents dingues. Ma mère *déteste* Nicole. Elle la traite de briseuse de ménage. Je suppose qu'elle n'a pas tout à fait tort, mais c'est de l'histoire ancienne. Josie n'y est pour rien. (Il lève de nouveau les yeux vers Caroline.) Tu crois que c'est mal ? Que je sois avec elle, je veux dire ? Moi, je n'ai pas l'impression. Je l'aime bien. Ça me paraît presque… normal.

Caroline se penche pour ramasser ses escarpins, qu'elle garde à la main.

– Il *paraît* qu'elles sont sœurs, oui, dit-elle, sans répondre à la question. Mais en fait, personne n'en sait rien. Et Liz elle-même n'y croyait pas.

– Mes parents si. Et Josie ressemble beaucoup à M. Valchar.

– On se retrouve dans la salle, d'accord ? lance-t-elle en s'éloignant. Le bal est presque fini. Je suis sûre que Josie te cherche. (Elle s'interrompt.) Et au fait… les parents ne sont pas omniscients, tu sais.

– Sans blague, murmure-t-il en poussant un grand soupir.

Elle s'approche de la double porte d'un pas tranquille, mais au moment de l'atteindre, elle s'arrête, le temps de jeter un coup d'œil à Richie par-dessus son épaule. Il ramasse sa rose en lambeaux, rassemblant les pétales flétris au creux de sa paume. Le couloir est toujours désert, hormis pour eux.

– Je peux te poser une question ? demande Caroline.

– Bien sûr.

Il n'a pas l'air décidé du tout à se lever pour regagner le gymnase : en fait, il ouvre et referme la main en regardant les pétales se friper à la chaleur de sa peau.

– Quand tu as voté pour la cour, tu as mis le nom de Liz ?

Richie pose la tête contre le mur, les yeux clos. Je me demande un instant s'il ne va pas se mettre à pleurer.

Mais non. Il lève la tête vers le plafond, souriant en aveugle. Il pense à moi, j'en ai la certitude.

– Oui, avoue-t-il.

Caroline a posé la main sur la poignée de porte. Elle entrebâille le battant. Le bruit du bal envahit le couloir, cacophonie de voix juvéniles et de musique tonitruante – les Black Eyed Peas –, brouillées par la mauvaise acoustique du gymnase.

– Moi aussi, admet-elle.

Richie rouvre les yeux. Ils se regardent. C'est tout juste s'ils n'éclatent pas de rire.

– C'était quelqu'un, hein ? lance-t-il enfin.

Le sourire aux lèvres, elle se baisse sans répondre pour remettre ses chaussures puis change très légèrement de position, postée sur le seuil, lissant sa robe, se tapotant les cheveux – bref, vérifiant que tout est en ordre. Enfin, elle rejoint la foule des lycéens. Richie reste seul dans le corridor.

Alors seulement, sûr de ne pas être dérangé, il se met à pleurer sans bruit.

Le bal terminé, mes copains regagnent la limousine, qui les attend dehors. En les voyant arriver, le chauffeur s'empresse de glisser dans la poche de sa veste une flasque d'eau-de-vie – à moitié dissimulée dans un sac en papier.

– Je vois, ricane Chad. Vous vous êtes bien amusé, ça va ?

Le type s'appuie à la voiture, les bras croisés.

– Qu'est-ce que vous voulez que je fasse d'autre, hein ? (Il renifle.) Que je me tape un putain de livre ?

– Nous, on est prêts, intervient Caroline. (Elle a de nouveau enlevé ses chaussures, qu'elle a confiées à Chad.) Vous croyez que vous arriverez à nous emmener à une fête sans abîmer la voiture ?

– Vous voulez aller à une fête ? (Le type consulte sa montre.) Il est déjà 23 heures. Vous ne m'avez payé que jusqu'à minuit.

– Bon, on rajoutera un petit quelque chose, déclare Topher.

– Une minute, intervient Josie, cramponnée au bras de Richie. Je ne monte pas dans cette voiture si ce type a bu.

Richie est fatigué et il en a marre, ça se voit. La légère ivresse de l'eau-de-vie de pêche s'est dissipée depuis longtemps.

– On n'est qu'à trois kilomètres de chez Chad, proteste-t-il. On y sera en un clin d'œil. Ça ira.

Elle secoue la tête.

– Non. Pas question. Je préfère marcher que de laisser conduire quelqu'un de saoul.

– Tu ne crois pas que tu exagères ? (Topher allume une cigarette, totalement indifférent aux profs et autres officiels qui vont et viennent sur le parking.) Il n'ira pas vite. Je ne vois pas où est le problème.

– À pied, ça prendra un temps fou. D'autant que tu as de sacrés talons, renchérit Richie. Allez, monte.

– Non ! (Elle s'écarte du groupe en regardant autour d'elle. La plupart des élèves se préparent à partir, sans doute pour des fêtes d'après-bal.) Je vais demander à des copains de m'emmener. Je m'en fiche, je ne veux pas que ce soit ce type. S'il te plaît, Richie, ne me laisse pas tomber.

– Ce n'est pas comme si tu n'étais jamais montée en voiture avec quelqu'un de saoul, lance Caroline.

– Eho, ého, ého, intervient le chauffeur. Soyons clairs. Je ne suis pas *saoul*, je suis *gai*. J'ai bu quelques gorgeons pour ne pas mourir d'ennui là-dehors. C'est pas vraiment la cuite du siècle, hein.

Mais les mots se brouillent dans sa bouche, ce qui ne fait apparemment qu'augmenter la détermination de Josie à éviter la limousine.

– Tu restes avec moi, oui ou non ? demande-t-elle à Richie d'un ton ferme. Shannon et James sont là-bas, je les vois. (Elle montre du doigt un autre endroit du parking.) Je suis sûre qu'ils seront d'accord pour nous emmener chez Chad.

Son obstination stupéfie visiblement Richie. Elle stupéfie tout le monde.

– D'accord, finit-il par lâcher en haussant les épaules. On va demander à Shannon.

Alex et moi regardons les autres s'entasser dans la limousine puis s'en aller, pendant que Josie et Richie s'installent dans la voiture de Shannon. Le parking se vide lentement, jusqu'à ce qu'il ne reste que nous devant le lycée, dans la fraîcheur nocturne. Les lumières du gymnase sont toujours allumées, ses doubles portes métalliques grandes ouvertes. À l'intérieur, le concierge commence à ranger et à nettoyer.

– Alors ? (Je me tourne vers Alex.) Qu'est-ce qu'on fait ? On peut aller chez Chad et regarder tout ce beau monde se mettre complètement minable.

– J'ai autre chose à te proposer, répond-il avec beaucoup de sérieux.

– Vas-y.

La température a beaucoup baissé depuis le début de la soirée. Je suis littéralement gelée.

– Je vais t'emmener quelque part…

– D'accord. (Je lui souris.) Allons-y.

Mais il reste juste planté là à me regarder. Si fixement, si longtemps que je finis par me sentir mal à l'aise et que mon sourire s'évanouit.

– Qu'est-ce qu'il y a, Alex ? Pourquoi tu me regardes comme ça ?

– Je tiens à te dire que je me suis vraiment éclaté avec toi.

– Merci. (Je lui adresse un autre sourire, un peu hésitant.) Tu danses très bien.

– Je ne parlais pas seulement du bal, répond-il en secouant la tête. Je pensais à tout le reste. (Il déglutit.) Et je tiens à te dire autre chose… au sujet du souvenir où tu m'as suivi, celui où je travaillais au Mystic Market.

Alors là, ça me sidère qu'il en parle.

– Oui ?

– J'y ai beaucoup réfléchi, continue-t-il, et je crois que je me suis trompé. J'aurais dû discuter avec Chelsea. Lui proposer un rendez-vous. C'est juste que… que je ne pouvais pas. J'avais trop peur. (Il baisse la tête, brusquement embarrassé.) Je suis idiot, désolé.

– Non, tu n'es pas idiot. Tu as raison en ce qui concerne Chelsea. Vous vous seriez sans doute bien entendus. (J'hésite une seconde.) À part ça, je suis contente qu'on se soit éclatés. Tu le méritais bien. (Je lève les yeux. C'est une nuit limpide ; d'énormes étoiles scintillent au ciel, autour d'une lune presque pleine.) Où on va ?

– Tu le sauras quand on y sera. (Il me pose la main sur le bras.) Prête ?

Je ferme les yeux. Quand je les rouvre, je me sens instantanément désorientée. On est dans les bois, je me demande bien où.

– Alex ? (Il m'a lâchée ; je ne le vois plus.) Où on est ?

Une vague envie de vomir m'envahit.

– Je veux que tu retrouves un souvenir, déclare-t-il d'une voix étonnamment lointaine. Le premier qui te vient. Il te suffit de fermer les yeux et de le laisser s'imposer.

– Mais où on est ?

– À l'endroit où je suis mort.

Un endroit froid, désolé. La terre alentour est gorgée d'eau, couverte de feuilles mortes et de brindilles. Les branches des arbres s'inclinent très bas. L'appréhension me noue le ventre. J'ai peur de ce que je vais voir.

– Ferme les yeux, insiste Alex, d'une voix toujours aussi lointaine. Je reste là. Je t'attends. Allez.

21

Je suis seule dans ce souvenir – Alex n'est nulle part en vue. Et je suis différente, je m'en rends compte immédiatement. Plus jeune, oui, mais pas seulement : je fais aussi sept ou huit kilos de plus que durant les dernières semaines de ma vie ; mes longs cheveux ondulés sont éclatants ; j'ai les joues roses.

Et je suis saoule. Plantée dans le vestibule, chez Caroline, la main pressée contre le front, le regard fixé au plafond. Je lève les yeux, moi aussi… vers un énorme lustre aux cristaux étincelants. Les sourcils froncés, j'essaie de me concentrer sur la lumière, malgré le tourbillon de bruit et de mouvement environnant. La maison est pleine à craquer d'adolescents qui se cognent les uns aux autres en dansant, sans lâcher les gros gobelets en plastique rouge sur lesquels ils ont écrit leur nom au marqueur noir.

– Mon Dieu…

Je vacille légèrement, mon propre gobelet penché au point qu'il menace de déverser son contenu par terre. Personne ne m'entend, personne ne remarque que je me sens mal. Les haut-parleurs de la salle de séjour crachent à plein volume « 40 Ounces to Freedom », de Sublime, dont la musique envahit le rez-de-chaussée tout entier. Son rythme rapide offre un contraste saisissant avec la demeure majestueuse des Michaels : la tapisserie du vestibule à motif de vigne vierge, les parquets cirés couverts de tapis orientaux anciens ; la fontaine près de la porte d'entrée – une vraie ! –, dont l'ange de pierre veille en silence sur la soirée, ses beaux pieds nus plongés dans l'eau.

– Ah, te voilà ! Je te cherchais... Oh non, qu'est-ce qui se passe ?

Josie. Visiblement bien partie, son gobelet à la main, me fixant avec curiosité, les yeux écarquillés mais vitreux, comme quand on a fumé.

– Je ne sais pas, je me sens mal.

Un pas vacillant sur la gauche me rapproche de la salle à manger. Il faut hurler pour s'entendre.

– Est-ce que ça tourne ? Concentre-toi sur quelque chose de précis. Ne ferme surtout pas les yeux.

Elle cherche à se rendre utile, mais je l'écarte, agacée, en faisant un autre pas vers la salle à manger.

– Oui, ça tourne !

– Hein ?

– Je disais... oh, laisse tomber.

– Où tu vas ? (Elle se tient juste derrière moi, la main posée à ma taille.) Tu crois que tu vas vomir ?

Je hoche la tête. La salle à manger s'avère nettement moins bruyante, ce qui a l'air de me soulager.

– Les toilettes sont au fond du couloir, dit Josie en me montrant la direction.

– Je sais. (Je pose les mains sur les genoux. Mon gobelet se penche davantage encore, répandant sa bière mousseuse à mes pieds, sur un tapis oriental.) Pourquoi c'est si loin ? Où est Richie ? Tu veux bien aller…

Mes dix centimètres de talon ne m'aident pas à marcher droit. Je me redresse, je fais un autre pas vacillant, puis je vomis *violemment* sur le tapis.

– Oh, la vache ! Liz crache tripes et boyaux !

Chad Shubuck. Il ne manquait plus que lui…

Pliée en deux, les coudes sur les genoux, je fais des efforts démesurés pour ne pas m'écrouler. Il me tape dans le dos.

– Vas-y, ma poule, vide-toi l'estomac. Je me sens toujours mieux après une bonne gerbe.

– Richie… (Je m'essuie la bouche, les yeux humides, injectés de sang.) Où est Richie ? Va le chercher, s'il te plaît.

– Oh, mon Dieu, qu'est-ce qui t'est arrivé, Liz ? (Caroline s'approche à toute allure, les yeux fixés sur le tapis.) Mes parents vont me tuer, chuchote-t-elle d'une voix où perce une réelle épouvante. Ils vont me tuer, c'est net. Tu ne pouvais pas aller aux toilettes, bordel ?

Je reprends l'équilibre, trouve une chaise et m'y laisse tomber.

– Je suis désolée. (Je m'essuie de nouveau la bouche. Mes excuses sonnent creux, car je ne pense manifestement qu'à la manière dont je viens de me ridiculiser en public et à son résultat malodorant.) C'est… c'est humiliant.

– Qu'est-ce qui se passe, Liz ? demande Richie en arrivant à ce moment-là. (Il baisse les yeux vers le tapis.) Ah, je vois.

– Je m'en suis mis dessus ?

J'examine mes vêtements en les explorant d'une main tremblante : une petite robe blanche à bretelles et dentelles roses sur un caleçon rose moulant.

– Alors, j'avais raison, hein ? lance Chad, qui se faufile entre Richie et Josie. Je parie que tu te sens mieux ?

– C'est vrai. Je me sens même bien. (Je souris à la cantonade.) Et je ne m'en suis pas mis dessus.

– Hourra ! s'exclame Josie, rayonnante. Vive le vomi sous pression !

Je rayonne, moi aussi. On s'adresse l'une à l'autre le V de la victoire.

Richie me tend un verre d'eau, dont je me demande bien où il l'a trouvé. Mais il est comme ça : toujours aux petits soins pour moi.

– Tu te sens mieux, tu es sûre ?

Il a l'air à la fois inquiet et épuisé, ses yeux sont aussi rouges que les miens, mais lui, il pue l'herbe et le tabac. Je fronce le nez.

– Oui. Quelle heure il est ?

– L'heure de rentrer. (Josie se mord la lèvre en regardant la grande horloge posée contre le mur du fond.) Presque 22 heures. Il faut qu'on y aille, Liz. (Elle ajoute, pour Richie :) Nos parents partent demain matin à la grande conférence de papa, et ils veulent nous dire au revoir.

– Elle ne devrait pas conduire, proteste-t-il en lui jetant un regard sévère. Vous feriez mieux de passer la nuit ici, toutes les deux.

Je me lève, vide mon verre et secoue la tête.

– Ça va. (J'inspire profondément.) À mon avis, je n'ai plus d'alcool dans le ventre. Je me sens tout à fait bien.

Il croise les bras, les sourcils froncés, désapprobateur.

– Non, Liz, tu ne peux pas prendre le volant. Si tu soufflais dans le ballon, tu serais en infraction. Tu ne devrais pas conduire dans cet état.

– On est à quoi ? Trois kilomètres ? (Je lui adresse mon sourire le plus rassurant.) Et qu'est-ce que tu veux que je fasse ? Appeler mes parents et leur dire que je suis trop saoule pour rentrer ? On va y aller. Il n'y aura pas de problème.

– Tu ne peux pas conduire, toi ? demande-t-il en se tournant vers Josie.

Elle secoue la tête.

– Pas la Mustang. Seulement les voitures à boîte automatique. Tu n'es pas au courant ?

– Non. Alors prenez la mienne. (Il se frotte le front, visiblement inquiet.) Seigneur. Je n'aurais pas dû te laisser boire autant, Liz. J'aurais mieux fait de te garder à l'œil. Ça ne me plaît pas *du tout*.

– Arrête de jouer les mères poules, Richie, se moque Josie. Tu te sens d'y aller, Liz, hein ?

– Mais oui.

– Et le tapis ? (Caroline a l'air complètement affolée.) Vous m'aviez promis de m'aider à ranger et à nettoyer demain matin ! Vous ne m'aviez pas dit que vous deviez rentrer ce soir !

– Je suis vraiment désolée, dis-je. Écoute… tu n'as qu'à raconter à tes parents que c'est le chien.

Josie me tend mes clés. On regagne le vestibule, Richie sur les talons. En suivant le mouvement, mon fantôme entend Caroline murmurer, inaudible pour les vivants :

– On n'a *pas* de chien, Elizabeth.

La Mustang n'est pas encore sortie de la longue allée menant chez Caroline qu'il commence à pleuvoir, plus fort de seconde en seconde, mais je ne me décide pas à mettre les essuie-glaces. Cramponnée au volant, je me penche en avant pour distinguer le chemin… pendant que, sur la banquette arrière, je me demande vraiment *pourquoi* je ne mets pas les essuie-glaces. À me voir, il est évident que je ne devrais pas conduire. Aussitôt sur la route, il s'avère que j'ai du mal à tenir ma droite. Je n'ai le permis que depuis un mois et la Mustang depuis quelques semaines ; je ne suis pas super bonne conductrice, et je n'ai pas encore l'habitude du levier de vitesse. Je manque même de caler. Deux fois. Heureusement, il n'y a presque pas de circulation. Noank est une petite ville pépère ; il ne s'y passe pas grand-chose après 21 heures.

– Mets les essuie-glaces, me conseille Josie.

– Aaah… Où ils sont ? Je ne trouve pas.

– À droite. Concentre-toi.

– Ouf, ça va mieux, dis-je en riant, après avoir enfin trouvé la bonne commande.

Elle allume la radio.

– Tu as les idées claires ?

– Mais oui.

Ce n'est pas vrai, je m'en rends compte depuis l'arrière. Je suis encore saoule.

Ça ne nous empêche pas de nous mettre à chanter « Loosing My Religion » avec R.E.M. à fond, Josie et moi. La vitesse a beau être limitée à 40, je m'aperçois en regardant le tableau de bord qu'on roule à plus de 80, sous une pluie battante qui se transforme peu à peu en véritable déluge.

– Ralentis, dis-je tout bas à la conductrice.

Ce n'est qu'un souvenir, mais une anxiété croissante pèse sur moi. On va trop vite, et je n'y peux absolument rien.

Quelque chose d'indistinct surgit de nulle part. Il me semble d'abord que j'ai heurté un chien, voire un rocher… sauf que ce n'était pas ça, je le comprends presque aussitôt. C'était plus gros. Un gros truc, apparu puis disparu instantanément, avec un *chtonk* écœurant.

– Merde ! (Je pile en regardant autour de moi. Pas d'autre véhicule en vue.) Merde, merde, merde ! Qu'est-ce que c'était que ça ? Je crois que j'ai touché quelque chose.

Josie baisse la musique, sans toutefois éteindre la radio.

– Hein, qu'est-ce que tu dis ?

La pluie produit un véritable vacarme.

– Je dis que j'ai touché quelque chose. (Je m'interromps.) Sans doute un cerf. Il faudrait aller voir.

Elle jette un coup d'œil par sa fenêtre.

– Il pleut comme vache qui pisse.

– Je sais.

On reste assises là, à se regarder. Moi, sur la banquette arrière, j'éprouve une déception qui vire peu à peu au dégoût : on ne veut pas descendre de voiture pour ne pas se faire *mouiller*.

– Il faudrait *vraiment* aller voir, Josie, finit par dire Liz la vivante.

– Tu as pensé à prendre un parapluie ?

– Non. Mais de toute manière, on va se doucher en rentrant. Allez, viens.

Elle pince les lèvres, le nez plissé.

– Tu n'as qu'à y aller toute seule.

– Je ne sors pas de la voiture sans toi. Allez, s'il te plaît.

Cette fois, elle éteint la radio. Puis elle regarde la route à travers le pare-brise dégoulinant.

– Tu crois vraiment que c'était un cerf ?

– C'était quelque chose de *gros*. Il faut aller voir, je te dis.

Elle pousse un long soupir et prend tout son temps pour dénicher un chouchou sur le tableau de bord afin de s'attacher les cheveux le plus serré possible, dans l'espoir d'éviter de les mouiller. Enfin, elle lève brièvement les yeux au ciel avant de lancer :

– Bon, allons-y.

On descend de voiture – à quatre ou cinq cents mètres du Mystic Market, fermé à cette heure-ci. Il n'y a rien aux alentours que la forêt, la route tortueuse et la pluie.

– Coupe le moteur, me conseille Josie. (Il pleut si fort maintenant qu'il est inutile d'essayer de s'abriter un minimum ; on se retrouve instantanément trempées.) Et éteins les phares.

Je suis ses recommandations de l'extérieur de la Mustang puis fouille dans la boîte à gants, à la recherche d'une torche, avant de montrer le bas-côté d'un geste vague.

– Je ne peux pas aller voir avec ces chaussures, elles m'ont coûté trois cents dollars. (Mes sourcils se froncent.) La boue va les foutre en l'air.

– Enlève-les.

– Mais je vais avoir les pieds sales !

Josie lève les yeux au ciel, exaspérée. La pluie ruisselle sur ses joues.

– Qu'est-ce qu'on fait alors ? C'est toi qui as voulu descendre de voiture, je te signale. Tu veux jeter un coup d'œil ou pas, en fin de compte ? Décide-toi, ça caille.

Je promène la torche sur les bois. Elle n'éclaire pas très bien, car je ne vois que des arbres vaguement découpés sur fond de nuit.

– Si j'ai bousillé un cerf, ça m'étonnerait qu'on y puisse grand-chose…

– Attends. (Ma demi-sœur regarde maintenant la Mustang.) Oh ouaouh ! Qu'est-ce que c'est que ça ?

J'ai bel et bien heurté quelque chose : il y a une bosse sur le pare-chocs avant, du côté droit.

– Pas de sang, reprend Josie. C'est plutôt bon signe, non ? (Elle lève les yeux vers moi dans l'obscurité.) À moins que la pluie ne l'ait nettoyé.

– Je crois que je vais encore vomir.

– Mais non. (La curiosité l'a envahie : maintenant, elle se demande ce qui s'est passé.) Allez. Il faut aller voir de quoi il s'agit.

J'enlève mes chaussures à contrecœur, je les pose dans la voiture, devant mon siège, puis on se dirige vers les bois. On n'a pas fait dix mètres qu'on se fige net, toutes les deux. Mon fantôme aussi.

– Oh, mon Dieu. Tu as ton portable, Josie ?

Dans le mince rayon lumineux de ma torche, une roue de vélo tourne en l'air sous la pluie. Cette fois, on fonce, les deux vivantes et la morte. Sans doute les cailloux et les brindilles me font-ils mal aux pieds, mais je n'y prête aucune attention. Malgré l'averse diluvienne, mon souffle résonne à mes oreilles, haletant, paniqué. Je n'ai plus l'air saoule *du tout*.

Le vélo est retombé à l'envers dans les broussailles, tout tordu, l'avant écrasé contre un arbre, mais il n'y a pas trace du cycliste.

La pluie se calme, se réduisant à une bruine légère.

– Ne bouge pas, m'ordonne Josie. Écoute.

Ce que j'entends alors restera à jamais gravé dans mon esprit, même si je ne m'en aperçois qu'à cet instant. Je n'ai pas besoin de voir pour savoir. Ce n'est pas tant une respiration qu'un halètement gargouillant, l'horrible bruit d'une âpre lutte qu'il nous suffit de suivre pour le trouver enfin. Par terre. Les membres tordus à des angles d'une cruelle bizarrerie. Le visage si sanglant que je ne le reconnais pas. Ses cheveux laissent apparaître son crâne, par endroits. Son cerveau.

– Josie… Il respire encore. (Il respire *à peine*. Les yeux grands ouverts. Fixés sur nous – sur moi. Demandant désespérément de l'aide, la vie, quelque chose qu'il m'est impossible de donner.) Va chercher ton portable. (Ma voix se brise.) Appelle le 911.

Il inspire. Josie reste figée.

– Va chercher ton téléphone, je te dis !

– On a bu, Liz, répond-elle d'un ton inexpressif.

– Je m'en fous ! (Ma voix tremble de panique.) Appelle quelqu'un ! Il va mourir !

Je le regarde. C'est tellement bizarre : regarder quelqu'un s'en aller. Il me rend mon regard. Les yeux dans les yeux. À ce moment-là, il me voit ; il me reconnaît, j'en suis consciente.

– On le connaît. (Je n'arrive pas à détourner les yeux des siens.) Je sais qui c'est. Il est au lycée.

– Comment il s'appelle ? chuchote Josie.

En tant que fantôme, je me sens tellement frustrée que je ne peux me retenir de hurler :

– Mais faites quelque chose, nom de Dieu ! Il va mourir ! Aidez-le !

On ne fait toujours rien.

– Je ne sais plus, dis-je à Josie.

Il inspire. Encore une fois. La dernière. Après… plus rien. Son corps se détend complètement. Des gouttes d'eau roulent sur ses joues comme autant de larmes silencieuses.

– Oh, bordel, on est dans la merde, là, dis-je en faisant un grand pas en arrière et en manquant m'étaler.

– Non, justement. (Josie se tourne vers moi, attrape la torche et l'éteint. La nuit se referme instantanément sur nous.) Viens, on retourne à la voiture. On rentre à la maison.

Je la regarde sans comprendre.

– Comment ça ?

– Tu viens d'avoir le permis, Liz. (Sa voix est parfaitement calme.) Tu n'as pas le droit de transporter des passagers. On a bu. Si qui que ce soit apprend ce qui s'est passé ici, notre vie est foutue. Tu me suis ?

– On ne peut pas rentrer à la maison comme si de rien n'était, Josie. Ni le laisser là comme ça. C'était un accident. Il est sorti de nulle part. Les gens comprendront...

– Non, ils ne comprendront pas. (Elle me saisit la main.) Je ne plaisante pas, Liz. On n'a pas le choix. Il faut y aller *tout de suite*, avant que quelqu'un passe par là.

Mon cœur de morte se serre à la vue d'Alex, qui gît dans la boue. Comment avons-nous pu l'abandonner là ? Cette lâcheté me détruira de l'intérieur, je le sais, elle me consumera au fil des mois suivants.

– Allez. (Josie me tire par la main.) On s'en va.

Effectivement, on s'en va. On rentre ma voiture au garage, près du mur pour éviter que mon père remarque la petite bosse du pare-chocs. Je m'occuperai de la réparation plus tard. L'important, pour l'instant – on est bien d'accord là-dessus, Josie et moi –, c'est de se conduire comme d'habitude.

Cette nuit-là, incapable de dormir, je feuillette mon album de lycéenne, assise dans mon lit, à la recherche du visage auquel je n'ai pas été fichue d'accoler un nom. Après des pages et des pages de photos, je finis par le trouver. Il me regarde, un sourire timide aux lèvres. Un garçon discret, un élève lambda dont l'existence m'était tout juste connue de son vivant : Alexander Berg.

– Alex Berg…

Le murmure résonne dans ma chambre silencieuse.

On se retrouve tous les deux à l'endroit précis où nos regards se sont croisés il y a un an, quand Alex a rendu son dernier souffle. Il n'est plus sanglant et désarticulé, bien sûr. Ni dégoulinant de pluie. Au contraire. Assis en tailleur par terre, il m'examine avec calme, presque souriant, conscient que je viens de me souvenir.

– C'est moi qui t'ai tué…

– Je sais, acquiesce-t-il.

– Depuis le début ?

– Oui, avoue-t-il après une infime seconde d'hésitation.

– Pourquoi ne pas me l'avoir dit ? Quand on est allés chez toi, je t'ai demandé ce que je t'avais fait, tu te rappelles ? Tu aurais pu me raconter à ce moment-là. Tu aurais pu me raconter n'importe quand.

– Ça ne marche pas comme ça. Si tu avais su dès le départ, tu te serais conduite autrement avec moi.

– Et alors ?

– Alors, je pense que c'est censé fonctionner d'une manière particulière. Tu t'es rappelé peu à peu… parce que tu n'étais pas prête à affronter ce que tu avais fait, pas tout de suite. Il fallait d'abord que tu comprennes certaines choses. Moi, je t'ai aidée. Tu y serais peut-être arrivée sans moi, mais peut-être aussi qu'on a été réunis pour une raison précise.

– Ah oui ? Laquelle ?

– Pour que je te pardonne, déclare-t-il d'un ton serein. Je croyais l'avoir fait depuis longtemps, mais je me trompais. J'avais eu un an pour réfléchir, bien sûr, je m'étais repassé cette nuit-là dans ma tête je ne sais combien de fois, je pensais avoir accepté ce qui s'était passé… mais quand je t'ai parlé, le jour de ta mort… la colère était là, intacte. Je me suis rendu compte que j'avais *essayé* de te pardonner, mais que ça n'avait pas marché. Je te détestais toujours. Pas seulement parce que tu… tu m'avais renversé, mais aussi à cause de la manière dont tu m'avais traité de mon vivant… comme si je n'existais pas. Je n'avais même pas de nom pour toi. (Il hausse les épaules.) On se retrouvait ensemble, et tu ne te souvenais de rien, c'était évident. Je suis parti de là.

– C'est pour ça que tu ne voulais pas que je te touche, au début ? (Je comprends enfin sa réaction.) Ni m'emmener dans tes souvenirs ? Tu avais peur que quelque chose me mette trop tôt la puce à l'oreille ?

– Exactement.

– Mais toi, quand as-tu découvert la vérité, après ta mort ? Combien de temps t'a-t-il fallu pour savoir que c'était moi qui t'avais tué ?

– Je l'ai toujours su, avoue-t-il. J'avais oublié des tas de choses, moi aussi, mais cette nuit-là était très claire dans mon esprit dès le départ. Je me rappelle vous avoir regardées sous la pluie, Josie et toi. Je me rappelle t'avoir regardée dans les yeux, toi. La dernière chose que j'ai vue avant de mourir, c'est ton visage.

– Et après, tu m'as suivie ? Jusqu'à ma mort ?

– Oui. En permanence. C'était obsessionnel. J'avais besoin de m'assurer que tu ne te fichais pas complètement de ce que tu m'avais fait. Je t'ai vue courir tous les jours… comme si tu cherchais à fuir ce qui s'était produit, comme s'il te suffisait de t'éloigner pour laisser l'accident derrière toi. Je t'ai vue chez M. Riley, le matin. J'étais là. Je guettais. Je sais que tu te sentais horriblement coupable. (Il déglutit.) D'une certaine manière, ça te tuait. (Il m'adresse un sourire tremblant.) Et puis tu es morte. Mais je pense qu'il y a autre chose. Il ne suffit pas que je te pardonne, moi. À mon avis, il faut aussi que tu te pardonnes à toi-même. (Une seconde d'hésitation, puis il pose la question :) Est-ce que tu t'es pardonné, Liz ?

– Je n'en sais rien. (Ce n'est pas vrai, j'en suis presque aussitôt consciente. Le fait est que je sais.) Non. Non, je ne me suis pas pardonné. Comprends-moi, Alex : comment veux-tu que je fasse ? J'étais saoule. Je roulais trop vite. Et après, j'aurais pu t'aider. Appeler le 911. Aller à la police…

– Mais tu ne l'as pas fait. Il s'est passé ce qui s'est passé. (Son regard s'est empli de tristesse.) Tu t'es donné tellement de mal pour oublier. Même après ta mort, tu essayais de te raconter des histoires. De m'en raconter à *moi*. Tu te rappelles ? À tes funérailles, tu m'as dit que tu avais changé de trajet d'entraînement après la découverte de mon corps. Ce n'était pas vrai, Liz. Tu avais changé *avant*.

Je ferme les yeux une seconde. Il a raison *évidemment*. Comment aurais-je pu continuer à courir sur cette route-là, sachant que son corps se trouvait toujours dans les fourrés ? Par ma faute ? La vérité était trop terrible pour que je l'affronte, j'avais trop besoin de croire au mensonge. Et j'y ai cru un moment. Presque.

Lorsque je rouvre les yeux, il me contemple d'un air serein.

– Voilà où on en est maintenant. Mais tu ne te rappelles toujours pas la nuit de ta mort.

– Tu as donc passé un an à me suivre… dis-je d'une voix lente.

– Eh oui.

– Tu as vu ce qui s'est produit après ta mort. Quand j'allais chez M. Riley… ou que j'ai fait la connaissance de Vince.

– Oui.

– Alors qu'est-ce que tu as vu d'autre ? Tu étais sur le bateau, la nuit où je me suis noyée ? (Il lui arrive quelque chose. J'ai l'impression qu'il devient… brumeux, quasi translucide.) Alex… qu'est-ce que tu as ? Qu'est-ce qui se passe ?

– Je me suis fait beaucoup de souci pour mes parents, dit-il sans répondre à mes questions. Surtout ma mère. Elle campait littéralement sur ma tombe, tu sais. Elle remplissait la maison de bougies. Mais ça s'arrange. Ils ne vont plus autant au cimetière. Ils sont sur le point d'apprendre ce qui s'est produit cette nuit-là… Après, ça ira. Ils sauront la vérité… ils continueront à vivre sans moi. Je n'en demande pas davantage. Rien ne sera plus jamais pareil, tu le sais aussi bien que moi, mais ça ira. Tu ne trouves pas ça réconfortant ? Tout le monde finira par savoir la vérité sur tout... ça ne te fait pas plaisir ?

– Quand ? Pourquoi ne veux-tu pas me dire ce qui s'est passé ? Quand les autres sauront-ils la vérité ?

Il devient de plus en plus transparent.

– Bientôt. Un peu de patience, Liz. N'oublie pas que c'est une sorte de puzzle. Les pièces sont toutes à ta disposition, maintenant. Tu ne vas pas tarder à comprendre. Tu es capable de te débrouiller sans moi.

– Où tu vas ? (Je panique complètement.) Je ne veux pas que tu t'en ailles ! Dis-moi ce qui s'est passé la nuit de ma mort !

– Ce n'est pas à moi de résoudre ce mystère-là. (Il me sourit.) Je me suis bien éclaté avec toi. Tu n'es pas le monstre que je croyais. Je te pardonne. Sincèrement. Tout.

– Qu'est-ce que tu as vu ? Est-ce que quelqu'un m'a tuée ? Attends...

– Il fait tellement bon. (Il s'efface de plus en plus vite.) Je crois que je vais enfin pouvoir me reposer. Ça va te plaire, quand ça va être ton tour. (Un dernier sourire rayonnant.) Je me suis bien amusé avec la reine de la rentrée... mais les meilleures choses ont une fin.

– Alex...

– À plus, Liz.

Et voilà... il a disparu.

Je me retrouve toute seule, assise par terre, à pleurer dans les bois froids et humides. Alex me manque. Les regrets m'étouffent. Si seulement je n'avais pas pris le volant cette nuit-là. Si seulement je m'étais fait ramener. Mais j'avais dix-sept ans, j'étais pleine de vie, rien de terrible ne pouvait m'arriver – pas à moi, Elizabeth Valchar, une des filles les plus riches et les plus en vue du lycée. Comment mon chemin aurait-il pu croiser d'une manière aussi *signifiante* celui d'un *insignifiant* tel qu'Alex Berg ? Comment aurais-je eu le pouvoir de lui ôter la vie d'une si brève collision ?

Où aller, maintenant ? Je reste là un long moment, dans l'espoir de voir réapparaître mon compagnon, même si je sais au fond de mon cœur qu'il est parti à jamais, sans doute pour un monde meilleur.

C'est la première fois de ma mort que je suis aussi parfaitement seule. Enfin, je me relève. Je rentre à la maison. Je me couche sur mon lit, les yeux fixés au plafond, en attendant le matin. J'espère qu'il m'apportera autre chose qu'un fragment d'éternité supplémentaire.

22

Je n'ai rien à faire que rcgarder. Alors je regarde Josie sortir de chez nous et aller frapper chez les Wilson, un samedi matin de novembre, quelques jours après la disparition d'Alex.

C'est Mme Wilson qui répond. Elle reste derrière la porte moustiquaire sans esquisser un geste pour l'ouvrir. Sans sourire à la visiteuse.

– Bonjour, Madame. Richie est là ?

– Je crains que non, répond-elle en jetant un coup d'œil vers l'escalier, par-dessus son épaule.

– Mais sa voiture est dans l'allée, s'étonne Josie. Et il m'a dit qu'il ne sortirait pas.

– Comment va le père de Liz ? demande Mme Wilson, qui trouve visiblement l'exercice difficile.

Josie la fixe quelques longues secondes, avant de répondre, provocatrice :

– Mon père va bien. Il se remet. (Elle déglutit, sans quitter des yeux son interlocutrice.) On se remet tous. Y compris Richie.

– Je crois que tu ferais mieux de rentrer chez toi.

– Mais quand…

Figée sur la véranda, sidérée, elle regarde la lourde porte que Mme Wilson vient de lui refermer au nez.

Le souvenir m'aspire comme si j'étais liquide. Il se déploie brusquement autour de moi, inévitable.

J'ai cinq ou six ans. Josie, Richie et moi sommes assis par terre dans la salle de séjour, chez moi. Les deux fillettes s'amusent avec des poupées Barbie, pendant que le garçonnet essaie de les convaincre de participer à la grande bataille de ses quelques soldats en plastique.

– On n'a qu'à faire la guerre entre nous, propose-t-il en alignant les figurines. Vous, les filles, vous vous mettez ensemble. Moi, je serai l'ennemi. Vous pouvez même être les gentils, si vous voulez. Ou alors, on est tous copains, on envahit Fort Knox et on vole les réserves d'or ! Mon papa, il dit que tout l'argent du gouvernement, il est à Fort Knox. (Ni Josie ni moi ne lui prêtons aucune attention, ce qui le persuade de laisser tomber les soldats.) Ou alors, je peux aussi aller chercher mes Hippo Gloutons à la maison. Ça vous dit ? Ou on joue aux cartes. Tu veux faire un Uno, Liz ?

– Elle joue à la poupée, lance Josie sans le regarder. Laisse-nous tranquilles.

Mais la petite Liz jette à Richie un coup d'œil timide, hésitant. Je rougis quand nos yeux se croisent, puis je m'illumine, car je viens manifestement d'avoir une idée :

– On n'a qu'à jouer tous ensemble au salon de beauté. Tu as besoin de te faire couper les cheveux, Richie. On va s'en occuper, Josie et moi.

– D'accord, acquiesce-t-il, radieux. Où est-ce que je m'assois ?

Pendant ce temps, nos parents dînent à côté, dans la salle à manger. Ils boivent du vin en mangeant du brie avec des crackers. Mon père occupe une extrémité de la table, ma mère sa droite, celle de Josie sa gauche, M. et Mme Wilson sont installés l'un en face de l'autre et le père de Josie à l'opposé du mien.

Ils parlent fort. Sans doute sont-ils un peu ivres. Nous, les enfants, on devrait déjà être au lit, mais quand ils se retrouvent tous comme ça, ce qui arrive souvent, ils nous laissent veiller tard. Le seul adulte à rester discret, c'est M. Caruso. Autant que je me rappelle, il n'a jamais été très bavard.

Mme Wilson se lève.

– Et si j'allais chercher une autre bouteille ? (Elle se tourne vers ma mère.) Je vais à la cuisine. Tu viens, Lisa ?

Elle porte deux doigts à ses lèvres en faisant mine d'aspirer par la bouche : *cigarette*.

– J'arrive, répond ma mère. Dans une minute.

Penchée en avant, les coudes sur la table, l'air intéressée malgré son regard terne, elle écoute mon père raconter je ne sais quoi – sans doute une anecdote sur son travail. Le fromage et les crackers disposés dans son assiette sont intacts. Elle est si maigre qu'elle fait peine à voir.

Sur le chemin de la cuisine, Mme Wilson s'arrête près de nous, souriante.

– Ça va, les enfants ? Vous vous amusez bien ?

– Oui, oui, répond son fils, assis sur une chaise, parfaitement immobile, un torchon posé sur les épaules comme une serviette de coiffeur.

Josie et moi, les doigts transformés en « ciseaux », sommes si occupées à lui couper les cheveux que c'est à peine si nous jetons un regard à sa mère.

– Tant mieux, murmure-t-elle. (Avant de soupirer.) Ah, la jeunesse, l'insouciance... Vous ne savez pas quelle chance vous avez, mes petits.

Elle gagne la cuisine, où elle ouvre une bouteille, remplit son verre à ras bord puis entrouvre la porte du patio. Une cigarette à la main, elle s'adosse au chambranle, visiblement ravie de cet instant de solitude.

Un court instant. Elle est là, tranquille, tournée vers la salle à manger, quand son corps tout entier se raidit. Les yeux plissés, elle se penche légèrement en avant. Je suis son regard, et le soulagement m'envahit aussitôt à la pensée que Liz la fillette n'a aucune chance d'être témoin de ce qui se déroule sous la table.

Mme Wilson s'intéresse en fait aux pieds des convives. Ma mère est assez maigre pour s'asseoir en tailleur sur sa chaise, sans toucher terre... mais Nicole, elle, masse le mollet de mon père avec les orteils.

Là, en plein repas. Il suffirait qu'un des dîneurs se baisse pour voir ce qui se passe : ma mère, M. Caruso, *n'importe qui*. Après tout, la mère de Richie l'a bien vu. Elle boit une bonne gorgée de vin et tire une longue bouffée de sa cigarette, mais son sourire s'est effacé. Son petit instant de détente est terminé.

Mon père continue son histoire comme si de rien n'était. Son regard ne dévie qu'une fois vers Nicole, une seconde à peine, le temps d'un rapide sourire complice. Si court soit-il, il ne m'en faut pas davantage. Le dégoût m'envahit : les racontars étaient donc vrais.

Quand ma mère se lève, Nicole s'empresse de remettre les pieds sous sa propre chaise et lui tend son verre vide par-dessus la table.

– Tu veux bien me le remplir, s'il te plaît, Lisa ?

– Mais oui.

Ma mère gagne donc la cuisine, deux verres entre les mains.

– Allez, je m'en grille une. (Elle allume sa cigarette, dont elle tire une longue bouffée théâtrale.) Aaah. Ça fait du bien. (Elle souffle avec soin la fumée par la porte entrebâillée du patio, en agitant la main devant son visage.) Je ne sais pas pourquoi ça énerve tellement Marshall. Il a bien ses cigares, lui. Je ne lui casse pas les pieds pour autant.

– À propos de Marshall… (Mme Wilson sirote une gorgée de vin.) Ça va, entre vous ?

– Mais oui. Pourquoi ?

– Comme ça. Nicole lui tourne autour, c'est tout.

Ma mère ferme les yeux en tirant de nouveau sur sa cigarette.

– Ah bon ?

– Je suis navrée, Lisa, mais elle a un sacré culot de lui faire du pied juste sous ton nez…

– Elle lui fait du pied ?

Mme Wilson acquiesce.

– Tu devrais intervenir. Montrer les griffes. C'est *ton* mari.

– Quelle salope, murmure ma mère, les yeux baissés.

– Pourquoi l'inviter ? Pourquoi continuer à la voir ? Elle est mariée, elle aussi. Marshall et elle se sont fréquentés pendant trois ans au lycée, ils ont rompu, il t'a épousée. Point final. Si elle tenait tellement à lui, elle n'avait qu'à se cramponner quand elle en a eu l'occasion.

– Oh… je ne sais pas. J'ai l'impression qu'elle ne peut pas s'en empêcher. Elle boit, et après, elle a l'air de s'imaginer que ça ne peut pas faire de mal de flirter un peu… (Ma mère jette un coup d'œil dans la salle à manger.) Marshall ne ferait jamais rien avec elle. C'est un type bien.

– Puisque tu le dis… (Mme Wilson expédie d'une pichenette son mégot dans la cour.) Mais écoute, Lisa… (Son expression sévère s'adoucit.) Si je m'inquiète, c'est pour ton bien. Tu es trop mince. Tu es stressée. Vu les problèmes que tu affrontes, tu n'as pas *en plus* besoin que quelqu'un flirte avec ton mari juste sous ton nez.

Ma mère lui adresse un sourire sans conviction.

– Ça ne prête pas à conséquence. La femme de Marshall, c'est moi. Au fait, je suis allée chez le médecin la semaine dernière. J'ai pris presque un kilo !

– Tu es contente ? C'est une bonne nouvelle ? demande Mme Wilson, qui n'a pas trop l'air de savoir comment prendre l'information.

– Bien sûr, répond ma mère. (N'empêche que son sourire vacille. Elle s'empare de la bouteille de vin ouverte puis repart pour la salle à manger.) Allez, viens. Soyons sympas.

Depuis la disparition d'Alex, je passe un temps fou chez moi. Mon père est rarement là – il préfère le bateau –, et Nicole campe plus ou moins à l'église spiritualiste, où elle fait ce que font les fidèles dans ce genre d'église. Déchiffrer les auras. Participer à des séances de spiritisme. Tenir à l'œil les maris des autres, au cas où elles mourraient.

Comme je l'ai déjà dit, notre famille n'a jamais abordé de front la question des origines de Josie, même si elle s'est posée en filigrane dès le début, je m'en aperçois enfin. J'étais très jeune à la mort de ma mère, j'ai toujours adoré Josie, et Nicole a toujours été adorable avec moi. J'ai entendu dire depuis l'enfance que c'était la maîtresse de mon père *avant*, mais je n'y croyais pas ; ça me paraissait impossible ; dans mon esprit, mon père était incapable de tromper ma mère.

Sauf que tel n'était manifestement pas le cas.

Ça m'a horrifiée de voir Nicole lui faire du pied à table, juste sous le nez de ma mère. Surtout vu ce que je sais maintenant : en cas de trouble du comportement alimentaire, le stress n'arrange rien. Après tout, quand la culpabilité a commencé à me ronger, après la mort d'Alex, j'ai arrêté de manger et je me suis jetée à corps perdu dans la course. Tout le monde en a déduit que je suivais les traces de ma pauvre mère. Personne n'a fait le rapprochement avec le mystérieux accident. Si quelqu'un l'avait fait, la situation serait peut-être entièrement différente, aujourd'hui. Enfin non, pas entièrement. Alex serait toujours aussi mort. Par ma faute.

Maintenant qu'il a disparu, je donnerais n'importe quoi pour mettre un terme à mes errances terrestres. Je ne peux m'empêcher de guetter sa réapparition, d'attendre ses remarques sarcastiques sur mes copains, mais au bout de quelques jours de solitude à regarder les vivants, à sombrer sans avertissement dans mes souvenirs d'enfance, je dois me rendre à l'évidence : il ne reviendra pas. Où qu'il se trouve à présent, j'espère que c'est beau ; paisible ; doux.

Par un samedi après-midi ensoleillé, Josie et Nicole préparent une omelette à la cuisine. Avec de *vrais* œufs. Mon statut de fantôme ne m'empêche pas d'avoir un mouvement de recul. Les *lipides* (7 g par œuf) ! Les calories (70 kcal) ! Jc ne crois pas avoir mangé un seul de ces concentrés de cholestérol depuis plus de dix ans. Un enfant apprend tout jeune certaines choses qui deviennent parties intégrantes de son être. Ma mère – la *vraie* – avait une sainte horreur du gras sous toutes ses formes. Moi aussi. Avant même de tuer Alex, j'avais un problème, je m'en aperçois enfin. Les fillettes de neuf ans ne devraient pas tenir le compte des graisses que renferme leur nourriture. Elles devraient être capables de manger des œufs et avoir le droit de se régaler de beurre de cacahuète.

Nicole sourit à Josie – un sourire furtif.

– C'est vraiment sympa. On n'a pas passé un moment pareil depuis… enfin bon, ça fait un temps fou. (Son sourire s'élargit.) Tu veux un Mimosa ?

– Maman ! (Sa fille rougit.) Papa ne va pas apprécier.

– Il n'est pas là, d'accord ?

Nicole ouvre le frigo pour en sortir une brique de jus d'orange. À l'instant précis où elle débouche le Moët & Chandon, mon père franchit la porte d'entrée.

– Et merde ! murmure-t-elle.

Mais elle ne peut se retenir de pouffer. La mousse du champagne ruisselle sur la bouteille puis tombe en flaques minuscules sur le carrelage. Ma belle-mère prépare deux Mimosas dans des flûtes (beaucoup de champagne, peu de jus d'orange) puis se remet à l'omelette en sirotant son cocktail. Quand mon père arrive d'un pas traînant, elle fait comme si de rien n'était.

Il porte une chemise en flanelle, un pantalon de jogging et ses lunettes, car il ne s'occupe plus de ses lentilles depuis des mois. Sa barbe est devenue si épaisse, si broussailleuse qu'une famille d'écureuils pourrait s'y installer à son aise. Il s'arrête sur le seuil, les yeux rivés à ma demi-sœur, qui sirote son Mimosa en feuilletant *Santé Magazine*.

Le dos tourné à l'arrivant, Nicole se balance légèrement devant la cuisinière, son ample jupe blanche ondulant autour de ses chevilles. Pieds nus. Des pieds parfaitement lisses et bronzés, aux orteils ornés de trois bagues, pas une de moins, et aux ongles bleu vif – une teinte ridicule pour une femme de son âge.

– Alors, qu'est-ce que vous préparez de bon ?

Mon père essaie de se conduire normalement, mais ça marche moyen. On dirait qu'il ne s'est pas douché depuis plusieurs jours, si ce n'est plusieurs semaines. À le voir, il n'a rien à faire dans la même maison que Nicole et Josie, encore moins dans la même pièce.

– Une omelette. (Nicole lui sourit par-dessus son épaule.) Tu devrais en prendre un peu, tu sais. Tu as perdu trop de poids, ces derniers temps.

– Josie. (Il vient de reposer les yeux sur ma demi-sœur.) Qu'est-ce que tu bois ?

– Un Mimosa. (Elle s'octroie une gorgée de cocktail.) Il n'y a presque que du jus d'orange.

– Je ne veux pas le savoir. Jette-le.

– Écoute, Marshall… commence Nicole.

Elle n'a pas le temps d'ajouter un mot que mon père fonce sur Josie, lui arrache son Mimosa et le jette dans l'évier.

Quand je dis qu'il le *jette dans l'évier*, je ne veux pas dire qu'il vide la flûte puis la pose de côté, non. Je veux dire qu'il jette le tout. Violemment. La flûte vole en éclats. Un lourd silence s'installe.

– Je ne sais pas ce qui t'a pris, déclare enfin Nicole. C'était juste un petit cocktail à base de jus d'orange. Je n'allais pas la saouler.

– Au cas où tu l'aurais oublié, riposte mon père avec calme, mais d'un ton sarcastique, on a décidé il y a quelques mois que ça ne posait pas de problème de laisser des adolescents faire la fête sur un bateau et boire quelques verres pour l'anniversaire d'Elizabeth. Ça ne s'est pas vraiment bien terminé.

Elle baisse les yeux vers le carrelage. Josie plonge le nez dans son magazine. L'omelette commence à fumer.

– Écoute, Marshall, reprend enfin Nicole d'une voix presque inaudible, en ramassant les éclats de verre dans l'évier. À un moment ou à un autre, il faut que les choses reviennent à la normale. On en a déjà parlé. Tu dois retourner travailler. Nous devons reformer le cercle familial. Tu ne peux pas rester assis sur ce bateau, jour après jour, à regarder la mer…

– Je vends la maison, annonce-t-il.

Les doigts de Nicole dérapent. Un morceau de verre lui entaille l'index. Le sang apparaît presque aussitôt, écarlate, puis se met à couler.

– Maman ! Ça va ? Tu t'es fait mal ?

Josie se précipite au secours de sa mère en jetant à mon père un regard noir.

– J'ai contacté une agence immobilière, continue-t-il. Les employés passeront mettre une pancarte en fin d'après-midi.

– Tu vends la maison ! s'exclame Nicole, le doigt enveloppé de papier absorbant. Et tu as pensé à m'en parler ? Tu as pensé à Josie ? Au lycée ? C'est son année de terminale !

– Rien ne l'empêche de la terminer à Noank. Après, de toute façon, elle ira en fac.

Nicole vide d'un trait sa flûte – presque pleine, pourtant.

Puis elle la jette dans l'évier. Elle la *jette*. La flûte se brise en mille morceaux, comme celle de Josie.

– Et où est-ce qu'on va vivre, Marshall ? Qu'est-ce qu'on va devenir ?

Il ôte ses lunettes. Son regard donne une terrible impression de fatigue : des cernes sombres, profonds ; des paupières lourdes ; pas la moindre lueur dans des prunelles autrefois scintillantes.

Il se frotte les yeux.

– Je n'en sais rien. Je ne sais pas ce qu'on va devenir, toi et moi. Tout ce que je sais, c'est que je ne peux pas continuer à vivre dans cette maison.

– Super. Vraiment super. (Elle se met à pleurer.) Monte dans ta chambre, Josie.

– Mais…

– *Monte dans ta chambre !*

Josie s'empresse de traverser le couloir et de grimper l'escalier, mais en arrivant au palier, elle s'assied sans bruit sur la dernière marche, l'oreille tendue.

– J'ai fait tout, absolument tout ce que j'ai pu pour te rendre heureux. La mort de Liz m'a brisé le cœur, à moi aussi. Tu le sais pertinemment. C'était comme une seconde fille pour moi. Je l'aimais. Je donnerais n'importe quoi pour qu'elle soit encore là.

– Ça n'a rien à voir. (Mon père secoue la tête en s'approchant de Nicole, prend sa main blessée et appuie sur le papier absorbant, à l'endroit où une tache rouge éclatante s'agrandit sur fond blanc.) C'est juste que ces derniers temps, j'ai l'impression que rien de tout ça n'aurait dû arriver.

Elle inspire brusquement.

– Qu'est-ce que tu veux dire par là ?

– Je parle de tout ce qui s'est passé. Toi. Moi. La famille qu'on a essayé de recréer. C'est… on se croirait dans une tragédie grecque. Il me semble qu'on affronte notre châtiment, toi et moi.

– On n'a rien fait de mal. On est juste tombés amoureux.

– Tu n'es donc pas au courant des bruits qui courent ? chuchote mon père. De ce qui se dit depuis des années ? Les Wilson ne nous supportent pas. S'ils n'étaient pas sans arrêt par monts et par vaux, jamais ils n'auraient laissé Richie approcher à moins de trois mètres de Liz ou de Josie.

– Je t'aime, Marshall. (Nicole le fixe d'un regard désespéré.) Tu es l'amour de ma vie.

– Je sais. (Un silence.) Je sais que tu y crois. (Elle lui pose la tête sur l'épaule en sanglotant tout bas.) Je suis navré, mais je n'en peux plus. Cette histoire est en train de me tuer, tu comprends ? De me tuer.

Alex parti, les souvenirs me reviennent plus vite, sans avertissement. Comme s'ils gagnaient en force. Mon fantôme est là, dans la cuisine, alors que le mariage de mon père et de Nicole part à vau-l'eau ; une seconde plus tard, je suis toujours là, dans la cuisine, mais bien vivante, à picorer du riz complet sans assaisonnement pendant que le reste de la famille se goinfre de cuisine chinoise.

Je me lève en repoussant mon bol.

– Je crois que je vais aller courir un peu.

Mes parents me regardent, surpris. Josie continue à manger. Alex était sans doute mort depuis peu – je commençais juste ma descente aux enfers, malade de remords.

– Mais il est presque 19 heures, proteste mon père. Il fait nuit.

– Je vais mettre mon gilet fluo. Ça m'arrive de courir la nuit, tu sais.

– D'accord, Liz, mais tu t'es déjà entraînée ce matin, avant le lycée. Et cet après-midi, avec l'équipe de cross. Pourquoi veux-tu y retourner ? (Il m'examine de la tête aux pieds.) J'espère que tu n'essaies pas de maigrir ? Tu n'en as pas besoin, tu es grasse comme un haricot.

Josie interrompt sa mastication. Déglutit. Toujours sans lever le nez de son assiette.

– Non, non, rien à voir. C'est juste que je suis un peu stressée. Mais je n'y passerai pas longtemps. À tout à l'heure.

Déjà, je grimpe l'escalier quatre à quatre pour aller me changer.

– Elle a sans doute rendez-vous avec Richie. (La voix de Nicole.) Ne t'inquiète donc pas, Marshall.

– Si elle voulait voir Richie, elle irait chez lui, riposte-t-il, manifestement ennuyé. Elle ne chercherait pas à nous le cacher. Je me demande si elle ne devrait pas voir un psy.

Sachant ce que je sais maintenant – sachant pourquoi je courais autant –, je dois avouer que je leur en veux un peu. Pourquoi ne m'ont-ils pas traînée chez un psy ? Pourquoi personne n'a-t-il essayé de m'aider ?

Sauf que ce n'est pas vrai. Mon père a essayé, à sa manière. Il se trouve que je ne voulais pas me laisser aider. Je voulais souffrir. Pour me punir de ce que j'avais fait à Alex. Je comprends, maintenant.

Je suis censée porter un gilet fluo, quand je cours au crépuscule ou de nuit – voire en plein jour, si je longe la route –, mais aussitôt dehors, je m'en débarrasse en le jetant à côté de la véranda. Deviner ce que je pense à ce moment-là ne m'est pas difficile : ça m'est égal de me faire écraser. Après tout, ce serait le karma, hein ?

Je me mets à errer à travers la ville, dans des rues bordées de vieilles maisons magnifiques, puis je redescends vers la mer, jusqu'à la ligne de marée, avant de remonter, de traverser le pont minuscule et de prendre le virage à droite menant à la route de Mystic. Comme toujours, je regrette amèrement de ne pas pouvoir courir en tant que fantôme ; je ne peux que regarder le souvenir se déployer tel un rêve coloré, les pieds douloureux dans mes bottes. Si je fais l'aller-retour complet, il sera plus de 21 heures à la fin, et j'aurai parcouru une bonne quinzaine de kilomètres rien que ce soir. C'est beaucoup. Trop, sans doute. Manifestement, je m'en fiche.

Je suis à un tiers du chemin quand une voiture arrivant de Noank ralentit à mon niveau puis finit par s'arrêter. Le conducteur baisse la vitre, côté passager.

– Liz, appelle-t-il tout bas. Liz Valchar. Viens par ici.

M. Riley !

Je ne m'arrête pas. Je ne veux pas. Courir me vide la tête, et je ne veux pas penser. À rien. Ni aux affichettes que je verrai à Mystic, avec la photo d'Alex Berg et la promesse de récompense à quiconque fournira un renseignement permettant d'arrêter le chauffard qui l'a tué. Ni au fait que Richie – la personne dont je suis la plus proche au *monde* – ne sait pas ce qui s'est passé et ne le saura jamais. Je ne veux pas penser que, d'une certaine manière, je suis une meurtrière. Je ne veux pas penser, point final.

Alors je secoue la tête à l'intention de M. Riley et je continue à courir. Il roule au pas à côté de moi, la vitre baissée.

– Où est ton gilet fluo, Liz ? Tu as vraiment envie de te faire tuer ? Est-ce que tu as couru ce matin ? À quoi tu joues ?

– Laissez-moi tranquille. (Je lui jette un coup d'œil sans m'arrêter. Il me suit toujours.) Qu'est-ce que vous faites dehors à une heure pareille ?

– J'essaie d'endormir Hope. Si tu ne montes pas en voiture, je vais être obligé de te crier dessus, et ça va la réveiller. (Il sourit.) Tu tiens vraiment à avoir ça sur la conscience ?

L'ironie de la plaisanterie me donne envie de vomir, mais je le connais depuis des années. Il est têtu, c'est une de ses qualités d'entraîneur. Et puis je ne porte effectivement rien de fluo ; il ne me fichera donc pas la paix. Alors je monte en voiture.

Hope s'agite brièvement dans son siège bébé, mais elle n'a même pas le temps d'entrouvrir un œil pour voir ce qui se passe qu'elle s'est déjà rendormie.

– Vous vous baladez comme ça en voiture avec votre fille ?

Je suis franchement perplexe.

– Si tu avais des enfants, tu comprendrais, affirme M. Riley, un léger sourire aux lèvres. Il suffit de les promener… enfin, quand ils sont bébés… bon, il suffit de les balader pour qu'ils tombent en dix secondes chrono. À part ça... Hope ne veut pas dormir. Ma femme en devient dingue. La petite la réveille à n'importe quelle heure de la nuit, et en plus, elle ne ferme pratiquement pas l'œil de la journée. Je fais ce que je peux pour aider... et voilà que je te trouve là-dehors. À quoi tu joues, Liz ? J'ai failli ne pas te voir. Tu devrais avoir assez de jugeote pour ne pas courir la nuit comme ça.

Il ne fait pas chaud dans la voiture, mais je suis en nage. Dès que mes muscles se détendent, je me mets à trembler – assez fort pour que mon fantôme s'en aperçoive. Je ne veux *pas* parler de ça avec M. Riley en ce moment.

– Vous ne m'avez pas vue ?

– Presque pas. J'ai vu qu'il y avait quelqu'un. Et je me suis tout de suite demandé quel était le crétin qui courait aussi tard sans gilet fluo.

– Alors comment vous avez su que c'était moi ?

Il lâche le volant d'une main pour tirer légèrement sur ma longue queue-de-cheval blonde.

– À ton avis ? À cause de tes cheveux.

– Ah. (Je replie les genoux contre la poitrine.) Vous pouvez me ramener chez moi, s'il vous plaît ?

– Pour quoi faire ? Pour que tu repartes aussitôt courir ?

J'hésite. Je lui mentirais volontiers dans l'espoir qu'il me fiche la paix, c'est évident, mais mon air pensif me prouve aussi qu'une petite partie de moi a envie de lui confier mes problèmes. Une petite partie de moi a besoin de confier *quelque chose* à quelqu'un, de faire au moins une vague allusion à la manière dont mon univers a basculé.

– C'est vrai. Si vous me ramenez à la maison, je repartirai courir.

– Pourquoi ? s'enquiert-il en m'examinant, les yeux plissés dans la voiture obscure. (On traverse lentement Mystic, où la circulation reste dense, à cause des touristes venus admirer les bois en automne.) Tu veux perdre du poids ? Parce que dans ce cas...

– Je ne me laisse pas mourir de faim. Je mange. (Une seconde de silence.) Je maîtrise, c'est important.

– Maîtriser et s'affamer sont deux choses différentes, Liz. Et il y a différentes manières de s'affamer. On peut arrêter de s'alimenter, certes, mais on peut aussi s'épuiser par le sport. On peut être doué pour l'une ou l'autre. (Il me jette un autre coup d'œil.) Ou pour les deux.

Je m'adosse, tournée vers lui.

– Je ne cherche pas à maigrir. Ne vous inquiétez pas pour moi.

– Je m'inquiète pour toi. (Il s'engage dans les collines de Mystic, visiblement prêt à prendre le chemin du retour.) Je te ramène chez toi. Et si jamais tu essaies de ressortir, j'aurai une petite discussion avec tes parents.

– Vous voulez bien me déposer chez Richie, plutôt ? (Je m'exprime maintenant d'une toute petite voix.) Il habite juste à côté. Ça me fera du bien de le voir un moment.

Je ne dirai rien à Richie, je le sais en tant que fantôme, mais je comprends que j'aie envie de le voir, d'entendre sa voix, de sentir ses bras autour de moi. Il m'a toujours apporté un tel réconfort. Même maintenant que je suis morte.

– Richie Wilson ne te fait aucun bien, Liz. Tout le monde pourrait te le dire. (M. Riley secoue la tête.) Je devrais parler de lui à tes parents, tiens. Ils connaissent son… passe-temps préféré ?

– Comment ça ? (Je prends l'air innocente.) Ils savent que c'est le premier de sa classe, évidemment. Qu'il veut devenir écrivain. Que John Keats est son poète préféré, *L'Attrape-Cœurs* son roman préféré… Ils se rendent parfaitement compte que Richie est quelqu'un d'extraordinaire.

– Je vois. Liz Valchar, la star du lycée, n'a pas de temps à perdre dans une petite conversation à cœur ouvert avec son entraîneur. Ça t'amuse d'envoyer promener les règles ? OK, va courir la nuit sans l'équipement adéquat ; fréquente un dealer ; pas de problème. Tu n'auras pas toujours tout ce que tu veux. (Il me jette un coup d'œil en s'engageant dans la grand-rue de Mystic, en direction de Noank.) Tu en es consciente, j'espère ?

Il est tellement perceptif que je le giflerais volontiers… sauf que je suis obligée de cligner des yeux à toute allure pour éviter de fondre en larmes.

Le reste du trajet se déroule en silence ou presque.

– Tu es sûre que tu n'as rien à me dire, Liz ? demande finalement M. Riley en s'engageant dans High Street.

Je suppose que je n'avais pas encore commencé à aller le voir chez lui. Qu'il n'avait pas encore décidé de ne pas laisser mes problèmes, quels qu'ils soient, envahir son existence.

J'inspire à fond. Je m'essuie les yeux.

– C'est celle-là, à droite. Deux maisons avant la mienne.

Il s'arrête devant chez les Wilson. Une unique lumière y brille, dans la chambre de Richie. Qui fume une cigarette, assis sur l'appui de sa fenêtre ouverte, une jambe allongée devant lui.

– Quelle classe. J'espère que tu es fière de ta prise. (M. Riley s'interrompt.) Bon, on y est. À demain, j'imagine.

– Sans doute.

– Tu n'as vraiment rien à me dire…

– Si. Mais pas maintenant, d'accord ?

– D'accord, acquiesce-t-il.

Au moment où je vais descendre de voiture, M. Riley me pose brusquement la main sur l'épaule.

– Seigneur, Liz…

– Quoi ? (Il me fixe d'un air incrédule, à la lumière du plafonnier qui s'est allumée quand j'ai ouvert la portière.) Qu'est-ce qu'il y a ? Pourquoi vous me regardez comme ça ?

Il attrape une de mes longues mèches blondes.

– Nom de Dieu, murmure-t-il en la levant devant mes yeux pour me la montrer. Tu as des cheveux gris.

23

Joe Wright rend régulièrement visite à Vince Aiello, toutes les semaines environ, sous prétexte de vérifier que Richie lui fiche la paix. C'est une des conditions de sa liberté surveillée – ne pas approcher Vince à moins de 200 mètres –, mais le mécano n'a pas l'air du genre à appeler les flics si jamais Richie fait une entorse au règlement.

Il ne m'est pas venu une seule seconde à l'idée que je fréquentais ce type par plaisir, mais maintenant que je suis consciente d'avoir tué Alex, je pense savoir plus ou moins ce qui s'est passé : Vince a deviné d'une manière ou d'une autre que ma voiture était celle du chauffard de la fameuse nuit, et il m'a fait chanter. Sachant ce que je sais aujourd'hui, ça me paraît assez évident. Autant que je puisse en juger, malheureusement, Joe n'est au courant de rien – et comment le serait-il ? D'ailleurs, j'ai beau être capable d'assembler les pièces du puzzle, les souvenirs ne sont pas encore venus confirmer mes soupçons.

Lorsqu'ils viendront – s'ils viennent –, je me demande ce que j'en ferai. Je suis morte ; je ne peux rien prouver du tout. Je ne peux même plus en parler à Alex...

Par un mardi soir pluvieux de la mi-novembre, Joe passe donc à Groton sans avertissement. Je l'ai vu quitter le commissariat, j'ai eu l'intuition qu'il fallait le suivre et j'ai eu raison, puisqu'il s'est rendu droit aux Armes de Covington.

Mon père a mis la maison en vente la semaine dernière. Depuis, l'ambiance est sinistre chez nous, c'est le moins qu'on puisse dire. Il s'est réellement installé sur le bateau, il ne travaille toujours pas, Josie va au lycée et Nicole prépare les cartons, mais je me demande bien où ils vont atterrir. Je ne sais pas non plus si ça va se terminer par un divorce ou un déménagement familial. Je ne sais rien. Je me sens perdue. Je *suis* perdue.

Vince regarde un documentaire animalier consacré aux éléphants. Seul, si on excepte son chien, Rocky, endormi à ses pieds, la tête sur les pattes. On dirait que ce type aime vraiment les animaux. Ce n'est pas facile de faire la différence entre les bons et les méchants ; en tout cas, c'est loin d'être aussi évident que je l'aimerais. Prenez Vince. Je sais que c'est un salopard... mais quand il voit des éléphants jouer dans une mare, un petit sourire de plaisir lui monte aux lèvres. Il ne fait rien de franchement déplaisant, lire *Playboy* ou se défoncer, par exemple. Apparemment, personne n'est tout noir ou tout blanc. Le gris a l'air universel.

On frappe. Vince jette un coup d'œil à la porte, visiblement mécontent d'être dérangé à ce moment-là. Je déteste son appartement ; je préférerais me trouver n'importe où ailleurs. Le problème, c'est que je n'ai pas le choix : il faut que je les écoute, Joe et lui. Que je me rappelle. Même si ça ne change rien à rien, il faut que je sache exactement ce qui s'est passé. Je ne vois pas d'autre moyen de me sortir de là, de quitter cette vie, d'aller où est allé Alex – et peut-être ma mère.

Vince ouvre la porte en crachant littéralement ses poumons dans une grande quinte de toux, une cigarette au coin des lèvres.

– Ah, c'est vous. Quelle bonne surprise, lance-t-il, sarcastique.

– Je me suis dit que je devais commencer à vous manquer, riposte Joe en s'appuyant au chambranle.

Les flics, c'est comme les vampires, paraît-il : ils n'ont le droit d'entrer que si on les y invite. Enfin, ils peuvent sans doute s'imposer s'ils ont de bonnes raisons, mais Vince se montre depuis le début aussi zen que possible. Il jette un coup d'œil à la télé.

– Je suis occupé. (Nouvelle quinte de toux.) Je me repose, aujourd'hui. Je crois que j'ai chopé la crève.

– Il paraît que ça aide de fumer comme une cheminée.

– Ah ouais ? Bon, Richie Wilson n'est pas là. Il ne me casse pas les pieds. Pas la peine de continuer à passer me voir. Je suis assez grand pour me débrouiller tout seul.

– Oh, je n'en doute pas. (Le regard de Joe plonge dans l'appartement crasseux, où il s'attarde sur les éléphants, qui foncent maintenant à travers un paysage désolé.) Je peux entrer ?

– Pour quoi faire ? demande Vince, les yeux plissés.

– J'ai quelques questions à vous poser.

– À quel sujet ?

– Liz Valchar. (Joe croise les bras.) Vous m'avez bien dit que vous aviez noué avec elle une relation très particulière, non ? Vous n'avez pas envie de m'aider au maximum à éclaircir cette histoire ?

Je remarque qu'il ne parle ni de *meurtre* ni de *résolution* ni de *dossier classé.*

Vince essuie sur sa manche son nez qui coule.

– Bien sûr, ouais. Allez, entrez.

Ils s'installent sur le canapé. Joe se met à l'aise et attend pour entamer la conversation que son hôte se tourne vers lui, mais Vince se lance sans lui laisser le temps d'en placer une :

– Il m'avait semblé que l'affaire était déjà... comment on dit ? résolue, c'est ça. Elle est tombée, non ? Liz, je veux dire. C'est ce que vous m'avez raconté, en tout cas.

– Bien sûr. C'est ce qui est arrivé, à notre avis. Mais mon travail m'oblige à aller au fond des choses.

– Ben j'ai un alibi, au cas où. Je veux dire, je l'aimais. Je ne l'aurais pas tuée. Vous avez pensé à Richie, sur ce coup ? Il l'a peut-être poussée.

– Vous l'aimiez ? interroge Joe, attentif.

– Ben... ouais.

– Je croyais que c'était Richie. D'après lui, Liz était l'amour de sa vie. C'est pour ça qu'il voulait vous tuer, non ? Parce que vous couchiez avec elle…

– Bah, j'en sais rien, moi. Il a un problème, ce mec, c'est net. Faut pas me poser la question à moi. Sa copine fricote avec quelqu'un d'autre… quelqu'un comme moi… il pète un câble, forcément. (Vince acquiesce pour lui-même, un violent hochement de tête.) Ouais, c'est logique, maintenant que vous m'en parlez. Merde, quoi, c'est un putain de dealer. Il est taré.

– C'est *votre* dealer, remarque Joe.

– Bon, ouais, OK, admet Vince après une hésitation. (Un petit sourire tors lui incurve lentement les lèvres.) Enfin, c'était.

Ce qu'il raconte n'a aucun sens. Il ment comme il respire, c'est si évident que je me demande pourquoi son visiteur ne l'embarque pas ou ne lui dit pas au moins d'en rester là. Ce sale type voulait peut-être coucher avec moi, mais il ne m'*aimait* pas, ça crève les yeux.

Joe se contente pourtant d'ouvrir son fidèle carnet à spirale puis entreprend de parcourir ses notes.

– Vous m'avez dit que vous aviez commencé à fréquenter Liz il y a à peu près un an ?

– Hmm… ouais, c'est ça.

– Et vous la fréquentiez toujours au moment de sa mort ?

– Ouais, je vous l'ai déjà dit.

– En effet. Bon. C'est juste que… franchement, je me demande un peu ce que vous faisiez, quand vous vous retrouviez.

Les yeux de Vince étincellent, provocants.

– Je suis sûr que vous pouvez imaginer...

– Ah. Vous couchiez ensemble ?

– 'videmment.

Ce n'est *pas vrai.* J'en suis sûre et certaine.

– Et... ça lui plaisait ?

– Y avait qu'à voir, déclare le mécano avec son sourire répugnant.

– Pourquoi, à votre avis ? Je ne voudrais pas me montrer impoli, mais enfin, un type dans votre genre avec une fille dans le genre d'Elizabeth Valchar... on ne peut pas dire que vous soyez assortis, vous voyez.

Il hausse les épaules.

– Ça s'appelle *s'encanailler.* Vous n'avez jamais entendu parler ? Vous ne connaissez pas la chanson de Billy Joel, *Uptown Girl* ?

Il commence à claquer des doigts en fredonnant l'air de la petite fille riche.

– Ce qui m'intéresse, c'est de savoir si vous alliez au cinéma ensemble... au restaurant. Si vous *sortiez* ensemble, au sens littéral du terme, vous comprenez ? coupc Joc.

Vince secoue la tête.

– Elle préférait rester ici, si vous voyez ce que je veux dire.

– Ah. Donc, personne ne vous a jamais vus en couple.

– On s'en foutait. J'étais son petit secret cochon, je vous l'ai déjà dit.

Joe soupire. Je m'aperçois soudain qu'il a une enveloppe en papier bulle coincée sous le bras droit. Il la prend de la main gauche pour la poser sur la table de salon.

– Je crois que vous mentez, Vince. Vous voulez savoir pourquoi ?

– Ouais ?

Les sourcils du mécano se sont froncés.

– Parce que j'ai passé beaucoup de temps à discuter avec Richie. Qui m'a longuement parlé de Liz. J'ai aussi discuté avec sa famille... ses amis. Vous les connaissez ?

– Je vous ai déjà dit qu'on n'avait pas une relation de ce genre, répond Vince en secouant la tête.

– Je comprends. Liz avait ses petits secrets. (Joe sourit presque – pas tout à fait.) Mais vous savez, les secrets, curieusement, ça finit toujours par transpirer. On a beau essayer de toutes ses forces de les protéger, il y a toujours quelqu'un pour se douter de quelque chose, à un moment ou à un autre. (Il prend une vigoureuse inspiration.) Liz avait une amie du nom de Caroline, avec qui j'ai eu hier une longue conversation.

– Ah ouais ? (Vince regarde droit devant lui.) Ça a dû être super intéressant.

– En effet. Figurez-vous qu'avant la mort de Liz, Caroline s'inquiétait pour elle depuis un moment. Elle savait que quelque chose ne tournait pas rond, même si elle se demandait de quoi il s'agissait au juste. (Joe hoche la tête.) N'empêche que son intuition est tombée étonnamment juste.

Le silence règne un moment, car le visiteur attend une réponse, tandis que son hôte reste assis sans mot dire, figé. Il ne se décide toujours pas à parler, bien que la vérité se dévoile peu à peu.

– Bref, reprend Joe, je me renseigne sur Liz depuis des mois, et je ne crois tout simplement pas qu'elle aurait eu envie de côtoyer un type comme vous. À mon avis, elle vous fréquentait contre son gré. Vous étiez au courant de certaines choses qu'elle voulait absolument garder secrètes. (Une seconde de pause.) Alex Berg… ça vous dit quelque chose ?

– Non, répond Vince en se mordillant un ongle.

– Vraiment ? C'est curieux, parce que quand j'ai interrogé Richie au commissariat, il m'a dit quelque chose d'étonnant. Il m'a dit qu'il courait dans Noank en pensant à Liz et qu'il finissait presque toujours par se retrouver au même endroit. Devant chez Alex Berg.

– Et alors ? demande Vince, méfiant. Quel rapport avec moi ?

– Je ne voyais pas non plus, au départ… mais ça me tracassait. Il me semblait que toutes les pièces dont je disposais devaient s'emboîter – Liz, Alex, Richie, Caroline et vous. Seulement je ne voyais pas comment. Pas tout à fait. (Joc montrc la tablc dc salon d'un pctit coup de menton.) Regardez donc dans cette enveloppe…

J'en bats des mains, en poussant un cri de joie et en dansant sur la pointe des pieds, malgré la douleur qui me brûle les orteils.

– Oui ! Bravo ! C'est ça !

Les doigts tremblants de Vince soulèvent le rabat de papier bulle. Je m'attends à voir une fois de plus les photos qui m'ont déjà si souvent retourné l'estomac.

Sauf que ce n'est pas ça du tout.

Alex nous regarde. Exactement tel que je me le rappelle, cette nuit-là : trempé, sanglant, désarticulé, mort. Une vision toujours aussi terrible.

Vince examine les clichés en silence. Le corps d'Alex laisse la place à son vélo fichu, projeté à l'écart – pris sous cinq angles différents.

– Qu'est-ce que c'est que ça ? demande le mécano.

Sa voix tremble – à peine, mais en ce qui me concerne, c'est suffisant.

– Continuez, l'encourage Joe d'un ton léger, presque mondain. C'est la suivante la plus intéressante, de votre point de vue.

Le vélo, encore. En gros plan. Je comprends aussitôt de quoi parle le shérif : d'une minuscule tache rouge, presque invisible, sur le garde-boue arrière.

– Là, vous voyez ? souligne-t-il.

– Du sang, ouais, acquiesce Vince. Et alors ?

– Ce n'est pas du sang, mais de la peinture.

Il laisse tomber les photos sur ses genoux.

– Je ne vois toujours pas le rapport avec moi.

– D'après vous – c'est *vous* qui me l'avez dit, Vince –, vous avez réparé la Mustang d'Elizabeth Valchar moins d'une semaine après la mort de ce garçon, Alex Berg, fauché par un chauffard qui avait pris la poudre d'escampette. C'est comme ça que vous avez fait la connaissance d'Elizabeth. Elle ne voulait pas avoir recours à son assurance, elle était pressée, et elle tenait à ce que les choses se passent dans la discrétion. C'est bien ça ?

Pour toute réponse, Vince hoche la tête.

– À mon avis, vous avez remarqué quelque chose en réparant sa voiture. Vous en avez déduit – comme moi – que c'était elle qui avait tué Alex Berg. Il pleuvait cette nuit-là. Liz a dû examiner la Mustang, vérifier qu'il n'y avait rien pour indiquer qu'elle était responsable de l'accident... pas de sang, par exemple... mais oublier de regarder *sous* le pare-chocs, hein ?

Vince se mord la lèvre avec force, sans mot dire.

– À mon avis toujours, vous avez trouvé sous ledit pare-chocs des traces de peinture bleue, laissées par la bicyclette d'Alex Berg. Vous avez compris que votre cliente avait renversé ce garçon... et vous l'avez fait chanter. De quoi l'avez-vous menacée ? De la dénoncer à la police, si jamais elle refusait de coucher avec vous ?

Vince renifle. On dirait un animal pris au piège.

– Cette petite salope m'avait traitée comme une merde.

– Racontez-moi ce qui s'est passé. Ça soulagera votre conscience.

Il s'humecte les lèvres. Puis il *sourit*.

– Désolé, mais j'ai pas de putain de conscience.

– Sans doute pas, en effet. (Joe se lève et tire ses menottes.) Levez-vous. Vous êtes en état d'arrestation.

Je sais de quel souvenir il s'agit à l'instant où il apparaît autour de moi. Je me trouve chez Richie, dans sa chambre, en train de lui demander de m'emmener récupérer la Mustang à *Pare-Chocs Prix-Chocs*.

Malheureusement, il ne peut pas m'accompagner.

– J'ai un devoir à terminer, me dit-il pour se justifier.

Je fais la moue, boudeuse.

– Lequel ? Allez, quoi, ça te prendra une heure, maximum. *Allez*.

Son trousseau de clés se balance au bout de mes doigts. Je suis prête à partir, toutes mes peintures de guerre en place, mais je ne peux pas prendre sa voiture s'il ne vient pas : je ne pourrais pas la ramener.

– Une dissert' sur *Macbeth*. Tu veux la lire ? Elle n'était censée faire que dix pages, mais j'en suis déjà à plus de douze. Et elle est vraiment bien, tu sais.

Cette fois, je fais la grimace. Les larmes me montent aux yeux. Il ne comprend visiblement pas la gravité de la situation.

– Personne n'en a rien à fiche de *Macbeth* !

– Moi si. (Une pause.) Tu l'as lue, la pièce ?

Je suis tellement agitée que j'en tape du pied.

– Tu sais très bien que je suis plutôt du genre à parcourir *Macbeth pour les nuls*. De toute manière, c'est juste une vieillerie complètement idiote.

– Je suis désolé, Liz, mais la dissert' est à rendre demain. Tu n'as pas encore commencé la tienne, hein ?

Je sais maintenant – mais Richie l'ignorait et l'ignore d'ailleurs toujours – que j'ai à ce moment-là des soucis *incomparablement* plus importants que mes devoirs. Si je ne récupère pas ma voiture, mes parents s'apercevront de sa disparition. Et puis ça m'étonnerait que je n'arrive pas à obtenir quelques jours de plus pour ma dissert'.

Richie passe la main dans ses boucles rebelles.

– On peut aller chercher la Mustang demain, si tu veux. Je t'emmènerai en fin de journée, promis.

– Il faut que j'y aille aujourd'hui. (Je suis quasi hystérique.) Je sais que tu me trouves pénible, que tu me trouves ridicule, mais j'ai besoin de toi, Richie. S'il te plaît.

– Je ne te *trouve* ni pénible ni ridicule, tu l'*es*, tout simplement. Tiens. (Il plonge la main dans sa poche et la ressort pleine de monnaie.) Prends le bus, il y en a pour dix minutes.

J'en reste bouche bée, avant de retrouver ma voix :

– Prendre le bus ? Non mais, tu m'as regardée ? Tu trouves que j'ai l'air d'une SDF ? Et si quelqu'un essaie de m'accoster ? Si on nous prend en otages ? Tu n'as pas vu le film, là, avec la nana qui se retrouve dans un bus piégé ?

– Tu veux parler de *Speed*, c'est ça ? (Petit reniflement.) Je l'ai vu. Il n'y aura pas de bombe, Liz. (Richie se rapproche d'un pas, me touche les cheveux puis m'embrasse sur les lèvres.) Je pense que ça te fera du bien, tu sais. Ce sera une expérience inédite. Allez, ma chérie, va prendre le bus. En rentrant, tu n'auras qu'à me raconter les horreurs que tu auras vécues.

Je n'ai pas le choix, vous voyez ? Je m'empare de l'argent qu'il me tend.

– Tu peux me faire confiance, je te raconterai tout de A à Z. (En quittant sa chambre, je conclus, par-dessus mon épaule :) Si jamais je reviens saine et sauve, bien sûr !

Me voilà donc seule, un dimanche après-midi, au garage *Pare-Chocs Prix-Chocs*, toujours aussi désert. J'ai bien essayé de convaincre Josie de m'accompagner, à la dernière minute, mais je n'ai pas réussi à la persuader de prendre le bus. À ma grande surprise, ça n'a pas été si terrible que ça. Tout le monde ou presque avait l'air normal. Enfin, à peu près. Pour le bus, quoi.

Ma voiture est garée devant le bâtiment. Comme neuve. Pendant que je l'examine, Vince s'approche d'un pas nonchalant, le bulldog sur les talons. L'horrible Rocky n'a ni laisse ni chaîne.

– Je voudrais mes clés, dis-je au mécano. Il faut que je rentre.

Il acquiesce. Le chien me regarde, des filets de bave pendus aux babines. J'essaie de lui sourire, mais il se met à aboyer de toutes ses forces.

– Bon… Où sont mes clés ?

Vince s'appuie à la Mustang, la salopette répugnante *collée* à la peinture rouge éclatante. Je n'avais pas tellement le choix, d'accord, mais je n'arrive pas à croire que je suis venue toute seule. Je n'arrive pas à croire que *Richie* m'a laissée venir toute seule. En bus. Me connaissant, il n'a pas fini d'en entendre parler, dissert' à terminer ou pas.

– Ça va peut-être te surprendre, commence Vince en se curant l'oreille avec le petit doigt, mais j'aime bien écouter les infos locales.

Je croise les bras.

– Ah bon ? Et tu lis les journaux aussi ? Tant mieux pour toi. Donne-moi mes clés.

– Ouais, je lis *aussi* les journaux. Ça t'étonne, hein ? Je parie que tu me prenais pour un analphabète.

J'avale mon chewing-gum. Malgré mon maquillage parfait, malgré ma coiffure parfaite, je suis blême et j'ai les yeux injectés de sang. À mon avis, je n'ai pratiquement pas fermé l'œil de la nuit. J'ai dû la passer à feuilleter de vieux albums du lycée, à la recherche des photos d'Alex Berg. Je m'imagine en train de les examiner, de scruter le visage du garçon dans l'espoir de remplacer l'image imprimée au fer rouge dans mon cerveau : des traits ensanglantés, un regard désespéré, une bouche tremblante sur un dernier souffle épouvantable.

– Je ne te prenais pas pour un analphabète.

Qu'est-ce que je fais là, à discuter avec ce type ? Je devrais arracher mes clés à sa main crasseuse – il les a tirées de la poche de sa salopette – et m'en aller immédiatement.

– Enfin bon, c'est marrant. Figure-toi que la semaine dernière, un gamin de ton bled, de Noank, quoi, s'est fait tuer en rentrant chez lui à vélo. Tu en as entendu parler ?

Je me pose la main sur le ventre. Je dois avoir envie de vomir – à me voir avec Vince, le contraire m'étonnerait. J'aurais dû manger quelque chose, ce matin, mais je ne l'ai sans doute pas fait.

Maîtriser. Il faut maîtriser. Ou, je m'en rends enfin compte, s'en donner l'impression. En rentrant, après cette visite au garage, je ne me permettrai certainement pas non plus de déjeuner, mais peut-être irai-je courir à la place. Longtemps. Enfin, dès que je me serai passé les nerfs sur Richie.

– Oui, oui. (Je fais de mon mieux pour garder un ton léger.) Un chauffard qui s'est enfui. Horrible. Pourquoi tu me parles de ça ?

– Parce que c'est important, Liz. Au fait, comment tu t'appelles ? Elizabeth ? Je peux t'appeler Elizabeth ?

– Non.

– Merci, Elizabeth. Bon, je vais être bref. (Les lèvres de Vince s'incurvent en un sourire satisfait.) C'est toi qui l'as buté, ce mec, hein ? Je savais bien que ton histoire de parcmètre, c'était des craques. Faut vraiment être débile pour se faire un parcmètre. Avec le pare-chocs avant, en plus… (Il secoue la tête, moqueur.) Nan nan nan. Je *savais* que c'était n'importe quoi.

Je tremble de tout mon corps. Le chewing-gum, la bile… Je ne sais pas ce que j'ai dans l'estomac, mais je suis sûre que ça bouillonne horriblement.

– Non, pas du tout. Ce n'est pas moi qui l'ai renversé.

– Écoute, je ne sais pas qui était au volant, mais c'est ta caisse qui a fait le boulot, Elizabeth. Y a pas de doute. Figure-toi que je prends toujours des photos des réparations que je me tape, y compris quand je bosse au black. C'est devenu automatique, depuis le temps. Et là, en faisant joujou avec mon appareil, regarde ce que j'ai vu…

Il tire de sa poche arrière une photo tirée sur imprimante qu'il me tend. On y voit le dessous de mon pare-chocs avant… maculé d'une tache bleue que je n'avais pas remarquée quand j'avais moi-même inspecté la Mustang.

– Bleue, reprend Vince, comme si j'avais besoin d'explications. Le vélo du mec était bleu, tu sais ?

On se regarde en chiens de faïence. Je tremble ; ma lèvre inférieure frémit. Rien de tout ça ne serait arrivé si Richie m'avait accompagnée… Non, hein ? Il m'aurait protégée. Mais il n'est pas là. Il n'y a que moi… avec Vince et son horrible chien. Je suis à la merci de ce type. C'est encore pire que s'il y avait eu une bombe dans le bus. C'est un cauchemar. Et une partie de moi sait que je l'ai mérité. J'ai tué quelqu'un. Quand on fait une chose pareille, on ne s'en tire pas comme ça. Pas même moi.

– Qu'est-ce que tu veux ?

Les mots sont sortis en un murmure.

– Un tas de choses, répond Vince, souriant. Cinq cents dollars, pour commencer. Tu n'auras qu'à me les apporter chez moi dans la semaine. (Il m'examine de la tête aux pieds.) Non, on va dire demain, en fin de compte. Peut-être qu'on pourra s'amuser un peu aussi. Qu'est-ce que tu en penses ?

– Cinq cents dollars. Point final. Rien d'autre.

Il arque le sourcil.

– Tu sais, Elizabeth, je crois que ce n'est plus toi qui décides. Cinq cents dollars. Et ton joli petit corps de salope, chez moi, demain. Sinon, je vais au commissariat montrer la photo aux flics. Ça ne te plairait pas, hein ?

Je secoue la tête. En larmes.

Il me tend mes clés.

– Je vis aux Armes de Covington. Appartement numéro 9. À demain, beauté.

En regagnant Noank, je suis obligée de me garer à deux reprises au bord de la route, sous une tempête de coups de klaxons et de gestes tendres des autres conducteurs. Je pleure si fort et je tremble si violemment que je suis même obligée de m'arrêter une dernière fois pour reprendre mon calme, avant de m'engager dans ma rue. Je n'ai pas le choix. Soit je donne ce qu'il veut à Vince – je m'y suis résignée, je le sais –, soit j'avoue que je suis responsable de la mort d'Alex. Je n'aurai aucun problème pour me procurer l'argent, mais je suis terrifiée à la pensée de ce que le mécano risque d'exiger de moi *physiquement*. De toute manière, je ne coucherai pas avec lui, c'est une certitude. Je suis vierge, nom de Dieu. Je me réserve pour Richie. Il n'est pas question que je couche avec Vince Aiello. Je n'ai pas couché avec Vince Aiello.

Quand je me gare dans l'allée, je suis assez remise pour m'efforcer de sourire en faisant signe à Richie, qui fume à sa fenêtre.

– Tu vois que tu y es arrivée, me crie-t-il. Tu t'en es sortie. (Il sourit de toutes ses dents.) J'en déduis que tu n'as pas croisé de terroriste dans le bus ? (Je secoue la tête.) Tu veux passer ? J'ai presque fini ma dissert'. Ça me ferait plaisir que tu la lises. (Il jette son mégot sur la pelouse.) Comme ça, tu apprendrais deux, trois détails sur *Macbeth*. C'est une super histoire. À mon avis, ça te plairait.

Je m'abrite les yeux.

– Je vais d'abord courir un peu.

– Encore ? (Ses sourcils se froncent.) Tu n'y es pas déjà allée ce matin ?

– C'est la saison du cross.

Je hausse les épaules. Quelle explication bidon.

– Ah. Tu veux passer un peu plus tard, alors ? (Richie jette un coup d'œil à la Mustang.) À part ça, la voiture a l'air impec.

– Elle l'est. Et je passerai plus tard, oui. Ce soir, d'accord ?

– D'accord. (Il se lève, prêt à fermer sa fenêtre, mais ajoute, comme à la réflexion :) Je suis désolé de ne pas t'avoir accompagnée, mais ça s'est bien passé, hein ? Vince ne mord pas.

Je ferme les yeux un instant pour éviter de me remettre à pleurer.

– Non, tu avais raison. Pas de problème.

– Tant mieux. Je t'aime, Liz.

– Je t'aime, Richie.

À la maison, Josie somnole sur le canapé du salon. Une canette de soda ouverte est posée sur la table basse, à côté d'un bol de pop-corn à moitié vide. Ma demi-sœur regarde une émission de téléréalité débile tout en essayant de lire *Macbeth*... mais elle n'a pas dépassé les premières pages, ça se voit et ça ne m'étonne pas. Richie est la seule personne de ma connaissance à aimer Shakespeare. Moi, avant ma mort, ça m'endormait. Josie aussi, apparemment.

– Hé. (Je la secoue sans douceur.) Il faut qu'on cause. Tout de suite.

– Hein, quoi ? (Elle se redresse un peu, mal réveillée.) Tu as récupéré la voiture ? Le pare-chocs est réparé ?

– Viens dans ma chambre.

– Les parents ne sont pas encore rentrés. On peut discuter ici.

– Non. Dans ma chambre. Tout de suite.

Quand j'en termine avec mon compte rendu, elle reste figée, assise en tailleur sur mon lit, les yeux écarquillés.

– Seigneur, murmure-t-elle. Qu'est-ce que tu vas faire ?

– Je n'en sais rien. Je n'ai pas le choix, hein ? Je vais le payer.

– Et tu vas aussi… enfin… pour le reste ? (Je demeure muette.) Et Richie ? insiste-t-elle. Si tu… sors avec Vince, c'est comme si tu le trompais.

Le mot « tromper » me fait tressaillir.

– Non, ce n'est pas pareil. Je n'ai pas le choix, bordel. Josie… tu étais avec moi. (Je ferme les yeux de toutes mes forces.) Ce n'est pas juste.

Elle inspire à fond. Puis hoche la tête.

– Non, peut-être pas, mais… c'est toi qui étais au volant.

J'en reste bouche bée, avant de protester :

– Alors là, tu exagères. C'est toi qui n'as pas voulu appeler les secours.

– Ça n'y aurait rien changé, riposte-t-elle. Il serait mort, de toute manière.

– Peut-être. (Une pause.) Je n'arrête pas d'y penser. Je donnerais n'importe quoi pour revenir en arrière.

– On ne peut pas. C'est arrivé, et maintenant, il va falloir que tu fasses ce que demande ce type, parce que sinon, on va se retrouver toutes les deux très, très mal. Tu… Bon, tu vas aller le voir demain et lui donner l'argent. Après, on n'en parlera plus, d'accord ? Ce sera fini. On n'aura plus à y penser.

Je la regarde, sidérée.

– Et Alex ? Et sa famille ? Ils ne vont pas arrêter d'y penser, eux. On a foutu leur vie en l'air, Josie. On l'a *tué*.

Elle se mord la lèvre. Un long silence s'installe, avant qu'elle ne réponde enfin :

– On ne l'a pas tué, Liz. C'est *toi* qui l'as tué. Moi, tout ce que j'ai fait, c'est monter dans ta voiture.

– Je regrette tellement. (Les larmes ruissellent sur mes joues.) Je regrette de t'avoir mise dans le pétrin. Je regrette pour Alex… Je devrais peut-être aller à la police, en fin de compte. Me dénoncer. Je ne suis pas sûre d'y arriver comme ça, Josie. Je ne crois pas que je puisse faire ce que me demande Vince. Je ne sais pas à quoi il s'attend, mais…

– Non ! Il faut que tu lui donnes ce qu'il veut. Que tu t'en débarrasses. (Elle me caresse les cheveux de sa jolie petite main, mais un de ses ongles se prend dedans. Je ne peux m'empêcher de tressaillir quand elle le dégage d'une secousse.) Il faut le faire, Liz. Tu ne peux raconter ce qui s'est passé à personne. Ni à la police ni à Richie. Personne. Tu comprends ?

J'acquiesce.

– Ce serait trop galère, continue Josie, le souffle court. Notre vie à nous aussi serait fichue, et ça ne ferait de bien à personne. Mais je veillerai sur toi. Après tout, je suis ta meilleure amie. (Un faible sourire joue sur ses lèvres.) On est sœurs. Je te promets qu'il ne t'arrivera rien. Je te protégerai. Toute cette histoire ne sera bientôt plus qu'un mauvais souvenir.

24

La nouvelle – l'arrestation de Vince pour chantage, extorsion de fonds et abus sexuel sur mineure – se répand comme une traînée de poudre. On en parle même aux infos du matin… que je vois chez Richie, où toute la famille regarde la télé avec des yeux ronds, muette de stupeur.

– Mon Dieu, les parents de ce pauvre gosse… marmonne finalement Mme Wilson, en parlant d'Alex.

M. Wilson, lui, enfile déjà son manteau. Le présentateur n'a rien dit de particulier sur les circonstances de la mort d'Alex – il n'a pas signalé que je n'étais pas seule en voiture, par exemple. D'après lui, d'ailleurs, ma noyade est toujours accidentelle, conclusion terrible d'une affreuse tragédie qui a duré près d'un an.

– Je croyais Liz anorexique, continue la mère de Richie. Vu l'histoire de sa mère…

– C'était logique, intervient M. Wilson, près de partir. Cette petite dépérissait littéralement. (Il empoigne sa femme par le coude.) Maintenant, on sait ce qu'il en était. (Et d'ajouter, pour son fils :) Tu vois ce qui arrive, quand on a mauvaise conscience ?

Richie ne dit pas un mot. Ne bouge pas un cil. Il est assommé, les yeux rivés à l'écran. De toute évidence, les pièces du puzzle s'agencent dans son esprit comme elles se sont agencées cette nuit dans le mien, après l'arrestation de Vince Aiello.

– On va à New York, ton père et moi, annonce Mme Wilson. Pour la matinée. (Elle examine Richie avec attention.) Richard ? Ça va ? (Pour toute réponse, il hoche la tête.) Dis quelque chose...

Il se racle la gorge.

– Oui, oui, ça va. Enfin... Ah. Je suis un peu secoué, c'est tout.

– Je comprends. Quelle horreur. (Elle frissonne.) Mais les Valchar s'en vont. Tant mieux. Bon. On rentre dans l'après-midi. Je t'ai laissé de quoi t'acheter à manger ce midi sur le comptoir de la cuisine. Tu arriveras à te débrouiller tout seul ?

Il acquiesce.

– Si tu as besoin de quoi que ce soit, appelle-nous, d'accord ? ajoute-t-elle d'un ton plus doux. On est joignables en permanence. Pour toi.

Elle lui ébouriffe les cheveux. Je ferme les yeux en m'imaginant passer les doigts dans les boucles rebelles.

– Tu fais ce que tu veux, conclut Mme Wilson en sortant avec son mari, du moment que tu ne vas pas chez les Valchar. Il n'est pas *question* que tu voies Josie, compris ?

Richie reste muet.

– Richard. Réponds-moi, s'il te plaît.

– Oui, maman, j'ai compris.

Une fois la voiture de ses parents au bout de l'allée, il se poste à la fenêtre pour la regarder tourner à gauche au carrefour, puis il sort et se rend droit chez moi.

Josie est assise par terre, entourée de cartons, devant la télé éteinte. Il n'y a pas cours le samedi, mais j'imagine déjà l'animation qui régnera au lycée lundi matin... Mon couronnement posthume sera-t-il annulé ? La question me fait penser à Alex, au slow qu'on a dansé ensemble et à notre petit tour sur scène. Un sourire me monte aux lèvres, malgré tout ce qui nous est arrivé. Ils peuvent bien reprendre leur couronne, je ne la méritais pas.

Richie entre sans frapper. La maison est déserte, à part Josie. Mon père se trouve sur le bateau, évidemment ; quant à Nicole, j'ignore où elle est passée.

Le visiteur s'arrête sur le seuil de la salle de séjour. Josie feuillette un vieil album photo, adossée au canapé.

– Tu as regardé les infos ? lance Richie sans préambule.

– Je ne peux pas. Je suis coupée du monde. On n'a plus internet ni le câble, et mon père a annulé l'abonnement de mon portable. Pourquoi ?

– Vince Aiello a été arrêté pour chantage, entre autres motifs. La police a découvert que c'était Liz qui avait renversé Alex Berg.

Je *vois* bel et bien blêmir Josie.

– Hein ? murmure-t-elle, une nuance de panique dans la voix.

– Eh oui. Ils en ont parlé aux infos. Les flics sont sans doute en train d'interroger les copains. C'était le soir où vous êtes rentrées de chez Caroline toutes les deux, hein ? Je m'en souviens. Liz m'a demandé pour la Mustang quelques jours plus tard. Les flics ne vont pas tarder à le savoir aussi, évidemment. Ils vont découvrir que tu étais avec elle, cette nuit-là. Tu vas avoir de sacrés ennuis.

Josie baisse la tête, les mains crispées sur les coins de l'album.

– Ce n'est pas moi qui conduisais. Je ne suis coupable de rien.

– Tu savais ce qui s'était passé, et tu n'en as parlé à personne. C'est un délit.

– J'étais mineure, proteste-t-elle. Je le suis toujours. Que veux-tu qu'ils fassent, me jeter en prison ? Je ne savais pas comment arranger les choses... Je n'y pouvais rien... Je n'allais quand même pas dénoncer ma propre sœur. C'était déjà assez horrible que...

Elle s'interrompt, les lèvres pincées.

– Que quoi ? demande Richie en s'avançant dans la pièce.

– Rien. (Elle secoue la tête.) C'était horrible, point final. C'est horrible.

– Tu étais sa meilleure amie. Elle t'avait dit que Vince la faisait chanter, hein ? (Pas de réponse.) Tu m'as montré les photos. Tu m'as laissé croire qu'elle me trompait. Tu savais que je finirais par rompre. Que je la mettrais au pied du mur. Et qu'est-ce qu'elle aurait bien pu me dire, à ce moment-là ? Elle n'allait pas me raconter ce qui s'était passé. Tu l'as fait exprès, tu as tout fait exprès juste pour… pour quoi, Josie ? Pour me récupérer ? Je l'aimais. Je l'aime toujours.

– C'est moi que tu aimes, murmure-t-elle, visiblement blessée. Et moi aussi, je t'aime. Toi et moi, c'est une histoire d'amour. Comme mon père et ma mère. On est faits l'un pour l'autre. Elle ne te méritait pas.

– Elle ne méritait pas de mourir. Ni de subir ce que lui a imposé Vince. Mais si vraiment tu crois qu'elle ne me méritait pas, moi, je peux te dire que tu ne la connaissais pas. (Richie secoue la tête.) Toi et moi, ça n'a rien d'une histoire d'amour, Josie. Je m'inquiète pour toi. Je ne veux pas que tu aies d'ennuis, mais au point où on en est, tu vas forcément en avoir. Je ne serais pas surpris que les flics soient déjà en route pour venir te chercher. Il va falloir que tu affrontes ce qui s'est passé.

Elle s'essuie les yeux.

– Oui, je suppose que je vais être obligée.

– Si seulement… Mon Dieu, si seulement Liz avait avoué. Si seulement elle était allée à la police, cette nuit-là. Elle ne serait peut-être pas morte. Les choses se seraient peut-être passées différemment.

– Peut-être, acquiesce Josie, le regard perdu au loin.

Un étourdissement me prend, si fort que je me demande si je ne vais pas tomber et que je me cramponne à Richie, sans réfléchir.

À l'instant même où je le touche, il se raidit. Pour la première fois depuis ma mort, j'ai l'absolue certitude qu'il a conscience de mon contact. Il ne sait peut-être pas que c'est moi, mais il sent *quelque chose.*

– Richie ? (Josie renifle, car elle pleure pour de bon, maintenant.) Qu'est-ce qui t'arrive ? Tu as l'air tout drôle.

Il secoue la tête. Je m'écarte de lui. Je me sens toujours au bord de l'évanouissement, mais je me tiens droite dans mes bottes – ces *saletés* de bottes. Quand je me laisse glisser par terre à côté de Josie, la salle de séjour continue à tourner autour de moi. Je respire à fond, plusieurs fois, dans l'espoir de récupérer.

– Qu'est-ce que tu regardes ? demande Richie, qui n'a pas l'air tout à fait remis de notre contact.

– Oh, rien. Un vieil album photo de quand j'étais bébé. Ça date de bien avant le divorce de mes parents.

– Ah bon ? Je peux y jeter un œil ?

Il se force à bavarder alors qu'il a manifestement envie de s'en aller, pas de rester avec Josie… mais il est trop gentil pour la planter là comme ça.

– Si tu veux. Assieds-toi.

On se retrouve tous les trois assis par terre, ma demi-sœur au centre. Les photos la montrent encore bébé, dans les bras de ses parents, fous de joie devant leur bout de chou. Il n'y a pas trace d'insatisfaction dans leurs yeux : je contemple une famille heureuse ou qui en a tout l'air.

Malgré sa jeunesse, Josie ouvre de grands yeux, fixés sur l'appareil photo. Une toison rousse lui couvre le crâne.

Alors je me rappelle. Je comprends. La dernière pièce du puzzle se met en place.

– C'est bizarre, dit Richie.

– Quoi donc ? demande-t-elle en lui posant la main sur la jambe, le plus naturellement du monde.

On dirait que quelqu'un a appuyé sur l'interrupteur et que la lumière s'est allumée. Les choses sont claires. Limpides. Évidentes. La vérité est là, sous mes yeux – elle y a toujours été, à attendre que je me la rappelle.

Laisse-le tranquille ! ai-je envie de crier, mais je me retiens.

D'instinct, je tends la main par-dessus le corps de Josie pour prendre Richie par le bras. Ça ne marchera peut-être pas, mais il faut que j'essaie. Je veux qu'il sache. Qu'il comprenne. Qu'il voie ce que je vais voir. Il le *faut.*

– Elle était censée se méfier des roux, explique-t-il. C'est bien ce que le médium lui avait dit, non ? À l'église spiritualiste où vous étiez allées, avec ta mère…

– Ah… oui, sans doute. (Josie retire sa main.) Mais je n'ai été rousse que jusqu'à trois, quatre ans. Après, mes cheveux sont devenus… comme ça, voilà. (Elle tire sur une de ses mèches blond sale.) Ça fait des années que je les teins.

– N'empêche que tu l'as été, insiste-t-il, sans la quitter des yeux.

Je me cramponne à lui de toutes mes forces. Concentrée. Intensément. *Allez… allez, Liz, rappelle-toi. Montre-moi. Montre-lui.*

Il est plus de minuit. Tout le monde dort sur l'*Elizabeth*, à part Josie et moi.

– Quelle bande de petites natures, gémit-elle après avoir avalé une longue rasade de bière. (La canette est presque vide.) Ils n'ont même pas tenu le temps de te souhaiter ton anniversaire, tu te rends compte ? Alors qu'il reste quoi ? Moins de deux heures.

Je me lève. La tête doit me tourner, car j'ai du mal à tenir debout.

– Il faut que je prenne un peu l'air. (J'ouvre la baie vitrée pour sortir sur le pont.) Tu viens ?

On descend les quelques marches qui mènent du yacht au quai oscillant. Le silence règne, puisque les autres dorment. Je vais avoir dix-huit ans, ct j'ai des problèmes plus gros que moi.

– Il faut qu'on discute, dis-je à ma demi-sœur.

– De quoi ? demande-t-elle, visiblement dubitative.

– Tu le sais très bien. D'Alex. De ce qu'on a fait. Je n'en peux plus. Je ne supporterai pas ça un jour de plus.

Son expression se modifie ; la voilà inquiète.

– Comment ça ? Qu'est-ce que tu veux dire ?

– Je vais raconter ce qui s'est passé à M. Riley. (J'ai du mal à m'exprimer distinctement.) Je ne sais pas ce que je ferai après. Sans doute me dénoncer à la police.

Elle secoue lentement la tête.

– Arrête, Liz, sois un peu sérieuse. Tu ne vas rien raconter du tout. Vince, c'est fini. Quelques photos, un peu d'argent... il n'y a pas de quoi en faire un plat.

– Il ne me laissera jamais tranquille. Il en veut toujours plus. Chaque fois qu'il me contacte, il me demande du fric, toujours du fric, et maintenant, il exige de coucher avec moi. (J'éclate de rire.) Non mais, tu te rends compte ? Il s'imagine que je vais *coucher* avec lui ? C'est hors de question.

Je secoue énergiquement la tête. Le ponton se balance doucement sur la houle. Il me semble un instant que je vais perdre l'équilibre... mais mes bottes sont super, je ne les ôterais pour rien au monde. Elles mettent la touche finale à ma tenue.

– Tu es saoule, Liz. On trouvera bien quelque chose, tu verras. (Josie fait visiblement de son mieux pour garder son calme.) Mais tu ne peux raconter ce qui s'est passé à personne. On en a déjà parlé. On aurait les pires ennuis, toutes les deux. Ça remonte déjà à un an... Tu n'as qu'à... tu n'as qu'à coucher avec lui. Après tout, ça ne doit pas être si terrible.

– Je n'en sais rien, je suis vierge.

– Il faudra bien que tu y passes un jour ou l'autre.

– Je veux que Richie soit le premier.

Elle renifle, mais ne fait aucun commentaire.

Je pose les mains sur les genoux.

– Je ne me sens pas bien. Je me demande si je ne vais pas m'évanouir.

– Mets-toi la tête entre les genoux et respire à fond, me conseille-t-elle.

– Il faut que je boive quelque chose. Tu veux bien aller me chercher du jus de fruits ? J'ai peur de tomber dans les pommes.

– J'y vais. Ne bouge pas.

Elle remonte sur le bateau. Rentre à l'intérieur. Là, elle passe un moment à regarder autour d'elle. Tout le monde dort : Mera et Topher, dans les bras l'un de l'autre, partageant le même sac de couchage ; Richie, sur un canapé ; Caroline, roulée en boule par terre. Tout le monde s'est couché. Personne ne sait qu'on est encore réveillées, elle et moi, seules sur le quai. Personne ne voit rien.

Josie ne s'approche même pas du réfrigérateur. Elle se contente de ressortir et de me rejoindre en silence, les yeux fixés sur moi.

Je suis saoule. Épuisée. J'ai sans doute couru une quinzaine de kilomètres dans la journée, peut-être plus, et je n'ai pas dû avaler grand-chose, à part une bouchée de gâteau. Ajoutez à ça que j'ai tiré sur un joint… Les souvenirs sont si nets, maintenant. Je n'arrive pas à croire que j'aie traité mon corps de cette manière. Comme si je voulais qu'il m'arrive quelque chose de terrible. Quelque chose qui va m'arriver, en effet.

– Où est mon jus de fruits ?

Je fais un pas en arrière. Josie un pas en avant. Moi encore un en arrière, incertain, maladroit, parce que je tiens à peine debout. Elle se rapproche.

– Tu ne peux en parler à personne, Liz. Ça ficherait tout en l'air. Tu aurais des ennuis… (Elle déglutit.)… et moi aussi, par ta faute. Ce n'est pas juste.

– Il *faut* que j'en parle à quelqu'un. À M. Riley. Il m'aidera. Il comprendra. Je ne peux pas continuer à vivre comme ça, Josie. Je ne peux pas garder le secret. Ça me tue.

Je titube, j'essaie désespérément de reprendre l'équilibre, mais mon talon dérape sur le bord du ponton. Mes bras se tendent vers Josie, je vais me retenir à elle...

Elle me regarde. Un long moment. Du moins me semble-t-il très long, alors qu'il dure à peine quelques secondes. Mais elle n'esquisse pas le moindre geste.

Je bascule en arrière. L'océan m'engloutit tout entière, puis je refais surface dans de grandes éclaboussures en appelant à l'aide.

L'eau est glacée de nuit, en cette saison. Elle me dessaoule instantanément, j'en suis sûre. Je me contorsionne en cherchant à attraper les planches du quai et à me hisser dessus, pendant que Josie me regarde toujours, attentive, pensive. Elle réfléchit.

Enfin, elle se met à genoux. Elle me tend les bras, prête à m'attirer à l'abri. Le soulagement et la reconnaissance s'inscrivent sur mon visage, tandis que j'essaie de lui attraper les mains.

Elle m'en pose une sur l'épaule, l'autre sur la tête, et elle appuie, elle m'enfonce sous l'eau. Sans mot dire, les larmes aux yeux, les traits durcis par une détermination sans faille.

Elle me maintient longtemps, très longtemps immergée. Au bout d'un moment, je suis bien obligée de respirer. Je me rappelle tellement bien, presque comme si je revivais la scène. L'eau qui m'envahit les poumons, le nez, tout le corps. Une brûlure atroce.

Ma bouche qui s'ouvre dans un hurlement muet, le monde qui vire au noir.

Cette nuit, c'est mon anniversaire, et je meurs.

Josie se relève. Elle est en short et débardeur, ce qui lui évite d'avoir les habits trempés. Le froid de l'océan lui a rougi les bras. Elle remonte à bord et gagne la salle de bains, où elle se rince et s'essuie en silence. Enfin, elle respire plusieurs fois à fond, les yeux rivés à son reflet, dans la glace, puis elle rejoint nos copains, éteint toutes les lumières et se couche sur un des canapés-lits.

Le temps s'étire tandis qu'elle reste immobile dans le noir, parfaitement réveillée, à regarder le plafond, mais elle finit par s'endormir... quelques minutes avant l'heure précise de mes dix-huit ans.

À peine mes yeux se rouvrent-ils que je les lève vers Richie. L'évidence s'impose aussitôt : il a compris. Il n'a peut-être pas tout vu, mais il a senti que j'étais là. Il sait.

– C'est toi ! murmure-t-il en bondissant sur ses pieds et en s'éloignant lentement de Josie, à reculons. C'est toi qui as tué Liz.

Sans mot dire, elle pose son doigt sur ses lèvres.

– Mais pourquoi ? continue-t-il, toujours aussi bas. Pourquoi as-tu fait une chose pareille ?

– Elle avait tout ce dont on peut rêver. Absolument tout. (Le ton de Josie est d'un calme effrayant, y compris pour moi.) Elle était belle, elle t'avait, toi, elle avait un père. Tout le monde sait que c'est aussi le mien, *tout le monde*, mais il ne l'a jamais reconnu. Alors que ma mère elle-même me l'a dit. N'empêche que c'était Liz le centre de l'attention générale, c'était elle la plus jolie, la reine du lycée. Et ça allait de soi pour elle… mais pas pour moi, non, pas pour moi. Elle avait tout, absolument tout, et elle ne le méritait pas. (La voix de Josie enfle peu à peu, gagnant en conviction à chaque mot.) Tu ne te rendais pratiquement pas compte de mon existence, avant d'apprendre qu'elle te trompait. Bon, elle ne te trompait peut-être pas vraiment, mais presque. Moi, jamais je ne t'aurais fait une chose pareille ! Tu ne comprends donc pas ? Il n'y a pas de hasard. Liz ressemblait à sa mère. Je ressemble à la mienne. Tu ressembles à notre père. Tu vois ? On est faits l'un pour l'autre.

Richie regarde autour de lui, à la recherche d'une échappatoire, mais où irait-il ? Il est condamné à écouter.

– Elle avait tout, répète Josie, et elle allait tout foutre en l'air à cause d'une bête soirée de beuverie. (Sa voix vacille un peu, maintenant – si peu.) En m'entraînant dans sa chute. Moi, tu comprends, j'aime mon père. Je t'aime, toi. Je l'aimais, elle aussi. C'était ma sœur. Mais elle avait une vie géniale. Chacun son tour. (Elle referme l'album photo et le pose par terre.) C'était le mien. Elle allait tout raconter. J'y étais. Mais pas au volant, et je n'ai pas renversé Alex. Je n'avais pas à être punie à cause d'elle.

– Tu ne voulais pas avoir d'ennuis, lance Richie, les yeux écarquillés. Ni plus ni moins. C'est ça, reconnais-le. Elle allait dire la vérité, et toi, tu ne le supportais pas.

– Oui, admet Josie en hochant fébrilement la tête. Exactement. Tu as raison.

– Tu es complètement malade, affirme-t-il – mon Richie, l'amour de ma vie.

– Peut-être, acquiesce-t-elle, une fois de plus.

Il se penche en avant et respire à fond, cherchant à se ressaisir. Ses yeux baissés deviennent soudain étonnamment fixes.

Je suis son regard. Une petite exclamation étouffée m'échappe.

Josie porte toujours à la cheville son bracelet « Meilleures Amies ». Alors qu'elle m'a tuée.

Plus furieux que je ne l'ai jamais vu, Richie se jette sur elle d'un mouvement vif, sans lui laisser le temps de reculer, attrape la chaînette et la lui arrache d'une torsion brutale.

– Qu'est-ce que tu fais ? s'écrie-t-elle en repliant brusquement la jambe.

Il serre le bracelet dans son poing, fou de rage – et de douleur, de désespoir, tant d'émotions mêlées… mais pas de compassion. Pas de pitié pour elle.

– Rends-le-moi, souffle Josie, les yeux fixés sur sa main crispée.

– Jamais ! riposte-t-il en secouant la tête. Tu ne le porteras jamais plus.

On frappe doucement à la porte.

– J'imagine que c'est la police, reprend Richie, haletant, sans faire mine de bouger.

Josie a l'air très calme malgré sa respiration bruyante.

– Tu ne vas pas ouvrir ? demande-t-elle, les yeux étincelants d'émotion.

– Liz aurait fait n'importe quoi pour toi.

– Liz allait foutre ma vie en l'air.

– Alors tu l'as tuée.

Elle bat des paupières.

– Va ouvrir. J'en ai assez d'attendre. (Un grand soupir lui échappe.) Je m'ennuie sans Liz. Si j'avais su à quel point je m'ennuierais sans elle, les choses ne se seraient peut-être pas passées comme ça.

25

Je me rappelle tout à la perfection, maintenant. Ma vie entière s'étire devant moi, enchaînement de souvenirs d'une netteté aussi absolue que les photos d'un diaporama. Je peux visiter n'importe lequel d'entre eux n'importe quand. Il n'y a plus de vides, plus de blancs. L'impression d'impuissance qui me tourmentait depuis ma mort à cause de mon amnésie a disparu.

Je me rappelle mes douze ans. Ma rentrée en cinquième. M. Riley a remarqué ma charpente féline et m'a demandé :

– Ça te plairait de faire du cross ?

– Vous voulez dire de la course d'endurance ? (À l'époque, déjà, j'étais une enfant gâtée.) Mon père dit toujours qu'il ne court que si on le poursuit. (J'ai hésité.) Mais ma mère courait, elle.

Au début, c'était dur, comme tout ce dont on n'a pas l'habitude. Mon corps ne connaissait pas son rythme avant le début de l'entraînement. Là, j'ai compris pourquoi on pouvait tomber amoureux de la course. J'en suis bien tombée amoureuse : pour la première fois de ma vie, il me semblait que j'étais capable de tout. Mes jambes ont trouvé leur pas, j'ai appris à suivre leur mesure, et j'ai découvert ce que c'était que d'avoir la tête complètement vide. De passer des heures sans penser. Quand je courais, je me fichais de mon look et des « VIP » du lycée. J'oubliais les rumeurs qui circulaient à Noank, y compris parmi les jeunes de mon âge, sur la liaison que mon père et Nicole avaient entretenue des années durant avant la mort de ma mère. Je ne me demandais pas si Josie était ma demi-sœur biologique. Je ne pensais pas à ma mère, inconsciente dans une mare d'eau, de sang et d'éclats de verre. Je me contentais de me propulser sur le chemin, inspiration, expiration, un pied devant l'autre. Vous ne pouvez pas savoir à quel point je me sentais libre.

Mais après la mort d'Alex, j'avais beau courir, son agonie refusait de s'effacer de mon esprit. J'ai essayé de toutes mes forces ; j'ai couru plus loin et plus vite que je ne l'avais jamais fait. C'était le seul moyen de me vider la tête que je connaissais, mais je n'arrivais pas à échapper aux souvenirs. Avant même qu'il ne me retrouve dans la mort, il m'accompagnait partout. Son dernier souffle. Ses yeux fixés sur moi. Je pouvais courir des kilomètres et des kilomètres, oui ; je ne pouvais pas oublier.

J'en avais les pieds en sang, couverts d'ampoules. M. Riley en personne a fini par me dire que j'en faisais trop, que je m'épuisais, qu'il fallait que je me calme. À ce moment-là, de toute manière, je savais que ça ne marchait pas.

Pourquoi ai-je attendu si longtemps avant de décider de me confesser ? De quoi avais-je tellement peur ? J'ai compris depuis qu'il ne pouvait rien exister de pire que d'avoir la mort d'Alex sur la conscience. *Rien*. Pas même ma propre mort.

À une époque, j'ai eu une famille heureuse. Mon père, Nicole, Josie et moi avons mené plus de sept ans une existence aussi normale que possible, compte tenu des circonstances. Maintenant, j'en veux à mon père et Nicole d'avoir été amants – probablement – bien avant la mort de ma mère, mais je n'en aime pas moins mon père. Et je plains tellement ma mère. Si Nicole n'était pas revenue vivre à Noank ou si mes parents ne s'y étaient pas installés à la fin de leurs études, peut-être – sans doute – notre histoire aurait-elle été différente.

Mais jamais je n'aurais connu Richic. Et s'il y a bien une chose que je ne regrette pas une seule seconde, c'est de l'avoir connu.

Par cette belle journée d'automne, le mois de novembre touche à sa fin. Franchement, je me demande pourquoi je suis encore là. Quand la police a emmené Josie, je m'attendais à m'effacer, à suivre Alex là où il est allé, mais il ne s'est rien passé de tel. Des semaines se sont écoulées. J'attends. Je ne sais pas quoi, mais j'attends.

Les choses ont changé… sans réellement changer. Une fois le choc surmonté, après avoir appris que

Josie était responsable de ma mort, mes copains ont assez vite repris leurs vieilles habitudes. Le père de Caroline a retrouvé du travail, un poste encore plus intéressant que le précédent, semble-t-il. C'est elle qui se rend le plus souvent sur ma tombe – Richie lui-même est moins assidu. Elle doit se sentir tellement soulagée que tout le monde sache enfin la vérité sur Alex et moi ; le fardeau de la suspicion devait être tellement lourd à porter. Ses visites ne sont pourtant pas très bavardes. En repartant, elle traverse le cimetière pour faire un petit coucou à Alex. Malgré ses défauts – l'argent et les comprimés qu'elle m'a volés, son obsession de la popularité et du statut –, c'est une amie, une vraie.

Mera et Topher restent fidèles à eux-mêmes : Topher continue à fumer, avant de se laver les dents et de se passer du fil dentaire sans pouvoir s'en empêcher ; ils forment toujours le Couple de l'Année au lycée. Avant, leurs démonstrations d'affection mutuelle m'exaspéraient, mais maintenant, elles me dérangent nettement moins. Je suis ravie pour eux. Ils méritent d'être heureux.

Quant à Richie… Ce matin-là, il sort de chez lui et s'appuie à un des piliers de la véranda pour s'étirer les muscles des mollets. C'est devenu un vrai coureur de fond. Je comprends ça.

Il regarde mon ancienne maison, un peu plus loin. Comme Josie ne terminera pas sa terminale au lycée de Noank, mon père cherche à la vendre le plus vite possible. Pourtant, il a refusé les quelques propositions qui lui ont déjà été faites. Nicole et lui ne se parlent presque plus. Je suppose qu'ils vont finir par divorcer. Un jour, il lui a carrément demandé si elle s'était doutée que Josie m'avait tuée. Nicole lui a juré qu'elle n'avait eu aucun soupçon. J'aimerais la croire. Vraiment. Mais je n'arrive pas à lui faire confiance. Des années durant, elle a joué les bonnes copines avec ma mère tout en étant la maîtresse de mon père. Qui faut-il être pour faire une chose pareille ? Je sais au fond de mon cœur qu'elle a peut-être eu l'intuition de ce qui s'était passé… et si tel a bien été le cas, elle a gardé le silence pour protéger sa fille.

Le pire, c'est que mon cœur se brise quand je pense à mon père. Il a perdu au fil du temps deux épouses et deux enfants. Comment peut-on se remettre d'une chose pareille ? Je n'ai pas la moindre idée de ce qu'il va devenir. Pour l'instant, il vit pratiquement sur le bateau, alors qu'il gèle : l'hiver s'installe tôt, au Connecticut, et joue souvent les prolongations.

Richie s'élance dans la rue au petit trot. Je le suis des yeux. Une contraction familière me parcourt les muscles des jambes : l'envie de courir qui me prend tous les jours depuis ma mort… mais qui me semble un peu différente, cette fois-ci. Au lieu de me paraître frustrante, la sensation serait plutôt encourageante, au contraire. Comme si j'allais y arriver.

J'enlève mes bottes. Je l'ai fait je ne sais combien de fois, mais je n'ai encore jamais réussi à m'en débarrasser. Au bout d'un moment, je baisse les yeux, et elles sont de nouveau là à me comprimer les pieds – une douleur si vive, si constante que je n'arrive pas à m'y habituer.

Sauf aujourd'hui. Aujourd'hui, elles restent de côté. Je remue les orteils, tout excitée. Ça ne me dérange pas de rester pieds nus. Je me mords la lèvre, souriante, pleine d'espoir, puis je me mets à courir dans le sillage de Richie. Il n'est pas encore très rapide, ce qui me permet de le rattraper sans problème. À partir de là, je me maintiens à sa hauteur. Les cailloux ne me font même pas mal.

Au bout de la rue, Richie s'arrête. À droite, c'est le centre-ville ; à gauche, la plage et le port, où mon père contemple l'eau, assis sur le pont de l'*Elizabeth*, en manteau, une flasque à la main. Immobile. *Oh, papa !*

Richie regarde autour de lui. Nos yeux se croisent. Je sais qu'il ne me voit pas, mais ça ne m'empêche pas de lui adresser mon plus grand sourire.

– Je t'aime, Richie Wilson. Je t'ai toujours aimé, et je t'aimerai toujours, dis-je à voix haute.

Il se décide à ce moment-là. On prend à gauche, en direction du port. Une fois devant l'*Elizabeth*, il reste planté sur le quai sans mot dire, embarrassé. Au début, mon père n'a tout simplement pas l'air de le voir, mais il finit quand même par lever les yeux et poser sa flasque.

– Tiens. Bonjour, Richie.

– Bonjour, M. Valchar. Je vous ai vu, assis là, et je me suis dit... ah... je ne sais pas. Que vous aviez peut-être envie de compagnie.

Richie est venu chez moi des centaines de fois, il a partagé je ne sais combien de conversations avec mon père au fil des années, mais ils sont aussi maladroits l'un que l'autre, à se regarder en chiens de faïence, séparés et unis par une immense souffrance informulée.

– J'aime la solitude, finit par dire mon père. Ici… je me sens plus proche de Liz… par moments. (Une pause.) Pas tout le temps, mais ça arrive. C'est déjà ça.

– Il y a longtemps que je veux vous parler. Pour vous dire que je suis désolé. Si je ne l'avais pas emmenée à ce garage faire réparer sa voiture, elle n'aurait jamais vu Vince Aiello. Les choses auraient peut-être tourné autrement. (Richie baisse les yeux vers les planches du ponton.) J'ai l'impression que tout est de ma faute.

– Non non non, il ne faut pas croire ça. C'est fini, maintenant. Tu ne savais pas. Tu voulais juste l'aider.

Il relève les yeux vers mon père en les abritant du soleil.

– N'empêche. Je regrette. Je voulais vous le dire. Je pense tous les jours à elle. Ce qui s'est passé entre Josie et moi, ça ne compte pas. C'était juste que… ça me consolait, vous voyez ? (Il secoue la tête.) Je n'arrive pas à y croire, et pourtant… Elles étaient sœurs…

– Non, coupe mon père, s'animant brusquement.

– Comment ça ? s'étonne Richie, déconcerté. Tout le monde pensait… Je veux dire, mes parents eux-mêmes étaient persuadés que Josie était votre fille.

Mon père ramasse sa flasque pour s'en octroyer une petite gorgée.

– Quand vous étiez bébés, tous les trois, les tests ADN n'existaient pas. Nicole m'a toujours dit qu'elle ne savait pas, et par la suite, M. Caruso est parti si loin... Enfin bref, lui, en tout cas, il croyait dur comme fer qu'elle était de moi... alors ma foi... on a estimé qu'il valait mieux ne pas insister. Moi, je pensais que Josie méritait un vrai père, et j'ai essayé de lui donner ça. De toute manière, il y avait des chances... Mais après... après son arrestation, j'ai demandé un test. (Il secoue la tête.) Tu te rends compte ? Des années et des années plus tard, je découvre que ce n'est pas ma fille. (Une autre gorgée lui arrache une grimace.) Liz était si contente d'avoir une sœur. Quelle ironie.

Richie reste muet.

– Toutes les conneries auxquelles croyait Josie... le destin, le karma, les mystères de l'univers... ce qu'elle pensait gagner en tuant Liz, je ne sais pas à quoi elle se croyait prédestinée... la manière dont elle t'a couru après, comme pour imiter sa mère... elle voulait que je sois son père, parce que pour elle, ça avait un sens particulier, ça *arrangeait* les choses ! Mais ce n'était qu'un ramassis d'âneries. Le destin, ça n'existe pas. Les âmes sœurs non plus. (Mon père regarde autour de lui.) Les morts, par contre, oui.

Richie prend une longue inspiration.

– Je regrette, M. Valchar, mais je ne suis pas d'accord avec vous sur ce point. Liz était mon âme sœur. C'est la seule fille que j'ai jamais aimée et je l'aimerai à jamais.

– Je sais, acquiesce mon père. Moi aussi.

Le silence retombe. Je ferme les yeux en pensant à ce que vient de dire Richie. C'était l'amour de ma vie, d'accord, mais il lui reste encore des années et des années à vivre.

– Et toi, ça va ? reprend mon père. Enfin… je sais que tu traverses une période difficile, mais tu crois que tu t'en sortiras ?

Richie paraît maintenant au bord des larmes.

– Je cours beaucoup, ces temps-ci, déclare-t-il sans répondre à la question. Ça m'aide à me vider la tête. Il y a de longs moments comme ça où je n'ai même pas mal. Où je ne pense pas à Liz. (Une seconde de silence.) Ça fait du bien. J'ai longtemps cru que je ne m'en sortirais pas. Maintenant, je me dis… peut-être. Un jour. (Il examine son interlocuteur.) Et vous ? Ça ira ?

La réponse se fait attendre.

– C'est ce que voudrait Liz, non ? demande enfin mon père, sans regarder Richie. Elle voudrait qu'on continue notre vie. Qu'on n'oublie pas les moments de bonheur. (Une autre gorgée d'eau-de-vie.) Ce n'est pas toujours évident, mais on a effectivement eu des moments de bonheur, des tas… hein ?

– Oui, des tas.

Depuis ma mort, les gens s'imaginent qu'ils savent ce que j'aurais voulu. La plupart du temps, ils se trompent, mais cette fois, mon père et Richie ont raison. Tout ce que je souhaite, c'est qu'ils continuent à vivre. À aller de l'avant en sachant que chaque instant est précieux, que chaque jour représente un trésor. À voir la vie telle qu'elle est vraiment : une succession de possibilités infinies de souffrance, mais aussi de bonheur.

Je comprends enfin pourquoi je suis toujours là : pour accepter de les quitter.

– Ça va aller, Richie, tu vas voir, dis-je tout bas.

Mon père se radosse, un sourire mélancolique aux lèvres.

– La vie continue.

Il va falloir se contenter de ça pour l'instant. Ça ne répond pas vraiment à la question de Richie, mais c'est suffisant.

Un long silence, puis il demande :

– Alors vous déménagez ?

– A priori. On verra. (Mon père s'agite sur sa chaise puis frissonne, à croire qu'il vient juste de prendre conscience du froid.) Tu devrais continuer à courir, si ça t'aide à te sentir mieux. Je ne veux pas t'en empêcher.

– Bon. À bientôt... d'accord ?

– D'accord. (Il réussit à sourire.) Allez, fonce.

Je regarde Richie regagner la rue puis accélérer, une fois sur le trottoir. Je n'ai plus envie de l'accompagner.

Mon père glisse la flasque dans la poche de son manteau puis se lève, prêt à retourner à l'abri.

– Je t'aime, papa, dis-je.

Il ne se fige pas, ne tressaille pas, ne fait pas mine d'avoir entendu quoi que ce soit, mais à peine a-t-il disparu à l'intérieur qu'une sérénité surprenante m'envahit. Comme si j'avais enfin fait mon possible pour arranger ce qui peut l'être. Le reste, c'est à eux de s'en occuper.

Sans même en avoir conscience, je me suis approchée de l'eau. En fait, je me tiens à peu près à l'endroit d'où je suis tombée la nuit de ma mort.

La mer est calme, limpide. Je baisse les yeux vers mon reflet.

Il n'est pas là. C'est ma mère qui me regarde. Jeune, heureuse, souriante. En pleine forme, apparemment.

Pas la peine de retenir mon souffle. Je contemple ce qui m'entoure pour la dernière fois. J'agite les orteils, soulagée de leur liberté retrouvée.

Je me jette à l'eau. Il fait tellement bon. De quoi pourrais-je bien avoir peur ?

Ce livre n'aurait jamais existé sans l'aide et le soutien de tous ceux qui y ont cru depuis le début et qui ont joué le rôle d'étonnantes pom-pom girls pendant qu'il évoluait jusqu'à sa forme actuelle. Mes sincères remerciements à mon éditrice, Stacy Cantor Abrams, une des personnes avec qui j'aime le plus travailler, ainsi qu'à mon incroyable agent et excellente amie, Andrea Somberg. Je tiens également à remercier Rebecca Mancini pour son travail étonnant, Deb Shapiro et tout le personnel de Walker. Je suis tellement, tellement contente de faire partie d'une équipe aussi géniale. J'aimerais encore exprimer ma reconnaissance à Rachel Boden pour sa perspicacité fabuleuse. Ce roman ne serait pas ce qu'il est sans les gens dont je viens de parler. Je suis ravie et très fière de ce que nous avons accompli ensemble !

L'AUTEUR

Jessica Warman vit à Pittsburgh aux États-Unis avec son mari et ses deux filles. Elle est l'auteur de trois romans, tous encensés par la critique. *Reste avec moi* lui a été inspiré par un fait divers qui l'a marquée dans son enfance, lorsqu'un jeune ado avait disparu après une fête sur un yacht...

Composé par Facompo
5, rue Calmette-et-Guérin, 14100 Lisieux

Cet ouvrage a été imprimé
en mars 2012 par

CPI
FIRMIN-DIDOT

27650 Mesnil-sur-l'Estrée
N° d'impression : 110175

FLEUVE NOIR
12, avenue d'Italie
75627 Paris Cedex 13

Dépôt légal : avril 2012

Imprimé en France